伊坂幸太郎

砂漠

実業之日本社

実業之日本社文庫

砂漠

ぼくは砂漠についてすでに多くを語った。
ところで、これ以上砂漠を語るに先立って、
ある一つのオアシスについて語りたいと思う。
『人間の土地』　サン=テグジュペリ

春

1

四月、大学生活がはじまる。もったいつけた前口上があるわけでも、ここからが大学生という明確な線が引かれているわけでもない。ただ、気づけば僕は大学一年生になっていた。

居酒屋の入り口から一番遠い席で、壁に背をつけ、まわりを眺める。煙草《たばこ》がつくった薄《う》っすらとした靄《もや》が天井付近に溜《た》まり、誰かがこぼしたのか、畳に染《し》み込んでいるのか、ビールの匂《にお》いもする。酒の瓶《びん》を持ったまま座卓をうろつきまわったり、声が嗄《か》れるほどに早口で喋《しゃべ》ったり、相手の話題に強く相槌《あいづち》を打ったりしているクラスメイトを眺めながら、みんな必死すぎないか、とどこかさめた気持ちだった。隣にどんと腰を下ろす男がいたので、首を捻《ひね》ると、まずその髪の毛に目が行った。毛先が上方向と後ろ方向へ飛び散っている。鳥類を思わせた。

「俺、鳥井《とりい》っていうんだ」

「やませみ?」僕は訊《き》いてしまう。

「何だよ、それ」彼は、ぎゃはは、と騒がしい笑い方をした。

「その髪の毛、やませみに似てるから。こう、毛がぴんぴんと立って、やませみ、みたいだ」

「それ、蝉《せみ》？」

「鳥」

「鳥なのに、やませみかー」

背丈《せたけ》は僕よりも少し高いけれど、横幅はそれほどない。痩身《そうしん》で、胡坐《あぐら》をかくと、その脚の長さが目立つ。僕が、北村《きたむら》、と名乗ると彼は、宴会はずいぶん無軌道になったたし、自己紹介も立ち消えになっちゃったな、と幹事に目を向けた。

前方に騒々しい男たちが集団を作っていた。その中にいる長髪の男が幹事だった。派手な眼鏡をかけた、名前からしてすでに、「莞爾《かんじ》」というその男は、気取った仕草で煙草を吸い、はしゃいでいた。満州事変を画策した「石原莞爾」と同じ名前を持つにしては、ビジョンを持っていなさそうだったし、決断力があるようにも見えず、浮ついた軽薄さだけが目立つ。最初、幹事役の莞爾は、宴会の空気が温まってきたら自己紹介をやりますよ、と宣誓《せんせい》していたが、今や、女の子たち相手にかなり盛り上がっていて、もはや自己紹介どころではない。

「北村は何でそんなつまらなさそうな顔して座ってるんだよ」

「特に理由はないけど」

「嘘《うそ》つけ」鳥井は断定した。「みんな必死だな、馬鹿らしいなとか、思っちゃってるんだろ」

僕は、彼の顔をまじまじと眺める。

「当たり？」鳥井は唇を横に広げた。「学生ってのは、近視眼型《きんしがん》と鳥瞰型《ちょうかん》に分類できるんだよ」

分類するほどおまえは偉いのか、と一瞬言いたくもなるが我慢した。

「近視の奴《やつ》は、目の前のことしか見えないだろ。近眼だ。遠くはお構いなし。鳥瞰ってのは、鳥瞰図の鳥瞰だよ。俯瞰《ふかん》するっての？　上から、全体を眺めるっていうか。まあ、周囲を見下している。北村はどうせ、鳥瞰型なんだろ？」

「どうせ、って」

仙台の繁華街にある、全国チェーンの居酒屋の二階だ。表には、派手な電飾が光っている。法学部の同じクラスの学生が、約八十人、集まっていた。僕たちの通う国立大学では、授業の大半が、講堂で行われる大規模なものだから、クラスという単位に意味はないのかもしれないけれど、「これも何かの縁だから」ということらしい。四月の第一週、まだ、授業もろくろくはじまっていないし、一人暮らしをはじめたばかりで知り合いがいない人も多いためか、ほぼ全員が集まっていた。

「俺は横浜から来たんだ」鳥井が言った。

「へえ。そうか、横浜か」

「関心なさそうだよなあ」

「そんなことはないけど」

「普通は、横浜のどこ、とか、中華街っていいよねとか、話題を考えるんじゃないのかよ」

「中華街っていいよね」

　鳥井は、ぎゃはは、とまた笑う。「北村は？」

「僕は岩手、盛岡」

「お、小岩井農場行ったことあるよ、俺。小学校の時に」

「どうだった？」

「牛とか羊とかがいたなあ」と言いながら、小皿の上のローストビーフに箸《はし》を伸ばしている。

「それはたぶん、行ったことがなくても言える感想だと思う」

「北村、ほんと面白いな」鳥井は、僕の肩を叩《たた》き、立ち上がった。「よし、行くか。女の子と親交を深めないで、何が、大学生だよ」

　何だか彼の勢いについていけなくて、「ええと、横浜のどこ？」と話題を振ってみるが、返事はなかった。

2

鳥井と僕は少し離れた座卓にいる、二人組の女の子の向かいに座った。お待たせようやく到着しました、と言わんばかりの馴《な》れ馴れしさだった。

店員がやってきて、エビチリの大皿を置く。店員の女性は、料理を提供することよりも、皿と皿の隙間《すきま》にいかにして大皿を置くか、そのことに夢中だった。建前上、「アルコールは二十歳以上の者のみ」と指示されていたが、誰もがビールを楽しんでいる。

「うち、関西人やねん」と言った女の子は、茶色い髪だった。その物言いには、宇宙人が、「われわれは宇宙人だ」と名乗るようなおかしみがあった。化粧のせいなのか、目や眉《まゆ》がはっきりとし、口紅の赤も目立つ。一方、左側の子は、肩までの髪は黒く、顔に化粧もしていない。

「東京都の練馬《ねりま》区から来た、南です」と名乗った。

「知り合ったの、さっきやねん」と関西弁の彼女は言った。「この子、ほんま無口やから」

南は、ほとんど喋らなかった。かといって無愛想でもなく、ビールの入ったグラスを、湯呑《ゆの》みを持つかのように両手で支え、にこにこと微笑《ほほえ》み、そのせいか、夜の繁華街のビルの中にもかかわらず、彼女だけが陽だまりにいる雰囲気だった。

隣の鳥井が、「あれ」と声を高くしたのはその時だ。「南って、あの南？」と、無遠慮なくらいに人差し指を突き出し、「ほら、中三の時」と、東京都内にある公立中学校の名前を出した。「二組、三年二組」

何を突然、と僕は驚いたが、当の南は笑みを大きくした。「やっぱりそうだったんだ」

「何だよ、気づいてたのかよ。北村、この南って俺の中学の時の同級生だよ。車屋の南」

「うちが車のディーラーだったのも覚えててくれたんだ」彼女は頰《ほお》を赤くした。

「覚えてる、覚えてるって。俺、高校で横浜に越したんだけどさ。すげー偶然じゃんか」

当事者ではないし、事情も分からない僕からしたら、その「すげー偶然」に感激することはできなかった。ただ、「そんなこともあるんだねえ」と語尾を長くして、相槌《あいづち》は打った。

「講義室で見た時に、もしかして、って思ったんだけど」南は照れ臭そうだった。「でも違うかな、とも思って」

「なあ、南って、まだ、あれできるのか？」鳥井が訊《たず》ねた。

「あ、うん」

「曲げたり、動かしたり？　すげー」

そのやり取りの意味が僕には分からなかった。ただ、そのことについて問い質《ただ》そうとした時に、関西弁の彼女が、「なあ、あの東堂《とうどう》さん、ほんま、えらいことになってるで」と口を挟んできた。

彼女が目で示したほうへ、振り返る。東堂さん、が誰を指すのかはすぐに見当がついた。入り口に一番近い座卓に、長髪でほっそりとした女の子がいるのだ。目が大きく、鼻筋も通っている。顎《あご》が尖《とが》り、雑誌のモデルや女優業をしていると言われたら、「嘘だろ」と笑う者よりも、「やっぱりね」と納得する者のほうが多いだろう。東堂嬢のまわりに、男子学生ばかりが集まっている。幹事の莞爾を筆頭に、六人ほどいる。

「人気やねえ」

「すごく綺麗《きれい》だもんね」南が感じ入るように言った。

「でもどこか」僕は口にする。「つまらなさそうだけど」

彼女はテーブルの上のビールやカクテルのグラスを前に、姿勢よく座っていたが、無表情だった。嵐か、もしくは悪霊が過ぎるのを待つかのような顔つきで、次から次へ、話しかけてくる男たちの言葉に、相槌を打つ素振りも見せない。

「美人が魔物の囁《ささや》きに耐えている」鳥井も僕と同じような感想を洩《も》らした。「耳なし芳《ほう》一《いち》みたいだな」

「鳥井君は行かなくていいの？」と南が訊ねた。「鳥井君、中学校の時から、綺麗な人が好きだったでしょ」

「どうしてそれを」鳥井は大袈裟《おおげさ》にのけぞった。「今はやめておくよ。魔物の仲間だと思われるだけだし。芳一の油断した時を狙《ねら》う」

「北村君、おなか減ってるんやないの？」関西弁の彼女が気を遣ってくれ、ああそうだね、と僕は答え、自分の目の前にある、おぼろ豆腐の皿を手前に寄せ、スプーンを探した。

「あ、はい」とすぐに南が、自分が無造作に触っていたスプーンを渡してくれた。「これまだ使ってないから」

どうも、と受け取り、豆腐を掬《すく》おうとしたが、「ん」と僕はそのスプーンを顔に近づけた。

「どうした？」鳥井が訊ねてきた。

スプーンの柄《え》の部分を握って、みんなに見せる。変だ。柄の首のところが、くねっと捻《ね》じ曲がっているのだ。座卓にある他《ほか》のスプーンに目をやるが、どれもまっすぐだ。

「あ」南が声を上げた。「うっかり」

「どうしたん？」と関西弁の彼女が顔を向けた。

「あ」鳥井はスプーンに目をやり、その後で、意味ありげに南に視線を向けた。「健在か―」

何が健在なんだ？　スプーンを撫《な》でながら訊ねたが、ほぼそれと同時に、座敷の襖《ふすま》が乱暴に開いた。

何事か、と誰もが視線を向け、全員の会話がやみ、静まり返った。遅刻した男が入ってきたのだ。顔の輪郭は丸々とし、腹のあたりに少し贅肉《ぜいにく》をたたえている。黒い眼鏡をかけ、髪は短い。眉は力強いものの、たとえば漫画に出てくる熊であるとか豚であるとか、そういう趣《おもむき》がある。漫画に出てくる動物と違う点と言えば、彼が人間であるとかそういう細かい差異ではなくて、実に簡単で大きな点だ。彼は、可愛《かわい》らしくない。

「あー、あー」男は入ってくるなり、座敷の入り口にあるカラオケ機の横に立ち、マイクを手に持った。高音域へ反響するような、耳をつんざく甲高い音が鳴り、僕たちは辟《へき》易《えき》する。「遅れてすみませんでした。自己紹介やりますよ。俺、西嶋《にしじま》です。西嶋が来ました」

おいおいまだ自己紹介やってないんだって、と誰かが口を挟んだ。けれど、西嶋には届いていない。恥ずかしい勘違いだな、と僕は、さめた気分で思った。

「数日前、千葉県からやってきたんですが、今日、遅刻したのは、隣のビルの雀荘《ジャンそう》で麻《マー》雀《ジャン》をしていたら、抜けるに抜けられなくなったからなんですよ」

何だよそれは、と野次《やじ》が飛ぶ。

何だよそれは、と僕も思った。

「でも、聞いてくださいよ」西嶋はそこでがらっと口調を変えた。訴えるような、妙な熱のこもった口調だ。「俺がね、平和を築こうとしているのにね、みんなが邪魔するんですよ」聞いてくださいよ、と丁寧《ていねい》な物言いながら、威圧感がある。話し出すと、早口になった。「麻雀知らない人のために言いますけどね、麻雀にはピンフって役があるんですよ。平和って書いて、ピンフなんだけど、俺はね、そのピンフを一生懸命作っていたんですよ。平和を願ってピンフを、点数安いのに、頑張って作ってるのにね。まわりのオヤジたちがどんどん、邪魔して、俺を負かすんですよ。俺は、世界を平和にしようとしているのに。これ、おかしいですよね」

マイクから聞こえてくる言葉に、僕は呆《あき》れた。他の者たちも同様だろう。

「ちょっと、何をしんとしているんですか？　だいたいね、世界のあちこちで戦争が起きてるっていうのにね、俺たちは何やってるんですか。平和の話をしてるんですよ、俺は。呆れててどうするんですか」そのあたりから興奮度はさらに増し、話の道筋は曲がりくねった。この仙台の繁華街、ビルの居酒屋と戦争は、今もっとも距離のある事柄だったから、僕は、彼が何にむきになっているのか、さっぱり分からない。「先週のニュース見ましたか？　アメリカはまた、中東を攻めますよ。ずいぶん前に、核兵器がないイラクを攻めといて、『俺、何か悪いことした？』なんて開き直っている国がですよ、前科ありの不良国がですよ、また別の国を攻めるって言ってるんですよ。でもって、石油を狙ってますよ。自由の国が自由を奪って、なのに、日本の若者は怒らないんですよ。不良の舎弟《しゃてい》だからですか」

そのあたりからようやく、他の学生たちも反応を見せはじめた。彼の丁寧ながら断定気味の馬鹿にした言い方に、失笑と不快感を示しはじめた。「何だよおまえ」と誰かが声を発した。それが引き金になったかのように、「小太り野郎」「酔ってんのか」「帰れよ」「馬鹿じゃねえの」「気持ち悪い」「マイク抜けよ」などと野次が増す。「何や、あれ」と関西弁の彼女が不愉快を露《あら》わにしたが、僕はどうにも、その西嶋から目が離せなかった。

「あのね、おまえたちね、信じられないかもしれないけど、ジョー・ストラマーもジョーイ・ラモーンも死んじゃったんですよ」西嶋は拳《こぶし》を振り上げた。

誰だよそれ、と誰かが叫んだ。

誰だよそれ、と鳥井も笑った。

僕はそのミュージシャンを知っていた。それでも、「だから何なのだ」とは思った。

「あの、パンクロッカーの二人がいなくなって、もう、世の中はどうなっちゃうんですか。俺たちが立ち上がるしかないでしょう? 学生の俺たちが。パンクロックの精神はね、馬鹿な学生が引き継ぐしかないでしょう」

馬鹿はおまえだー、と誰かが叫び、周囲が沸《わ》いた。けれど西嶋はお構いなしだった。「あのね、俺たちがその気になればね」と言う。一拍、置いた。

莞爾が茶々を入れ、誰かのわざとらしい欠伸《あくび》が聞こえたが、僕はどういうわけか彼の言葉に耳を塞《ふさ》ぐことができず、「その気になれば？」と続きが気になった。

西嶋が、ぱかっと口を開き、「その気になればね、砂漠に雪を降らすことだって、余裕でできるんですよ」と断言した。

3

「おまえたち、しらっとしてますけどね」と西嶋はまだ演説をぶっている。言えば言うほど、周囲が白けていく。「そうやって距離を空けて、自分たちさえ良ければいいや、そこそこ普通の人生を、なんてね、そんな生き方が良いわけないでしょうに。ニーチェも言ってたじゃないですか。『死にもの狂いの剣士と、満足した豚からも等距離に離れていたところで、そんなのはただの凡庸《ぼんよう》じゃねえか』ってね」

隣の鳥井が、にやにやとしている。「ニーチェ、そんなこと言ってたのか？」

「さあ」と僕は肩をすくめる。言いかねない、とは思った。

莞爾がようやく立ち上がった。はいはい分かったから、もうマイクやめて面白くないから、とあしらい、西嶋に歩み寄る。薄ら笑いが、まわりに充満している。

「俺はね、とにかく、何が言いたいかというと」マイクを奪われそうになった西嶋が、身体《からだ》を羽交《はが》い締めにされながらも言う。「俺が言いたいのはね、どうして、あの雀荘のオヤジたちは、俺の仕送りをあんなに必死で奪っていったかってことなんですよ。平和をね、平和を作ってる俺の金を。平和を願ったピンフをね、満貫《マンガン》、ハネ満《マン》でやっつけて、何が嬉《うれ》しいんだって」

「結局、それが言いたいのかよー」と鳥井が噴き出した。

僕も笑わずにはいられない。戦争だアメリカだと規模の大きい話をはじめたかと思えば、最終的には、麻雀で負けた愚痴《ぐち》に収束した。「鳥井、あれは何だろう?」

「何って」

「近視なのか? 鳥瞰なのか? どっち」

「近視の鳥かもな」鳥井はそう言うと、ぎゃはは、と笑う。

僕の左前にいる南は目を丸くしながらも、相変わらず日向《ひなた》にいるかの如《ごと》く、あたたかい笑みを浮かべていた。それから入口近くを眺めやると、男子学生に囲まれた東堂が見えた。その整った顔を横に向け、「俺はですね」と騒いでいる西嶋の姿を一直線に見つめていた。

何事にもさめている僕のその大学生活が、もしかすると彼らによって、劇的なものになるのかもしれない。そんな予感とも期待ともつかない気配を、その時の僕は感じていた。

なんてことは、まるでない。

4

五月になるのはあっという間だった。学生生活なんてまばたきする間に終わっちゃうぞ、と言っていた親戚《しんせき》の言葉は、本当かもしれない。春にはじまり、夏が来て、秋が過ぎたら冬、一年なんてすぐだぞ、と。

出るべき講義と出なくとも良い講義、厳しい教授とそうでない教授、有益なもの、くだらないもの、真実と虚伝の入り交じった情報が自然と耳に入り、四月にはぎっしりと人の並んでいた大学前のバス停も、今はずいぶん少なくなっている。

僕はできる限り、講義には出席することにしていたから、朝一番の講義室に空席が増えていく様を見ながら、なかなか興味深いな、と思っていた。

興味深い、といえばやはり、東堂の周辺も興味深かった。予想通りと言うべきか彼女は、一年生に限らず、同じ構内に通う大学生ほぼ全員の注目を集めていた。このたった一ヶ月の間にも、噂《うわさ》は幾度となく、主に鳥井経由だけれど、聞こえてきた。

大学生ともなるとそれなりに分別があるせいか、「入学式の時にぴんと来ました。きっと、僕たちは相性がいいですよ。付き合いましょう」と性急に交際を申し込む男はいないようで、でも何人もの男たちが、彼女を誘ったらしい。映画とか、遊園地とか、動物園とか、あとは少し離れるけれど日本三景の松島とかに。その誰もが呆気《あっけ》なく断られた。「駄目だから」と曖昧《あいまい》この上ない、取り付くしまのない理由で断られたという。それを、お高く止まった美人の傲慢《ごうまん》さと見るか、身の程知らずの田舎男たちが無謀な挑戦の末に玉砕しただけだと見るかは人それぞれだろうが、とりあえず、「他の者たちは相手にされずとも、俺だけは大丈夫だ」と信じる者が多いことだけは、分かった。


その日の僕は、二コマ目からの民事訴訟法の講義を受ける予定だったので、午前九時半には学校に到着し、駐輪場で自転車の鍵《かぎ》を締めていた。その時に、「北村、発見！」という声が聞こえた。リュックサックを外し、振り返ると、鳥井が立っている。青のカッターシャツを着て、ベージュのパンツを穿《は》いていた。

「相変わらず、やませみみたいだ」

「やませみ、ってそれ蝉だっけ？」

鳥井はすでに、「絶対必要な講義以外は出ない」と方針を決めていたため、大学の講義室で会うことは滅多になかった。「必要」とは、人生に必要な講義なのか、それとも卒業に必要な講義なのか、と質問をした僕に鳥井は、ぎゃはは、と笑い、「卒業に」と即答した。

「講義に出ないのにどうして大学に入学したんだよ」

「遊ぶためだろー、そりゃ」

「それってさ、それを言ったら身も蓋《ふた》もない、と思って、みんなが口に出さない台詞《せりふ》だよ」

「俺はさ、卒業後は、スーパーサラリーマンになるつもりなんだ」

「スーパーで働くサラリーマン？」

「そうじゃなくて、いや、そうでもいいんだけど、同期の誰よりも出世して、給料も多くもらって、でもって、会社の頂点を目指すような会社員になりたいんだ。接待とかもめちゃめちゃやってさ、で、土日も仕事で、家族との時間がほとんどないような、そういう会社員だよ。スーパーサラリーマンになったら、遊ぶことはできないだろ。だからさ、今だけなんだよ。この四年間は、会社員になったらできないことをやるんだ」

「できないことって、たとえば？」

「大勢の女性との交際、麻雀、でたらめな読書」

「それ、たぶんどれも、サラリーマンになってもできるよ」

「普通のサラリーマンならできるけどさ、スーパーサラリーマンには無理だよ」

「運動はしないわけ？」

「スポーツなんかに汗を流す奴は、おそらく時間の使い方が分かっていないんだな」

僕に友人を作る意志と努力が足りないからか、そしてもしかすると人間的魅力が足りないからか、五月になっても僕の友人は、鳥井しかいなかった。その唯一の友人である彼が、「北村を誘いに来たんだよ」と言った。

「何に誘いに？」

「中国語と確率の勉強」

「麻雀？」

鳥井が指を鳴らした。「よく分かったな」

「昨日、西嶋にも同じ誘われ方をしたから」

休憩時間中、講義室の席でノートをまとめていると西嶋が現れ、「北村、やろうぜ」と言ってきたのだ。四月、クラスの懇親会でのあの強烈な登場と演説以来、西嶋は気になる存在だったけれど、それまでは直接会話をする機会がなかった。だから、彼が僕の名前を知っていることにまず驚き、そして、以前からの友人同士であるかのような自然な接近の仕方に、たじろいだ。

「やるって何を」

「四者会談。確率と中国語の研究ですよ」

「何それ」

「麻雀」西嶋は右手の指を三つ立てた。「今、三人まで見つかったんだけど、あと一人は北村じゃないと駄目なんですよ」

「西嶋が主張するには、やっぱり、北村がいないと駄目なんだってよ」鳥井は講義棟を背にし、僕をまっすぐに見た。建物の後ろに太陽が隠れていたが、そこからはみ出した陽射しが、こちらを狙うように射し込んできた。鳥井の左肩にその光が反射し、僕には一瞬、彼の左腕が見えなくなった。

「昨日、西嶋にも言ったんだけど、その一、僕は麻雀を知らない。その二、講義は休みたくない」

「その一、俺が、北村に麻雀を教える」

「え？」

「その二、今日の民事訴訟法は休講だ。午後からの講義も休講。学会が重なってるんだってよ」

「そこまでして僕を誘ってどうするんだ。鳥井が、僕に教えるって言うけど、鳥井はメンバーに入ってるわけ」

「俺は残念ながら、入れてもらえなかった」

「何でだよ。鳥井は麻雀知ってるんだろ？」

「条件に当てはまらなかった」

「条件？」

「そうだ」

僕の頭に閃《ひらめ》くものがある。「そういえば、麻雀って確か、四人でやるんだよね。でもって、東西南北に振り分けるんじゃなかったっけ」

「鋭い」

「僕の名字に、北って字が付くとかそういう理由じゃないよね」

「正解！　おめでとう」鳥井が両手を広げ、僕を抱きしめてこようとする。ので、よけた。


鳥井のマンションへは、僕の自転車で二人乗りをして向かった。麻雀は雀荘でやるものじゃないのか、と訊ねると、「初心者が偉そうに」と笑われた。「最初は、家の麻雀で充分だよ」

マンションに到着し、その外観を見た僕は、自分の住む木造のアパートとはあまりに風格や構造が違っていることに驚き、「鳥井ってブルジョア？」と訊ねずにはいられなかった。

瀟洒《しょうしゃ》で、頑丈そうで、新しそうで、目で数えると七階まである。

「親が金に困っていないだけだよ」

「そういうのがブルジョアなんだ」

中に案内されて、また驚いた。部屋が四つ、どれも板張り、トイレにはウォシュレットが付いていたし、エアコンもあった。これはもう疑問の余地はない。

「鳥井ってブルジョアなんだな」

「親が金を余らせているだけだ」

そんなことよりも、と鳥井は座卓に箱を置き、その箱についた金具を外して開けた。中には、麻雀牌《パイ》が詰まっていた。

「三時になったら、西嶋たちが来るから、それまでにさ、基本的なことを教えるよ」

僕は時計を探し、目を動かし、壁にかかった時計を見つける。午前十時だ。

「これ何?」僕は、黒い点や赤い点の付いた、白い細長い棒をつまむ。象牙《ぞうげ》で作った爪楊枝《つまようじ》のような感じだ。

「点棒。トランプで、チップとか使うだろ、それと同じ」それから鳥井は、これが千点で、これが一万点で、と説明を加える。「じゃあ、まず、役から覚えるか」

「役って何?」

「そこからかよー」と鳥井が苦笑した。「それも知らないのか」

「だから、嫌なんだって」

「分かった。教えてやるから、そう不機嫌になるなよ。麻雀の基本形ってのはさ、頭一つと胴体四つだ」

「頭？　胴体？」

「頭というのは同じ牌のペアだよ。たとえばこんな感じ」と言って鳥井は、箱から出した牌をつまんで、と並べた。「でもって、あとは三枚一組の胴体を、四セット作るんだ。胴体のパターンは」と今度は手早く、牌を三つ組み合わせ、と並べた。

これは、ポーカーのストレートに近い、と僕は感じ、次に鳥井が作ったという組み合わせについては、これはちょっと違うけれどスリーカードみたいだ、と思った。

「それが胴体なわけ？」

「胴体部分が四セット。頭と細切れの胴体があるから、くねくねした竜みたいだろ」

確かに言われてみれば、　　　　と並べられた形を見ると、左端が頭で、後ろが四つの節を持った蛇のようでもある。

「上がる時に言う、ロンってのは、もともと、竜のことらしいからな」

「へえ」と言ったものの、実はどうでもよかった。

「でもって、まずは、四枚麻雀からやってみると、分かりやすいんだよ。手持ちを四枚にして、一枚持ってきて完成させるのを目指すんだ」そうして鳥井は、と並べた。「こういう形を目指すわけだ。でもいいし。この四枚麻雀で練習してみよう」

「麻雀には必勝法というか、セオリーのようなものがあるのかな？」

「ないない」と鳥井はすぐに手を振った。「麻雀はさ、結局、自分を納得させるゲームなんだよ。言い訳を考えるゲームだ」

「何それ」

「やってれば分かるよ」

　するとそこで、笛が鳴るような音が聞こえた。見れば、窓際に鳥籠《かご》が吊《つ》るされている。

「ここには、僕のうちにないものばかりがある」

「これ、文鳥なんだ。可愛いだろ」鳥井はいつの間にか、鳥籠の前に行って、指を中に差し込んでいる。「イーソーって名前なんだ」

「いーそ？」居候から来ているのか、と思う。

「麻雀牌の中に、一索《イーソー》ってのがあってさ、その牌ってのが、鳥の絵なんだよ。そこからつけたんだ」そう言って鳥井は、の牌を探して、こちらに向けた。確かに、鳥の絵が描かれている。孔雀《くじゃく》だろうか。それから彼は、「コーヒーでも淹《い》れるよ」とキッチンに向かいかけた。だが、ふと大事なことを思い出したかのようにはたと立ち止まると、

「そういや」と振り返った。「北村ってさ、女と寝たことあるのか？」

「何だよそれ」あまりに率直で、唐突な質問に僕は、少しだけ腹が立った。

「童貞？」

「童貞って何？」

鳥井は、ぎゃはは、と笑った。「そこからかよー」

5

西嶋はかれこれ二時間以上もの間、必死に、「平和」を築いている。途中まで築いては壊し、完成間近に邪魔をされては嘆き、点棒は次々と減っていくにもかかわらず、方針を変えなかった。「平和にならない平和にならない。変だ変だ」とぶつぶつ言っている。

「次で半荘《ハンチャン》、終わり？」僕は、僕の指導係として後ろについている鳥井を振り返った。

「そう。南場《ナンバ》終了」と鳥井が答える。麻雀は四人でやるもので、半荘ならそれぞれ二まわりずつ、「親」をやる。と聞いた。

一巡目は東場《トンバ》と呼び、二巡目は南場だ。南場も終わると、「半荘」が終わる。そういうことらしい。たいていはそこで、点数の確認、順位の決定が行われる。と教わった。

「ねえ、北村って本当に麻雀覚えたてなの？」僕の右隣にいる東堂が、牌を積みつつ言った。

「今日の午前中に教わったばっかりだ」

名字に「北」が付くという理由で僕は招集されたが、まさか東堂嬢も呼び出されていたとは思わなかった。

「同じクラスに東南西北を名字に持つ人間がね、集まっていたんですよ。これにね、何か意味がなければおかしいじゃないですか。無視できないですよ」西嶋は、南や東堂に向かって、述べたに違いない。その誘い方もいかがなものかと思うが、のこのこやってくる僕たちもいかがなものか。

東堂は、僕の右側、確か麻雀用語で言えば、「下家《シモチャ》」で、牌を触っている。作り物のようなつるつるの肌をした彼女は、「でも、北村、うまいよね。負けてないし、判断も早いし。覚えたてには思えない」と言う。

「昔から、要領はいいタイプなんだ」

「やればできるけど、夢中にならないタイプ？」東堂が、僕を窺《うかが》ってくる。

「そうだね。やればできる、嫌な奴」

「ねえ、西嶋君は何でそんなに平和にこだわっているの？」南がぽつりと、西嶋に訊ねた。姿勢は良く、茶道の最中のような様子だった。相変わらず、彼女のところにだけ、陽光が射す。

西嶋は手を止め、例の口調でこう言った。俺は信じてるんですよ、こうやって下らないことでもね、科学的な根拠がなくてもね、念じれば通じると信じてるんですよ、と。

「平和《ピンフ》を上がることが?」僕は訊ねる。鳥井から教わったばかりの知識によれば、「平和」と書いて、「ピンフ」と読む役は、もっとも安い役だった。「点数がまるでつかないから、平和《へいわ》ってことなんだろ」ということらしい。

最後の親は、西嶋だった。サイコロを持っているが、なかなか振ろうとしない。かわりに、「あのね、俺は憂鬱《ゆううつ》で仕方がなくてね」と口を開く。「アメリカがまた、石油の国を攻撃するじゃないですか。表向きは、テロリストの撲滅とか、世界平和の実現とか言ってるけれど、ようするに、利権が欲しいとしか思えないですよ。なのに、俺たち日本の若者は、関心を持たなくてね、というよりも、他人事で、傍観者ですよ。俺の人生に関係ねえし、なんて思っていて。それが納得いかないんですよ。だから、せめて俺くらいはね、世界のことを考えて、平和を築きたいじゃないですか。こうやって俺が、この、学生には贅沢《ぜいたく》すぎるマンションの一室で」

「贅沢すぎて、悪かったな」鳥井は不快そうでもない。

「ここで、平和《ピンフ》の役を作り続けていればね、そういう馬鹿げた積み重ねが、通じるんですよ」

「通じるんじゃなくて、通じると信じているんだ、西嶋は」と僕は指摘する。

「無理だろー」鳥井が即答する。得意の、派手な笑い声を発した。「西嶋がいくら平和《ピンフ》を上がったところでさ」

「一回も上がってないけどね」東堂が肩をすくめる。

「そうそう」鳥井が続けた。「仮に何百回上がったところでね、アメリカ大統領は、軍隊を送り出すよ。国連決議がどうのこうのって言ってるけどさ、やっぱり、アメリカの思惑通りに進むんだ。間違いないって。濃縮ウランの兵器がさ、中東を襲うんだ。下手すると、いや、下手しなくても、また日本の自衛隊も行くね」

「ほら、これだ」西嶋はサイコロを構えたまま、動きを止める。

「どれだ」

「鳥井、ジョー・ストラマーの言葉を忘れたんですか？」西嶋が眼鏡の縁に触れた。

「ストラマー？　誰それ」

「クラッシュって、バンドのメンバーだよ」僕は答える。

「お、北村は、クラッシュ聴きますか」西嶋が同志を見つけたかのように目を輝かせたので、僕は素早く手を前で振り、聴いたことはあるけれどそんなに詳しくはないからパンクロックで分かり合うことはできない、と説明する。

「ジョー・ストラマーの、クラッシュの歌詞にこうあるでしょうが」西嶋が人差し指を立てた。まるでその指を目指して、天から電波が飛んできて、ジョー・ストラマーの発信する大切なメッセージを伝えてくる、と確信しているかのようだ。「『おまえたちは支配されてるのか？　それとも命令してんのか？　おまえたちは、前進してんのか、それとも後退してんのか？』そう言ってたでしょうが。それに対して、俺たちは、前進してるって言い切れますか？」

僕たちは感動したわけでもないけれど、口を閉じたままだった。しばらくして、みんなの意見を代表するような気持ちで僕はこう答えた。「何とも言えないな」

そんなんだから駄目なんですよ、と西嶋はぶつぶつ言う。

「そういう考え方って、流行《はや》らないだろうに」

「流行りも何も、俺はパンクが好きなだけなんですよ」

それを聞きながら僕は、確かに、幼稚な反抗と浅薄な理想主義はパンクロックの本質かもしれないなあ、と思った。

西嶋はサイコロを転がした。九が出る。彼は自分の牌の山から、牌を取りはじめた。西嶋の親で、南場の四局がはじまった。西嶋が上がれば、「親の連荘《レンチャン》」で継続されるが、他の誰かが上がれば、そこで終了だ。「今、トップって誰？」

「南じゃないかな」東堂が言う。

「え、わたし？」南が自分の点箱を覗《のぞ》いた。彼女の腰の脇に置かれた箱には、点棒が積み重なっていた。彼女が上がったのは、東場《トンバ》の二回だけだったが、その二回の点数がやけに高かった。満貫というのと、ハネ満というやつだ。役の名前は、長い呪文《じゅもん》のようだったので、忘れた。とにかく彼女はその呪文の恩恵を守りつづけて、五万点近くを持っていた。二位は東堂、三位は僕で、西嶋は堂々の四位、びりというわけだ。

「西嶋はびりだな」鳥井が言うと、「あのね」と西嶋が眉をひそめた。「あのね、分かってることをわざわざ、口に出されても仕方がないんですよ。空は青い、とか、海は広い、とかね。俺がびりだなんてね、わざわざ言わないでもいいんだ」

「空は青く、海は広く、西嶋はびりだ」鳥井が詩を読むように言い、嬉しそうにした。

西嶋の目が光った。「まだ勝負は終わってないんですよ。これから俺の親ですからね、崖《がけ》っぷちに追い込まれてこその、本領発揮というわけですよ。これから連荘ですよ。前進ですよ、前進」と牌を切った。

結局、その回は、東堂が八巡目に六萬をツモって、終了した。「タンヤオピンフイーペイコウツモドラ一」

西嶋は子供のように、耳を塞ぎ、「あーあー」と聞こえないフリをする。

6

厚手のカーテンを鳥井が閉め、そこで、外が暗くなっていることに気づいた。僕と東堂がほぼ同時に、壁の時計に目をやる。午後の七時を回っていた。半荘が終わり、点数の計算も終わり、僕たちは牌を触り、室内を眺め、だらしなく座っている。

隣の部屋から、どん、と音が響いた。横にいた僕は何事かと壁を見てしまった。鳥井が、「隣さ、若い夫婦で喧嘩《けんか》ばっかりなんだよ」と言う。壁とかしょっちゅう叩いてるし、最初のうちは心配だったが、どちらかと言えば奥さんのほうが強そうだから安心した、とも言う。

「旦那《だんな》さんを心配しなくていいのか」

「男の心配なんてしたくないって」鳥井は言ってから、「とりあえず、飯食いに行こうぜ」と立ち上がった。

マンション前の通りから二区画ほど裏に歩いていくと、小さな店があった。横開きの古いドアがあり、中には、四人掛けのテーブルがいくつか並んでいる。奥の席に、学生らしき男たちが三、四人ほど座っていた。

看板には、〈賢犬軒〉とある。ケンケンケンとでも読むのだろうか。「中華」という文字も見えたが、定食屋と言ったほうが近い。テーブルは回らないし、〈賢犬軒〉という名称は日本人の考えそうなものだし、それに、メニューに並ぶしょうが焼きは中華料理ではない気がする。僕たちは入り口側の広い席に陣取った。

「どれもうまいから」鳥井が言うのを聞き、店内の壁に貼《は》られたメニューを見渡した。右手にいる学生たちが何人か、視線を向けてきた。彼らは東堂を見て、目を見開き、すぐにさりげなく顔を背《そむ》けた。

「お兄ちゃん、今日は大勢だね」と前掛けをした女性がやってきて、鳥井に声をかける。鳥井は常連らしい。僕たちは口々に料理の名前を、レバニラ定食であるとか、唐揚げ定食であるとか、ラーメンセットであるとか、しょうが焼き定食であるとかを、順番に読み上げた。店員の女性が厨房《ちゅうぼう》へと去っていくと、「しょうが焼きはいまいちなんだよなー」と鳥井が嬉しそうに言った。

「どれもうまいって言ったじゃないか」僕はもちろん抗議する。

「しょうが焼き、以外なんだよ」

「先に言ってくれよ」

「あのさ、東堂ってどこ出身なの？」鳥井は、僕の嘆きを無視し、話題を変えた。

「わたしは、仙台、地元」と答えながら東堂は、西嶋に視線をやった。釣られて僕たちも、西嶋を眺めやる。

西嶋は片肘《かたひじ》を突き、首を傾け、店の奥に真剣な目を向けていた。テレビを睨《にら》んでいる。よほど興味深い番組でも流れているのか、と目をやると、ニュースキャスターのつまらない顔が映っているだけだ。しばらくして彼は、コップの水を飲んだ。僕たち四人も、釣られるように、コップに口をつけた。「見ましたか、今のニュース」目をやると、すでに、コマーシャルに入っている。「何のニュース?」

「仙台に通り魔が現われてるんですよ」

「あ、それ、知ってる」南が声を高くした。「深夜でしょ? 中年の男を狙ってるって」注文していた料理が到着し、「通り魔って、どういう奴だよ?」と鳥井が箸で、西嶋を指差した。

「箸を向けるな、箸を」と西嶋が不快感を浮かべる。「犯人は、中年親爺《おやじ》を見つけてね、『大統領か』て訊ねて、殴って、金を持っていくんですよ」

「大統領?」僕たちの声が重なった。

「本当に知らないのかよ。あのね、俺が思うには、この犯人は、今の世界の状態を憂えてるんですよ。アメリカがね、国連の制止を振り払って、遠くの国に攻め込もうとしている現実に、怒ってるんですよ」

「犯人が?」そこまで犯人の心情を理解する君こそが犯人ではないか、と言いたくもなる。

「いても立ってもいられなくてね、彼は彼なりに行動してるんですよ。アメリカがこうも身勝手なのは、あの猿顔の大統領のせいだと思ってね」

僕はここ最近、テレビをつけるたびに現われる、痩身で、色黒の男の顔を思い浮かべた。いつも目をきょろきょろさせて、言葉に詰まるとなぜか俳優のように笑う、大統領だ。彼も彼なりに苦労をしているのだろうし、僕よりはよほど社会のことを知っているに違いないが、けれど、彼の言動を見聞きするたび、「こいつ馬鹿じゃないの」と思わずにはいられない。僕のような世間知らずの青二才からも侮《あなど》られるのだから、大統領も可哀想《かわいそう》ではある。

「その通り魔は、だからって、大統領似の奴を襲ってるわけ?」

西嶋が、ずばりですよ北村、と目を光らせた。「たぶん、彼は本気で、仙台の駅前で、大統領を捜して、成敗しようとしているわけですよ」

「仙台で何年待っていても、アメリカ大統領は現われないだろ」鳥井が笑う。

「俺たちのプレジデントマンにとっては、そんな現実なんて関係ないわけでね。大統領を倒しさえすれば、戦争が回避できると信じて、ひたすら、徘徊《はいかい》してるんですよ。だからこそ、おまえは大統領か、おまえは大統領か、って訊いて回ってるんじゃないですか」

「プレジデントマンって、その犯人の名前かよ。ニュースで言ってたのか?」鳥井がもう一度テレビを見るが、画面の中では別のニュースを流していた。チャリティー番組を装って、街頭募金を行い、数千万円近い金を得た人間が捕まった、という報道だ。

「いや、俺が今、名づけたんですけどね」彼は平然と答え、思い出したかのように、レバニラ炒めに箸を伸ばす。「とにかくね、俺は、あの犯人を支持するよ」

「犯罪者なのに？」南が、西嶋を心配するかのように小声を発した。

「自分の周囲の下らないことにしか興味がなくて、世界で何が起ころうと、どこで戦争が起きようと、内戦で妊婦と幼児が銃殺されようと、動物たちが次々減少していこうとね、俺には関係ねえよ、なんて他人事でテレビを見てる学生とね、自分でどうにか事態を改善しようと、一生懸命、大統領を捜しているプレジデントマンとね、どっちが悪いと思うんですか？」

僕たちは顔を見合わせ、「そりゃ悪いのは、プレジデントマンだろう」と答えるほかない。

西嶋が溜め息をついた。

「アメリカ批判なんて、いまどき、子供だってしないぜ」鳥井が鋭く言う。

「俺はあえて、子供だってしないことをやってるんですよ。アメリカ批判してもしょうがねえよ、なんて批判もね、類型的って意味では一緒なんだ」西嶋は怯《ひる》むところがない。そして、「あの言葉を知らないんですか、あの有名な」とまくし立てた。

「どんな言葉？」

「『人間とは、自分と関係のない不幸な出来事に、くよくよすることだ！』」

「何それ」

「『彼方《かなた》で人々が難破している時に、手をこまねいてはいられない！』　あの素晴らしい本を読んだことがないんですか」西嶋はそのくせ、本のタイトルを明らかにしなかった。

「俺たちのプレジデントマンが、いつか大統領と対決すれば、世界は変わるかもしれないんですよ」

「俺たちの、って言うな、俺たちのって」

「俺はね、自分に特別な能力があれば、と願わずにはいられないんですよ。そうすればね、麻雀で平和《ピンフ》を上がるだけじゃなくてね、もっとできることがあると思うんですよ」

「っていうよりも、平和《ピンフ》、上がってないじゃんか」鳥井が笑う。そして、「あ、そういや」と指を鳴らしたかと思うと、れんげでスープを飲んで、唇を嘗《な》め回し、「特別な能力って言えば、南は凄《すご》いんだよ」と視線を動かした。

「どういうこと？」西嶋が箸を突き出す。

「箸を向けるな、箸を」今度は鳥井が、手で払う真似《まね》をした。「南、見せてあげろよ」

　南は照れ臭そうではあったが、穏やかに微笑んでいる。鳥井が、スプーンを南に渡した。「それって」と東堂がぽつりと言う。僕も、もしかするとこれは、と思わないでもなかった。

「曲げるんじゃないですよね」西嶋は声に出す。

「見てろって」鳥井は笑っていたが、僕たちの蒙《もう》を啓《ひら》こうだとか、信仰を広めようだとか、そういう意気込みはまるで漂わせていなくて、さらに、巧妙な手品で僕たちを騙《だま》そう、という様子もなかった。

「えっと」南が言い、手をテーブルの上に出した。スプーンの柄の、首より指一本の幅ほど下の位置を親指と人差し指でつまんだ。

「嘘だろ」

「鳥瞰型の北村には納得できないかもしれないけどさ」鳥井が言ってくる。

南の顔を見る。眉間《みけん》に皺《しわ》を寄せたり、こめかみに血管を浮かべたり、手を震わせたり、とそういうことはなかった。

「何だよ、これ」僕が思わず言った直後、スプーンが変化を見せた。

ステンレスの、古いスプーンは、南の指に触れられた部分から、下向きに、わずかではあるが反《そ》り返った。火に炙《あぶ》られたプラスチックが、ふにゃりと曲がるかのようだ。

南はさらに今度は、スプーンを垂直に立てた。柄の部分を持ち直すと、右手でスプーンの上部を触れる。力を入れたようには見えない。にもかかわらず、首の部分から直角に折れた。

鳥井が、ぎゃはは、と笑った。

「笑ってる場合じゃないだろう」僕は思わず言っている。東堂を見れば、彼女は人形のような顔をさらに人形のようにし、南の手を凝視していた。

「ふうん」と納得いかない口ぶりだったのは、西嶋だ。南の手からスプーンを奪うと、自分でそれをいじり、力を何度か込めた。けれど、まるで曲がらない。「ふうん」とまた言う。

僕はふと、一年ほど前に盛岡の実家で両親とともに観《み》たテレビ番組のことを思い出していた。

番組では、上越地方の、ある村の老女がスプーン曲げを披露した。村では、その能力にご利益《りやく》があると、話題騒然だったらしい。スタジオに登場した老女は背筋がしゃんとして、穏やかな佇《たたず》まいで、「うまくできればいいんですが」と照れながら、スプーンを曲げた。ただ、その番組に出演していた落語家とコピーライターが、老女の不審な動きを指摘し、「あれはおかしいぞ」と騒ぎ出した。そこからさまざまな検証が行われ、実はスプーン曲げはトリックのある手品であることが証明された。

「やっぱり、超能力なんてあるわけがないのね」と母は残念そうに洩らし、僕も同じ気分だった。

けれど今、目の前で見せられたスプーン曲げは手品とは思えなかった。

「スプーンが曲がったからどうしたって話じゃないですか」

「西嶋は負けず嫌いだ」鳥井が笑った。「南はこれを、子供の頃からできたんだよな」

「学校で大騒ぎにならなかったの？」東堂が訊ねる。

「っていうかさ、俺たちの中学校なんて、田舎だったからな」鳥井が口を挟んだ。

「東京なのに？」と僕が訊ねる。

「東京でも田舎なところは田舎なんだよ。とにかくさ、当時はみんな、驚いたけど、騒ぐほどじゃなかったんだって」

「テレビ局が来たり、とかしないわけ」

「クラスでも、足が速い奴とか、ペンを回すのがうまい奴とか、蛙倒立《かえるとうりつ》がうまい奴とかいるじゃないか。あれと同じ感じだよ。南なんて目立たないほうだったぜ、な」

南がこくりとうなずく。

「そういうのとは、全然、違うって」

「北村、おまえも今すぐテレビ局に電話しようとしないだろ。そんなもんだって」

「おい、蛙倒立って何ですか。逆立ちじゃないんですか？　何ですか、それは」

一人下らない質問を繰り返す西嶋を放ったまま、僕たちはさらに南に質問をする。

「スプーン曲げ以外にも何か、できるわけ？」

「よく分かんないけど、いろいろ」

「物を動かしちゃったり?」東堂が半信半疑なのか、遠慮がちに質問した。

「うん」南は、じっと視線をテーブルの上にやり、鳥井の手元の丼《どんぶり》を睨んだ。

「丼だ」と鳥井が言う。その直後、丼がずずっと南の近くへと動き出した。それは丼の形をした小動物が、警戒しながら一歩一歩進むようだった。僕たちは息を飲む。それから、ゆっくり吐いた。

「嘘だろ」

「さすがの鳥瞰型もびっくりしてるか」

「これで驚かない人がいたら逆に驚く」

「動かす時には、名前を呼ぶんだよな」鳥井が、南に確認する。

「名前?」

「物を移動させる時、その物の名前を意識すると、やりやすいの」南は恥ずかしげだった。

「どういうこと」

「ようするにスプーンを動かす時には、動かすのはスプーンだぞ、これだぞ、って頭で念じるらしいんだよな。だから、まわりで、その名前を呼んでやるとやりやすいんだってよ。それで今も、丼、って言ってあげたんだ」

「車の場合は、車種だけど」南がますます俯《うつむ》き加減になった。自分で言いながら、胡散《うさん》臭《くさ》くてごめんなさい、と謝るようだった。

「車種？」

「南の家ってさ、車屋なんだよ。ディーラー。だからさ、車って言われてもイメージしにくいんだって。車種まで念じないと」

「本当に車を動かしたことがあるわけ？」僕は豚肉をつまんでいた箸を止める。

「あるある」鳥井が喋りはじめたのは、彼が中学二年生の時の林間学校という名の集団旅行でのことだ。川原で飯盒炊爨《はんごうすいさん》をしていた時に、鳥井は、南と一緒に川へ水を汲《く》みに行った。すると、向こう岸に大きめのセダンが停まっていて、それを見た鳥井は、あれを動かせるか、と思い付きを口にした。

「で、動いたわけ？」僕は眉を上げる。

「最初は全然できなくて」と南が微笑んだ。

「俺が一生懸命、車、車って言ってやってんのに、ぴくりともしねえんだよな。しょうがないから、ためしに、『クラウン！』って車種を言ったら」

「飛んだわけ？」東堂が眉をひそめた。

「ぶわっと川に向かって、車がふっ飛んだ」

僕たちはしばらく、ぽかんとするほかなかった。「嘘だろ」

「それ大騒ぎにならなかったの？」東堂も反応に困っている。

「まあ、それなりに、だったよな」

「それなりに、って、何それ。何、その学校。現代の日本の学校なのか？」僕は言う。

「練馬を馬鹿にしてるのかよ」

「そうじゃなくて」

「よし」西嶋は目つきが鋭くなっていた。眼鏡を触りながら、酒も飲んでいないのに難《なん》癖《くせ》をつける親爺のようだった。「じゃあ、今、外でやってもらおうじゃないですか。口でならいくらでも言えるんだし。クラウン飛ばしてもらおうじゃないですか」

けれど、南は申し訳なさそうに首を振った。あれ以降は一度しかできたことがないのだ、と言った。

「あの後、一度だけ？」鳥井が聞く。

「そう、高校三年の時なんだけどね」

深夜、予備校からの帰り道で、自動販売機の前に大きな車が停まっていて、邪魔だな、と感じ、車体の文字が目に入ったので、「ハイエースか」と車種を頭で読み上げたら、そのバンが飛んだらしい。ふわっと浮かび、数メートル離れたところに落ちたのだという。

「嘘臭いですね」

「西嶋は厳しいな。今はできないのかよ？」鳥井が質問する。

「駄目なの。時々、試してみるんだけど。あの林間学校の時と、去年のあの時しか、大きいのは動かせてないの」

するとそこで東堂が指を折って、数を数え出した。「四年に一度だったりしてね」

「あー、あるかも」南が顔を明るくする。「充電期間が必要なのかも」

「そりゃ、なしでしょう」と西嶋が不満そうな顔をする。「オリンピックとかワールドカップじゃないんですよ。そういうのは反則ですよ。いんちき能力者にありがちな言い訳ですよ」

「信用しないもんだなあ」と鳥井は笑い、まあしょうがないか、とうなずくと、僕の前にあるコップを指差し、「南、コップ」と言った。

南が目をやった。水の入ったコップが右手にゆっくり移動する。

「これで何で、大騒ぎにならないんだ」僕は茫然《ぼうぜん》として、目の前を動くコップを指差す。

「練馬を馬鹿にしてるのかよ」

7

マンションに帰る道すがら、西嶋は路上に停車してある車を見つけるたびに、その車種を口にし、南を窺った。スカイライン！　オデッセイ！　と西嶋の声が空《むな》しく響く。

「本人ができないって言ってるんだから、やめればいいのに」と僕はたしなめるが、南は人がいいのか、怒る様子もなくて、西嶋の指示があるたびに立ち止まり、交響曲の演奏でも味わうかのように目を瞑《つぶ》り、じっと黙り、そして結局は、首を横に振った。

「北村、信じたか」鳥井が、僕の肩を叩いた。「こういうのを馬鹿にする奴、多いんだよな」

「こういうのってどういうの」

「オカルトっぽいやつ。超能力とかＵＦＯとかさ」

「僕はそういうの、別にどうでもいいんだ」と正直に言った。「否定するのも、深入りするのも、好きじゃない」

「それでこそ、鳥瞰型だよな」

「俺に、ああいう力があれば」西嶋がこちらに歩み寄ってきた。と思うと、僕の肩にもたれてくる。「あったら、どうするの？」と訊ねたのは、隣を歩く東堂だ。

「西嶋はまず、平和《ピンフ》を上がれよ」鳥井が笑う。

部屋に戻った僕たちは、もはや、麻雀を再開する気分でもなくなっていた。が、西嶋の、「半荘だけ、半荘だけ」という懇願に根負けした。

持ち点を、二万七千点に戻し、再び麻雀をはじめる。やりはじめて数回で言うのは間違っているかもしれないが、僕はすでに、この牌の感触や、めくる時の期待感、牌を掻《か》き回す音、並べる作業、そういったものを好ましく感じていた。戦略を練り、状況を確認し、築いたり壊したりを繰り返す、というのは僕に向いている気もする。しばらくは、牌をつまみ、入れ替え、捨て、竜の身体を作る、その音だけが続いた。「チー」であるとか、「ポン」であるとか、発声もなかった。

　結局その回も、夕食を食べる前と変わらず、南が一位、西嶋がびりという、すでに定位置と表現してしまっても構わないような状態のまま、終盤にかかっていた。

「西嶋って、パンクロックが好きなわけ?」東堂が言ったのは、南場の二局、全員が押し黙り、淡々と牌の出し入れをしている時だ。

「好きですよ」西嶋はかぶりつくように牌を睨んでいたので、上の空の口調だった。

「パンクロックってどういうのなの」

　西嶋が首を捻りながら、牌を取る。そして、顔を輝かせたかと思うと、「リーチ」と発声し、捨て牌の、を横に置いた。

「リーチかあ、怖いな」と南がささめくような声を出す。

「パンクロックの定義なんてね、正直どうでもいいんですよ」リーチをかけた安心感からか、自分の待ち牌がばれることへの不安からか、西嶋は途端に饒舌《じょうぜつ》になった。「プリティ・シングスの初期もドクター・フィールグッドの初期もみんな、パンクってことでいいんですよ」

「初期初期、うるさいなあ」鳥井がからかう。

「でもね、俺が好きなのはやっぱり、クラッシュとラモーンズですよ」

「あの宴会の時も言ってたよね。ストラマーとか、ジョーイ・ラモーンとかさ」僕は指摘する。

「誰それ」東堂が訊ねる。

「クラッシュのボーカリストと、ラモーンズのボーカリストだよ」僕は説明する。

「北村とは友達になれそうですよ」

「知ってるだけで、好きなわけじゃない」

西嶋は、僕の言葉になど耳を貸さず、牌山から牌をつかみとり、そして、「違うなー、これじゃない」とを捨てた。

「それ、いいの？」東堂が言う。

「？　いらないですよ、こんな牌」

「そうじゃなくて、その、ラモーンズとかいうバンド」

「どれも同じ曲に聞こえるけどね」僕は忠告する気持ちで、口を挟む。

「それがいいんですよ。首尾一貫しているじゃないですか、大事なものはいつだって変わらないんだから。だいたいね、音楽性が変化していくなんて、迷いがある証拠ですよ。そうそう、ジョーイ・ラモーンの名言を知ってますか？　名言を」

「名言かあ、聞きたいねえ」鳥井が嬉しそうに言った。

「どんなこと言ってるわけ」僕も興味があって訊ねた。

「ジョーイ・ラモーンは記者に、『どうして、そんなに長くバンドが続いているんですか？』って質問を受けて、完璧《かんぺき》な答えを口にしたんですよ」

「何て？」東堂が、牌をつかんだまま、目だけで西嶋を見た。

「何て？」南も微笑むようにしながら、興味深そうに言った。

「何て？」

「何て？」と鳥井も便乗してくる。

「ジョーイ・ラモーンはこう言ったんですよ。長くバンドを続けるには」西嶋はそこで、ぐっと口を閉じ、僕たち四人の顔を順番に眺めると、言った。「『ステージ上で、あまり動かないことだ』」

僕と鳥井が同時に噴き出した。その勢いで、危うく、牌が倒れそうになったほどだ。南も目を細めて笑った。東堂は、と気になって目をやると、彼女も頬を緩めていた。唇の端を上げ、爆笑とはいかないが、それでもこみ上げてくる笑いをこらえているようだった。

「何でですか。何で、おまえたちが笑っているのか、俺には分からないですよ。こんなに深い答えはないでしょうに」

「深くないだろー」と鳥井が言う。

「でも、死んじゃったんだ?」南は少しだけ寂しげな表情を見せた。「動かなかったのに」

三巡ほどしたところで、音がした。何事かと窓へ目をやると、鳥籠のそばに鳥井が立っていて、餌《えさ》をやっている。東堂と南はその鳥籠を眺めたが、西嶋は自分の手牌に集中していた。

「あ」と声を発したのは、鳥井だ。がしゃんという音の後で、柔らかい拍手のような、羽ばたきの響きがした。籠の扉を閉めそこなったらしく、文鳥が飛び出したのだ。軽やかに、部屋の隅へと飛んでいく。

「早く、次、北村の番ですよ」西嶋だけが麻雀に意識を向けていた。リーチをかけたものの、なかなか当たり牌が現われないため、明らかに焦《じ》れていた。

僕が牌を捨て、東堂の番が終わり、それから、西嶋が牌山に手を伸ばそうとしたその時に、文鳥が来た。麻雀卓の真ん中に、降りてきたのだ。飛行機が進入灯に従い着陸するかのように、羽をばたつかせ、卓の中心に降り立った。注目を浴びていることを自覚しているのか、きょろきょろと首を振っている。

その時だった。「ロン!」と西嶋が声を上げた。「ロン、ロン、ロンですよ」

「え、わたしの？」東堂が首を捻る。

「鳥ですよ、鳥。🀐ですよ。その鳥でロン」西嶋は唾《つば》を飛ばし、自分の手牌を開いた。索子《ソーズ》だけで出来上がった、綺麗な手だ。「🀐だから、高めで、一通《イッツウ》も付きますよ。面《メン》前清一《ゼンチンイッ》、一気通貫《イッキツウカン》の、ドラ一で、倍満《バイマン》ですよ。親の倍満」と早口でまくし立てる。

「鳥って、この文鳥で当たったの？」南がきょとんとした表情で、鳥を指差した。

「当たり前ですよ、当たり前」西嶋は勝利に酔い、顔を上気させていた。どうやら、西嶋は🀐で上がりたかったらしいが、なかなか牌が出ず、🀐には鳥の絵柄が描かれていることから、本物の鳥で代用しようとした、そういうことらしい。僕たちは一瞬、唖《あ》然《ぜん》とし、けれどすぐに反応した。

「下らなさすぎるよ。ルール度外視だ」と僕は顔をゆがめた。

「この文鳥って誰の捨て牌になるの？」と南が指を突き出す。

「でもさ、その役、平和《ピンフ》じゃないよね」と東堂が指摘をした。

　後ろに立っていた鳥井は、ぎゃはは、と笑った。「俺、好きだよ、そういうの」

「そういうのって、どういうの？」僕は訊ねずにはいられない。

「こじつけだよ。鳥の牌のかわりに、この文鳥を使うなんてさ、馬鹿馬鹿しいし、最低だけど、こういうこじつけって人間ならではだと思わないか？」鳥井は言った。「下らない関連付けだよ。『死人』番号だから、四という数字を嫌うのと似てるよな。そういうのって、動物的には意味がない。でも、人間には意味があるだろ。人間らしい考え方だ」

「違うと思うな、僕は」

「とにかく、点棒を早くくださいよ」西嶋だけが淡々と、いや、いけしゃあしゃあと、続行しようとしていた。

「馬鹿馬鹿しくて元気が出るよ」と鳥井だけが笑っている。

8

僕たちは夜の十時を回った後で、鳥井のマンションを出た。西嶋のでたらめな上がりは当然、認められず、通常であればそういう上がり、「誤ロン《ゴ》」は罰として点棒を払う仕組みになっているようだったが、「文鳥を牌に見立てて、上がる」という手法については、初心者の僕以外の三人にとっても規格外だったらしく、あまりの馬鹿馬鹿しさに、「もうどうでもいいや」という雰囲気になってしまった。

たまたまだったのだが、僕と東堂は帰り道が同じで、南と西嶋が別方向へ行ってしまうと、二人で並んで、夜の大通りを歩くことになった。

「あのさ、東堂は、あの南のことどう思った？　あのスプーン曲げ。あれは、もっと大騒ぎすべきことじゃないのかな」

「今だって、信じられないんだけど、でも、南は嘘を言うような」東堂がそこで言葉を切る。

「人間には確かに見えない」僕が言葉を継ぐ。

欅《けやき》の立ち並ぶ通りには、マンションが連続して並び、店と呼べるものは、小さなケーキ店やブティックくらいで、それも今はすでにシャッターを下ろしているため、少し暗かった。

「夜遅いけど、大丈夫?」何となくそう発言するのが礼儀である気がして、言ってみた。うん、とも、ううん、ともとれる曖昧な返事を東堂はした。

小さな交差点を一つ越えると、見渡すかぎりのありとあらゆる道路脇に、タクシーがぎっしりと並んでいて、圧倒される。

「あのさ」敷地の周囲にチェーンを張った、閉店後のガソリンスタンドを通り過ぎたところで、東堂が声をかけてきた。その口ぶりはどこか思い詰めた、というか、決心した力強さが込められていて、僕は少々、怯んだ。

「これから一緒に、CDショップに行ってくれない?」彼女の口からはそんな言葉が洩れた。予想もしない発言だった。「確かさ、アーケード通りに二十四時間営業の店があったよね」

「いいけど。何か買うの？」

「わたし、あんまりCDとか聴かないから、お店に行くの慣れていないんだよね。高校生の時の先生が、大のジャズ好きで、すごく煩《わずら》わしい思い出しかなくて。ジャズって言葉を見るだけでも、気持ちが暗くなる」

「でも、わざわざ今日行くわけ？　何を買うために？」

「あのさ、さっき」東堂はそこで躊躇《ちゅうちょ》するような間を空け、その後で、「西嶋が言っていたやつ」と若干、声を小さくした。

「ラモーンズじゃないよね？」

「そうそれ」

9

夜のCDショップに辿《たど》り着くと一直線に洋楽のコーナーを探し、奥へ奥へと向かった。東堂は本当に、CDを買うのに不慣れな様子だった。「R」のコーナーの前に立っていたが、しばらくして、「ねえ、これって恰好《かっこう》いいわけ？」と訊ねてきた。ラモーンズのファーストアルバムだと思うが、それを手に取っている。ライダージャケットのようなものを着た、汚いジーンズ姿の、しかも、出無精の漫画家のような髪型をした男たちが、だらしなく立っている。

「聞かれても困るけど」

「むしろダサいよね？」

「どうなんだろうねえ」

彼女は結局、何枚かラモーンズのCDを見繕《みつくろ》って、レジへと向かった。

レジにいる店員は、眼鏡をかけた知的な風貌《ふうぼう》の男性で、彼は、東堂の顔と置かれたCDを交互に何度も見比べた。それはあからさまに確認しすぎだろう、と笑ってしまいそうになるくらいだった。深夜のCDショップで、背筋の伸びた、立ち姿も美しい若い女性が、三十年も昔のパンクロックのアルバムを買っている光景は、幻惑的かもしれない。

「もしかしてさ」店を出て、しばらく歩いた後で僕は言った。信号が青になり、横断歩道を渡る。酔っ払った若者が、と言っても年上には違いないが、僕たちを追い抜いた。そして、そのうちの数人がさりげない様子で、こちらに首を向ける。明らかに東堂を振り返ったのだし、さりげないわけがなかったのだけれど、東堂には意に介した様子がない。

「違っていたら悪いんだけど、東堂、西嶋のことが気になってるわけ？」

一瞬、間が空いた。遠くで、列車の音が響いている。それとは別に、小さなエンジン音も聞こえた。静寂とは言いがたいが、穏やかな夜だった。

「あれって北村、覚えてる？　半月くらい前の、ボウリング」押しボタン式の信号前で立ち止まった時に、東堂が口を開いた。

それを引き金に、僕の頭は、螺子《ねじ》を捻られたように回転をはじめ、記憶を過去へ過去へと逆回しにする。該当の場面を探り当てたところで、再生をする。「仙台ボウリング」という看板と、むくれた西嶋の顔が映る。

「あのボウリング大会？」


半月前、僕たちが所属する法学部では、新入生全員によるボウリング大会が企画された。全員、と謳《うた》われていたとはいえ、参加は強制ではなく、ボウリング場の十レーンを貸し切る程度の規模のものだった。各レーンに五人ずつ、簡単な籤《くじ》引きでグループ分けがされ、三ゲームの個人の合計得点を競う。進行役を務めていたのは例のごとく、僕たちのクラスの、派手な眼鏡と長髪の、莞爾だった。「いつだって幹事役の莞爾です」と言い、参加者を、ほんの少しだけ沸かせた。

僕は、鳥井と同じレーンだった。残りの三名のうち、一名は同じクラスの女の子で、二名は別のクラスの男だ。女の子は見た目こそ華奢《きゃしゃ》だったが、「わたし、アベレージ一八〇くらい出しちゃうけど、びっくりしないでね」と冗談とも本気ともつかない発言をして、僕たちの顔を引き攣《つ》らせ、そして実際にそれなりの点数を叩き出して、さらに僕たちの引き攣りを酷《ひど》くした。


僕と、CDショップの袋を持った東堂は、大通りを横切るための地下道に入る。四方から階段で繋《つな》がっている地下の中心には、小さな噴水とそれを囲むベンチが置かれていた。いくつかのベンチは、段ボールを布団がわりにした男たちが勝手に占拠していたので、空いているベンチを探し、腰を下ろす。

「あの日、東堂は左端のレーンにいたよね」

「よく知ってるね」

あのイベントの日、僕の隣にいた鳥井が、「何だよ、東堂はあんな端っこにいるのかあ。お近づきになれないな」とぶつぶつと不満を洩らしていたものだから、覚えていた。

「西嶋はわたしたちの隣のレーンだったんだけど」

「それも覚えてる」僕はすぐにうなずいた。「西嶋のボウリングはまるでなってなかった。初心者だったのかな」

「初心者ではない、って威張ってたけどね」

遠くにいる僕たちのところでも、西嶋の投げ方は失笑を買っていた。「恰好悪いね、あの一番端っこの男」と僕たちのレーンにいる、アベレージ一八〇嬢は笑った。鳥井はわざわざ、左端まで見に行き、「点数も最低だよ、九〇も行かないな、あれ」と報告した。「あいつ、見るからに、運動が駄目っぽいよなあ」と隣から声が聞こえた。どこのレーンでも西嶋の無様《ぶざま》さは話題になっていた。

レーンの後方では、待ち時間を持て余した別の客も幾人かいた。高級そうな背広を着た男たちで、煙草をくわえながら僕たちのボウリングを観戦しており、その彼らも、西嶋の投球を笑っていた。

「あれ、ホストよ」とアベレージ一八〇嬢は、僕たちに教えてくれた。

「ホストとボウリングって、組み合わせとしてはどうなのかな」僕は自分でも、これは偏見だな、と思いつつ言った。

「流行ってるんだって」アベレージ一八〇嬢は顎を引いた。「仙台の水商売業界で、今、ボウリングブームなのよ」

「健康的なホストじゃん」と鳥井が苦笑する。「そう言ってる君は、ホストクラブによく行くんだ?」

「まあね。ホストの人たちって意外にいい人、多いんだってば。優しいし、努力家だったりしてさ」

それはすでにホストの魔力や詐術《さじゅつ》に騙されているのではないか、と勘ぐりたくもなるが、どうやらそうでもないらしい。

「健全な人もいれば、怪しげな人もいる」と彼女は言った。「職業に貴賤《きせん》なし」

そう言われてしまうと、なるほどそうだね、と受け入れるほかない。

「ただ、酷い男もいるらしいけどね」アベレージ一八〇嬢はすでに、「歩くホスト事典」のような貫禄を見せはじめていた。「お金を稼ぐのに躍起になって、ギャンブルに手を出したり、危ないグループに利用されたり」

危ないグループとは具体的にどう危ないのだ、と訊ねると彼女は、「強盗とか空き巣の仲間になる人もいるらしいし」と言う。

「強盗や空き巣はすでに、ホストとまったく関係ないじゃないか」

「大きな共通項としては、目指すものがお金ってことね」

投球の終わった西嶋が、振り向いて戻ってくる際、足が絡まったのか躓《つまず》いて、転んだのが見える。ホストたちが一斉に笑い、僕はどういうわけか身内が嘲笑《ちょうしょう》されたような気恥ずかしさを感じた。

「わたし、あの時、本当に不思議だったんだよね。西嶋、笑われてもまるで、恥ずかしがらないいし、下手なのに全然、びくともしない」

「びくともしない?」

「あれはたぶん、自分を信じているんだと思う」東堂は、自分を信じる、という言葉を照れ臭そうに、発音した。

「西嶋は自分を信じている？」

「西嶋は臆《おく》さない」

「なるほど、西嶋は臆さないかもしれない」

「実はね、あの翌々日に、わたし、あのボウリング場に行ったんだけど」

「ボウリングに、はまったわけ？」

「財布を忘れて、取りに行っただけなんだけど」東堂が続けた話は、妙な臨場感があって、まるで僕もそのボウリング場を、翌々日に訪れたような気持ちになる。


午後二時、日曜日のボウリング場はそれなりに混みあっていた。ボールがレーンに落ち、どんという響きが鳴る。滑走する静けさの後、ピンが小気味良く倒れ、破裂するような音を発する。それが間を空け、繰り返される。時折、歓声が上がったり、悔しがる嘆きが聞こえる。カウンターの女性店員から財布を受け取った東堂は、ボウリング場を後にしようと歩きはじめたのだが、そこで西嶋を発見した。左から二番目のレーンで、ボールを持ち、構えていた。そのレーンの椅子《いす》には他に誰もいなくて、西嶋一人でやっているのだな、と推測できた。気づいた時には一歩、二歩、と東堂はそのレーンに近づくために、足を踏み出していた。

「興味があったわけ?」僕は、話の途中で訊ねた。

「そうだね。興味深かったよね」

西嶋がボールを投げる姿を見て、おや、と東堂は思った。二日前のフォームとはずいぶん違っていたからだ。安定した投げ方だった。東堂は近くにあった椅子に、腰を下ろす。椅子の位置は高く、レーンの様子がよく見渡せた。

西嶋が投げたボールは、レーンの右寄りの位置から綺麗に回転しながら進み、半分を越えたあたりで、緩やかに左側に曲がりはじめる。カーブなのかフックなのかは判然としないが、とにかく曲がる。その曲がり方は期待を持たせる膨らみを伴っていたが、結局は、一番ピンを行き過ぎ、横のピンに当たった。左側が抉《えぐ》られたように、ピンが残った。首を捻りながら西嶋は戻ってくる。おかしいなあ、という顔だ。そして、椅子に置いた本を手に取り、じっくりと読みはじめた。

ボウリングの教本だ、とは見当がついた。

西嶋は真剣な面持ちで、ボールを持たずに、何度か素振りをはじめた。右足を踏み出すと同時に右手を前に出し、左足を出すタイミングで、右腕を下に向け、重力に従いつつ振り子を描くように、三歩目で、後ろへ振りかぶる。最後の四歩目で出した左足を踏ん張って、腕を振る。

いいフォームかも、と東堂は感じた。

素振りの後で、ボールをつかむと西嶋は、同じフォームで投げた。ボールは先ほどよりは中央寄りに転がったものの、やはり一番ピンを外し、結局は三本倒れただけだった。

「わたしが想像するにはたぶん、西嶋は、朝から来てたんじゃないかな。それから、その前の日も」東堂は限りなく無表情と呼べる、整った顔立ちをしている。

「連日、本を見ながら、練習していたってこと？　どうしてまた」

「悔しかったんじゃないの」

「笑われたことが？」

「というよりも、ボウリングができなかった自分自身が」

「自分を信じてるから？」

「北村だったら、絶対やらないでしょ、悔しくても」

「そもそも、悔しく思わないだろうね。ボウリングの点数が悪くても、別に気にしない」

「わたしもそう。でも、じゃあ、何のことなら必死にやるのか、って思わない？　結局さ、いざという時にはやる、なんて豪語している人は、いざという時が来てもやらない。西嶋はそれに比べて、どんなことも真剣勝負なんだよ、たぶん。言い訳しないで、逃げずに、克服しようとする」

「たとえ、ボウリングでも?」

「麻雀でピンフを上がるのも」

僕は、東堂の横顔を見る。前を向いたままで、すっと伸びた鼻と色気が漂う瞼《まぶた》が見える。薄い唇をぴくっと開くと、「結局、ボウリング場に二時間くらい、いたんだけど」と言った。

「二時間?」僕は思わず、大きな声を出してしまった。噴水がそれに合わせて、水を噴き出した。驚いた、とばかりに、ぱしゃー、と飛び、そして、いやそれほどでもないか、と我に返るように止まった。

東堂は、各レーンを転がるボールを、ぼうっと眺めているだけで楽しかった。らしい。スマートに流れる球もあれば、ゆっくりと、いつ止まってしまうのかと不安になるような歩みで進む球もある。最初のうちはピンの山とはまるで違う方向を目指しているのに、ある地点まで来ると、「と、見せかけて」と言わんばかりに大きなカーブを描き、ピンに衝突する球もある。ピンが弾《はじ》き飛ぶ音が心地良く、自分の身体の中がその音で掃除でもされるかのようだった、と東堂は言う。

「結局、西嶋は一回もストライクは出していなかったんだけど」
「そりゃ、悔しい」
「でも、本当に惜しかった。健闘していた」東堂は、ここにいない西嶋を擁護する、というよりは、事実を話す口ぶりだった。「あと一歩という感じ。で」

そのゲームの十投目、西嶋がボールを構えてじっとピンを睨むのを、東堂は、緊張しながら眺めていた。時計の示す時間や、投げるたびに右腕をさする西嶋の表情からすると、これが今日、最後のゲームになるのではないか、という予感があった。最後くらいはストライクが出てもいいだろうに、と東堂は思った。たった一日の特訓で、劇的に上達することはなくても、ストライクが一度出るくらいの結末があっても目くじらを立てる人はいないだろう、と。

気がついた時には椅子から下り、左側へと足を進め、西嶋のレーンの真後ろに立っていた。ボール置き場の手前から、西嶋の背中を見つめた。

西嶋が右足を出し、同時に、腕も動いた。場内が静まり返る。少なくとも東堂には、物音が聞こえなくなった。黒いボールが緩やかに持ち上がる。せえの、と東堂も心の中で、振りかぶる。疲れのせいか踏ん張った左足が震えるように見えたが、西嶋は、姿勢を崩すことなく、ボールを放った。

「行け、って思わず心の中で言っていた」東堂が、自分でも不思議だ、と呟《つぶや》いた。「わたしはあんまり、そういうのに熱くなる性格じゃないんだけど」

「僕もそうだよ」

「北村もあの場にいたら、行け、って叫んだよ」


レーンの右寄りの場所から転がり出したボールは、ガーターの溝と平行に、綱渡りを楽しむかのように、まっすぐ転がった。床を走るボールは、ほどなく、急に肩の力を抜くように、方向を変え、左へと曲がった。

いったん、回転を止めるような素振りを見せると、直線方向へ、つまり、ピンの正面へと、向かった。まるで、そこへのレールが敷かれていたかのように、ボールは一番ピンと二番ピンの間に、吸い込まれる。

弾いた。ボールはピンを飛ばし、自ら弾けた。叫喚《きょうかん》するような音が、レーンの先から響いた。東堂は知らず、右腕で拳を作り、やった、と声を上げそうになる。

「わたし、そのストライクが起きた時に、あれを思い出したんだ」

「何？」

「新入生の宴会、あの時の西嶋の自己紹介」

「あれは印象的だったなあ」

「スローモーションみたいに、一つ一つ、弾かれるピンが見えたんだけど、その時に、もしかして、って思ったのよ」

「もしかして、何？」

「もしかして」東堂は肩を上げる。「砂漠に雪を降らすこともできるんじゃないのかって」

「論理的じゃないよ、それは」

「思ったんだから仕方がない」

「それで、ラモーンズのＣＤを買っちゃうくらいには、西嶋に惹《ひ》かれたわけ？」

「内緒だから」東堂は恥ずかしそうでもなければ、懇願するようでもない。

10

翌朝、一コマ目の哲学の講義に出席するため、午前八時には講義室に到着していた。もう、清々《すがすが》しいくらいに空席ばかりだ。小さな教室ではあったが、それにしてもがらんとしている。隣の席に腰を下ろす者がいて、顔を向けると、莞爾だった。長髪を耳の上に被《かぶ》せている。細かいカラフルな線がたくさん織り込まれた、薄手のセーターを着ていた。

「莞爾もこの講義取ってるんだ？」

馬鹿を言うな、という顔を彼はした。「北村に会いに来たんだって」

「麻雀の誘い？」

「何だよそれ。あれだよあれ、昨日さ、知り合いに聞いたんだけどさ、おまえ、東堂と歩いていたんだって？　ＣＤショップで見かけた奴がいるんだって。おまえと東堂が、ＣＤを選んでるのを」

「たまたま、一緒になったんだ。それで東堂がＣＤを探してたから」

「おまえ、東堂と親しいんだっけ？」

「いや、昨日はじめてまともに喋ったけど」

ははあ、と莞爾はそこで、したり顔になった。おそらくは、僕が東堂に好意を抱いていて、策を講じて知り合った、と解釈したのかもしれない。

「北村だから言っちゃうけどさ」莞爾が声を細める。「東堂のこと、俺、狙ってるんだ。で、俺と北村だったら、俺のほうがいいだろ」

僕はまばたきを数度、やった。ここで言う、「いい」の基準が知りたかったが面倒臭くて、「だね」とうなずいた。「いいと思う」

「だから、やめたほうがいい。だろ？　俺の言ってる意味、分かるだろ」

「よく分かるよ」笑いをこらえるのに苦労する。莞爾のこの、演劇じみた物言いは何なのだ。

　がらっと戸が開き、白髪の教授が現われた。莞爾は腰をかがめ、立ち去ろうとする。そこで、「あ」と声を発した。「北村、おまえさ、鳥井と仲がいいだろ」

「まあ」

「気をつけたほうがいいぞ。あいつ、女子高の生徒とか短大の女とかあちこちに手を出してるから、怒ってる奴がいるみたいでさ」

　怒っているのはその相手の女なのか、それとも、女に関わっている男なのかはっきりしなかったが、訊けなかった。一方で、横浜からやってきてまだひと月ほどしか経《た》っていないというのに、そこまで活動している鳥井の行動力に驚く。

「そうだ」去り際に莞爾がまた、言った。「東堂ってどういうＣＤが好きなんだ？」

　少し考えた後で、「ジャズかな」と答えた。

11

　さらに翌日、鳥井と西嶋に会った。もしかすると、僕の学生生活は、彼ら二人との交流でしかないじゃないか、と思われてしまうかもしれない。でも実際には、自分のアパートでテレビを眺めたり、レンタルDVDを鑑賞したり、ステレオで音楽を楽しんだり、もしくは新聞の勧誘員と戦ったり、交渉したり、結果、契約をしたり、クリーニング屋を探したり、大学の講義室でノートを取ったり、質問をしたり、書店でドイツ語の辞書を買ったり、買ってきた本を眺めたり、読んだり、そういった時間だってもちろんたくさんあった。ただ、面倒臭いことや、つまらなさそうなことの説明は省くつもりなので、結果的に、鳥井たちに関連した出来事が中心になるのも事実だ。

午後三時過ぎに、政治学の講義を終え、駐輪場に向かって歩いている僕を、彼らが待ち伏せしていた。やませみの髪型をした鳥井は、薄い桃色のシャツを着た爽《さわ》やかな出《い》で立ちで、右手を上げた。「今から、街に行くんだけど、北村も一緒に行こうぜ」

「一緒に？　どこに」

「合コン用の洋服を買いに行くんだよ」

「合コン？」

「今週の金曜日さ、合コンなんだよ。合コン」

「二人で行けばいいじゃないか」

「四人なんだよ。女の子も四人来るらしいから、こっちも四人」

「それなら、誰か誘えばいいじゃないか。僕以外の誰かを。たとえば、莞爾とかさ。莞爾の仲間たちは、そういうのに目がないだろ」言ったあとで反射的に、前日に莞爾から聞いた、「鳥井に怒りを覚えている者がいる」という、きな臭い話を思い出す。あれは何のことなのか。

「莞爾たち？　あー、俺、苦手なんだよな。あいつら、何かさ、『大学に入って、女作って遊びまくりてえよー』『遊び慣れてるって思われてえよー』っていう思いがさ、もう出まくりじゃんか。あからさまに。それに比べて俺は、爽やかな趣《おもむき》がある」

「ないと思うけど」

「目が曇っているんだよ、北村」

「で、合コンの相手は、うちの大学の女の子なの？」

「違う違う」どういうわけか鳥井は嬉しそうに、手を横に振った。「短大だよ」と言い、市内の短大の名前を口にした。「そこの一年生で、最近知り合いになった子がいるんだけど、その子が誘ってくれたんだ」

「どこで知り合ったわけ」

「ナンパされたんだよ。夜中、街を歩いてたらさ」鳥井は得意げに、顔をほころばす。

「女の子からナンパしてきたのかい？」

「長谷川《はせがわ》ちゃんがな」

「長谷川さんっていう名前なんだ？」

「そうそう、あの長谷川選手と同じ、長谷川だよ」

「その長谷川選手を知らないんだけど」

「北村、知らねえのかよ、嘘だろー」と嘆いた。「名ショートの長谷川だよ。打って良し、守って良しの」どうやら、鳥井が贔屓《ひいき》にしている、関東を拠点とするプロ野球チームの遊撃手らしい。

「これからは、長谷川選手に注目するよ」

「いいよ、そんなことは。それより、合コンだ。合コンの服を、今から買いに行くんだよ。だから、北村も一緒に行こうぜ」

「どうして、わざわざ服を」

「合コンはまず第一印象が勝負なんだよ。人間の評価は最初の二秒で決まるって話、知ってるだろ」

「知らないけど、誰かが言ってても不思議じゃないと思う」

「買ったばっかりの新品丸出しってのは恰好悪い。けどな、垢抜《あかぬ》けてないのはもっとまずい。これは俺の持論なんだけどさ、洋服で外見を恰好良くすることは難しいけれど、恰好悪くすることはいくらでもできるんだ」

「だから買いに行くんですよ」西嶋がうなずく。どうせ、鳥井に唆《そそのか》されたのだろうな、と思っていると案の定、「鳥井に言われて、気づきましたよ」と言う。

自転車で先にアーケード通りに到着し、待ち合わせ場所の大時計の前に立っていた。道でも混んでいるのか、バスで来るはずの鳥井たちはなかなか現われなかったが、退屈でもなかった。待ち合わせ場所としては有名らしいその時計の前では、平日の夕方であるのにもかかわらず何人かの人間が立っていて、それを眺めているだけでも、案外に楽しかったからだ。

背広姿の仏頂面の中年男性もいれば、丈の異様に短いスカートを穿いた脚の長い女性もいる。僕より少し年上と思《おぼ》しき学生気分丸出しの男が二、三人集まっている所もある。

旗を掲げて、募金を呼びかける中年男性たちの姿も目に入った。「遺児」という言葉は見えるが、何の遺児なのかは分からなかった。募金箱を首から下げて、道行く人に声をかけている。以前、ニュースで見た、募金を装った詐欺師の話を思い出す。そのせいなのかは分からないが、お金を入れる人間はいなかった。お金を出した結果、それが悪人の手に渡る、というのでは、気持ちは良くないし、馬鹿を見た気分にもなる。僕も、財布を取り出す気にはまったくなれなかった。

十五分遅れで鳥井たちはやってきた。

壁の大半が、ガラス張りで、瀟洒な造りになっているビルだ。さまざまなファッションブランドの店が入った建物らしく、各階の店内を若者が歩き回っている。

「こういう建物ってはじめて来たよ」中に入り、一階フロアを歩きながら僕が正直に打ち明けると、「そうだよな、盛岡出身の北村は牧場しか知らないもんな」と鳥井が笑った。

「その侮辱に反発を覚えた全盛岡市民が今、国道四号を南進しはじめたに違いない」と僕はむっとして言い返す。

「国道かよー。高速使えよ、高速」

フロアの端にある上り用エスカレーターに乗って、上階へと向かう。

「西嶋、お金はあるわけ？」

「金なんてのはね、働けばどうにでもなるんですよ」西嶋は意気揚々としている。

「西嶋はバイトするんだってよ」上の段から、鳥井が見下ろしてくる。

「ビルの警備員をね」西嶋が即答した。

「警備員？　ガードマンのこと？」

「夜間ですけどね、ビル内の見回りとか、ちょっとした掃除とか、ですよ」西嶋は曖昧な言い方をした。ようするに彼自身も具体的な仕事内容は分かっていないらしい。

「そういうのって、学生バイトがやっていいものなの？」

「たまたま、この間、雀荘で一緒に麻雀やった親爺が、オフィスビルでその仕事をやっているんですよ。で、ためしに訊いてみたら、雇ってくれることになって、グッドタイミング、グッドニュースですよ」

「面白いことにさ、そのオフィスビル、うちの真向かいなんだぜ」鳥井が口を挟んだ。

「八階建てくらいなんだけど、古いビルで」

「今日は鳥井に立て替えてもらって、あとはそのバイトで返すことにしてるんですよ」西嶋が胸を張る。「警備員のバイトさえはじめれば、金には困らないですからね」

西嶋には、警備員のバイトさえやればありとあらゆる物が買え、それで一生涯お金に困らないかのような過信があるようにも感じられたが指摘はしなかった。


五階は、若い男性用ブティックのフロアらしかった。エスカレーターを降り、時計回りに一周する。鳥井は二軒目に入った、ひときわ高級そうな店でジャケットを買い、「これで俺は大丈夫だな」と、防犯グッズでも揃《そろ》えたかのような顔をしたのだけれど、西嶋はなかなか気に入った服を見つけられなかった。

ほぼフロアを一周しかけた場所にある店に入った。真っ白い壁を基調とした店で、他のところよりもこざっぱりとした雰囲気がある。足を踏み入れると僕たちは、思い思いに店内を探索した。

ほどなく、脇に、黒のスーツを着た女性店員が寄ってきた。ほっそりとした体型で、肩にかかる髪にパーマをかけている。丸い輪郭のせいか、幼く見える顔立ちだ。彼女の左胸のプレートに目が行く。書かれている「鳩麦《はとむぎ》」という名前を目にし、珍しいな、と思った。

「変わった名字ですけど、いいでしょ」と彼女は、僕の考えを先取りして、微笑んだ。

「今日はどういう感じのものを探しに来たの?」

「今日は、友人の付き添いで」僕は身体を捻った。

するとタ鳥井がいつの間にか近くにいて、「合コン用の服を見に来たんだけど」と、とうとうと述べた。

「あら」鳩麦さんは嬉しそうに言う。

壁際のマネキンをじっと見つめていた西嶋が、こちらに歩いてきた。そして、鳩麦さんの前に立つと、「あのマネキンの、俺が着たらどうですかね?」と言う。

その物言いが妙だったせいか、鳩麦さんも一瞬意味が飲み込めないようだったが、

「試着できますよ。上のジャケットでいいですか?」と応じた。

「全部ですけど」と西嶋は表情を変えず、いつもながら不機嫌にも取れる顔つきで、

「変ですかね?」と訊ねた。「ああいう、マネキンのを一揃い買っていったら、恥ずかしいですかね?」

僕は、マネキンに目をやる。紺色のジャケットに白い綿のパンツ、それから中には薄

い茶色のシャツ、という服装になっていて、派手さはないけれど、いい組み合わせに思えた。

「全然、恥ずかしくないと思う」鳩麦さんは自然に微笑んだ。「だいたい、外に出たら、他の人はマネキンそのままの服とは気づかないんだし」

「ああ、そうですか」西嶋はむすっと答えた。

「ああいうマネキンが着ているのをそっくりそのまま買うのって、普通は、店員に対して恥ずかしい、って思うんだけど」鳩麦さんは笑いを洩らした。

「普通はそうだよなー」と鳥井も同意する。

「今回みたいに、マネキンのを一揃い買ったら恥ずかしいですか、なんて、堂々と訊いてきた人ははじめてだよ」

「そこが西嶋の偉いところなんだ」僕は言った。

西嶋が試着室に入ると、「面白いお友達だね」と鳩麦さんが目を細めて、言ってきた。

「堂々としている」

彼女のその評価は、西嶋の本質を言い当てていると僕は感じた。

「恰好悪いけど、堂々としているんだ」鳥井は自慢げだった。「見苦しいけど、見苦しくない。西嶋を見てると、何でもできる気がするんだよなー」

「西嶋には涯《は》てがない。そんな感じだ」僕が思いつきで口にすると、鳩麦さんが、「ああ」と歯を見せた。「坂口安吾《さかぐちあんご》にそういうのあったね。桜の下に涯てはない、って」

大したやり取りではなかったけれど、そこから鳩麦さんはさらに打ち解けてくれ、言葉遣いもざっくばらんになって、雑談を交わした。聞けば彼女は、僕たちより一歳年上のフリーターということだった。「若く見られる、というよりは、幼く見られるから困るんだけど」

彼女の屈託のない雰囲気は、心地良かった。丸い輪郭も可愛らしくて、僕はそこで、一目惚《ぼ》れというものとは少し性質が違うけれど、今後、自分がこの店に何度も足を運ぶようになり、そのうちに彼女との距離を少しずつ縮めていき、タイミングこそ分からないが、いずれ彼女と交際をはじめるのではないかという、自惚《うぬぼ》れとも、妄想《もうそう》ともつかない予感を、じわじわと感じていた。つまり恋愛の端緒もしくは萌芽《ほうが》と呼ぶべきものを、抱きつつあった。

なんてことは、まるでない。


しばらくして、西嶋が試着室から出てくる。おー、と僕と鳥井が声を合わせた。先ほどまでのジーンズ姿とは打って変わり、ずいぶんと大人びた雰囲気があった。若干、窮屈に見えなくもないが、悪くもない。「いいよ、似合ってる」と鳩麦さんがうなずく。

いいよそれにしなよ、と僕も後押しした。鳥井は、ジャケットについた値札をこっそりと確認している。

「恰好いいですか？」西嶋は恥ずかしさの欠片《かけら》も見せず、胸を張る。

「いや、恰好良くはない」と僕と鳥井が同時に答えた。

「これで、合コンはばっちりですかね」西嶋が実感を込め、言い切るので、僕たち三人は、鳩麦さんも含め、言い方すらばらばらだったが、「保証はできない」と、そういう意味合いの言葉を続けた。

「何だよそれ」

西嶋がむっとし、三人で笑う。

12

ジムを発見したのはその帰り道、仙台の駅付近の、裏通りを歩いている時だ。三人で歩いていたら、一番後ろの西嶋が足を止め、「おお。凄いですよ」と声を上げたのだ。

ガラスの向こう側で身体を動かしている男たちが目に入ってきて、一瞬、ぎょっとした。さほど広くもない室内で、短パンにTシャツ、もしくは上着なしの半裸でうごめいている。

奥に、リングが置かれ、天井から吊り下がったサンドバッグもあった。全部で十人ほどだろうか、子供もいれば、僕たちより年上と見える男もいた。全員が呼吸を荒らげ、うろうろしている。ジムであるからには、拳を振り回したり、フォームの確認をしたりするべきではないか、と思ったのだが、彼らは無言でうろつき回り、息を整えるだけだった。

「キックボクシングだ」鳥井が言った。「有名なジムだよ。へえ、ここにあったのか」と看板の名前を確認している。

「そうなんだ?」僕は首を傾《かし》げる。

「知らないのかよー。阿部薫《あべかおる》だよ、阿部薫がいるジムだよ、確か。ここにあったのかよ」

「それ、フリージャズのサックス奏者じゃないか」僕はすぐに言った。ブロバリンとかいう睡眠薬を百錠くらい飲んで、二十九歳で死んでしまった、「僕は誰よりも速く吹きたい」と言った、アルトサックス奏者の名前だ。四時間休みなしで演奏して、口から血を流しながらサックスを吹いたとか、そういうエピソードを何かで読んだ覚えがある。

「あの阿部薫?」生きてたの?

「サックス? 誰だよそれ。じゃあ、別人の同名だ。俺が言ってる阿部薫ってのは、あれだよ、キックボクシングのチャンピオンだよ。テレビで総合格闘技の試合でも活躍してるじゃないか」と言い、ジム内を覗き込むようにして、「ほら、あそこに写真がある」と奥の壁を指差した。

遠くの壁ではあるが、トランクスを穿いた、迫力のある筋肉を備えた男が拳を構えて、写っていた。「知らない」と僕は正直に言う。

その時、かん、という音が聞こえた。ゴングが鳴ったのだ、と分かった時には、ジム内でうごめいていた男たちが、先ほどとは打って変わった激しさで運動をはじめた。軽快に床を跳ねる男たちのフットワークに合わせ、建物自体が揺れるかのようだ。サンドバッグを叩く者もいれば、コーチらしき人の持つミットに向かって、蹴《け》りを放つ者もいる。ばすんばすん、という音が、音というよりも震動が、重なる。鏡に向かい、拳の構え方を確認する者もいた。先程までは、ゴングが鳴るまでのインターバル、小休止だったのかもしれない。

ほどなく奥の扉が開き、そこから、ひときわ筋肉の引き締まった、色黒の男が姿を現わした。途端に、ジム内に緊張が走る。もちろん、男たちは全員、自分たちの練習に専念していて、その現われた男をまじまじと眺めるようなことはなかったのだけれど、でも、全員が内心に、「来たぞ」と呟き、そして一斉に巨大な唾を飲み込むのにも似た、引き締まった空気が漂った。

男はリングに向かって、お辞儀をすると、やけに大きな声で、「よろしくお願いします」と言った。目が大きくて、眉が太い。唇は厚く、全体としては、ふてぶてしい外見だ。そして、身体をほぐすように腕や腰を動かしはじめた。

「あれが、阿部薫」鳥井が囁く声で言った。言われてみれば確かに、写真の中の自信に満ち溢《あふ》れた顔と同じだ。写真よりも数段、迫力があった。硬い鉱石さながらの重々しさと鋭さが漲《みなぎ》っている。ぎっしりと中身の詰まった肉体だ。

「強いんだ?」

「強いよ。言うこともでかいけど、結果も残してるんだ。豪放磊落《らいらく》って言うのかな。ほら、あそこでミット持ってる人がいるだろ、青いミットを」鳥井が右手でリング横の中年男を指した。中肉中背の、冴《さ》えないTシャツを着た男で、小学生相手に指導をしている。「あれが会長。あの会長が、当時、不良で手のつけられなかった阿部薫に喧嘩を吹っかけて、結局、会長が勝ったんだってよ」

「それで、阿部薫は、ここに通うようになったわけ?」

「牛若丸と弁慶みたいだろ」鳥井が笑う。

「三蔵法師と孫悟空だ」と僕も答えた。「で、キックボクシングのチャンピオンになったんだ?」

「半年くらい前だったかな。そろそろ防衛戦のはずだぜ。とにかく、すげえ強いよ。問答無用」

「何で、横浜から来た鳥井が、仙台の格闘家のことをそんなに知ってるんだい」

「全国で有名なんだって、阿部薫は」鳥井が苦笑する。「盛岡の人間は知らないかもしれないけど」

「そんなこと言っていいのかよ。その侮辱に怒った盛岡市民が今頃」

「国道使えよ」

ジムの前には、練習風景を見物する者たちが調達してきたのか、明らかにバスの停留所から盗んできたとしか思えない、ベンチが置かれていて、僕たちはいつの間にかそこに腰を下ろしていた。

阿部薫はそのうちに、ゆったりと僕たちの真正面にあるサンドバッグに近づいてきた。そこにはすでに、別の若者がいたのだけれど、阿部薫は無言で、グローブをはめた左手を突き出すだけで、追い払ってしまった。

ゴングが鳴る。

途端に、揺れる。軋《きし》みながら、サンドバッグが揺れる。ジムが揺れ、サンドバッグを吊るしたチェーンが軋み、サンドバッグが鳴り、コーチの構えるミットが揺れ、蹴りを繰り出す男たちの軸足が軋み、拳を振る男たちの腕が揺れる。ばすん、ばちん、と音を立て、地面が揺れ、それがガラスを震わせ、壁を越えて、こちら側のベンチを軋ませ、座る僕たちの身体を鳴らす。皮膚や足元が震えるだけでなく、僕たちの内側にある精神の柱を揺すってくる感覚だった。

そのうちに、眩《まぶ》しい赤が、僕たちの目の前に出現した。

沈みかけの夕日が、僕たちの背後から、ジムのガラスに射し込んだのだ。赤々とした陽射しの中で、男たちが各々のリズムで身体を揺すっている光景は、淡い霧の立ち込める森の奥で、肉食の野生動物が獲物を狩るのを眺めるのに似た、水際立った美しさを伴っていた。

とりわけ、阿部薫の動きが美しい。

僕たちに背を向け、つまりは夕日を背中で受けながら、サンドバッグへと、ひっきりなしに拳を打ち付ける。窒息しないのだろうか、と思ってしまうくらいの、連続した殴り方だった。身体を捻るたび、彼の太腿《ふともも》に筋肉が隆起し、足を出すと同時に汗が飛び散る。その汗の雫《しずく》にも、夕日が反射するかのようだ。

ゴングが鳴り、インターバルがあって、阿部薫をはじめ全員が、練習をやめる。またゴングが鳴ると同時に、阿部薫のローキックが、サンドバッグを揺すった。ばちん、ばちん、と耳ではなくて、肌に音が跳ね返る。見惚《みと》れていた。

周囲が暗くなってきたな、と思い、僕はおもむろに腕時計を見て、驚く。「一時間もここにいる」と声を上げてしまう。「そろそろ行こうか」

「キックボクシングっていうのはさ、ムエタイから来てるんだよ、ムエタイ」帰り道、鳥井が言う。ジムを見た興奮のせいか、彼はいつもよりも早口だった。

「ムエタイってタイの国技の？」

「そうそう。ムエタイって凄いんだぜ、前に聞いたんだけどさ、昔のタイの王様が、ビルマ軍の捕虜になった時に」

「王様が捕虜になったんですか」西嶋は眉をひそめた。「そんなことになったらおしまいですよ」

「と思うだろ、でもさ、違うんだよ。ビルマの王様はさ、そのタイの王にチャンスをやるんだよ。ビルマの兵士と闘って、勝ったら自由の身にしてやるってさ」

「どうなったわけ」

「タイの王様が見事、勝ったんだよ。恰好いいだろ。真のキングだよ。で、その時、使ったのがムエタイなんだよ」

「いや、それはいい話ですよ」西嶋が強く、本当に強く、同意の声を出した。僕たちはジムの前から移動し、駅近くの大通りを歩いているところだった。

「いや、そんなにいい話じゃないだろ」言い出しっぺの鳥井が戸惑っていた。

「王様はね、それくらいの強さを見せないと駄目ですよ。アメリカ大統領だってね、自分で中東に行って、闘ってくるくらいのね、意気込みを見せてほしいんですよ。意気込みというか、政治家の魂をね。日本の首相も一緒でね、記者に言い訳している暇があったら、戦地に行ってね、でもって闘ってくればいいんですよ。国のトップは、ムエタイを習うべきですよ」

「いや、それは政治家じゃなくて、ランボーじゃないか」

「プレジデントマンの勇気をね、俺たちは忘れてはならないんですよ」

僕は面倒だったのでそれ以上の返事はせず、かわりと言っては何だけれど、「さっきのジムの練習は、感動的だった」と話を戻した。

「鳥瞰型の北村も感動したか」鳥井が笑う。「あれこそが生きている実感ですよ」西嶋は口角泡を飛ばす。「俺たち学生がね、ちゃらちゃら遊んでいるのとは正反対でね、自分の身体を使って、身体を痛めつけて、ぶつかっていく。やっぱりああじゃないといけないですよ。自分の皮膚で触れた部分が世界なんですよ。俺はもう、感動しましたよ。感動の嵐がね、吹き荒れてますよ」

「吹き荒れてるかー」鳥井が軽やかに言う。

「そう言いつつ、鳥井も西嶋も、あのジムに通ったりしない」僕は意地悪く、指摘をした。

「俺にあんなことできるわけないでしょうに」と西嶋がむっとし、「俺だってそうだよ。運動する奴の気が知れない」と鳥井が笑った。

13

　翌朝、僕は二コマ目の法学Aという講義に出席していた。眼鏡の初老の教授は、マイクを使わない上に、声も小さく、早口で喋りつづけていた。大きな講堂であったため、聞き取れないことに痺《しび》れを切らした学生が、だんだんと前の座席へと移動していくので、もしかするとその喋り方は、前方の空席を埋めるための方策かもしれなかった。

　東堂に声をかけられたのは、その講義が終わった直後だ。鞄《かばん》にノートやペンをしまっていると、突然、横に立っていて、「難しい」と言った。

「難しい？　あの教授の言葉を聞き取るのが？」

「そうじゃなくてさ、この間のCDのことなんだけど」東堂は自分のバッグから飛び出しているイヤフォンを指差した。「どれも同じ曲に聞こえるし、演奏も上手には思えないし、勢いだけでやってるようだし」

「それが分かれば充分なんだよ」実を言えば僕は、パンクという音楽が、世間で言われるほど、切実な歌とも感じていなかった。結局は、演奏するバンドにしろライブで暴れる客にしろ、それなりに裕福な家庭の子供たちが、退屈しのぎでお祭り騒ぎをしているだけ、という印象が強くて好きではなかった。ただ、水を差す必要もないため、口には出さない。

「そういえば」東堂が声の調子を少し変えた。「今度、合コンなんだって？」

なぜそれを、と思いつつ、「まだ決まったわけじゃないけど」と曖昧に答えた。

「西嶋、服を買ったらしいね」

僕は心底、驚いた。「それ昨日のことだよ。しかも夕方。よく知ってる」

「昨日の夜、南が、鳥井に電話をして、それで鳥井からそういう話を聞いたんだって。で、南と喋ったわたしにも伝わってきた。で、合コンするんだ？」

「相手は短大の子らしいんだけど。とりあえず、僕も詳しくは知らない」

「可愛いんだろうね、きっと」

「たぶん、東堂よりは可愛くないんじゃないの」

東堂の目が光ったように、僕には見えた。「お世辞？」

「あのさ」僕は確かめずにはいられない。「東堂は、合コンで西嶋が人気者になって、可愛い女の子と仲良くなってしまうのを恐れているわけ？」

「恐れているわけではないけれど」

「ないけれど」

「若干の危惧《きぐ》を抱いている」

のけぞってしまう。「いや、危惧も何も」僕は言葉を選ぶ。「西嶋にそういう心配は不要だと思うけれど」

「油断大敵って言葉知ってる？」

「もし気になるなら、東堂が先に言っちゃえばいいんじゃないかな」

「言うって何を」

「思いの丈を」僕が真面目《まじめ》な顔で言うと、東堂は今までにないくらいに、険しい表情を浮かべ、「オモイノタケ、ですか」と呟いた。「どうやって」

「僕に訊かれても」

気づくと東堂は講堂を後にして、消えていた。


「なあ、北村、本当に何でもないのか？」横から声がするので、誰かと思えば、莞爾だった。噂をすれば影、という言葉ではないが、だいたいが噂すらしていないのだが、とにかく気配を感じさせず、ぬっと出現してきた莞爾は陽射しの角度のせいで、影そのものに見えた。

「何が」

「東堂とだよ。今も、親しげに喋っていたじゃねえか」莞爾の顔には、こちらを恫喝《どうかつ》する力強さよりも、娘の朝帰りに怯《おび》える父親じみた不安があって、僕は同情を覚える。

「特別なことを話していたわけじゃないよ」

「たとえば？　なあ、たとえばどういう話」

「たとえば、今は、論文のことを」と適当な話題をでっち上げた。僕たちの通っている大学の法学部では、卒業時の論文だけではなく、一年目の終わりにも論文を出すことが義務づけられている。入ったばかりの新入生にいったい何をさせたいのか、と疑問はあるが、ようするに、「大学入ったからって、気を抜けると思うなよ」という大学側の配慮かららしい。とにかく、新入生である僕と東堂が交わすには相応《ふさわ》しい話題に思えた。

「ああ、ニューロンのことか」莞爾が顔を歪《ゆが》める。入学論文だから、入論、ニューロンと呼ぶ学生もいる。

「テーマは何にするか、とかそんな話だよ」

「なるほどねえ」莞爾は釈然としない様子ながら、それを受け入れようとしていた。そして、はっと何かを思い出した顔になると、「あ、そうだ、北村さ」と言う。「この間も言ったけどよ、鳥井、やべえぞ。短大の女に手を出してるだろ」

「長谷川選手？」

「選手？　選手じゃなくて、短大生だって。とにかくその女、結構な女らしい」

「結構なら、結構じゃないか」

「あちこちで男と付き合っていて、で、どっかの水商売関連の男がやけに入れ込んでいるとか、いないとかいうんだよ」

「いるとか、いないとか」その曖昧な言い方が可笑しくて、僕はつい繰り返してしまう。

「いや、逆かな。男に入れ込んでいるとか、いないとか」

「いるとか、いないとか」

「鳥井がちょっかい出したことを、怒ってるって話だぜ」

「僕が聞いた話だと、声をかけてきたのは鳥井じゃなくて、その女の子のほうだし、まだ、そこまで深い関係になってないと思うんだけど」

「証拠は？」莞爾の目が鋭くなった。

「証拠があるとかないとか」僕は口ずさむように言い、講義室を出た。


一人で学食で昼食を終えた僕は、掲示板に貼られた「休講」の文字を見て、またか、と思った。民事訴訟法はついこの間も休講だったし、わざわざやってきた僕の苦労をどうしてくれる、と思わず、教授を訴えたい気持ちになる。ただ、民事訴訟法の専門家相手に闘えるわけもない。

またしても鳥井や西嶋がどこかにいるのではないか、と駐輪場で周囲を見渡した。幸いなことに、彼らの姿はなかったが、代わりというべきか、南が立っていた。嬉しそうに目を下げ、温かい空気をまとっている。

「鳥井君、今日、大学に来るかな？」

「来ないんじゃないかな。鳥井の受けそうな講義はなかった気がする。何か用だった?」

「大した用事ではないんだけど、今週の金曜日、鳥井君の誕生日だから。それでね」

「金曜日、鳥井の誕生日なんだっけ」

「そうそう、中学校の時から変わってなければ、だけど」そう言って恥ずかしそうに下を向く南が冗談のつもりでそう言ったのか、本心から発言をしたのかよく分からない。

「誕生日祝いにご飯とか一緒に食べちゃったらどうかな」無責任に言ってみた。他意はないけれど、そう後押しすべきに思えた。

「あ」南が急に目を輝かせる。「やっぱり、そうかな」

そうだと思うよ、と僕は言いかけたが、大事なことに気づく。「合コンだ」

「何コン?」

金曜日は、例の合コンがある日ではないか。目をしばたたいている南に、「鳥井にも何か用事があるかもしれないね」と取ってつけたコメントを足し、逃げるように自転車に乗った。

14

金曜日、合コンは滞りなく開催された。

参加者は事前に聞いていた通り、男四人、女四人で、男は、鳥井と西嶋、僕、それから山田という経済学部の一年生だ。山田とはその時が初対面で、勉強のしすぎで近眼になったとしか思えない、真面目な風貌の持ち主だった。黒縁の眼鏡をかけ、細い体型をしている。

「どういう知り合い？」と訊ねると鳥井は、「近所に住んでるんだよ。例の定食屋で会ったんだ。賢犬軒。山田がさ、しょうが焼き定食を頼もうとしているから、別のにしたほうがいいぞってアドバイスをしてやってさ、それ以来の知り合い。明るい奴じゃないから、話は弾まないけど」と説明した。

「ちょっと待ってくれ。しょうが焼きが不味《まず》いことを、僕には教えなかったくせに、どうして山田には助言したんだよ」

「おまえは助言を必要としない人間だからだ」鳥井が鋭い声で、まるで褒《ほ》め称《たた》えるかのように言うが、まったく嬉しくない。

居酒屋の個室に、僕たち男性陣は先に到着した。横長のテーブルがあって、掘り炬燵《ごたつ》のようになっているので、そこに足を伸ばし、女性たちの来るのを待ち構えた。足音と笑い声が聞こえ、近づいてきたぞ、と思ったら、「お待たせー」と軽やかな声がして、それが長谷川さんだった。肩にかかる程度の髪で、短いスカートを穿いている。

女性四名全員が前に並んだと同時に僕は、ああ、と声を上げそうになった。興奮や感動ではなく、嘆きの声だ。なぜなら、正面に座る彼女たちが、これが全員、可愛らしくて、外見だけからすれば、明らかに男性よりもレベルが高そうに見えたからだ。

たとえて言うなら、ポーカーの最中に、お互いに、散々、牽制《けんせい》し合った末に、「せえの」で見せ合ったところ、こちらが3のワンペアであるのに、向こうはフルハウスだった、というようなバツの悪さを感じた。「そんなんで勝負してくるなよ」と相手方が言ってきたとしたら、「それがポーカーだ」と胸を張る方法もあるけれど、これはポーカーではない。これは合コンだ。

彼女たち四人分の視線が素早く、僕たち四人の前を通過した。品定めをされたのだな、と察しがついた。ただ、彼女たちがさほど失望したように見えなかったのが意外だった。「あの、こっちはワンペアでしたよね?」と確かめたくなる。

自己紹介が女性のほうから順に、はじまった。一人ずつ喋り、そのたびに拍手をし、鳥井や長谷川さんが慣れた口調で、寸評や感想を加え、盛り上げる。僕の予想に反して、それなりに合コンらしい雰囲気になった。合コンかくあるべしという先入観はもともとなかったけれど、悪くない雰囲気だった。ひとえにそれは、女性陣、特に長谷川さんと、鳥井のおかげだった。たとえば、「フライには醬油《しょうゆ》をかけるか？　ソースをかけるか」であるとか、「小学校の時の赤白帽子はどう使い分けていたか」であるとか、「トイレでの尻《しり》の拭《ふ》き方」であるとか、そういった下らないが、誰もが参加しやすい話題を次々と探して、全員を会話に巻き込んだ。さらにお酒が入ってくるにつれ、顔を赤くした山田が人が変わったように饒舌になり、妙に甘えた態度を取るようになって、それがまた女性陣には受けた。

「やっぱり、僕、眼鏡似合ってないですかね」唐突に山田は大声で言う。ぴんと手を挙げる。彼は、明らかにアルコールで頭を侵されていた。

「あ、でもさ、眼鏡を取ったら、意外に美男子だった、というパターンじゃない？」長谷川さんがはしゃぐように手を叩いた。すると他の女性たちも、きゃあきゃあと嬌声《きょうせい》を上げ、そのパターンだそのパターンだ、と囃《はや》し立てた。

よし山田、眼鏡を外すんだ、と鳥井が命令すると山田はすでに、「俺は眼鏡がなければ美男子パターンだ」と確信しているようで、胸を張り、黒縁眼鏡を外した。

あー、と女性たちから、明らかに準備していたとしか思えない大袈裟な落胆の声が上がった。「そのパターンじゃなかったんだ」

くそ、と怒る山田の姿は、真剣勝負に敗退した潔さを感じさせた。そしてさらに、

「趣味は？」と質問を受け、「そんなに僕の趣味、知りたいの」と聞き返しもした。

「社交辞令だよ」と他の全員が声を上げるが、山田は、「僕はね」とはじめた。「パソコンが趣味なんだよ」と。

「パソコンが趣味って、漠然としている」

「壺《つぼ》を収集するみたいに、パソコンを集めてるの？」

「違う。何言ってんの」山田は本当に偉そうだった。「写真を取り込んで、で、他の写真で加工するんだ。歴史的な写真に自分を重ねたりさ。たとえば、キャパのあの有名な写真に自分の姿を重ねたり」

「キャパの、ってあの撃たれた人の写真？」僕が訊くと、「そうそう」と返事がある。

そんなのに自分を重ねて嬉しいですか？　と女性陣が呆れた声を出す。

「歴史に自分が参加するんだ。大統領と握手をしたり、メダリストとして表彰台に立ったり」

「ただの合成写真じゃんか」鳥井が簡潔に言い表す。「全然、新しくないぞ」

「精密さが違うんだ」山田はアルコールの回った顔で、とうとうと話す。「それにいずれはね、写真じゃなくて、映像でやるよ。過去のニュース映像に自分を組み込むんだ」

「すでにそういう映画あるって」鳥井があっさりと言った。

「え、そうなの？」山田は急に素面《しらふ》に戻ったのか、かなりがっかりした。

トイレに行ってくる、と言って長谷川さんが立ったのはそのすぐ後だ。「わたしも」と僕の正面の女性も立ち上がった。二人はぐるっとテーブルを避け、出て行った。そこで鳥井が、僕の名を呼んだ。「西嶋をトイレに連れて行ってやってよ。飲みすぎだ」

どうりで静かだと思った。

西嶋はずいぶん、酔っていた。最初は強がっていたが、トイレの前まで来ると、「北村はここで待っていてくれ。無様な姿は見せられない」とドアの前に僕を残し、中に入った。

「すでに無様だ」とは言えなかった。

手持ち無沙汰《ぶさた》で立っていると、すぐ脇の、女性用トイレから声が洩れてくることに気づいた。洗面台のところで、喋っている声だ。長谷川さんたちに違いない。盗み聞きのようで嫌だな、と思いつつも僕は、この場を動くのも逃げ出すようで嫌だな、とそのままでいた。

「何か、変な男たちだねー、あれ」と先ほどまで僕の前に座っていた女の子が言うのが、聞こえた。

「外れだね」長谷川さんが言う。「はずコンだ」

なるほどこういったところで、感想を言い合うものなのだな、と感心しながらも、外れで申し訳ない、と内心で謝罪をする。

「あの変な男なんてさ、もう、むすっとしてるしさ、最低じゃない？」

　これはまず間違いなく、西嶋のことだろう。僕は、友人の西嶋が悪《あ》し様《ざま》に言われるのを耳にしても、不愉快には思わなかった。西嶋の良さを理解するのは、初対面では無理だろうし、だいたい僕自身も理解できているとは言いがたいし、それを言うのなら、そもそも良さがあるのかどうかも証拠はないけれど、とにかく、目に見えるものが大事だと思う人たちに、彼の良さが分からなくても仕方がない、と思ったからだ。

「でも、わたしの前の彼は、結構いいよね」

「あ、いいよね、いい。なかなか恰好いい」

　それが僕のことを言っているのだとは、すぐには気づかなかった。驚いた。女性に、恰好いい、と言われたのははじめてのことかもしれない。盛岡の床屋で、「恰好いいよ」と店のおばさんに肩を叩かれたことならあったが、あれはたぶん、客の僕に対して、暗示をかけるためのものだったに違いなかった。

「あの、鳥井君ってのも悪い人じゃないじゃない。楽しいし」

「うん、そうなんだよね」長谷川さんが答えた。その口調は、言い淀《よど》むような、奥歯に物が挟まった言い方でもあった。

でも？　と僕は次に来る台詞を想像する。

「でも」予想通り、長谷川さんは続けた。「でも、あの人、あちこちで女の子に手を出してるからさ、少しくらい、いいんじゃないかな」

「まあねえ」

少しくらい？　何が、少しくらいいいんだろうか？　何やらこれはただの合コンではないぞ、と想像することはできた。もはや自分が、恰好いい、と言われた喜びなど彼方遠くに消えている。

「復活です。復活ですよ」西嶋がトイレから出てきた。

長谷川さんたちも戻り、再び、先ほどと変わらない雑談がはじまったのだけれど、僕の頭には、トイレの前で聞こえてきた会話が、黒々とした靄《もや》となり、浮遊していた。それでもしばらくは、愉快な雰囲気が表面上は漂っていた。

しらっとした空気になったのは、復活した西嶋が演説をぶちはじめてからだ。

「今、仙台市内を跋扈《ばっこ》するプレジデントマンがいますよね」

当然ながら、女の子たちの反応は酷かった。「跋扈っていう表現はないでしょー」

「何それ、プレジデントマンって？」

仕方がなくて鳥井が、「今、仙台でよく起きている通り魔事件のことなんだけどさ」

と説明を補った。「西嶋はね、それに興味津々なんだよ」

「早く捕まればいいのに。どうせどっかの変態男とかじゃないの」

そんなことを言うと西嶋が黙っていないだろうな、と不安に思った。その通り、西嶋は黙っていなかった。

「捕まってどうするんですか。プレジデントマンはね、世界のためにできることをやってるんじゃないですか」

圧倒された女性陣からは、嫌悪感が明らかに噴出していて、僕と鳥井は顔を見合わせた。これはいけない、と感じたのか、鳥井が、「事件といえばさー」と不自然に大声を出した。「詐欺事件もあったよね」と例の、チャリティー番組を真似た詐欺師の話を持ち出したのだ。

けれどそれも、逆効果だった。

鳥井が、「そんなことやられたら、絶対に騙されちゃうよな」と言い出し、他の人間も、「ひどいよね」と感想を口にした。

「せっかく寄付してもさ、それが正しい目的に使われないんだったら、馬鹿馬鹿しいし」

「わたしたちが、小銭を入れたくらいじゃ、何の足しにもならないし」

「偽善っぽくて嫌」と顔を歪める女の子もいて、「だってさ、一つの団体に寄付したら、他のところにも寄付しないのって、変でしょ。首尾一貫していないし、そういうのって、単に、自己満足っぽいよね」と誰かが笑った。

そこでいきり立って、「何を言ってるんですか」と声を上げたのが、西嶋だった。「そうやって、賢いフリをして、何が楽しいんですか。この国の大半の人間たちはね、馬鹿を見ることを恐れて、何にもしないじゃないですか。馬鹿を見ることを死ぬほど恐れてる、馬鹿ばっかりですよ」

女性陣の顔が曇った。僕と鳥井はまだ免疫があるから、来たな、と身構えることはできた。

「募金箱を抱えている人が、実は詐欺師かもしれない、なんてね、そんなことまで勘ぐってどうするんですか。寄付してやればいいんですよ、寄付してやれば。偽善は嫌だ、とか言ったところでね、そういう奴に限って、自分のためには平気で嘘をつくんですよ」

「西嶋、分かった」鳥井が手で制したが、西嶋が止まるわけがない。「たとえば！」と指を立てた。眼鏡の下の目が鋭く光る。肉のついた顔が、ぷっとさらに膨れたかのようだ。「たとえばね、あなたたちがタイムスリップをしたとしますよね」

「何それ」長谷川さんが眉をひそめる。

他の女性たちも顔をしかめる。彼女たちの不快さが音を立てるようにも感じた。

「タイムスリップって古いね。すでに古いよ、うん」酔っ払った山田が黒縁眼鏡を揺すりながら言う。

「百年も昔に行くわけですよ。場所はまあ、日本でいいですよ。日本のどこかの田舎町に行くんですよ、で、その町で暮らすんですけどね」西嶋の唾が飛んだ。女性陣の目がその軌道をじっと確認している。テーブルの端に落ちた。「で、そこで会った町民が病気で倒れるんですよ。謎《なぞ》の病気で、高熱で、死にそうなんですよ」

向かいに座る女性は、露骨に鼻に皺を寄せた。

西嶋は動じずに、続ける。僕はそういう傍若無人と言うか、わが道を行くと言うか、周囲の嫌悪や軽蔑《けいべつ》を振り切って果敢に、這《は》いつくばりながらも前進を続ける西嶋の態度が好きなので、聞いていて心地良かったのも事実だ。

「その時にね、あなたたちのポケットに抗生物質が入ってるんですよ。タイムスリップする前に、病院でもらった薬ですよ。でもって、それを町民にあげようかと思うんですがね、はたと気づいちゃうんですよ。この時代には抗生物質はまだ存在しないはずだから、ここで、抗生物質を使うことは、歴史を変えることになるのではないか、なんてね、思うわけですよ」

「ああ、そういう話、よくあるよな、映画とか小説で。タイムスリップして、歴史が変わっちゃうなんてさ」

「それは駄目だ、うん」山田が充血した目で言う。「勝手なことをしたら、駄目なんだって。目先のことのために、歴史全体をね、左右しちゃ駄目だ」

「それなんですよ」西嶋が声を大きくする。「さっきの募金と同じですよ。関係ないんですよ！　歴史とか世界とかね。今、目の前にある危機、それですよ。抗生物質をあげちゃえばいいんですよ。その結果、歴史が変わったって、だからどうしたって話ですよ。抗生物質をあげちゃえばいいんですよ、ばんばん。みんなに広めちゃえばいいじゃないですか。あのね、目の前の人間を救えない人が、もっとでかいことで助けられるわけないじゃないですか。歴史なんて糞食《くそく》らえですよ。目の前の危機を救えばいいじゃないですか。今、目の前で泣いてる人を救えない人間がね、明日、世界を救えるわけがないんですよ」

　場がどんどん白けていくのは明白だったが、僕は愉快だった。「抗生物質をばんばんあげちゃえばいいんですよ」と言い切る彼があまりに清々しかったのだ。

「この間は、世界のことを考えろって言っていたくせに」と非難する鳥井も、不快ではなさそうだった。

15

西嶋の発言は、女性陣の士気を、ずいぶんと下げた。合コンの雰囲気を海だとするならば、鳥井や長谷川さんが苦労して、波を起こし、砂浜近くにまで海面を引き寄せていたのに、西嶋の、「歴史を変えようがとにかく抗生物質をばんばん使えばいいじゃんか」論が、一息に台無しにした。水の枯れた地面を指し、「ここは昔、海だったのです」と懐古するように、僕たちの座卓に対して、「こう見えても、この合コンも昔は盛り上がっていたのです」と懐かしむこともできるくらいだ。

「そろそろさ、この店出ようか」と言ったのは鳥井だ。「二次会に行こう、二次会に」

女性陣は一刻も早くこの合コンから逃げ出したいのではないか、と僕は予想していたので彼女たちが、「行かない」と言わず、それればかりか、「二次会はどこに行く?」と積極的な態度まで見せたことに驚いた。

「ボウリングはどう」と提案したのは、長谷川さんだった。僕と鳥井は反射的に、西嶋を横目で見る。

「あ、ボウリングいいかも」長谷川さんの隣の女の子が甲高い声で、賛同した。すると間髪入れずに、他の二人も、「やろ、ボウリング、やろうよ」と続ける。まるで国会で、誰かが提出した緊急動議に対して、根回しを受けていた同志たちが一斉に、「賛成！賛成！」と立ち上がるかのような流れの良さを感じた。

「嫌だね、俺はね、やらないですよ」西嶋が駄々をこねる子供さながらに、反対を表明する。

「いいよ、じゃあさ、ボウリングやりたい人だけでやろうよ」と女性陣から声が上がる。

「やりたくない人は帰ればいいんだし」

「行こうぜ。西嶋もみんなでさ。あ、そうだ、実は今日は、俺の誕生日なんだよ。十九歳。誕生記念ボウリング大会というわけで、な、行こう！」方舟《はこぶね》にさえ乗せてしまえば動物を救済することができると言うような、ボウリング場に行けば全員が幸福になるとでも言うような、鳥井はそんな力強さを見せ、「とにかく、ボウリングに行こう」と言い切った。


居酒屋のエレベーターは狭くて、かつ混んでいた。そのためにまずは、女性陣に先に乗ってもらい、僕たちは店の前で、エレベーターの帰還を待つことにした。

「どうよ」と鳥井が、僕に言った。西嶋はトイレで、山田は酔いつぶれるように椅子に座っている。

「どうよって？」

「誰か気に入った子、いた?」鳥井が口元を緩めた。「北村、結構、いけるかもしれないぜ」

「いける?」

「女の子だよ。おまえの前に座っていた子とか、良さそうだったじゃないか。山田はさ、西嶋の前にいた子が気に入ってるらしいぜ」鳥井が、背後にいる山田に親指を向け、囁くように言った。

「いつの間に、そんな話を」あんなに酔ってるのに。

そこに西嶋がトイレから戻ってきた。鳥井が、「西嶋、よっぽどボウリングが嫌なら、帰ってもいいけど」と今さらながらに声をかける。

「嫌だよ。一人だけ帰るなんて寂しいじゃないですか。それに彼女たちに、あのバカ逃げた、とか思われるに決まってますからね、意地でも行ってやりますよ」

彼は彼なりに、自分の置かれている立場や状況を把握しているようで、それでも、「寂しいじゃないですか」と主張するのが健気《けなげ》だった。


一階に到着した時、僕の目にはばらばらに、散文的にと言うべきか、二つのものが見えた。気がかりなことが、二つだ。

一つは、「じゃあ、行こうか」と手を挙げる長谷川さんの背後にいる、女の子の姿だった。先ほどの宴席で、僕の正面に座っていた女の子が、携帯電話を耳に当てていた。電話をかけること自体は珍しいことではない。自宅へ、「遅くなるから」と連絡を入れているのかもしれないし、実は彼女には恋人がすでにいて、「もう少し遊んでいくから。でも安心して、ろくな男たちじゃないし」と報告をしているのかもしれない。友人に、明日の授業について確認をしている可能性もある。けれど喋る彼女の表情には、何者かに状況を報告するスパイじみた気配があり、企《たくら》みを抱えた様子にも見えたのだ。一瞬、僕と目が合うと、バツが悪そうに視線を逸《そ》らし、電話を切っていた。

もう一つは、そのさらに後方、細い路地を挟んだ向かい側だった。ラーメン屋の縦長の看板があり、その後ろに隠れる人影が見えた。その影は明らかに、僕たちの姿を見た後で動いた。尾行者に心当たりはなかったので、気のせいかなと思い、「じゃあ、行こうぜ、ボウリング場へ」とツアーコンダクターよろしく手を振る鳥井の後を追った。

もう一度念のためと首を捻ると、看板からひょっこり顔を出す女の子の顔が見えた。さらに、もう一人、いる。おそらくは、居酒屋の前で僕たちが出てくるのを待っていたのだろう。

何だよ、と呆れる。何だよ、南も東堂も、そんなにこの合コンの行方が気にかかるのか。

16

「山田君、やるね」女の子が大笑いをしながら指を差す。隣のレーンで、泥酔のあまり足をこんがらからせて投球する山田が、ストライクを取ったのだ。

「あんなに酔っているのに、なかなか」鳥井が唸《うな》る。彼の成績も良かった。異性の前であればあるほど実力以上の結果を残せるタイプだ、と豪語したのもまんざら嘘ではないようで、このままであれば一六〇点以上には到達しそうだった。

場内には、レーンに落ちるボールの、どんという素っ気ない響きと、ピンとピンが衝突する爽快《そうかい》な音が不規則ながら、繰り返されている。遠くのレーンから悲鳴や歓声が沸《わ》く。

西嶋も無難に参加していた。東堂の言っていたことは本当だったのだろう。ボウリング大会の時とは雲泥の差の投球フォームで、点数も悪くなかった。もしかすると西嶋自身が本気を出していないからなのか、「信じがたい高得点!」とまではいかなかったが、それでも鳥井が、「どうして西嶋、あんなに上手くなったんだよ」と目を丸くするくらいの上達ぶりではあった。

一ゲーム目が終了し、一番得点が高かったのは鳥井だった。一六五点だ。女性陣は一二〇点から一四〇点の間、というなかなかの成績で、僕も同じくらいだった。西嶋は一二〇点だった。

もう一ゲームやろう、ということになる。ただその前に、おのおのがトイレに向かったり、自動販売機を探したり、もしくは、点数が悪いのはボールのせいだと呪《のろ》いながらボールの交換に行ったりと休憩の時間になった。ちなみに、ボールを呪っていたのは、山田だ。筋としてはボールではなく、酒を呪うべきだった。

見知らぬ男たちが現われたのは、まさにその時だ。全員が次のゲームをする支度を終え、椅子に座ったところで、「楽しそうだねえ、何してるの」と二人の男が近寄ってきたのだ。

黒のスーツの男二人で、一人は長い髪を薄っすらと茶色にし、もう一人は短髪だった。二人とも眉の形が整い、鼻に高さがあり、体格も良かった。身長は百八十センチメートル以上あるし、肩幅も広い。

鳥井の知り合いかと思ったが、彼もこちらに視線を寄越《よこ》し、訝《いぶか》しんでいる。誰だ、と口の動きだけで訊ねてくる。

そうこうしている間にも彼ら二人は、遅れてきた合コンの参加者であるかのように、女性陣の席に割り込んで、「はいはい、混ぜて混ぜて」と無理やりに座った。

「何やってるも何も、ボウリングだよ」鳥井がむっとして、言い返す。

「俺たち、二人きりですげえ寂しいんだけどさ、どうやったらこんな風に、女の子たちと遊べるか教えてくれない？」長髪がわざとらしく笑う。

彼らの厚かましさに圧倒されたのか、不愉快であるためなのか、鳥井は押し黙っている。若いが、二十代前半というところだろうか、僕たちのような十代後半に比べれば、大人の雰囲気を醸し出しているが、サラリーマンには見えない。

「ボウリング、まだやるんだろ」短髪の男がすぐ隣にいる女の子に声をかけた。

「うん、まだやるよ」と彼女が快活に応《こた》えた。そして、ほくそ笑むように頬を緩めた。はじめはそれが、外見の洗練された男前と会話を交わしているが故の興奮かとも思ったが、すぐに彼らのやり取りに、阿吽《あうん》の呼吸じみたものを感じ、僕は気を引き締めた。長谷川さんに視線を移動させると、彼女もちょうどこちらを見ていて、目が合った。彼女は気まずそうに慌てて、顔を逸らした。

ますますおかしい。

長谷川さんや他の女の子たち、それから、長い脚を優雅に組む男たちを順番に観察した後で、違和感に気づいた。彼らの態度に、芝居がかった装いを感じたのだ。

「なあ、礼一《れいいち》、俺たちも一緒にボウリングに混ぜてもらおうぜ」短髪の男が長い腕をゆらゆらさせつつ、言い出す。

「いいねえ」礼一と呼ばれた男が唇をにっと広げ、長い前髪を掻き上げた。鼻の穴も膨らんだが、それすらも色男ならではの身のこなしに見えるから不思議だ。「俺たちと一緒に、ボウリングやろうぜ」

「何で、俺たちが、おまえらとボウリングをやらないといけねえんだよ」鳥井はむきになり、「なあ」と僕や西嶋に声をかけた。状況を把握できない僕は曖昧にうなずいただけだったが、西嶋は、「当たり前じゃないですか、何、割り込んできてるんですか」と騒ぐ。

おい鳥井、これはどうも変だぞ、僕たちは怪しげな芝居に巻き込まれているんじゃないか？　どうにかその思いを伝えたかったが、鳥井はまるで気づかない。

「つれないなあ」と礼一は余裕たっぷりで、「純《じゅん》、じゃあ、俺たちは俺たちで向こうでやろうか」と短髪の男に声をかけた。「なあ、こんな奴らよりも俺たちと一緒にやらねえか」と女性陣の顔を見渡した。

「あ、いいかも」と女性陣のうちの誰かが言って、「そうしようそうしよう」と別の誰かが賛同した。その流れるような展開がますます怪しい。

「ちょっと待てよ、勝手なことするなよ」鳥井が語調を強めた。

「待ってどうすんだよ」純という男が言った。

「よし、それならこうしねえか」礼一というほうが、待ってました、とばかりに口調を変え、身を乗り出してくる。

「何だよ」

「ボウリング対決」

「何だよそれは」

「おまえと俺でさ、代表して、ボウリング対決するんだよ。ボウリングで賭けて、勝負するんだよ。盛り上がるぜ」軽やかな言い方であるのに、有無を言わせない見下した口調が、うるさい。「いいだろ、な」

「ふざけるなよ」と鳥井が吐き捨てるのと、女性陣から、「面白そうじゃない！」と声が発せられるのがほぼ同時だった。「ねえねえ、やろうよ、鳥井君やろうよ」

その馴れ合いや段取りの雰囲気に戸惑いつつ、もう一度、長谷川さんに目をやると、彼女一人が気まずそうに下を向いている。

「おい、藍子《あいこ》、何黙ってんだよ。おまえだって、賭けボウリング好きだろ」そこで礼一が言った。はじめは誰のことなのか、僕には判然としなかったが、一次会の自己紹介の時に、長谷川さんが、「藍子は藍染めの藍の字で」と慣れた説明を口にしたのを思い出した。そして、その名が礼一の口から飛び出したことに小さく驚いた。

長谷川さんもはっとし、顔を引き攣らせた。目が泳いだ。

「え」と鳥井が困惑し、礼一と長谷川さんを交互に眺める。「何でおまえ、彼女の名前、知ってるんだよ」

「鳥井、彼女たちは、彼らと知り合いなのかもしれない」僕は慎重に言った。

「何だよそれ」

「そうそう、俺と藍子は知り合いなんだよ。深い関係、なあ、藍子。で、ちょうど、たまたま、会ったんだ、今」礼一は、たまたま、というところを強調した。

「ホスト？」僕は自分でも気づかないうちに、そう口走っている。以前、アベレージ一八〇嬢から耳にした噂、すなわち、「ホストたちの間でボウリングが流行っている」という話から連想したのだ。

「ホストじゃ悪いかよ。なあ、鳥井ちゃん、俺と勝負するだろ。だって、ここで逃げたら恰好悪いだろ」

「うん、恰好悪いよ、絶対」と女性たちから声が上がる。

僕はさらに、居酒屋のトイレの前で聞いた会話を思い出した。長谷川さんはもう一人の女の子と、鳥井のことを話していた。「あの人、あちこちで女の子に手を出してるからさ、少しくらい、いいんじゃない？」つまり、彼女たちははじめから企んでいたのだ。

「ねえ、何を賭けるわけ」女性陣から質問が出る。完全に面白半分で、僕たちの立場や思いは気にかけず、単に愉快なお祭りに参加しているつもりなのだ。

「そうだねえ、やっぱり賭けるとなったら、お金だよね」ホスト純が言う。「鳥井ちゃんは見たところ、お金をたくさん持ってそうだから」と手の指を五本開いた。

「五百円ですか」と西嶋が唸り、僕は、「五千円?」と首を捻った。鳥井は真剣な目つきで、「五万」と呟いたが、ホストたちは当然のごとく、「五十万円」と歯を見せた。

「五十万」と僕は目を丸くしてしまう。「馬鹿な」

凄い凄いそれは面白そうだ、と女性陣が騒ぐ。「鳥井君、やるべきだよ、やるべき」と彼女たちは口々に鳥井を突《つつ》いた。鳥井君ってお金持ちなんだってね、これくらいは絶対、受けて立つよ、そうじゃなかったらがっかりもいいところだ、と早口でまくし立てる。

鳥井、これは予定されていたイベントだ。さっき、露見した通り、ホストたちは彼女たちと通じ合っているのは明白であるし、これは彼らの手のひらの上の余興に過ぎないぞ、と僕は進言しようとした。が、すぐには言わなかった。五十万円という額があまりに高額で、現実味がなく、さすがに鳥井もこの挑発には乗らないだろう、と信じていたからだ。それなのに鳥井が、「面白い」と言ったものだから、驚いた。「鳥井」

「こういう奴ら、嫌いなんだよ、俺は」と鳥井が勇ましく言った。

「そうですよ、倒すんですよ」と西嶋が喚《わめ》いた。

17

やってやろうじゃないか。かかってこいよ。まさに、売り言葉に買い言葉だった。

「じゃあ、本当に五十万だからな。後でとぼけるんじゃねえぞ」ホスト礼一は整った顔に、笑みを浮かべた。自分が負けることなど露ほども思っていない様子だった。

「そんなに金が欲しいのかよ」鳥井が言い返す。

「俺はさ、むかつくガキのプライドを踏み潰《つぶ》したいだけなんだよ。どうせ金も親に縋《すが》るんだろ?」と言い、ホスト純と目を合わせ、うなずいた。

彼らの口ぶりにはどこか、嗜虐《しぎゃく》的な喜びが含まれていて、僕はぞっとする。整った顔立ちの二人が、昆虫や爬虫類《はちゅうるい》にも見え、寒気を感じた。

「おい、鳥井、本当にやるのか?」僕は言わずにはいられない。

「当たり前だろ。ここで逃げられるかよ」

「だいたい、彼がどれくらい上手いのかも分からないじゃないか」

するると鳥井は、僕の袖《そで》を引っ張り、左横の別レーン側に寄せた。そして、他の人間に背を向け、「実はさ」と囁く。「俺、さっき、あいつらが別のレーンでゲームしてるの、見たんだよ」

を見たんだ」

「トイレに行った時だよ。恰好つけた二人がやってるから、どんな腕かと思って、点数を見たんだ」

「見た？」

「そうしたら？」

「下手、下手。一〇〇点もぎりぎり行かない感じでよ。ようするに、口だけなんだって」鳥井はほくそ笑んだが、僕の不安はますます広がった。これがもし、はじめから企てられていたイベントだとしたら、鳥井に低得点を目撃させたのも、計画のうちではなかろうか。


考えすぎかもしれないが、ホスト礼一たちの不気味で低温度な目を見ていると、それこそ、金などではなくて、じわじわと獲物を追い詰め、罠《わな》にはめていくこと自体を愉《たの》しみにしているようにも思えた。

僕は、鳥井を止められなかった。きっと心のどこかに、「どうにかなるだろ。酷いことにはならないだろ」と高をくくっているところがあったからだ。

鳥井は負けた。十フレーム目、鳥井が捨て鉢な恰好でボールを投げ、それが対角線を描くように左隅のガーターに落ち、対決は呆気なく、終了した。ホスト礼一がわざとらしい笑い声を発し、「最後までやる必要もなかったな」と言った。実際、ホスト礼一の得点は一七〇点で、鳥井は、先ほどまでの好調はどこへやら、ぎりぎり一三〇点というところだった。調子の崩れた原因は明らかだった。まず、予想以上にホスト礼一が上手であったこと。そのことに鳥井は動揺した。金がかかっているという重圧もあっただろうし、さらには、これがもっとも大きな影響だったに違いないが、後ろで見ている女の子たちが事あるごとに、「鳥井君、頑張って。大丈夫大丈夫」と声をかけ、ミスの後でも、「鳥井君なら取り戻せるから」と励ましてくるので、そのことで余計な力みが生まれてしまったのだ。ストライクが取れず、スペアを外すたびに、「あー」という落胆の声が女の子から上がり、さらに鳥井を焦《じ》らした。

「はい、五十万」ホスト礼一がお駄賃を受け取るように、手のひらを差し出した。「いやあ、鳥井ちゃん、驚きだね。下手すぎるよ」

これはやはり事前から仕組まれていた催しなのだ。あちこちの短大生や高校生にちょっかいを出す鳥井に目をつけ、もしくは鳥井がブルジョアジーの出自であることにも目をつけ、金を巻き上げて、屈辱を与えようと、彼らが画策した。きっとそうなのだ。鳥井は青褪《あおざ》め、力なく肩を落としていた。

「プッシュしてもいいぜ」そこでホスト礼一が言った。「納得いかないのなら」

「プッシュ？」僕が聞き返す。

「倍プッシュだよ。もう一回押してくるなら、やってやってもいいってことだよ。ただそのかわり金額は倍、百万だけどな」

「おー、倍プッシュですよ、倍プッシュ！」西嶋が唇を突き出して、興奮した声を出した。じっと黙って戦況を窺うようにしていたが、彼は彼なりに怒りや鬱憤《うっぷん》を溜めていたのかもしれない。「このまま、負けてはいられないですよ。鳥井、やるしかないですよ」

「いや、鳥井、やめておけって」僕は、鳥井の肩に手を当てる。このまま相手の口車に乗るのは得策とは思えなかったし、何より、ホスト礼一はボウリングが上手かった。

が、僕の願いは届かず、鳥井は、「プッシュだ」と宣言した。「もう一回」

「だよな」ホスト礼一が微笑んだ。「ここで負けっぱなしだと、恰好つかないよな」

二ゲーム目はすぐにはじまった。次は鳥井が先攻、ホスト礼一が後攻となり、僕たちが見守る中で投げ合いが行われる。

結果だけ言ってしまえば、これも鳥井の負けだった。

先ほどよりも僅差《きんさ》で、一〇点ほどの差しかつかなかったが、真剣で深刻、死人のような青白い顔でボールを投げる鳥井に比べ、終始余裕のある表情で、スマートに投球するホスト礼一を見比べてみると、力の差は歴然としていた。むしろその点差は次の展開への布石ではないか、と不安に感じるくらいだった。ゲームを終えた鳥井に近づき、彼の耳元に、「こんな賭け、有効なわけがない。払うって言って、今日は帰ろう」と助言した。冷静に、一時撤退して、作戦を練るべきだ。

「鳥瞰型の北村からすればそう見えるかもしれないけど、やっぱりここで引き下がるわけにはいかないだろ」笑みを浮かべた鳥井は痛々しかった。

「長谷川さんたちが、あのホスト側の人間なのは分かっただろ。これは仕組まれているんだ。まだ、引き下がれる」僕にしては非常に珍しいことだけれど、だんだん、腹が立ってきた。「十八歳、五月、腹を立てる」と自分史に刻んでもいいくらいに、珍しいことだ。

「倍プッシュだ」鳥井は、僕の忠告には従わなかった。

「おー」とホスト礼一が言う。「恰好いいねえ、鳥井ちゃん。二百万の勝負だけど、大丈夫?」

女の子たちはと言えば、長谷川さんこそ後ろめたさのせいか目を背けていたが、他の三人はすでに野次馬のポジションに馴染《なじ》んでいて、「二百万、すごーい」と高い声を出した。かと思うと、鳥井君がんばってー、と無責任の極致とも言える応援を口にし、手を叩いた。僕はげんなりしたし、鳥井も顔を強張《こわば》らせた。

三ゲーム目は意外にも、と言ったら鳥井に失礼だが、正真正銘の接戦だった。さすがにホスト礼一にも、二百万という重みがかかったのか、もしくは彼の腕に疲労が溜まりつつあるせいなのか、点数が肉薄したまま終盤へと雪崩《なだ》れ込んだ。だから、九フレーム目を終了した時点で、先攻のホスト礼一が一四一点、後攻の鳥井が一四〇点となった時には、「よし、これはいける」と鳥井は呟いたし、「いけますよ、これはいけますよ」と西嶋も興奮の声を出した。

「礼一、大丈夫かよ」ホスト純がはじめて不安を口にした。

ホスト礼一もさすがに危機感を抱いたらしく、神妙な表情をし、そして十フレーム目の投球に向かった。

彼の身体がゆったりと動く。ボールを持った右腕が前に出て、右足が出る。四歩で投球に至る、スムーズな動作だ。外れろ外れろ、と僕は念じる。西嶋に至っては、「外れろ外れろ」と実際に言った。

ボールが手から離れる。転がり、それが優雅な膨らみを作ってカーブしていく。ピンに磁力でもあるかのように、ぴたりとボールが吸い寄せられていくのを見ながら、ああ、と僕は呻《うめ》く。最高の衝突の仕方だ、僕たちにしてみたら最悪の当たり方だ。

ピンが十本、一気に吹っ飛んだ。ホスト礼一が小さなガッツポーズを取った。力瘤《ちからこぶ》を見せ付けるかのように、腕を曲げ、こちらへ戻ってくる。

ホスト礼一はその後、連続して、ストライクを叩き出した。三回だ。十フレームで三回連続のストライク、パンチアウト、だった。信じられなかった。もちろんこれは、ホスト礼一の技術と集中力が生み出した結果だろうが、それ以上に僕は、彼の背後に、悪魔的な強運や嗜虐の神様のようなものが取り憑《つ》いているのではないか、と疑わずにいられなかった。

「鳥井ちゃん、残念だったな」ホスト礼一は自分自身の成績に、若干の高揚を見せながら、茶化してきた。

　鳥井は顔面蒼白《そうはく》で、席から立ったものの、ボールの前で動けないでいる。鳥井の勝ちは霧のように消えた。仮にホスト礼一同様にパンチアウトを出したとしても、一七一点対一七〇点。空は青く、海は広く、鳥井は負ける。

「じゃあ、鳥井ちゃん、二百万円だからさ」ホスト純が指を二本伸ばして、こちらに突き出してくる。「あ、連絡先教えろよ。逃げられたら困るからよ。免許とかねえのかよ。そうだ、おまえたちにも奢《おご》ってやるぜ、二百万でどっか行こうぜ」と長谷川さんと他の三人に向かって、手を広げた。彼女たちはすでに正体や本心が露わになることを隠そうともせず、「やった」と大喜びをし、拍手喝采《かっさい》で、何だおまえたちは敵だったのか、と非難することすら憚《はばか》られるほどだった。

「ちょっと待てよ」鳥井が言ったのはその時だった。「俺の投球は終わってないだろ」

「点数計算できないのかよ。おまえが全部ストライクでも俺には勝てないだろうが」

　鳥井はそこで口ごもったが、開き直った大声になると、「もう一回だ。チャンスをくれ。俺が三回連続してストライクを出したら、俺の勝ちにしてくれないか」と言った。

「何言ってんだよ」ホスト純が笑う。「甘えるにもほどがある」

「この状況でストライクを出すのだって、難しいんだ。この十フレームでもう一回賭けをやらせてくれよ。な、頼むよ」鳥井は無様に懇願した。

「嫌だね」ホスト礼一があしらうように、手を振る。

「ただ、とは言わないから」

「お、倍か？　倍プッシュ来るか？」ホスト純は身を乗り出してきたがすぐに、「でもな、それでも割りに合わねえよ。礼一はもう三回も勝ってるんだぜ。往生際が悪い」

「倍プッシュ、四〇〇万円」鳥井が指を四本立てた。

「おい、鳥井」僕は怖かった。

「プラス」と鳥井はさらに言う。「もし、これで負けたら、俺は大学を辞めてやるよ」

その言葉にホスト礼一が一瞬きょとんとした。ホスト純と顔を見合わせる。「面白いじゃないか」と幸福そうな表情になる。

「鳥井」僕は呆れを通り越して、茫然としながら、弱々しく言った。冗談としか思えないが、彼は真剣な表情だった。何がどういう理屈で、退学に行きつくのだ。理解できなかった。「おい、鳥井」と彼の目を覚まそうと声を大きくした。けれどそれでも、僕は死に物狂いで止めようとはしていなかった。おそらくは、「もしかしたら」とまだ期待をしていたからかもしれない。鳥井はストライクを取るかもしれない、と。次の一投で、すべてを挽回《ばんかい》してくれるのではないか、と。甘すぎる。こんなことだから、と思いもした。僕が友人の無茶を止めることすらできないのだから、中東に軍隊を送るアメリカを、日本の自衛隊を、誰も止められないのも仕方がないのかもしれない、と。

鳥井が投げたボールは完璧に見えた。

今日だけですでに四ゲームは投げているのだから、足の踏ん張りもさすがに利《き》かなくなっているはずだ。それでも申し分のない角度で、それなりの力強さで、ボールは転がった。中心よりやや右手から、斜めに一番ピンと二番ピンの間を狙っていく。ボールがピンに衝突し、ピンとピンがぶつかり合う。僕はストライクを確信し、思わず右手に力を込める。「やった」の、「や」の音を声に出しかけた。鳥井もストライクを信じていたのか、拳を握った。けれど、ピンは残った。ストライクを三つ出す、と条件を掲げた鳥井はこの時点で敗北したことになる。

「ああ」と僕と西嶋はその無慈悲な結果に、茫然とした。

レーンの先で、ピンが二つ、距離をあけて、立っていた。一番右隅の一本と、左から二本目のピン。絶望の象徴とも言えるスプリットだった。

ホスト礼一とホスト純が歓声を上げ、女の子たちも喜びを分かち合うかのように跳びはねた。わずかではあるが同情と心配もあるのか、トーンは控えめであったが、「ねーねー、学校、本当に辞めちゃうの？」と好奇心溢れる目で確認する。

僕は無力感に襲われ、耳が急に遠くなった。しゃがみ込む鳥井はひどく小さく見える。四百万をまさか本当に払うのではあるまいな、と緊張した。西嶋は鬱憤と怒りともどかしさで窒息しそうな顔をし、山田は何も知らずに椅子からずり落ちそうになって眠っている。その時に、「プッシュ!」とはっきりとした声が割り込んできて、僕は背筋を伸ばした。

僕たちの座っている場所にずかずかと割り込んできた者がいて、その彼女が手を挙げ、「プッシュでしょ!」と張りのある声を出していたのだ。東堂だ。「倍プッシュ」

18

ホスト礼一は目を瞠《みは》った。

「東堂、偶然じゃないですか」と西嶋が驚いている。偶然ではなくて君が気になって後をつけてきたんだ、と僕は口の先まで出かかった。東堂は表情を変えず、「賑《にぎ》やかそうだね。仲間に入れてよ」と言った。

「鳥井君」南が心配そうに寄ってくる。

何、この女たち。長谷川さんや他の三人が声こそ発せずとも、視線でそう言っていた。

「ねえ、どうする?」東堂が、ホスト礼一にもう一度向き直る。ホスト礼一は、予想外の女性二人の登場に驚きつつも、大きな戸惑いは見せなかった。「あのさ、プッシュって言っても、もうどうにもなんないんだって。鳥井ちゃん、負け決定だし」

「こうしない？　あのスプリットを取ったら、今回の勝負は全部なしってことで」東堂は、南と一緒にこのゲームをどこからか観察していたのだと言う。

「何だよそれ、都合が良すぎるだろ。今も俺たち、散々、譲歩したんだ」

その通りで、確かに往生際悪く、我儘《わがまま》を言って条件を変え、ごねているのは間違いなく鳥井のほうだった。それは認めざるをえない。

「ただ、スプリットが取れなかったら、今までの賭けは成立するし、わたしもあなたたちの言うことを聞く。そういうのはどう？」

「東堂は関係ない」鳥井がそこで頬を引き攣らせた。

「おーいいねー」ホスト純が激しく手を叩く。「言うことを聞く、っていうのが曖昧でまたいいな」と白い歯を光らせた。「俺たちの言いなりになるわけだ」

「面白いねー」ホスト礼一が親指を出した。いいぞいいぞ、と女の子たちが盛り上がる。女性は、見ず知らずの美人には冷淡なのか、先ほどよりも熱心な煽《あお》り方だった。

「東堂さん」南が心配げに声を出す。

「そのかわり」東堂が首を傾げ、胸を張った。「投げるのは鳥井じゃなくて、彼でいい？」と横に腰を下ろしている西嶋を指差した。

思いもしない条件提示にその場にいる大半の人間が呆気に取られ、「え」と言った。もちろん、西嶋自身も事情が飲み込めず、「何だよそれは」と立ち上がった。

「それで賭けない？」

「何でその、ぶすっとした男なんだ」ホスト礼一が眉をひそめた。彼は彼なりにこの展開に訝しさを覚えたのかもしれない、「そいつ、めちゃくちゃ上手いのかよ」と慎重なことを言った。意外に冷静だな、と僕は感心した。

「礼一、大丈夫だ。俺よ、前に、こいつ見たことあるんだよ」突然、純がそう言う。「駅裏のボウリング場で大勢でやってた学生の中にいてさ。めちゃめちゃ下手だったぜ」と西嶋を顎で示した。どうやらあのボウリング大会の時に、このホストもいたらしい。

「どう、乗る？」

ホスト礼一が、「いいぜ。成立だ」と言い出すのに時間はかからなかった。

「馬鹿なことをするなって」鳥井はパニック寸前になりながらも訴えた。西嶋は西嶋で、責任取れないから余計なことを勝手に決めるな、と喚いたが、その仲間内の批判を鎮めたのはやはり東堂本人だった。彼女は真剣な顔つきのまま西嶋に近づくと、「ごちゃごちゃ言わずに、やればいいじゃない」とぴしゃりと言い切った。「前進するの？　それとも後退するの？」興奮も震えもなければ、熱心さの欠片もないような淡々とした言葉だ。

「砂漠で雪を降らせてみなよ」と唆されて、立ち上がらない西嶋はすでに西嶋ではない、と知り合って間もない僕ですら思ったのだから、西嶋歴十八年以上の西嶋ならなおさらそう感じたはずで、だからなのか、すっくと立った。


西嶋がボールを用意し、自分の手をタオルで拭いている。こりゃ面白くなったな、とホスト礼一が席でふんぞり返り、ホスト純が、すでに勝利を得たかのような高笑いをしている中で僕は、閃いたことがあった。南を後方へ引っ張る。

「わたしたち、後をつけて、隠れて見てたんだけど。東堂さん、あんなこと言い出すなんて」と南は首を横に振って、怯えるように体を揺すった。「どうなっちゃうの、鳥井君と東堂さん」

「大丈夫だよ。こんなお金、本当に払う必要ないって。どうにかなる」と僕は冷静に答えたものの、本当に大丈夫なのか自信がなかった。「あのさ。そんなことよりも、南のあれ、使えないかな？　丼を動かしたやつ」

「あ」南も、僕の言わんとすることの見当がついたのか、目を見開いた。ぎこちなくうなずく。南の力によってボールを誘導することはできないか？

こうなったら、半信半疑でも、科学的でなくてもいい、とにかく手段は問わないし、慈悲には期待できないのであるから、それならば南の特殊な能力に頼るしかない。

南は顎に手をやり、「自信ないけど」と答えた。

「やるだけやってみよう」車は無理でも、ボウリングの球は大丈夫かもしれない、根拠はそれくらいしかなかった。ただ、それはあくまでも質量の差からそう考えただけであって、果たして南の能力の成功不成功を左右するのが質量かどうかも分からないのだから、根拠とは呼べない。

「やるだけやってみる」南が言った。


西嶋はレーンと向かい合い、ボールを構えたまま、動かなかった。狙いを定めているのか、コースをイメージしているのか、黙って、「ボウリングを発明した人の彫像」さながらにボールを構えた恰好で固まったままだった。鳥井や東堂は立ち上がっている。僕は腰を下ろしたまま、南を自分の座席の隣に、レーンを見やすい位置にまで移動させる。ホスト礼一たちや女の子たちも、ただ、西嶋の後ろ姿を見ていた。

西嶋がおもむろに動き出した瞬間、僕はぞわぞわっと産毛が逆立つのを、感じた。緊張と恐怖もあったし、それ以上にこの状況で、しっかりとした足取りで歩み出した西嶋の自信と、力強い動作に感動したのだ。

「一心不乱に、オレのイノチを打ち込んだ仕事をやりとげればそれでいいのだ」

坂口安吾のある小説の台詞を思い出していた。「一心不乱にオレの仕事をやりとげる」という勇ましさを、西嶋が漂わせていたからだろう。足を前に出し、強く右手を振りかぶる。ボールが前に出て、そして、西嶋の手を離れた。安吾の小説の続きを思い出す。「目玉がフシアナ同然の奴らのメガネにかなわなくとも、それがなんだ」という、あれだ。

行け。僕は柄《がら》にもなく、心の中で叫ぶ。フシアナ同然の奴らに目にもの見せてやれ、と。ボールが右側から、人の肩を撫でるような柔らかさで、緩やかな曲がり方をしながら、転がっていく。レーンが響き、その響きが、僕の鼓動と一致する。南が物を動かす時は、その物の名前を呼んであげたほうが良い、という規則ともコツともつかない言葉を思い出し、僕は、「ボール、ボール」と南の横で囁いた。ボールだ、ボールを動かすんだ。鼻息が荒い、と思ったら自分の呼吸だった。投球を終えた西嶋は右手を前に出した恰好のまま、立ち尽くし、ボールの行方を眺めている。

賽《さい》は投げられ、僕たちは数秒後に訪れる未来をただ、見守るほかない。唾を飲み込む音がした。僕だけじゃない、たぶん、その場の誰もが同時に唾を飲んだのか、ごくり、と音がした。

ボウリングの球が左側のピンと衝突するのが見え、僕は右手で拳を作った。

すぐに、弾かれたピンが、右に飛んだ。もう一本だ、もう一本倒さなくては意味がない。回転しながらピンが後ろへと転がるのが、焦れったいほどのゆっくりとした速度で、見えた。音という音すべてがまわりから消え去っている。右端に残っていたピンと衝突するのが見えた瞬間、僕は立ち上がり、いや、飛び上がっていた。ピンが、ごとり、と倒れる。レーンの先には何もなくなった。僕は無意識のうちに両手を空に、そこは屋内だから天井があるだけで夜空はないのだけれど、でも気持ちの上では高い空に向け、突き出した。自分の喉《のど》が何を叫んだのかは把握できない。鳥井もやはり腕を振って、叫びを上げていた。それは、よし、とも、やった、とも、英語の〝washer〟ともつかない雄叫《おたけ》びだった。

南は両手で顔を押さえ、へたり込み、東堂はと言えば大きな動きは見せなかったが、でも、身体を震わせ拳を強く握っていた。

西嶋はじっと倒れたピンの方向を睨みつけ、僕たちに背を向けている。すでに僕たちは、ホスト礼一たちのことなど目に入っていなかった。鳥井がまた何か叫び、僕も両手を上げたままだ。南がようやく立ち上がったので、僕は顔を近づけ、あれは南がやったのか、助かったよ、と確認を取った。すると南は血の気の引いた顔のまま振り返り、「あ、あれで、いいの？」と唇を震わせた。

「ばっちりだよ。西嶋の勝ちだって」

「良かった」南が長い息を吐いた。「わたし、てっきり、あのピンの間にボールを通したら勝ちだと思ってたの」

「え」僕の声が裏返る。

「わたしボウリングのことってよく知らなくて。この間のボウリング大会も参加しなかったし。だから、あの間にボールを通そうって念じたんだけど。でも、うまくいかなくて」

「じゃあ、あれは」と言いかけ、そこまでボウリングを知らないなんて話があるのか、と耳を疑う。そしてその後で、思えば、念力でピンを直接、倒してもらったほうが確実だったのではないか、という考えも浮かんだ。

「やっぱり重いのを動かすのは、無理みたい」それから南はまた卒倒するかのように、座席に寄りかかった。

こちらに向き直った西嶋は照れ臭かったのか、仏頂面で、喜びのジェスチャーも小さかった。鳥井が足をもつれさせながら、その西嶋に抱きついた。

僕の大学一年の春の出来事は、椿事《ちんじ》と呼べるかどうかは別にして、そう言えば花見の話も面白いのだけれど、でも、だいたいこんな感じだ。

夏

1

今年の仙台の夏は特別に暑いらしく、七月の中旬の陽射しが、ひりひりと肌を焼いてくる。Tシャツ姿で歩いているだけでも、日焼けの痛みを感じる。仙台は涼しいはずなのにこれじゃあ横浜と一緒だ、と鳥井が会うたびに不満を洩らしていた。三日前に講義が一段落し、僕たちの目前には夏休みしか広がっていなかった。

「夏と言えば海だろー」鳥井の台詞だ。

少なくとも盛岡出身の僕にとっては、夏と言えば岩手高原ではないかと反論したかったが、彼にとってはとにもかくにも、海へ行かなくてはならないらしく、だから僕たちは、鳥井の中古の軽自動車で海へと向かった。

「鳥井君、いつの間に免許取って、車買ったの?」後部座席の右端に座った、白いワンピースを着た南が運転席に声をかける。

「バイトで教習所代が貯《た》まったから、速攻で通ったんだよ。最短コース、最短」

「学生が車に乗るなんて贅沢なんですよ、贅沢」後部座席の、真ん中に肩をすぼめて腰を下ろした西嶋が不服そうに言う。

「じゃあ、降りろよー」

「後ろ、狭くない？」助手席にいる東堂が首を捻り、こちらを見たが、「大丈夫大丈夫」と答えたのは鳥井だった。その台詞は前にいる人が言ってはいけないのではないのか。「これ、五人乗り？」狭い車内を見渡しながら、素朴な疑問を口にした。すると鳥井は、「法的には分からないけど、五人乗れること自体は今、証明された」と平然と言う。

「安全なの？」と南が訊ねる。

「それは今、証明中」

カーステレオにはＣＤが装備されていたが、流れていたのはラジオだった。はじめは鳥井が選んできたポップミュージックが鳴っていたが、西嶋が、「こんな魂のこもっていない音楽なんてね、聴いちゃ駄目ですよ。何も揺さぶらないじゃないですか。こんな曲を聴いてね、どう闘えって言うんですか」と猛烈に抗議をはじめ、僕たち四人はそういった西嶋の主張というか政策というかこだわりにはすでに慣れていたので、闘う必要なんてないだろ、と真面目に答えることはせずに、「そうかそうか、やっぱり駄目か」と赤ん坊に対応するような気持ちで、ＣＤを停止した。

ラジオから通り魔犯のニュースが飛び込んできたのは、出発から三十分以上経った頃だ。地元のラジオ局の定時のニュースが流れていた。『昨晩、深夜零時過ぎに、仙台駅の地下連絡口の入り口付近で、会社員が立て続けに三人、襲われるという事件が起きました』

「プレジデントマンですよ」西嶋は、運転席と助手席の間から前に乗り出し、興奮を浮かべた。「俺たちのプレジデントマン」

ラジオはさらに、その犯人が、被害者の襟《えり》首を引っ張り、「大統領か、おまえは大統領か」と詰問していたことも明らかにした。『体格の良い、四十歳から五十歳ほどの中年男性で、帽子を目深に被っていたらしく、現在、捜査中です』

「まだ捕まってないのかよ」鳥井が忌々《いまいま》しそうに言う。これだけ長いこと通り魔犯が逮捕されずに、仙台の街を跋扈している事実が恐ろしい。僕たちが卒業するまで犯行を繰り返すのではないか。

「捕まってどうするんですか。俺たちのプレジデントマンはまだまだやるんですよ。アメリカ合衆国の横暴を許さないために」

「でも、もうアメリカの軍隊は行っちゃったよね」南がぼそっと、申し訳なさそうに言う。

その通りだった。すでに米国は、中東へ自慢の軍隊を派兵し、例の、「いったいどこの誰のために?」的な戦闘を繰り広げ、お得意の泥沼化を招いていた。

「だからこそ、プレジデントマンは手を緩めないんですよ。大統領を捜して、鉄槌《てっつい》を下そうと、活動しているんじゃないですか」

「仙台には大統領はいないって、教えてあげろよ、誰か」鳥井がウィンカーを出す。

「そうやって、何に対しても他人事みたいな若者がね、世の中を悪くしちゃってるんですよ」

「西嶋も若者じゃないか」僕が指摘しても、彼はまるで気にしない。

「アメリカは中東へ、俺たちは海へ」鳥井が高らかに言う。

絶好の海水浴日和だったが、平日のせいか海は空《す》いていた。海の家が数軒並び、真っ黒に日焼けした水着の女性が焼きそばを炒めている。監視用の櫓《やぐら》には遊泳可能を表す白旗がはためき、砂浜にはパラソルが突き刺さっている。レジャーシートを敷く。全員が下に水着を着込んでいたので、服を脱げばすぐに水の中に飛び込めた。砂が裸足を焼く。鳥井が嬉しそうに目を細め、僕の脇を突いた。何事かと思ったら、どうやら、東堂と南の水着姿にうっとりしているらしい。彼女たちは二人ともスタイルが良く、柔らかそうな肌にどきりとさせられる。何はともあれ、足の裏が熱く、僕たちは生まれたばかりの亀《かめ》の子供さながらに、海を目指して駆ける。

2

「おい、北村、俺、凄いことに気づきましたよ」レジャーシートの隣に座っている西嶋が言った。

海の中で、ビニール製のボールを投げ合い、海の家で借りてきた筏《いかだ》型のボート二艘《そう》で転覆のさせ合いをし、闇雲《やみくも》に泳ぐと、僕たちは砂浜に戻ってきた。海水を浴びた肌を、陽射しが熱してくる。東堂と南は、昼食になりそうな物を買いに行き、鳥井はトイレを探しに出かけた。

「凄いこと？」

「おののく、って漢字でどう書くか知ってますか、北村？」

「おののく、って恐れおののくってこと？　さあ」と僕が答えると、まったくこれだから、と西嶋は舌打ちし、棒を動かすと、「慄く」と砂に書いた。「もしくは」とその下に、「戦く」とも書く。

「それがどうかしたのか」

「ってことはですよ」西嶋が小刻みに首を揺すった。西嶋の身体はお世辞にも締まっているとは言えず、胸や腹の贅肉が震えた。「戦う妹子って書いたら、おののいもこ、って読めるわけですよ」と真顔で言い、戦妹子、と棒で書く。

「はあ」

「凄いでしょうに」

「残念ながら凄くないよ、西嶋」

「なあ、北村、どうして俺に教えてくれないんだよ」トイレから戻り、隣にどんと腰を下ろした鳥井に首を捻ると、まずその髪の毛に目が行った。いつものの、やませみ似の髪もさすがに濡《ぬ》れ、ぺしゃんこになっている。

「教えるって何をだっけ」

「鳩麦さんのことだよー。付き合ってんだろ？」

脇腹を突かれた気分だ。「どこからそんなことを」

「俺はさ、そういう噂には敏感なんだって。だいたい、この前、麻雀の途中で帰ったのも鳩麦さんと会うためだったんだろ」

「なぜそれを」

「俺たち全員で、北村の後をつけたんですよ」砂を掻き集めて山を作っていた西嶋がつまらなさそうに言った。

「尾行？」

「アーケード通りをぶらぶら歩いて、喫茶店に行って、雑貨屋を覗いて、あれはまるで高校生みたいなデートだったよなあ」

「高校生みたくないデートってどういうのさ？」

「まずホテルだろ」鳥井が当然のように言う。

「え、いきなり？」

「いきなりだな。やっぱり、デートってのは、抱き合うことからはじめないと」

「そっちのほうが高校生みたいだ」

「本当なら、北村がホテルに入っていくところを、かしゃっと撮って、後でびっくりさせてやろうかと思ってたんだけどな」鳥井が架空のカメラのシャッターを押す真似をする。

「そういうホテルに行ったことはないんだ」僕は正直に打ち明けた。

「ってことは、ホテル以外ではやってるってことかよ。もう、そういう関係なのかー。何だ、北村も案外、やること早いな」鳥井が腕を組み、大袈裟に首を振る。

「鳥井に言われたくないし、僕はきちんと段階を踏んでるんだ」と言う僕の頭に一瞬、鳩麦さんの美しい裸体が、ここで美しいという主観が入るのは大目に見てほしいのだが、とにかく白い肌が、思い浮かんだ。

「段階を踏むって言ったって、早すぎだろー。知り合ってすぐじゃんか」

「すぐではない」と僕は断固として否定した。

「だって、あの服屋で会ったのなんてついこの間じゃないか」

「全然、この間じゃない」僕はきっぱりと言う。「じっくりと段階を踏んだんだ。少なくとも、鳥井に言われたくはないよ。入学早々、合コン三昧《ざんまい》で、でもって怪しいホストに目をつけられて、痛い目に遭った男には言われたくない」

　鳥井は、見えない矢でも突き刺さったかのように胸を押さえた。「西嶋、聞いたか。酷すぎだよ。俺のつらい過去を、こうやって持ち出すなんて」

「いや、あの時の鳥井は最低だったから、仕方がない」西嶋がすげなく言う。

「でもさ、俺もようやく活動を再開しようかと思ってるんだ。自粛期間が明けて、そろそろ合コン活動をはじめようと思うんだ」と頬を綻《ほころ》ばせた。「充分、自粛したしさ」

「自粛」と僕は鸚鵡《おうむ》返しに言って、それから西嶋と顔を見合わせた。

「信じてないのかよ。俺はな、あのボウリング事件からというもの、女の子からは距離を置くようにしてたんだよ」

「距離を置く？」

　僕と西嶋はそれが嘘だと知っていた。街中で鳥井が女の子と遊んでいる姿を幾度も目撃したことがあった。居酒屋から出てくる鳥井や、映画館に入る鳥井を。

「どうして、鳩麦さんのことを教えてくれなかったんだ」と鳥井はしつこく、話題を戻してくる。

「教えて喜んでもらえるとは思わなかったから」

「教えないほうが喜ぶと思ったのかよ」

「そう言えば」僕は話を逸らした。「鳥井のマンションの、うるさい隣人、最近はどう?」

「いつの話をしてるんだよ。引っ越したよ、ずいぶん前に」と鳥井は笑う。「今は、静かすぎるくらいの、おじいちゃんだ」

「何の話で盛り上がってるわけ?」後ろから声がした。振り返ると、焼きそばの入ったプラスチック容器を重ねて持った東堂と、缶ジュースを抱えた南がシートに座るところだった。彼女たちは二人とも、派手ではない水着を着ていたのだけれど、そうは言っても水着は水着だから、普通の服よりは肌が露出していて、僕は眩しさを感じた。鳥井も表情を緩めているようだった。西嶋はと言えばいつものごとく不機嫌さを漂わせていたが、「東堂、結構、胸が大きいんですね」と平然と口にし、僕や鳥井を青褪めさせ、その後で、赤面させた。

「そういうことを簡単に口にできる西嶋君は、凄い」南が指摘した。僕はうなずき、東堂の反応を窺ったが、彼女は彼女でいつもの人形のような美しくも無表情な顔で、自分の胸を見下ろしていた。「そうかな。大きいかな」

東堂は、まだ西嶋に好意を抱いているのだろうか? どうだろう、と僕は考える。実際のところ僕が、彼女の思慕について聞いたのは、例のラモーンズのCDを購入した時だけだったので、その時から今に至るまでのどこかの時点で、彼女の気持ちが変わった、と言うか、正気に戻った可能性はあった。ただ、東堂に今もって恋人らしい恋人がいないのも事実だったし、彼女に交際を申し込んでは断られる敗残兵たちの数が次々と増えているのも確かだった。

「鳥井が活動を再開させるらしいですよ」西嶋が話を元に戻した。「活動を停止していなかったくせに、再開ですよ。合コン復活です」

「何だよ、それ。俺がまるで、自粛していなかったかのような言い方じゃないか」

「自粛していたように聞こえるじゃないか」僕は言ってみる。

「あ、合コンと言えば」東堂が口を開いた。「今ちょうど、見かけたよ」

南も、そうそう！　と興奮した声を出した。「今、海の家のところでね、見かけたの。向こうは気づいていないと思うけど」

「誰を？」僕と鳥井が同時に訊き返す。

「あの合コンの時の女の人」南がぼそっと答える。

「長谷川さん？」僕は首を傾けて、鳥井を見た。

「ああ」と鳥井がぼんやり答える。

「名遊撃手の長谷川選手」僕は以前、鳥井に聞かされたことを思い出した。けれど鳥井がすぐに、「駄目だよ、長谷川はさ、ゴールデングラブ賞ももらえなかったし、もう使えない」と厳しいことを言うので、「プロ野球選手のピークって、そんなに早いのか」と驚くほかなかった。ついこの間まで、名ショート、と評されていたのに、と長谷川選手に同情を禁じえない。

「あの人、何人か女の子たちと一緒にいたよ。こんな水着着て」と南が、自分の水着の腹の部分を切るような仕草をした。

「鳥井、挨拶《あいさつ》してきたら？」僕は半ば本気で言った。「あのボウリング以来、会ってないんだろ」

「おかげさまでそろそろ活動を再開するので、また合コンしませんかって言ってくるかな」

「本気？」南が真剣な眼差《まなざ》しになった。

「嘘だよ、嘘」鳥井が手を振る。「いまだに俺、夢でうなされるんだぜ。ボウリング場でさ、腕とか賭けて、試合をやる夢とか見てさ。で、もう追い込まれちゃって、長谷川ちゃんだとかあのホストに詰め寄られるんだよ。さあ、金を寄越せ、腕を寄越せって」

3

座った僕の目の前を、長くてしなやかな褐色の脚とサンダルが過《よぎ》った。サンダルが跳ね上がらせた砂がシートに飛ぶので、顔を上げると、通過した三人の女性の中に長谷川さんがいた。無視すべきかどうか悩んでいると、行き過ぎたはずの長谷川さん当人が、

「あれ」と引き返してきた。

「鳥井君じゃない」

「久しぶりです」鳥井は首を曲げ、長谷川さんを見上げた。

「あ」西嶋が指を突き出す。「こんなところで何してるんですか、俺たちに何の用ですか。つけてきたんですか。あの怪しい男はどこにいるんですか。ボウリングを仕掛けてくる、あの男は」

　この冴えない奴らは何なのよ、と長谷川さんの友人は明らかに不審そうだったが、長谷川さんはその友人たちを先に行かせた。その後で、「ホストはもう関係ないよ」と弁解口調で言った。ずいぶん髪が伸びたような気もする。

　彼女の長い肢《あし》が前にあって、目のやり場に困った。水着も大胆で、さすがに僕も、若い女の子の健康的な艶《なまめ》かしさに、身体の内側がもぞもぞと波立つのを感じた。

「あの」後ろに座っていた南が乗り出した。「鳥井君には構わないでくださいよ」

「あの時はごめんなさい」長谷川さんは頭を下げた。意外にもあっさりとした謝罪だったので僕はうっかり、潔いと感じてしまった。西嶋が、「どの面下げて」と呟いた。

「あの時は、ホストクラブにはまっちゃっていて、自分を見失っていたんだと思う」

「あのボウリングの勝負は、鳥井を狙っていたわけ？」僕が訊ねる。

「うん」と長谷川さんが申し訳なさそうに首肯した。「鳥井君、あちこちで女の子くどいてて、あの時、有名だったから。生意気だ、って礼一たちが怒ってて。屈辱を与えて、お金も奪っちゃおうとか思ったみたい」屈辱を与える、という言葉の発音が幼稚ながらもおぞましいものに感じられた。とにかく、そのホスト達の鬱憤晴らしに協力し、長谷川さんは、鳥井に近づいた。らしい。「でもね、わたしもおかげさまで目が覚めたの。あの二人、ろくでもないし」

「ろくでもない」という日本語が、新鮮に聞こえた。

「今は礼一もホストを辞めて、結構やばいし」

「やばい？」鳥井が聞き返すと、長谷川さんは、迂闊《うかつ》なことを口走ったと後悔したのか、口をぐっと噤《つぐ》んだ。

「どう、やばいわけ」と僕は追及する。

「お金に困って、何だか変なグループに入っちゃって」関係ないと主張する割には、まだ関係がありそうな態度だった。「そんなことよりとにかくね、わたし、一度鳥井君に謝っておきたかったんだ」とお辞儀をすると、一歩足を踏み出した。立ち去るかと思いきや、立ち止まって、振り返った。「でも、あれ、恰好良かったよ」と西嶋を見る。

「はあ」西嶋が眉をひそめる。

「あの、スペア、恰好良かった」

彼女はサンダルを慌ただしく上下させながら、後ろへと去っていく。

「おい、聞きましたか」その後の西嶋のうるさいことと言ったら、なかった。「今、俺のことを恰好良いと言いましたよ。言いましたよね。聞きました？　聞きましたよね」

「聞こえなかった」と鳥井が真剣な目で首を捻る。

「何か言ってた？」南がとぼけた。

「波の音がうるさかったんだ」僕も言う。

西嶋はさらにむきになった。「東堂は聞きましたよね、今、俺のことをさ」冤罪《えんざい》をかけられた者が目撃者に縋るような切実さを見せたが、東堂も、「さめ」と肩をすくめた。彼女の白い肌に光が反射して、眩しい。

何ですかおまえたちは、と西嶋は喚いて、自分の前にある砂をサンダルで掻き混ぜるようにしたが、その後で、「ああ、俺の、おののいもこが消えてしまった」とどうでもいいことを嘆いた。

4

「まさかあんなところで会うとは思ってもみなかった」海に行った翌々日の日曜日、僕は〈賢犬軒〉のテーブルで、鳩麦さんと向かい合っていた。

夕方六時過ぎ、店の奥にあるテレビでは、日曜の夜特有の家族向けの番組が流れている。他には学生らしき三人組が客として座っていた。

　彼女は酢が利いたタレのついたレタスを箸でくるっとつまみ、口に入れ、音を鳴らしながら嚙《か》んだ。「美味しいねえ。ようやくこの店に来られた」

「どうせばれてるなら、もっと早くこの店にも来れば良かった」

〈賢犬軒〉は鳥井の行きつけでもあるため、迂闊にやってくると鉢合わせになるかもしれず、だから今までは警戒して、二人では来られなかったのだ。

「でもさ、どうして鳥井君たちに、交際してるって言いたくなかったわけ」

「うるさいから」本音だった。「照れ臭いし」

「ほうほう」と鳩麦さんは、自分の苗字にちなんだわけではないだろうが、鳩の鳴き真似のような声を出した。

　とりあえずここで強調しておくけれど、面倒臭いことや、つまらなさそうなことの説明は僕はしないつもりだ。僕が、鳩麦さんとどう親密になったのか、とか、最初にデートに誘ったのはいつどこでどちらから、とか、坂口安吾の小説の話題は有効だったのか、とか、彼女がうちのアパートに初めてやってきたのはいつだったか、とか、彼女の裸を見たのはどういうきっかけだったのか、とか、その時に僕はどう思って何をやったのか、とか、性交の成功と失敗、とかそういうことには触れない。不要なことは述べないので、七月の次が九月の話になる可能性もある。今年のエピソードを喋ったら、次は翌年の出来事、なんてこともあるかもしれない。

僕の恋愛は僕にとっては特別だけれど、一般的な目から見ればオーソドックスな内容に違いないので、わざわざ述べる必要はないと思うし、それにやっぱり、私的なことを大っぴらに話すのは品がない、いや、もったいない。だから彼女と裸で抱き合う場面は、風呂に浸《つ》かる場面や、トイレで小便する姿や散髪に行く状況と同じように、割愛しようと思う。

店内のテレビがいつの間にか、野球の中継に変わっていた。ひょろっとした体型の投手が、大柄の外国人打者を空振りさせている。それをよそに鳩麦さんは、バイト先のことを話し出した。彼女は今、別の女性ブランドの店にバイト先を変え、試着室から二時間も出てこなかった女性客や、値札を見て泣き出した女の子の話、店頭で恋人と喧嘩をはじめて、ショーケースの服を放り投げた迷惑な客のことを喋る。

「あとね、わたし、いつも笑っちゃうんだけど。服屋に、彼女の付き添いで来る男の人って、みんな、つまらなさそうな顔をしているんだよね」

「あ、そうなの」

「絶望的な顔をしている。興味なさそうに後についてきてね、彼女に、これどう？　なんて言われるとね、いいんじゃない、って生気を失った表情で答えるの。でね、そういう彼氏たちが死ぬほど恐れていることは、何だか知ってる？」

「何だろう」

「彼女がね、散々、悩んだあげく、服を畳んで、『もう少し他のお店も見てから決める』って言い出すこと」

「分かる気がする」

「バーゲンの時って店がもう一杯でしょ。だから、彼女が服を選んでいる間、少し離れたところで彼氏たちが待ってるの。そのね、途方に暮れたような、飼い主を待つ犬のような姿がね、もう可哀想で可哀想で」

「可哀想と言うよりは楽しそうだ」

〈賢犬軒〉を後にした僕と鳩麦さんは、夜の欅《けやき》並木の通りを歩きながら、僕のアパートへと向かった。例年以上の真夏日が続いている、とニュースでは騒いでいるが、仙台はまだ比較的ましなのか、夜道を歩いている分には涼しい風にも出合えた。

「七夕《たなばた》の花火、もうそろそろだね」公園の脇を横切る歩道橋の上り口で、鳩麦さんが看板を指差した。仙台の七夕祭りは八月の六日からの三日間だ。その前日、つまり五日の夜に、前夜祭として花火大会が行われる。それに伴う交通規制が、看板で告知されていた。

「僕はまだ一度も、仙台の花火を観たことがないんだ。去年は盛岡にいたし」

「今年は鳥井君たちも呼んで、賑やかに見物してみない？　わたし、みんなと、ちゃんと会ってみたいし」

「いいかもしれない」僕と鳩麦さんの関係がみんなにばれているのならば、いっそのこと、全員で楽しくやるべきだ、と思った。

二人で僕のアパートに戻ると、まさにそのタイミングを狙ったかのように、電話が鳴った。靴を脱いでいる鳩麦さんの横から、さっと中に入り、受話器を上げた。飛び込んできたのは西嶋の声だった。「おお、北村じゃないですか！」と自分でかけてきたにもかかわらず、そんな台詞を吐く。「助けてほしいんだ、北村」

「え？」

「南を連れてきてくれよ。今すぐ。今、バイト先にいるんだけど」

西嶋が続けているアルバイトと言えば、例の、ビルの警備員にほかならない。仙台市街地から北西にずれた場所に立つ、鳥井のマンションからも望める、八階建てオフィスビルだ。「ビル名、ライジングビルだっけ」

「ロバート・デ・ニーロの映画は、レイジングブルですけどね」と言って一人で笑う西嶋の声を聞いていると、さほど深刻な事態ではないらしい。

「そのビルに、南を連れて行けばいいんだ？」

「時間がないんですよ。頼みますよ、北村」西嶋は電話を切った。「というわけで」と僕は、鳩麦さんに向き直り、西嶋の電話の内容を説明した。

「行こう行こう。レイジングブルへ」

「その駄洒落《だじゃれ》は、西嶋も口にしたよ」

彼女はそれを聞き、しょげるべきなのか、喜ぶべきなのか悩み、最終的に、しょげた。

早速、南のアパートに電話をかけたが、留守番電話のメッセージが応答するだけだった。

「前から不思議だったんだけど、北村君の仲間はどうしてみんな携帯電話使ってないの?」

「鳥井は持ってるけど」

「でも他の人は持ってないんでしょ?」

「身も蓋もない言い方をすると、必要がないからだよ」

簡単に、「携帯電話非携帯」の事情を説明した。僕の場合、まず第一に、付き合いのある友人が少ない。迅速に誰かと連絡を取る必要がない。第二に、数少ない友人の中で、もっとも居場所のつかみにくい西嶋自身が、電磁波が怖いしお金ももったいない、という理由で携帯電話を持っていないため、意味がない。東堂に至っては、携帯電話を持っていないことと実家に住んでいることが、男からのしつこい誘いの防波堤にもなっていたし、南は確か、人前で電話に出る勇気がなかった。「いろいろな事情が重なって、携帯電話を持たなくなっているんだ」

「便利なのに」

「とりあえず、その、唯一の携帯電話所有者、鳥井に電話をかけてみるよ。南の居場所を知っているかもしれない」僕は受話器を再び耳に当てた。幸いなことにすぐに電話が繋がり、さらに素晴らしいことには、「学食で飯を食ってたらさ、たまたま南と会って、今一緒にいるんだよ」という言葉が返ってきた。

「南に代わってくれ」

「俺と喋ってくれてもいいじゃないか」

「嫌だ」

電話に出た南は、僕の話を聞くと、西嶋君どうしたの、わたしが行ってどうにかなるの、とうろたえた。

「ちょっと事情が分からないけれど、きっと西嶋のことだから下らない理由だとは思う」

「じゃあ、今から行く」南はそう答え、鳥井に電話を戻した。

「何なんだよ、いったい」

「西嶋から呼ばれたんだ。鳥井も来る？」

「いいよ、俺はこれから用事があるから」

「自粛期間が終わったら、さっそく合コンか」

「決め付けるなよ。そんなことより、あれだよな、ライジングビルって名前、あれと似てるよな」

同じ駄洒落を三回も連続で聞きたくなくて、僕は電話を切った。

〈ライジングビル〉に辿り着いて数分すると、南が走ってきた。鳩麦さんに気づき、「あ、北村君の彼女さん」と手を口に当てた。「北村君いいなあ」と言った。

「いいなあって何が?」

「恋人同士」と南は、僕と鳩麦さんを両手で指差す。

鳩麦さんがさっと僕の耳元に口を寄せてきた。「ほんと、日向《ひなた》が似合う感じだね」

「羨《うらや》ましいな、いいな、北村君は」

しつこい南を、促し、警備員室へと向かう。

警備員室の窓をノックすると、ドアが手前に開き、西嶋が現われた。中を覗くと、奥に八畳ほどの和室が見える。テーブルを囲むように男たちが麻雀牌をいじくっていた。

「良かった。間に合いましたよ、遅かったじゃないですか。さっそく、南、麻雀かわってください」西嶋が眼鏡の位置を直しながら、むすっと言った。

「ずいぶん可愛い子を呼んだねえ」畳の部屋の、窓に背を向けて座っている男が歯を見せた。小柄で、髪の大半が白い。目尻に皺が多かった。唇が横広なのが、特徴的だ。西嶋同様、紺の制服を着ているところを見ると、彼もこのビルの警備を担当しているのだろう。

「まあ、余裕を見せているのも今のうちですよ、古賀《こが》さん」西嶋は、僕たちを和室へと連れていくと、余裕たっぷりの、敵を追い詰めた策士さながらの自信の表情を浮かべた。

「千点しかないんだろ。あと二局だぞ。今頃、ピンチヒッターでもどうにもなんないだろうが。俺もそろそろ帰らなきゃならねえし」と言ったのは、五分刈りのような短髪の、恰幅《かっぷく》のいい男だった。四角い輪郭で、六十歳近いのかもしれないが、肌が艶々《つやつや》している。口回りの髭《ひげ》に威厳がある。「時間、そろそろまずいよな？」と男は、自分の左に座っている男に訊ねた。「まずいのはとっくにまずいんですよ、社長」と四十代ほどの眼鏡の男は苦笑した。

「状況が分からない」僕は、西嶋に視線を向ける。「西嶋のバイトは？」

「俺のバイトは警備ですよ。これから朝にかけてね、ここに泊まって、見回るんですよ」

「これは警備ではなくて、麻雀だ」僕は牌の転がるテーブルを指差した。

すると、西嶋以外の他の三人が笑いながら、説明をした。ビルの警備は夜になってからはじまるのだが、その前の時間を利用して麻雀をやることがある、と。

社長と呼ばれた男は、実際に、このビル内の地元企業の社長で、ビルの所有者でもあるらしい。西嶋とはビル内で何度か喋ったことがあり、一度麻雀をやろうじゃないか、と話には出ていたがそれが今日ようやく実現し、東京へ行かなくてはならない新幹線を何本か逃しつつも、遊んでいるところなのだ、と。

なるほど、と僕はうなずく。「つまり、麻雀で負けが込んできたので、よっぽど困って、南に助けを求めたわけだ」

「粗筋だけ言えば、そうですよ」西嶋は偉そうだった。

「西ちゃんはおかしな男だ」古賀さんと呼ばれた男性の言葉には実感がこもっていた。

「麻雀は弱いけどな」と社長が豪胆な笑いを見せ、「最近の若者はみんなこんなに変なのか?」とこちらを見た。

僕は素早く、「彼は特殊です」と否定する。

だよな、と社長が答え、部下と思しき男も笑みを零《こぼ》した。それにしても、西嶋がこの大人たちとずいぶんと親しげなことに、僕は驚いていた。溶け込んでいる、と言うか、地位を築いている。

「さっき言った通り、この南にバトンタッチしますよ。いいですよね、彼女が俺の代理で闘うことになりますよ」西嶋は、南の肩に手をやり、テーブルの三人に言った。

「そんな可愛い子が相手かあ。その、彼はどう、やらないのかい?」古賀氏が、僕に指を向けた。僕が答えるよりも先に西嶋が、駄目ですよ駄目、と跳ね返す。「この北村って男はですよ、麻雀の何たるかを知らないんですよ。頭ばっかり良くてね」

「弱いのか？」と社長氏が質問を重ねてくる。

「違うんですよ、そういうんじゃなくてですね、北村は、麻雀を分かってないんですよ。たとえばですよ、誰かが□と發をポンした後にね、普通は、中を捨てちゃ駄目じゃないですか。マナーとしてね。大三元《ダイサンゲン》の可能性があるんですから。でもね、この北村は、そういう時に、即座に中を捨てちゃうんですよ。平然と」

「そのほうが賢明じゃないか」僕は言う。「確率から言ってね、□と發をポンした相手が、さらに中も二枚持っているなんて、ほとんどありえないんだ。そう思わないか？　それならすぐに中を処理したほうがいい。後になるほど、相手が中を二枚揃える可能性も出てくるし、他の人間も中を捨てられずに手が止まるだろ。中を抱えていればいるほど危険性は増す。その状況で、中を持っている人間がやるべき最良の選択は、即座に捨てることなんだ。確率的にも論理的にも、そうだ。これ、前にも言ったじゃないか」

「それで鳴かれたらどうするんですか」

　西嶋はまるで分かっていない。「そんな確率は低いんだよ。逆に言えば中をすぐに捨てることで、悪いことは、その時に鳴かれた場合だけなんだ。確率とリスクを比べたら」

分かった分かった、と西嶋は顔を歪め、耳に手を当てた。

「なるほど」と言ったのは社長氏だ。「確かに、一理あるよな、そういうケースで中を捨てると素人扱いされるかもしれないが、言われてみればリスクは低い」

「違うんですよ」西嶋はむきになり、得意の、切実さと熱のこもった声を出した。「そういう時には、無駄でもいいから中をずっと持ったまま我慢してですね、その局が終わった後に、『中さえ捨てられればなあ。何だよ、出しても平気だったのかー。酷い物つかまされちゃったよ。ああ！』と身悶《みもだ》えするのが麻雀じゃないですか。可能性とリスクを考えてね、はい捨てちゃいます、なんてのはね、麻雀じゃないですよ。それは麻雀ではなくて、ただの計算ですよ！」

「西ちゃんの気持ちは分かった。うん、大事だよ大事、そういう考えは大事だよ」古賀氏が人の良さそうな顔つきで、手を振った。彼も、西嶋の執り成し方を分かっているようだ。

「社長、急がないと」と眼鏡氏が細い声を出し、それを聞いた南が気を利かせたのか、

「じゃあ、わたし交ざりますね」と座布団に腰を下ろした。

その後の二局については、掻いつまんで説明しよう。まず南三局は、リーチピンフ三

色ツモドラ二を南が上がって、ハネ満の一万二千点を手に入れた。他の三人は頭を掻き、苦い顔をしながらもまだ、「やるなあ」と喝采する余裕を見せていた。

南四局では、まず序盤に、社長氏がリーチをかけた。牌を横に倒し、「これでおしまいだな」と宣言した。親の古賀氏が、まいった、と眉を下げる。社長氏はよほど高い手を聴牌《テンパイ》したのか、わずかに高揚を浮かべ、頬を紅潮させた。それから、「そう言や、最近、空き巣が多いらしいな。金持ちの家がな、狙われてるんだと」と唐突に世間話を口にしはじめる。高揚を誤魔化《ごまか》そうとしているのだろう。分かりやすい態度だ。

「空き巣ですか？」僕は訊ねた。

「強盗と言うのか？　でかい家に侵入して、金を奪っていくんだと。俺の知り合いのうちもやられた。そいつの奥さんが目隠しされて縛られて、あんまり怖かったもんだから、いまだに、一人じゃ家にいられないらしい」

「社長の家もまずいんじゃないですか？」古賀氏が牌をつかみながら相槌を打つ。

「俺の家にはドーベルマンを放ってるからな」と社長氏は答えた。

「ドーベルマンとガードマンって似てますしね」南が笑う。それから自分の手牌をじっと眺めた後で、「わたし、リーチしますね」と言った。おお怖いなあ追っかけてきたぞ、と社長氏は声を震わせたが、まだ自分の勝利を確信している様子で、孫をあやすような声の甘さもあった。

その四角い顔が強張るのは数巡後、ツモりました、と南が大人しい顔で言って、自分の前の牌を倒した時だった。おはようございます、と挨拶をするかのようなのんびりとした発声だったため、僕を含めて誰もがすぐには反応できなかった。リーチツモサンアンコー南ドラ三と南は指を折り、「倍満一万六千点です」と三人の顔を見た。

社長氏は顔を引き攣らせ、「まいった」と零した。古賀氏も唸るような声を出す。眼鏡の部下はこれで麻雀が終わったことに、ほっとしたようでもあった。

「はいはい、どうですか、俺の力はどうですか」西嶋は手を叩き、三人から点棒を回収する。

「まぐれです」と南はにっこりと微笑む。「これでちょうど、プラスマイナスなしの三万点くらいだね」と西嶋に言った。

「まぐれにも思えるし、まぐれじゃないようにも思える」社長氏が腕を組んで、南の手牌を眺める。素人のまぐれ、と決め付けないところは立派だった。立ち上がりながら、ネクタイを締め直している。

「南、もっと凄いの上がっても良かったんですよ」西嶋は何が不満なのか点棒を数えながら、南に言うが、彼女は目を細めて、「みんながプラスマイナスゼロっていうのが一番楽しいでしょ。『いろいろあったけど、でも、みんなとんとんでした』っていうのが。わたしはそう思う」と笑った。

僕はそんな南を眺めながら、以前、鳥井のマンションで読んだ麻雀指南の本のことを思い出した。そこには、今まで麻雀で負けたことがない、という伝説的な男の台詞があった。『オーラスを迎えても千点くらいしか差がなくてね、ほとんど東一局と同じような気持ちで、四人が四人ともゴールに飛び込んでくる。俺はこういうのがいちばんいい麻雀だと思うんだ』と。

果たしてそれが真理なのかどうかは分からないし、麻雀で無敗、という肩書きにどこまで信頼を置いていいのかもはっきりしない。僕自身は、勝負事やゲームは勝つのが目的なのだから割り切って点数を取り合えばいいじゃないかと思ってしまうのだけれど、ただ、その発言している男の物言いには、傲慢さや慢心がまるでなくて、むしろ穏やかで慎重な、言ってしまえば静かな柔らかさを携えた印象があって、とても感心した。そして今の南の、「とんとんがいいじゃない」にも同じ趣があって、もしかすると強靭《きょうじん》さとは、自信や力や技などよりも、そういった穏やかさに宿るのかもしれない、と考えてしまった。

「じゃあ西ちゃん、またな。お嬢さんもまたやろう。今度は本格的に。君もだ」と社長氏は慌ただしく、西嶋、南、僕の順に声をかけて、「社長急ぎましょう」と急《せ》かす眼鏡の部下とともに警備員室を出て行った。

急に室内が静かになる。「南さん、凄いね、強いね」鳩麦さんが、座っている南の両肩に手を置いた。

　南は照れ臭そうに頬を赤らめた。

「あ、そう言えば、鳥井はどうしたんですか。俺の逆転劇を見に来なかったわけですか」

「鳥井君は、誰かと会う予定があるみたいで、居酒屋に向かったんだけど」南が言った。

「女だ。女に決まってますよ。また、ナンパかコンパですよ」西嶋が真剣にまくし立てた。

5

　翌日の月曜日、朝の九時に目を覚ますと電話が鳴った。座ったまま手を伸ばし、受話器を取ると、「北村、集合だ、集合」鳥井の声が飛び込んできた。

「麻雀?」

「そうじゃなくて、いや、そうだな、どうせなら麻雀もやろうか、とにかく俺んちに集合だ。俺たちの出番だぜ」

「出番なんて待ってたっけ?」

「昨日の夜、長谷川ちゃんと飲んだんだけどさ」鳥井が言う。

「どうして、また会ったりしたんだよ」と僕はサイコロを振る前に、鳥井に質問をした。

「懲《こ》りたんじゃなかったの」

　午後の二時、僕たちは鳥井のマンションの居間で炬燵を囲んで、座っていた。麻雀牌はすでに積み終えて、これから親の僕がサイコロを振ろう、というところだ。

「そうだよー。あの人とはもう会わないほうがいいよ」南の抗議は、僕から見るととても歯がゆかった。「会わないで！」ときっぱりと命令しても良さそうに思えるのだけれど、きっと、その権利がないと南は思っているのだろう。権利とか権限の話ではないのに、だ。

「でもさ、凄く丁寧な電話でさ、相談があるの、って言い出されたらやっぱり、会って話くらいは聞こうか、って思うだろ」

「悪徳の不動産屋も結婚詐欺師も、戦争を企む大統領も、最初の一言はみんな、『相談したいことがある』だと思う」東堂が無表情ながらも刺《とげ》のある口調で言い、鳥井は肩をすぼめた。

「とにかく俺は、長谷川ちゃんと居酒屋で会ったわけだ」

「懲りもせずにね」と僕は口を挟む。

「騙されるために」東堂が鋭く言う。

「絶対良くないよ」南が小声を出す。

「自粛終了ですか」西嶋がこだわる。

「はい、分かった」鳥井が自分のペースをつかもうと、口を滑らかに動かしはじめた。「みんなが、俺のためにいろいろ言いたいのは分かった。だけど、それは不要だ。俺が、助言を求めたか？　求めてないだろ。俺は今から、話をする。助言はその後だ。とにかく彼女が、俺に調べてほしいって言ってきたんだ」

「調べる？」僕が聞き返す。

「青葉区に、若菜通りってあるだろ、市役所だとか県庁をさらに北に行ったところ。で、あの裏手って高級住宅街なんだよな。古い街だけど」

「そうかもしれない」自転車で何度か通過したことはあった。

「そこの、ある家を探ってほしいって言うんだよ」鳥井が、そろそろ振れば、という目で見てくるので、僕は手を返し、サイコロを二つ転がした。小気味良い音の後、六が出た。下家にいる東堂の牌山から、牌を取ってくる。それぞれが牌を順に取る。

「探るってどういうこと？」南が、小首を傾げた。

「どこから話したほうがいいのかな」鳥井はもったいをつけるようだった。いや、明らかにもったいをつけていた。「その家を見張りたいらしいんだ、長谷川ちゃんは」

「見張る？」僕はまた鸚鵡《おうむ》返しに言って、不要牌を捨てた。

「今週の木曜日の夜、その家の主人の行動を監視する」

「もっと単刀直入に言えばいいじゃないですか」西嶋が不快感を露わにする。

「なあ、西嶋」鳥井は笑いを堪《こら》えていた。「その家にプレジデントマンが住んでいるって言ったら、驚くか？」

　さすがに驚いたのか、西嶋はそこで、ぱたん、と牌を倒してしまった。偶然にも倒れたのは、ウーソー牌、つまり、だった。、ウーソー、ウソでしょ？

6

「長谷川ちゃんの友達の短大生が、先週、木曜の夜に、プレジデントマンに襲われたんだって」

「何ですかそれ」西嶋がぽかんと口を開ける。

「夜中にさ、飲み会の帰りに自宅へ向かっていたら唐突に、中年の男が現われて、路地裏に連れて行かれて」鳥井は喋りたくて仕方がないのか、早口だった。「その時はどうにか、必死に振り払って逃げたわけなんだけど」

「まさか、後をつけたとか？」僕は自分の牌を眺める。

「そう。よく分かったな」

「本当に？」南が驚きの声を上げる。

「そんな無謀な」と東堂も言った。

「危ないにもほどがあるよ」

「するとその男は若菜通りを越え、高級住宅地のその邸宅に帰ったというわけだ」

「考えられない」と西嶋が自分の捨て牌をテーブルに叩きつけながら、言い切った。

「あのですね、そんなのあるわけないですよ」

「あるわけないって何がだよ」

「プレジデントマンが、若い女を襲うわけがないんですよ。大統領を退治するためにやってるんですから。今のアメリカ大統領はどこからどう見ても、おっさんじゃないですか」

「なるほどー」とこれは、僕と東堂と南が同時に返事をしていた。「さすが、プレジデントマン専門家だ。言えてる」

確かに、ニュースによれば、中年男性ばかりが狙われていたはずだ。

「でも、本人が襲われたって言ってるんだからさ。ニュースなんてたぶん適当だよ。話を面白く要約したいだけなんだ」

「何で、今週の木曜日なんだ？」僕は質問をする。

「どうやらさ」鳥井が、東堂の捨てた牌を、チー、と言って鳴いた。「プレジデントマンの事件って、木曜日の深夜に起きることが多いらしい。えっと、これ、本当なのか？」語尾を上げ、隣の西嶋に確認する。

僕たちは全員、プレジデントマンの権威の発言を待つために、西嶋を窺った。だが、よくよく考えてみれば、権威も何も、プレジデントマン自体が彼の創作であって、ようするに西嶋のやっていることは、自分でありもしない研究所をでっち上げて、そこの所長を名乗るのと同じだった。西嶋は沈思黙考の後で牌を置くと、「ああ、それはそうなんですよ。確かに、木曜日なんですよ」と認める。

「なるほどー」と僕たちは、専門家の返事にうなずく。

「な、信憑性《しんぴょうせい》あるだろ」鳥井も満足げだ。

「いや、ないですよ、そんなの新聞とかで調べれば、木曜日に事件が起きていることくらい分かるんだから。それにね、俺たちにそんなことを頼んでくるのがおかしいじゃないですか。警察に連絡すればいいじゃないですか」

「だからさー」鳥井は面倒臭そうでもあったが、それは彼自身の痛いところを突かれたからにも見えた。「警察に伝えたところで、証拠もないし、ろくに調べてくれないだろ」

「やっぱり、証拠はないんじゃないか」

「『確実な』証拠は、だよ。だから、俺たちがさ、その家を見張って、確実なのを見つければいいだろ」

「あのさ」東堂が不思議そうに、低い声で訊ねた。「鳥井は、あの子に気に入られたいの？　そんな依頼を引き受けるなんてさ」

そうそう、と南が強く、首を縦に振った。僕も呆れた。一度、合コンで痛い目に遭ったにもかかわらず、その相手の女の子の言うことを真に受け、今度は、高級住宅地を見張るという胡散臭い割にメリットのないことを頼まれて、引き受けようとしている。返事が返事なら、たとえば、「だって長谷川ちゃんと仲良くしたいじゃないか」であるとか、「反省しているんだから信じてあげようじゃないか」とか、もしそういう発言が飛び出すのなら、もう鳥井のことを軽蔑して、見限って、しばらく会うのはやめよう、とも思った。

けれど、鳥井の返事はこうだった。

「違うって。正直、長谷川ちゃんのことはもうどうでもいいんだけどさ、だって、楽しそうじゃんか。もしかしたら、通り魔の正体を暴《あば》けるかもしれないんだぜ。だらだらとした学生生活に、こんなイベントはもってこいだろ」

ぐっと僕は言葉に詰まった。他の三人もそうだった。

「違ったところでさ、大したことにはならないって。ただの野次馬なんだから」鳥井が言い、僕たちも、そうかもしれない、と半ば納得してしまった。確かに面白そうだ、と思ってしまったことは否定しない。それが間違いだった。

7

「高級住宅街というのは夜になっても偉そうだ」と僕の隣の西嶋が口を尖らせた。「何かこう、街路灯の灯《あか》りも豪華じゃないですか。道路もタイル敷きですよ」

すっかり夜になっていたが、僕たちの背後、数メートル離れたところには外灯があって、薄ぼんやりと周囲の様子が見えた。西嶋の言う通り、車道は、敷石が並んだ造りになっていて、プロムナード、と気取った発音をしたくなる趣もある。

運転席のデジタル表示に目をやる。十一時を回っていた。「もう一時間もここにいる」月の位置を探し、窓から顔を出し、首の角度を変え、左右上下を見渡す。月の明るさの滲《にじ》みらしきものはあったが、月そのものは見つけ出せない。

「あの家で間違いないんでしょうね」西嶋が、運転席の背もたれを軽く叩いた。

「さっきも地図、見ただろ。あの家で間違いないって」鳥井は、誰も座っていない助手席に置いてある住宅地図を左手でつかみ、揺らした。澁澤《しぶさわ》町が載っている地図だ。地図の左側、町内でも大きな家の場所に丸印がつけられていて、その実物の家が、僕たちの停車している位置から右前方、二十メートルほど離れたところにある。高い塀で囲まれていた。地図によれば、世帯主の名は、「嶽内《たけうち》善二」らしい。

「この男が、プレジデントマンなのかあ」鳥井が言うと、西嶋が、まさか、と強く反論した。

「俺たちのプレジデントマンは、こんな町に住んでるわけがないんですよ」

「こんな町、ってどんな町だよ」

「こんな立派な家に住んでね、そんな、地獄の獄みたいな漢字のつく名字のはずがないんですよ」西嶋は、プレジデントマンの名字にどんな幻想を抱いているのか。

「でも、それどうして、コピーなんだろう」僕は、鳥井が置いた地図に顎を向ける。住宅地図の印は、直接書かれたものではなく、丸印を書いた物を、さらにコピーしたものだったのだ。

「住宅地図を全部寄越すのは大変だから、コピーしてくれたんだろ」

「でも、コピーした後で、丸をしてくれるのは分かるんだけど。丸印もコピーなんて」

「コピーコピーうるさいな」鳥井は面倒臭そうに言う。

「それに、別の場所にも丸印があったじゃないか」

地図には別のところにも、丸印があったのだ。澁澤町の北東で、その脇には数字も書き込まれている。

「特に関係はないだろ」

僕たちが喋るのをやめると、それに合わせて街中の誰もが呼吸を止めるかのようだ。

人通りもない。タクシーの往来が何度かあったが、それ以外には、犬の散歩もなければピザ屋の配達もない。

「あんな豪邸に住んでいる男が、通り魔だとは誰も思わないよな」

「だから」西嶋が忌々しそうに言う。「誤りなんですよ。あの家の男がプレジデントマンのはずがないんですよ」

「じゃあ、プレジデントマンはどこに住んでるんだよ」鳥井が不満げに質問する。「プレジデントマンにだって家はあるんだろ?」

「とりあえずね、この家とホワイトハウスには絶対にいない」

それにしても暑い、暑すぎですよ、と西嶋が口にしたのは、さらに四十分も経ってからだ。窓の外に手を出し、扇《あお》ぐようにした。

「さっき、車のエンジンを切れって、西嶋が言ったからだ」鳥井の不服そうな表情が、バックミラー越しに見えた。

「当然ですよ。排気ガスだとかエアコンだとかね、温暖化に影響を与えますからね」と西嶋が例の口調ではじめる。「地球が暖かくなって、そのうち住めなくなるってね、分かっていてもみんな高をくくってるんですよ。エアコンを切ろうともせずに、冷房温度をさらに下げたりするくらいでね。北極から氷がなくなったって、俺には関係ねえ、俺のせいじゃねえ、って白を切って」

たかったのだ。

「分かってる」僕は宥《なだ》めた。西嶋に長く喋られると、それだけでまた暑くなる。「でも、地球は温暖化なんてしていない、という説もあるし、環境問題をヒステリックに騒ぐのを批判する人もいるよ」と言った。言うべきではないようにも感じたが、指摘しておきたかったのだ。

西嶋はきょとんとし、「あ、そうなんですか？」と訊ねてきた。

「そうだよ。温暖化なんて誰かのついた嘘だ、っていう人は結構いる」

「じゃあ、そいつらは何やってるんですか」

「え？」

「温暖化してないよとか皮肉めいたこと言ってる奴はね、たいてい、自分のことしか考えてないんですよ」西嶋は、わあわあ、と続けた。

「北村が変なこと言うから、ヒートアップしちゃったじゃないか」鳥井が言ってきた。

「とにかく温暖化から目を逸らしてはならないんですよ！」西嶋は高らかに、窓の外に向かって大声を上げた。怪しまれたらどうするのだ。

「西嶋、できれば、この車内の暑さからも目を逸らさないでくれ」鳥井は懇願口調で言うと、犬の喘《あえ》ぎを真似るように、舌を出した。やませみ的な髪の毛も、へにゃりと萎《しお》れている。「でもよ、麻雀ができるバイトって言うのもいいよな」と急に話題を変え、西嶋の警備員の仕事のことに触れた。

「いったいどれくらいのお金を賭けてたわけ?」と僕は訊ねた。すると西嶋は一瞬、言いにくそうに口ごもったが、「南が来なければ、十万円くらい持っていかれてましたよ」と白状した。

「十万!」僕と鳥井が悲鳴を上げた。「何だよそれ、バイトに行って金を失ってどうするんだ」

「麻雀やってれば、いろいろあるでしょうに。そんなことよりもね」西嶋が自分の鼻の頭を擦《こす》って、声を強める。「南は何で、あんなに強いんでしょうね。おかしいですよ」

「何でだろうな」鳥井が無造作に、頭を掻いた。

「俺にあの力をくれれば」

「西嶋にあの力があったら、何に使うんだよ」鳥井の声は少し、挑発的だった。

「温暖化を食い止めてみますよ」

無理だよ無理だ、と僕は即座に答えた。

「温暖化は食い止められないってわけですか」

「そうじゃなくて、西嶋は結局、麻雀とかに使っちゃうんだよ、そういう力を」

少し経ってから、鳥井ががばっと身体を前のめりにした。「誰か来たぞ」

西嶋が、窓側の僕に身体を寄せてきた。暑苦しいから、そんなに近づかないでくれ、と思うのだけれど、「プレジデントマンですか」と熱心な面持ちの彼を見ると、邪険にもしづらい。

僕たちは息を詰め、近づいてくる男の姿を見つめた。前を通り過ぎたところで、「なんだよ」とがっかりする。Ｔシャツに短パンという恰好で、汗と息を発散させながら走っていく男は、例の格闘家、「阿部薫」にほかならなかったからだ。

「緊張して損した」鳥井が息を吐く。「それにしても、阿部薫、まだやってるんだなー」

「チャンピオンじゃなかったっけ？」前に、鳥井がそう言っていたのを思い出した。防衛戦が近々ある、と。

「防衛戦で負けちゃったんだよな。二ラウンド目で、呆気なく、ＫＯだったんだよ。頭にもろ、キックもらっちゃって」

「負けちゃったんだ？」前に見た、あのひりひりと引き締まった練習光景が浮かんだ。脂肪のまるでない筋肉の塊のような阿部薫の身体と、周囲の人間を圧倒する威圧感や練習の様子からは、彼が、誰かに敗北することなんて考えにくかった。頑丈な岩壁が、どんなに叩いても壊れそうにないのと同じで。上には上がいるというわけか。

「本人が言うには、膀胱炎《ぼうこうえん》の痛みで酷かったんだってさ」

「膀胱炎？」僕は突如として現われた病名に、ぎょっとする。上には上がいる、と言うか、上には膀胱炎がいたのか。

「敗者の言い訳にしか聞こえないよな。ただ、雑誌を読むと、阿部薫が自分で、セックスのやり方がまずくて膀胱炎になりました、なんて、けろっと発言してるんだよ。あれはあれで、可笑しい」

「あっけらかんとした格闘家だなあ」

「で、それ以降、あんまり話題になっていなかったんだけど、まだ練習、やってんだなあ」鳥井が首を曲げて、走り去った阿部薫の後ろ姿を、今度は感慨深げに見送った。

　あの阿部薫がプレジデントマンだなんてことはないだろうな。サイドミラーに映った、遠ざかる阿部薫の後ろ姿を眺めながら、僕の頭にはそんな考えが浮かんだ。プレジデントマンの権威、西嶋に、その仮説をぶつけてみようかと思ったがぶつけるより前に、「違うな」と思い直した。夜に人を襲う陰湿さは、阿部薫には似合わないからだ。そんなことがあってはならない。

　それからさらに二十分ほどが経過した。西嶋も暑さのあまり、喘ぐばかりとなった頃だ。鳥井が、「あ、車だ」と呟いた。

「車？」

「こっちに来るんだけど、怪しいな。ゆっくり走ってくる」

　正面から近づいてくる車のライトが、視界に入った。二、三十メートル先だろうか。大きな車らしく、暗い夜道を明るく照らし、隠れた僕たちを浮き上がらせるかのようだ。

タイヤが大きいのか、車高が異様に高い。ＲＶ車だ。停まったぞ、と鳥井が囁く。僕たち三人は上半身を丸め、前を睨む。

車は、〈嶽内邸〉の塀に接近して、停まった。開いたドア三つから、それぞれ降りる人影があった。車体から地面までに距離があるため、飛び降りるようにしている。

降りた人影が順番に、助手席側に歩み寄ってきた。と思うと、一人が前輪に足を載せ、塀に手をかける。そして、一気に飛び上がるように、塀の向こう側へと消えた。タイヤを踏み台に、塀を越えたのだ。残りの二人も同じ動きで、軽々と塀を乗り越える。

「何だよあれ」鳥井がぽつりと言う。「この家、プレジデントマンの家じゃねえのかよ」

車が再び、発進し、僕たちの軽自動車に近づいてきた。すれ違う直前、僕は、対向車の運転席を見た。街路灯のおかげで、運転手の顔が見え、瞬間的に僕は、声にならない声を上げた。前に座る鳥井も、真横で窓に顔を貼り付けていた西嶋も、唖然としている。

「あいつじゃないですか」と西嶋が洩らした。

通過した黒い車の運転席に乗っていたのは、以前に僕たちとボウリング対決をした、あのホスト礼一だった。

8

鳥井がまず、車の窓を閉めた。ゆっくりと窓が上がるその間が、ずいぶんと長く感じられる。閉じ切った直後、「どういうことだ?」と鳥井がわっと言葉を破裂させた。「あれ、あいつだよな。あのボウリングの」

窓を閉めたせいで、暑さが濃くなったように感じる。

「やられたんだ」僕は憶測を巡らしながら、苦々しい思いで言った。

「やられた?」と聞き返してきた鳥井だって、おおよそは感づいているに違いない。認めたくないだけだ。

「鳥井は、長谷川さんに騙されたんだ。この場所に、ホスト礼一が現われた。これが偶然のわけがない。きっと、また、企まれたんだ。状況は分からないけど、そうに決まってる」

「偶然じゃないか。彼女、ホストとは、縁を切ったと言っていたし」

「嘘だったんですよ」西嶋は自分の左側のドアに手をかけ、がちゃがちゃと開けようとしている。ロックの外し方が分からないのか、手間取っていた。「プレジデントマンのことなんてね、でっち上げですよ。濡《ぬ》れ衣《ぎぬ》なんですよ」

「西嶋、どこへ行くつもりなんだ」僕は、背を向けた彼に訊く。
「何が起きてるのか見に行くんですよ。塀を飛び越えたあいつらを、どうにかしないと」

　そう言われて、はっとする。確かに、ホスト礼一の姿を目にしたことで、頭がそのこ
とで一杯になってしまったが、その前に、車から降りた三人が、〈嶽内邸〉に消えてい
ったことも忘れてはいけなかった。「あれはいったい何だったんだろう」
　訊ねながら僕は、つい先日、西嶋のバイト先で会った、麻雀好きの社長氏が、「強盗
が増えている」と世間話をしていたのを思い出した。
　だから、「あれは泥棒に決まってるでしょうが」と西嶋が発した時には、「やっぱりそ
うか」と応えていた。
「泥棒？　嘘だろ」鳥井はぼんやりと言う。
「あんな風に乱暴に、塀を乗り越える奴らが泥棒じゃなかったら何だって言うんです
か」
「どうして、プレジデントマンの家に泥棒が入るんだよ」
「だから、あの家はプレジデントマンとは無関係なんですよ」
「状況が見えないって」鳥井はやませみ似の髪の毛をくしゃっと掻いた。
「警察に通報しよう」と僕は提案する。「妙な侵入者を目撃したって言えばいい」そし

て、携帯電話を持っている鳥井に目を向けたが、彼は気乗りしないのか、混乱しているのか、「まだ侵入者だと決まったわけじゃないだろ。警察を呼ぶほどのことか分かんねえって」と言った。

「こういうのは行動しないと意味がないんですよ」西嶋が業《ごう》を煮やして、語調を強めた。それは、例の合コンの際に、歴史なんて糞食らえですよ、目の前の危機を救えばいいじゃないですか、抗生物質をあげちゃえばいいんですよ、と訴えた時と同じ口ぶりだった。

「俺が直接、行ってきますよ」と言ったかと思うと、ドアのロックを外し、西嶋は外に飛び出した。僕も釣られて、車を降りる。

狭い車内から急に外に出たせいなのか、空が思った以上に暗かったせいなのか、車道に立った途端に僕は、暗い海にでも放り出されたような心もとなさを覚えた。上空には、星が散っている。車道も空も、周囲の家々もすべてが暗く沈み、〈嶽内邸〉がやけに遠くに見える。外灯に照るその家の姿は、熱帯夜の空気の中で揺らぐ、陽炎《かげろう》のようだ。

「騒げばきっと、泥棒も出てきますよ」西嶋は、百人の衛兵を連れているかのごとく堂々とした歩き方で、塀に近づいた。例の、ボウリングをやった時の彼と同じで、前進、前進、また前進、の精神だった。慌てて僕が、西嶋のもとへ駆け寄る。目の端に、街路灯が見えた。蛾《が》や羽虫が集まっているのが、文字通りの、虫の知らせにも感じられた。

つまり、不吉だった。

西嶋は門を開けようとした。けれど、内側から閂《かんぬき》がかかっているらしく、ぴくりとも動かない。西嶋はその門の格子をつかみ、激しく揺すり、おもむろに、もしもーし、もしもーし、と大声で喚きはじめた。嶽内さん、泥棒ですよー、と意味不明の挨拶を繰り返した。

「北村、チャイムを押すんですよ」

僕はうなずき、インターフォンに手を伸ばし、そのボタンを連打した。家の内側で、激しくチャイムが鳴っているのが、指に伝わってくるようだ。

「泥棒だ。泥棒ですよ」と西嶋は声を上げつづけた。そのうちに、左隣の家で、雨戸が開く音がする。こちらの騒ぎに何事かと思ったのだろう。

「もしかして、嶽内さんは留守かもしれない」と僕は言った。留守ゆえに空き巣に入ったのではないか、と。すると西嶋は、百も承知している、と答えた。「中に入ってるあの泥棒たちに、この騒ぎが届けばそれでいいんですよ」と余裕の顔つきで、「うるさく騒げば、きっと泥棒どころじゃないから、出てくるでしょうに」とうなずいた。

僕はインターフォンのボタンを押しつづける。こんなことに効果があるのだろうか、と疑問に思った。

効果はあった。西嶋の予言通りに、〈獄内邸〉から男たちが出てきたのだ。

門に向かい、どたばたと足音が近づいてくる気配があり、僕と西嶋が顔を見合わせた直後、乱暴に門が開いた。僕と西嶋は門に弾かれるようにして、後ろへと引っくり返った。何が起きたのか、はじめは把握できなかった。車道に尻を突き、手を擦《こす》り、倒れた。

中から男たちが飛び出してきた。

「何だよ、こいつら」知らない男の声がした。と思った時には、靴で蹴られていた。痛みはないが、蹴られた勢いでさらに転がる。顔や腹を庇《かば》い、身体を丸める。西嶋も、僕と同様に蹴られたのか、「ふざ」と叫ぶ声がしたかと思うと、呻きが聞こえた。ふざけるな、と罵《ののし》りたかったのか。物が地面に落ちて、滑る音もあった。西嶋の眼鏡に違いない。

車の音がする。カーブでタイヤが悲鳴を上げた。あの車だ、と分かった。先程のあのRV車が、電話で連絡を受けて、駆けつけたのだ。運転手は誰だ。彼だ。元ホストの、礼一君だ。

「逃げるのか」西嶋は声を出したがすぐに、うえっと呻いた。また蹴られたのだろう。僕も身体を起こした。蹴られるのを覚悟していたため、ずいぶんびくついた起き上がり方になったが、攻撃は受けなかった。

すぐ前に、RV車が停車していた。運転席は暗くて見えない。三人の男たちが揃い、僕たちに背を向け、車へ引き返すところだ。

どうすべきか、と僕は判断に困ったが、西嶋の反応は早かった。待てって言ってるでしょうに、と声を上げたかと思うと、一番手前にいた男に飛びついた。そこに至って僕は、ようやく彼らの外見を見た。長身の男や短髪の男など三人がいたが、いずれも、三十代半ばから後半という雰囲気だった。黒い服に、ニット帽のようなものを被っている。西嶋に飛びかかられた男の目が、蜥蜴《とかげ》の目のように細かった。

蜥蜴目の男は身体を左右に激しく揺すり、西嶋の襟首をつかむと、右腕を容赦なく振った。西嶋の顎を殴ったのだ。西嶋はまた、地面に尻を突いた。顎をさすり、侮られたことに対する怒りと、簡単に倒されたことに対する屈辱を滲ませ、「天地無用ですよ、天地無用」と訳の分からないことを口にした。また立とうとしている。

天地無用ってあれのことだよな、と僕は暢気《のんき》にも考える。宅配便の段ボールなどに時々書いてある、「逆さにしないでくださいね」という意味の注意書きだ。この状況で、その言葉を発する意味が分からない。「どうして天地無用なんだ」

「北村、逃がしちゃ駄目ですよ」

僕は、はっとして今まさにRV車に乗り込もうとしている男たちの姿を見ながら、足を踏み出した。

ただ、心のどこかで、逃げられたら逃げられたで、別に構わないではないかと思ったのも事実だった。彼らが泥棒なのかどうかはまだ分からないし、いや、この物騒さからすれば泥棒に違いないけれど、でも、だからといって盗みに入られたのは僕たちとは無関係の豪邸で、おそらくはプレジデントマンとも関連はないし、いや、プレジデントマン自体が僕たちとは無縁なのだから、どこにも問題はない。そもそも僕たちがここにやってきたのは、秩序を守るためでも正義感からでも、世界を平和にするためでもなく、ただ単に、楽しそうじゃないか、というその理由に尽きる。ここで何が何でも彼らを捕まえなくてはならないわけではなかった。

だから、RV車のドアが閉まり、急発進をした時にも、落胆や敗北を感じることはなかった。ああ行ってしまった、終了だな。そんな感覚だった。

眼鏡を拾い、立ち上がった西嶋も、僕の隣で茫然と車を見送っていたのだけれど、そこで急に、「鳥井!」と彼が声を上げたので驚いた。

そこに、鳥井がいた。RV車が、僕たちに尻を見せて、遠ざかっていくその先で、鳥井が立っていたのだ。車に残っていたはずの鳥井がどうしてそんな場所に突っ立っていたのか、と疑問が湧《わ》く。おそらくは、僕たちの状況が気になって出てきたのだろう。そこに、RV車がたまたま、突進した。

僕にはその光景がゆったりとしたものに見えた。

鳥井が、自分の方向へ疾駆してくるRV車に、目を瞠《みは》っている。何事か、と呆《ほう》けた表情の後で、身体をびくんと強張らせ、そして咄嗟《とっさ》に避ける。けれど、そこでRV車の助手席ドアが開いた。それが意図したものなのか、ロックが外れただけなのかは見分けがつかない。ただ、助手席のドアが、鳥井の逃げ道を塞いだのは確かだ。

鳥井がドアにぶつかるところは見えなかった。ドアと鳥井のぶつかる音だけがあった。次の瞬間には、地面に倒れる鳥井の姿と、走り抜けるRV車の後ろ姿が目に入る。鳥井、と僕も名前を呼んだつもりだったが、声が出なかった。足が震えている。

RV車が停車したのは、ブレーキランプが光ったことで分かった。二十メートルほど行き過ぎたところで、停まったらしい。鳥井を撥《は》ねたことに、彼らも泡を食ったのか、と僕は想像した。

鳥井は両手をだらしなく伸ばし、大の字を描くように仰向けになっていた。ドアのぶつかった衝撃で、頭が朦朧《もうろう》としているのか、倒れたままだ。大丈夫だろうか、と僕は駆け寄ろうとする。

そこで、予想もしないことが起きた。

尻を向けていたはずのRV車が、気づかないうちにこちらに向き直り、そして、猛々《たけだけ》しいエンジン音を鳴らすとこちらに進んできたのだ。

どういうことだ？　先が行き止まりだったのか、それともどうしてもこっちの方角に逃げたいのか、理由は判然としないが、とにかく戻ってきた。危険だ、轢《ひ》かれる、と察したのは、ＲＶ車のナンバープレートが見える距離になってからだ。

「鳥井」と西嶋が叫んでいた。鳥井はまだ起き上がってもいなかった。

目前に迫る車の、その愛想の欠片もない顔は、無慈悲に人を殺す魔物さながらで、僕は、全身の毛穴が開くのを感じた。頭の中で、恐怖と焦りの脂《あぶら》が、じわっと滲む。僕は、向かってくるＲＶ車を避けるために、無意識のうちに、左側へと転がった。西嶋も同様だった。

ＲＶ車が走り抜ける轟音《ごうおん》が耳元を抜け、風がぶわっと僕たちを叩いた。鈍く、嫌な響きがしたことに、その時はまだ気がつかなかった。僕はその場に座り込んでいる。

ＲＶ車が消えていく。

夜の静けさが残った。鼓動が痛いくらいに激しかった。僕は、自分がまだ生きていることを、なかなか信じられない。口元が濡れている。涎《よだれ》が出ていたのかもしれない。西嶋は跪《ひざまず》いたまま、動かなかった。身体中の血液が、出口を探し、通路に殺到するかのような、そういう興奮で身体が揺れている。視界もしばらくは狭くて、周囲が真っ暗にしか見えなかった。灯りがどこにもない。助かった、轢かれなかった、それだけをぽつりと思った。

9

「なあ、鳥井って、やばいんだって？」

　二週間ほど過ぎ、講義室で無体《むたい》財産法の本を鞄から出していると、隣の席に莞爾が座り、言った。入学当初に目立っていた長髪はすでに切られ、薄い緑色がかった眼鏡をしている。少し顎の線に肉がついている気もする。軽薄さと洒落た雰囲気は変わらない。派手な横縞《よこじま》のTシャツを着ていた。

　夏休み期間ではあったが、特別連続講義なるものが設定されていて、僕はそれを受講しにやってきていた。

「やばいって言うか、一応、入院してるよ」と僕は曖昧に応える。莞爾が何のことを言いたいのかは分かった。

　僕たちが夜中に、例の澁澤町で巻き込まれた事件は、地元ではそれなりに大きなニュースとなった。翌朝の新聞にも、「深夜の強盗？　大学生を轢き逃げ」という見出しで大きく載った。クエスチョンマークがついていたのは、〈嶽内邸〉を襲った男たちが本当にいたのかどうか、いや、僕たちから言わせれば、いたに決まっているのだけれど、証拠がないがために、警察も、僕たちの証言には半信半疑だったからだろう。警察が半信半疑であれば、報道だって、クエスチョンマークくらいは入れる。

「北村たち、夜にあんなところで何してたんだよ」

「鳥井の車でぶらぶら走ってて、たまたま通りかかっただけなんだ。そうしたら、あの家に怪しげなRV車が来て」警察に話したのと同じ説明を繰り返す。今の僕と西嶋は、あの夜の説明をすることに関しては、ベテランだ。飽きるほど喋った。飽きても喋った。履歴書の特技の欄に、警察に事件の説明をすること、と書いてもいい。

振り返ると、講義室の入り口付近に、色白で背高の女の子が立っていた。ノースリーブで、細くて長い腕が、綺麗だった。莞爾を待っているようだ。

「あの子は、莞爾の彼女？　うちの大学なの？」

「美人だろ。牛丼屋で働いててさ」莞爾は嬉しそうだった。僕が訊いてもいないうちから、「だってよ、東堂って全然、反応悪いだろ。だからさ、もう諦《あきら》めて、別の彼女でも探そうかってわけでさ。合コンで見つけたんだ。学生生活だって限りがあるんだからよ。やっぱり女がいてこその、Hしてこその、学生生活だろ」と言う。

「かもしれない」僕は表面上、同意した。

「鳥井の容態ってどうなのよ」と話が元に戻る。

「入院。命には別状がないけど」

「まあ、何よりだよな。でもよ、昨日、飲んでたらいろんな噂が流れてたぜ」

「へえ」

「鳥井、あちこちで女を泣かせてるだろ。だから、恨みを買って、女に轢かれた、っていう説が圧倒的に根強かったよ。そうに決まってるってみんな言ってたな」

「でも、鳥井は、最近はほとんど女の子に手は出していなかったみたいだけど」

「そうなの？」

「本人談」

「あのさ、政治家が、私はやってない、って言う時はさ、たいてい、やってんだって。汚職でも浮気でも、裏金でもよ。で、国民のためにやってる、って言う時はたいがい、やってねえんだよ」

　とにかく鳥井を轢いたのは女じゃなくて男なんだ、しかも犯人は空き巣で、鳥井の日ごろの行いとは無関係だ、と僕は主張する。講義室に架かる時計を見ると、そろそろ授業がはじまる時刻だった。席に座る学生は疎《まば》らで、この教室にやってくる教授の気持ちを想像すると、切なくなる。

「空き巣のことって、本当なのかよ」

「警察もようやく認めてくれたんだ」

　最初のうち警察は、空き巣の存在をなかなか信じてくれず、僕たちが別の若者と揉《も》め、喧嘩をし、その挙句に轢き逃げされたのではないか、と見ていた節もあった。けれど、嶽内邸が荒らされていたことと、僕たちと空き巣団のやり取りを近所の住人が目撃していたこともあって、少しずつではあるが、納得しはじめている。

つい二日前には、西嶋と相談した上で、「今から思えば、車に乗っていた男の一人は、礼一という名前の元ホストだったような気がします」と警察に打ち明けた。もちろん警察は、とりわけ担当の仲村刑事は、何でそんな大事なことを隠していたのだ、と僕たちを責めた。責めて、相当、怪しんだ。が、僕たちが、ホスト礼一とは一度会ったことがあるだけで、本名も知らなければ何者かも分からないのだ、と必死に説明し、「僕たちはただの被害者だし、友人が入院しているし、ショックで泣きたいところを、捜査の手掛かりになれば、と思い切って話したのに、そりゃないですよ」と訴えたら、どうにか理解してもらえた。

きっちりとした七三分けの仲村刑事は、その分け目と同じくらい、几帳面《きちょうめん》な性格にも見えた。まだ僕たちを疑っているのかもしれない。でも、「疑って悪かったな」とは言った。

莞爾が立ち上がった。「鳥井のところに見舞いに行く時があったら、声をかけてくれよ」と言い残した。実のところ今日これから見舞いに行く予定だったのだが、告げなかった。

「鳥井はどんな状態なんでしょうね」吊り革につかまった西嶋が、僕たちを眺めた。夕方の五時過ぎ、市内の北端に位置する総合病院に向かうバスの中だ。僕と南は二人がけの席に座り、西嶋と東堂がすぐ脇に、並んで立っていた。

西嶋の着ている大きめのグレーのTシャツには、大きく、「RAMONES」というロゴが入っていて、戯画化されたバンドのメンバーが描かれている。東堂は、紺のワンピースに白いシャツを羽織っていた。南は襟付きのデニムのシャツに長いスカートを穿いている。

「南は、あの後、見舞いには行った?」

あの後、とは前回、四人で病院を訪れた時以降、という意味だ。事件の二日後、鳥井が手術をしたと聞き、僕たちは見舞いに行った。面会謝絶の札が病室にかかっていて、僕たちはすごすごと帰ってくるしかなかった。「鳥井、俺が来ましたよ」と西嶋は大きな声を上げたが、病院のスタッフにきつく睨まれただけで、病室から鳥井が顔を出すことはなかった。

「南は、毎日行ってるんだよね」と東堂がすぐに言う。

「会えた?」僕は質問をしてから、会えないからこそ毎日行ってるのかもしれないな、と察した。

「まだ、気分が良くなくて、会いたくないんだって。鳥井君のお母さんが、部屋の前で、いつも謝ってくれるんだけど」

病院には独特の、暗さが漂っていた。人の思いや感情が人工的な薬品で消されたかのようだ。すでに診療時間が過ぎているせいか、受付付近には人も疎らで、ベンチのような長い椅子ががらんと並んでいる。南に従い、暗い通路を四人で歩いていった。薄茶色の壁や床は冷たいタイルのようだ。時折、点滴を装着したままの入院患者が、脇を通り過ぎる。室内であるのに、寒々とした風が足元から吹いてくる。

エレベーターで外科の入院病棟へと向かう。「でもさ、もともと考えれば」西嶋が急に思いついたかのように言った。「鳥井が、あの家を張り込みに行こうって言い出したのが原因ですからね、自業自得って言えば自業自得ですよ」と。その通りではある。西嶋の言うことは、正しい。長谷川さんを信用し、あそこに行ったのは鳥井の判断だったし、一番張り切っていたのも彼だった。が「それは、鳥井の前で言わないほうがいい」と僕は、西嶋に釘《くぎ》を刺した。

「どうして」

「場所や状況をわきまえないと」

「俺はね、場所や状況ををわきまえるのが苦手なんですよ」

「自慢気に言うなよ」僕は苦笑した。

「とにかく、あの長谷川って女の連絡先は聞き出しますよ」西嶋がそう言ってくる。「彼女が発端なんですから」

実は僕たちは、まだ長谷川さんについては警察に説明していなかった。出し惜しみをしたわけではなくて、長谷川さんのことを話しはじめると、警察からさらに不審の目を向けられる気がしたのだ。それに、警察であれば、ホスト礼一と長谷川さんの繋がりくらいはすぐに調べ上げるだろうし、僕たちがわざわざ報告すべきこととも思えない。

ただ、西嶋が言うように、もとはと言えばこの騒動は、鳥井が、長谷川さんの依頼を真に受けたのがはじまりで、あそこにホスト礼一が現われた以上、彼女には何らかの思惑が、もっと言えばたくらみがあったのだろう、とは推測できた。だから彼女に会いたかった。長谷川さんの居場所、少なくとも連絡先を知りたい。知っているのは、鳥井だ。

「鳥井さんに面会?」僕たちが、鳥井の病室前に辿り着いた時、ちょうど中から出てきた、白衣の女性が話しかけてきた。部屋の掃除でもしたのか、ゴミ袋を抱えている。

南が慌てて、腕時計を確認した。「面会時間、もしかして、外れてますか」

「あなた、いつも来る子ね」二十代後半と見える、体格のいい白衣の彼女は、南に見覚えがあるらしかった。「時間は大丈夫。でも今、検査に行ってて、しばらく戻ってこないから」

「検査って、どこか悪いんですか？」南の声が少し上擦った。

「違うの、左腕を切断したでしょ。だからその手術の痕《あと》が問題ないか、確認するだけよ。悪い部分が見つかったわけではないから、安心して」

僕たち四人の呼吸がそこで、一瞬、止まった。そして、全員がそれを感づかれまいと、平静を装おうとした。つまり不自然に喋りはじめた。

「どれくらいの時間がかかるんですか？」南が質問をする。

「もしかすると一時間くらいかかるかも」

「鳥井は、見舞いから逃げてるんですか」

「精神的に落ち着かないのかもしれない」と白衣の彼女が言う。

「いつ頃、退院できるか分かりますか？」

僕がそう訊ねると、答えはこうだった。切断部が安定するまでは退院できないけれど、若いし回復が早いから、早ければ九月の下旬には退院できるかもしれない。自宅から通院できるなら、もっと早く退院できるかもしれないし。

そうですかそれは良かった、と僕たちは揃って、安堵《あんど》の表情を見せた。けれど、僕同様に他の三人も、頭の中では、困惑と疑問が竜巻のようになって、ぐるぐる回っているに違いなかった。心ここにあらずの状態で、そのくせ、心ここにあるフリをしているので、妙にぎこちなかった。

だろう。

「出直してこようか」と東堂が言い出したのも、気持ちの整理が必要だと判断したから

「いろいろと大変なこともあるから、みんなが助けてあげないと駄目だよ」と白衣の彼女が最後に言った。

エレベーターに乗るまで、僕たちは会話をしなかった。扉が開き、乗り込むと、頭に包帯を巻いたパジャマ姿の中年男性と、煙草の箱を持った若い女性が、先客として、いた。ゆっくりと下降していくエレベーターの動きを感じながら、頭上にある階数表示をじっと眺め、そして、二階を通り越すあたりで西嶋が、「左腕の切断って何ですか」とようやくそのことを口に出した。

東堂はその整った顔で、じっと前を向いていて、南は自分の左腕を、右手でつかみ、「知らなかった」と呟いた。「左腕切断って何ですか」と西嶋がもう一度言う。

「左腕を切った、ってことだろ」僕はわざと、平然と答えた。

「だから、それ、どういうことですか」

「左腕を切った、ということなんだろ」

10

肘関節の神経がやられてしまったから、切断した。らしい。数日後、南からの電話で、鳥井の左腕切断は事実だ、と知らされた。肘から先を切断したようだ。あの夜、突進してきたRV車は、鳥井の肘を潰すことまでは意図していなかったのかもしれない。ただ、とにかく、道路とタイヤに挟まれたせいで、鳥井の左肘は捻じれ、骨が砕け、神経が切れ、運ばれた病院ではもちろん修復に力を尽くしたらしいけれど、結局、神経を繋ぎ合わせることはできなかったのだそうだ。最近は、切断するよりも形を残すことを選ぶ、とテレビで聞いた覚えがあるけれど、切断に至る理由と決断が、病院の医師にはあったのだろう。

「鳥井君は会ってくれないんだけど、お母さんが説明してくれて」と言う南は、今にも泣き出しそうで、声も震えていたけれど、でも、最後まで泣かなかった。「どうすればいいのかな」

「明日、またみんなで病院に行こう」僕が提案すると、そうだねそうだね、と彼女は同意し、そして、無体財産法の講義が終わる頃に学食前で集まろう、と約束を交わした。

「西嶋にも電話をした？」

「さっき。鳥井君の腕のことを伝えた」

「何か言ってた？」

「ふーん、って言ってた」南の口ぶりは別に、西嶋を責めるものではなかった。「あ、そう、って」

「悪気はないと思うよ」

「西嶋君に悪気はない」

「場所と状況をわきまえないだけで」

翌日、夕方の四時半、集まったのは東堂と南と僕の三人で、西嶋はやってこなかった。

「バイトかな」

「最近は別件で忙しいんだって。今日もお昼頃に電話したんだけど、それどころじゃない、って断られちゃった」と南が言う。

鳥井の見舞いどころではない、となると一体どんな用事なのか、と気にかかる。どうしたのだろうね、と僕は横に立っている東堂に首を傾げるが、彼女はすぐに、わたしに分かるわけがないじゃない、とむっとした顔を向けてきた。

病院で待っていたのは、鳥井の母親の疲弊《ひへい》した顔と、丁寧な応対だった。病室のドアをノックをするとすぐに、小柄な彼女が現われた。開いたドアの隙間から、中の様子が覗けないかな、と首を動かしたが、中にいる鳥井にそうしろと命じられているのか、母親は本当にわずかにしかドアを開かなかった。目元が鳥井に似ている。鳥井が、彼女に似ている、と言うべきなのだろうか。彼女は、下の喫茶店で待っていてもらっていいですか、と頭を下げた。鳥井には会えないらしい。

喫茶店のテーブルに座ると鳥井の母親は、「あの子、腕があんなことになってしまって、ちょっと混乱してるみたいなんです」と俯き加減で言った。頭の後ろで一本に結った黒髪には艶がまるでなくて、顔に塗られたファンデーションも斑《まだら》に見えた。
「身体的には無事なんですか?」僕が訊ねると、母親はうなずいた。「手術もうまくいったみたいです。痛みはあるし、まだ大変みたいだけど、あとはもう良くなるだけだから」
「鳥井は何でそんなに落ち込んでいるんですか?」そう訊ねた東堂を、隣に座る母親はしばし、呆然と眺めていた。呼び捨てにするぶっきらぼうな言い方に戸惑ったのか、それとも冷たい物言いが新鮮だったのか。「わたしたちと会うのも嫌なんですか?」と構わずに東堂は続けた。

ここで母親が、「腕のことがあるから」と言うのはきっと簡単なことだったし、それに対して僕たちが、「腕が何だって言うんですか」と威勢の良いことを口にするのも難しいことではなかっただろう。ただ、母親は顔を伏せ、自分の手元にあるコーヒーカップを見下ろし、しばらく押し黙っているだけだった。やがて、「分からないんですけど、きっとあの子もつらいんだと思います」とだけ零した。

「わたしが鳥井君でも、きっとみんなとは会いたくないです」南が静かに言った。別れ際、文鳥はわたしが連れて行くことにしました、と母親は寂しげだった。

11

それから、僕はしばらくの間、鳥井に会うこともなく、だからと言って苦悩することもなく、生活を送った。鳩麦さんのブティックに顔を出したり、一人で映画を観に行ったり、CDショップに出かけたり、レンタルビデオ店をうろついたり、鳩麦さんと海へ出かけたり、新聞の勧誘員と再び戦い、交渉をし、契約の延長をすることになったり、鳩麦さんと喧嘩をしたり、もちろん夏期講義には真面目に出席もして、それから、一度だけ警察の訪問を受けたりもした。

異常だった暑さもずいぶん弱まっていた。僕と鳩麦さんは、市街地にある映画館に来ていたのだけれど、その館内の冷房が効きすぎていたため、二人で自分の身体を抱くようにして震えた。映画の中では、イヌイットの皆さんが裸で氷河の上を走り回り、それが余計に、僕たちを苦しめた。

「花火大会も結局、雨で良かったね」映画を観終わった後の喫茶店で、鳩麦さんは言った。

雨で良かった、というのも妙だけれど、実際そうだった。十日ほど前、僕と鳩麦さんの間で、「花火大会を観に行くかどうか」という件について、言い争いがあったのだ。

事の成り行きとしては、まず最初に僕が、「花火大会は誰と行こうか」と話題にした。そうしたところ彼女が、目をぱちぱちとさせ、「鳥井君がそんな状態なのに？」と驚いた。「友達が大変な状況なのに、花火、観に行くつもりなの？」と。神経を疑われた僕が若干むきになり、「花火を観ようが観まいが、鳥井の置かれている状態に変化はない」と説明をした。彼女は彼女で、「友達が腕を失って、途方に暮れている時に、打ち上がった花火を観て、綺麗だね、なんて言える感覚が分からない」となじってきた。

仕方がなく僕は、そんなことを言ったら君は、たとえば、北極のイヌイットたちが温暖化のせいで、溶けた氷河で溺《おぼ》れ死んだり、氷の中の有害物質で悩まされる可能性がある間は、ずっとそのことを気に病んで生活するのか、とやんわりと訊ねたのだけれど、僕のやんわりとした口調は皮肉めいて聞こえるらしく、彼女はさらに声を高くして、鳥井君は友達でしょ、だいたい北村君は冷たいのよ、わたしのこともきっとそう思ってるでしょ、イヌイットも大事だけど友達のほうが身近でしょ、と言い返してきた。

僕もその頃にはすでに、彼女はこの言い争いに絶対勝つつもりなのだ、と感づきはじめていたので、言葉を返すのを断念した。すると今度は、「何よ、黙っちゃって、感じ悪い」と彼女がむくれた。「冷血漢め」と。

「ああ、そうとも冷血だ」

下らないと言えば下らないが、人と人の揉め事はたいていこんなものだろう。というわけで僕と鳩麦さんの間には、黒々とした、じめじめとした、わだかまりがあった。ただ、仙台市の恒例行事、七夕花火大会が季節外れの前線による大雨で中止になり、結局、よく分からないままに、仲直りをした。

「最後に強調しておきたいけれど、僕は別に、鳥井のことがどうでもいいわけじゃないんだ」と何度か言いかけたが、せっかく収まった争いを蒸し返すことはないな、とやめた。


「昨日、警察が来たんでしょ？　どういう感じだったの？」鳩麦さんが訊ねてきた。

「また同じようなことを答えただけだよ。ついに、長谷川さんのことを聞かれたけど」

「どんな風に？」

一日前の仲村刑事の姿がぱっと頭に浮かんだ。七三分けの仲村刑事は目つきこそ悪かったが、真面目な役人に近い雰囲気がある。

「『佐藤一郎君の知り合いで、短大に通っている、長谷川さんという女の子がいるんですが、面識はありますか』って、仲村刑事には、そう訊かれた」

「佐藤一郎って誰だっけ？」

「ホスト礼一の本名」

「うそー」と彼女が驚くのはもっともだと思った。「地味って言うか、『普通』の極北みたいな名前だね」

「とりあえず、長谷川さんのことは白を切った。何だか面倒臭いし、今のまま、たまたま、あそこで空き巣に巻き込まれて、その犯人の中にたまたま見たことのあるホストがいた、というほうがちょうどいいと思って」

警察の話を聞いていると、あの嶽内邸の空き巣は、計画的に行われたようだった。家の主の嶽内善二氏はちょうど家族と海外旅行の最中で、そこを狙われたのだ。

つい先日、帰ってきたというその嶽内善二氏を、警察に出向いた時にちらっと垣間見たのだけれど、「あれ、あなた、犯人じゃないですよね？」と確認したくなるような、悪人的容貌をしていて、驚いた。四十代前半にしては、老獪《ろうかい》な貫禄に溢れている。一緒にいた西嶋も、僕の耳にそっと口を寄せ、「あれは絶対、犯人ですよ。被害者を装った犯人ですよ」と囁いた。

「犯人ではないって」

「自分の留守中に、空き巣に家を襲わせて、でもって保険とかそういうので儲《もう》けようとしてるんですよ」西嶋はさらに、そんな推理を披露もした。「保険とかそういうので儲ける」の具体的な内容が分からないのはおくとしても、確かに、犯人たちと裏で通じていても違和感のない外見ではあった。

「『ホストを辞めたのに、お金がありそうで、それなのにどこか怯えている感じ』」

「何それ」鳩麦さんが訊いてきた。

「ホスト礼一についての、周辺の人たちの証言だってさ。友達とかが、みんなそう言ってたらしい。どうやら、ホスト礼一が怪しい仕事をしているのは、みんなうすうす気づいていたみたいだ」

「怪しい仕事？」

「東北地方で、空き巣が定期的に起きているらしいんだ。そういうグループがあるらしくて。礼一はその仲間の可能性が高い」

「運転手？」

「使い走りかも。ホストも最近、いろんな人が増えてきているみたいなんだ」

「どんな職業にも、いい人もいれば、悪い人もいる」

「そう。だから、常連客に無理やり、借金をさせて、荒っぽい金融の人と繋がっているようなホストもいるらしいんだ。で、荒っぽい金融の人の中には、もっと手っ取り早く、お金を稼ぐ人もいるらしくて」

「強盗とか空き巣？」

あのボウリング対決の時のホスト礼一は、偉そうで、乱暴で、強気だった。自信に溢れてもいた。その礼一が空き巣グループに入り、下っ端《ぱ》となっているのかと考えると、まったく偉そうな人間の上には別の偉そうな人間がいるものなのだな、と感心してしまう。鶏口《けいこう》となるとも牛後《ぎゅうご》となるなかれ、という諺《ことわざ》も思い出された。

「あとは警察が、犯人を捕まえるのを待つしかないね。長谷川さんに事情は聞きたいけれど、彼女の連絡先は分からないし」鳥井に教えてもらわないといけないのだが、何しろ鳥井と会う手段がない。


南から電話があったのはそれからさらに半月ほど経った、九月の中旬過ぎだった。

鳩麦さんが、僕のアパートにやってきている時で、奇妙な西部劇とグロテスクな宗教物語が合体したような昔の映画を、観ているところだった。夕方の四時過ぎだ。

「今から、鳥井君のマンションに行ってみない？」南は電話の向こうで言った。

「鳥井、退院してるんだ？」僕はそのことにまず驚いて、受話器を持ったまま立ち上がった。「いつ？」

「三日前で」

「鳥井は」僕はどう訊ねたものか思い悩んだ結果、「どんな感じかな」と曖昧に質問をした。「元気になった？」

「うーん」南は答えに詰まった。「腕のところはだいぶ、安定したみたい。だから、とりあえずマンションに戻って、生活をしてみる、ってことみたいなんだけど」

「どう？」

「少しは、喋ってくれる」

「けど？」

「まだ、笑わない」南が肩を落としているのが見えるようだ。「死ぬまで笑わないような気がする」それは比喩《ひゆ》ではないのかもしれない。「だから」

「だから？」

「北村君とか、西嶋君とかみんなが来たら、少しは変わるかなあって思って。それで、電話してみたの」

「行って、鳥井は怒らないかな」僕は気にかける。無意識のうちに、自分の左腕を眺めていた。左腕を失ったら、果たして自分はどういう気持ちになるだろうか、と思った。腕がなくなったくらいでそれがどうした、と泰然《たいぜん》としているか、それとも、周囲の誰もが憎々しく思えるか。

　電話の切り際、西嶋君と連絡が取れないから、北村君が直接呼びに行ってくれないかな、と頼まれた。分かった、と電話を切る。

鳩麦さんに状況を説明し、「冷血漢が、友人の家に行くけれど、ついてくる？」と声をかけたが、彼女は、「やめておく」と優しく断った。「たぶん、親しい友人たちだけで行ったほうがいいよ」

12

西嶋の忙しい理由は、どうせ下らないんだろうな、と僕が想像していたレベルよりも、もっと下らなかった。アパート前の道から、二階を見上げると、端の西嶋の部屋に蛍光灯が点《つ》いているのが分かった。西嶋の部屋には、入学以来、数える程度しか足を踏み入れたことがなく、と言うよりも西嶋が頑として入れてくれなくて、だから、室内の配置はよく分からないが、でも、彼が家にいるのは明らかだった。

ドアから顔を出した西嶋は、ふいに訪れた僕を怒ることもなく、「なあ、北村、俺は世界を救わないとならないんだよ」と言った。そして、さっさと室内に戻っていく。僕は靴を脱ぎ、中に上がる。西嶋は窓の近くにあるテレビと向かい合い、「北村、俺はみんなのために冒険してるのに、何でこいつら、武器をただでくれないんですか。おかしいじゃないですか。食料も有料なんですよ。誰のために闘ってると思ってるんですか」

と怒りを口にした。

「ああ、なるほど」ゲームをやっているのだ。最近発売されたばかりの、ロールプレイングゲームらしい。敵を倒して、洞窟《どうくつ》を進み、経験を積み、さまざまな道具や魔法を手に入れ、最後の敵を倒しに行く、そういうたぐいのやつだ。「忙しいって、これ？」

「あのね、この世界は今、黒い空気で覆われて、息がね、できないわけですよ。だから住人たちはみんなガスマスクをしていてね、俺だけですよ、大丈夫なのは。俺がこの空気の正体を見つけ出して」とコントローラーを握りながら喋る西嶋は、充血した目と乾燥した肌、剃っていない髯《ひげ》などから想像するに、かなり睡眠時間を削っているのだろう。

「西嶋、あのさ、これから鳥井のマンションに行くんだけど、一緒に行こう」

すぐに返事はなかった。突然出現した敵に、慣れた指さばきで攻撃を加えている。僕は怒ることもなく、西嶋の闘いが終わるのを待っていた。友人とゲームとどっちが大事なのだ、と僕が激昂《げっこう》して、立ち去らなかったのには理由がある。

物事に熱くならない鳥瞰型だからでもあるし、鳩麦さんに、「冷血漢」と嫌味を言われている手前、他人を非難できないからでもある。ただ、それより何よりも、西嶋の六畳間のベッド脇に、分厚い医学系の専門書が何冊か積まれているのを見つけたからだった。

図書館から借りてきたものらしい。主に、外科手術やリハビリに関するもので、一番上には、「心を閉ざした相手と向き合う十カ条」なる本の表紙があった。それだけを見て判断するのは早計かもしれないが、僕は、西嶋は西嶋なりに鳥井のことを気にかけているのだな、と思った。

ゲームに夢中になっているのは、友人に対して無力な自分の不甲斐《ふがい》なさから、目を逸らしたかったからかもしれない、と。

ゲームのデータを保存できる段階まで、西嶋が操作しているのを僕はじっと待った。

「退院したんですか?」西嶋がテレビ画面を見つめたまま、言った。

「少し前に、らしい。南はもう何度か鳥井と会ってるらしいんだけど、やっぱり落ち込んでいるみたいなんだ。だから」

「俺たちが、元気づけるわけですか」分かりましたよ、了解ですよ、と西嶋は言い、そしてゲーム機の電源を切った。「じゃあ行きますか」

「髯とか剃らないでもいいのかい」と僕が確認する。

「ああ、いいよいいよ、自然体のほうがいいじゃないですか」

玄関で靴を履いている時、「あの本、参考になる?」と僕は訊いた。「心を閉ざした相手と、ってやつ」

「ああ」西嶋が振り向いた。「あれ、アメリカ大統領の書いた本ですよ。毒にも薬にもならない、下らない内容でした」

心を閉ざした相手ばかりを前にしたアメリカ大統領を思い、僕は、大変だな、と同情をした。

なんてことは、まるでない。

13

「ペソコンなんですよ、ペソコン」西嶋の声が、マンションの室内に響いた。空しい響きに感じたのは、ベッドで横になる鳥井の無言、無反応のせいだろう。

僕たちが訪問しても、鳥井は沈んでいた。ベッドの布団の上で天井を見ているだけで、横に座る僕や西嶋、東堂と南が存在していること自体を無視している。南は電話で、「喋ってはくれるんだけど」と言っていたが、とんでもない、彼は一言も発しなかった。

視線をやるべきではないと分かっている。でも、気を抜くと自然と、鳥井の左腕に目が行ってしまう。包帯で巻かれた腕は、巻かれていない右腕よりも明らかに短い。鳥井は脚を組んで、枕に頭をつけ、上を見ている。

西嶋だけが喋っていた。自分がその役割だと自覚していたのか、もしくは、単に喋りたかったのかは分からないが、「あのキックボクシングジムの前を歩いていたら、新しい学習塾ができていたんですよ。で、窓に手書きで、『パソコン学習』って書いてあるんですけどね、その、『パ』の字のてっぺんがくっついちゃって、『ペ』にしか読めないんですよ。ペソコン学習とかなっちゃっててね、可笑しいんですよ、それが」と下らない話を披露している。

「でもさでもさ、ペソコンって本当にあったりしてね」南が無理やりに相槌を打つ。仕方がないとは言え、僕は居たたまれない気分になった。東堂も黙って、会話に耳を傾けている。「なあ、鳥井、どう思う。ペソコンってあると思いますか」西嶋がベッドの鳥井に声をかけた。

「ペソコンはないよ」僕も話に乗るフリをした。「パーソナルコンピューターはないって。なあ、鳥井、どう思う」

ベッドの鳥井からは反応がない。怒りの表情ならまだいいし、「人の気持ちも知らないで」と僕たちを追い返してくるのなら分かりやすいのだけれど、彼は表情なく、天井を見ているだけだ。

「おい、南、何か凄いことやってみてくださいよ」西嶋は痺れを切らしたのか、南に言った。

「凄いことってどういうの」

「たとえば、この湯呑みを動かすとか、できるんじゃないですか。ほら、湯呑み、湯呑み」

驚く。

「うん」

テーブルの上を、湯呑みが移動しはじめる。滑るように、すっと緩やかに動いた。もちろん、僕たちにとってはその光景ははじめてのものではないが、「おお」と声を上げる。鳥井の興味を引くためと言うよりは、本当に驚いたからだ。何回見ても、やっぱり驚く。

誰も喋らなくなると、室内は窮屈なくらいに静まり返った。窓際に視線をやるが、すでに文鳥は、横浜の両親に引き取られた後らしく、鳥籠も残っていなかった。はじめてこのマンションにやってきた時のことを、「鳥井はブルジョアだ」と僕が言い、文鳥の存在に驚いた時のことを思い出し、いっそう、寂しくなる。

鳥井は呼吸すら堪えているのだろうか。僕たちは顔を見合わせた後で、うな垂れる。

僕の頭には、広大な、赤とも白ともつかない地面が延々と広がる、砂漠の光景が浮かんでいた。鳥井の今の心の内は、からからに干からびた砂漠そのものだ、と思った。果てがなく、精神が乾燥し、方向感覚を失っている。砂漠には、スーパーサラリーマン行きの標識など立っていないし、水場がどこなのか、夜を凌《しの》ぐ場所がどこなのかも分からない。鳥井はベッドの上で、無表情のまま、仰《あお》向けになっていたが、きっと同時に、砂漠に座り込んで、茫然とした表情で、肩を落としているのかもしれない。これからどう歩き出せばいいのか、途方に暮れている。

「果たして」と考えずにはいられなかった。果たして、この、鳥井の砂漠を潤すことができるのだろうか、と。

西嶋の顔を見やる。使命感と意地が漲ってはいたが、策はなさそうだ。「ペソコン」では、砂漠に雪は降らない。

僕たち四人は、根競《こんくら》べをするかのごとく、三十分も無言でそこに座っていたが、鳥井は一度もこちらを見なかった。痛みのためか、包帯が巻かれた左腕を何回か触った。

鳥井のマンションを後にすると、欠けた月が見えた。

「なあ、西嶋。中東で戦争が起きてるし、世界は温暖化で大変なことになっているのに、僕たちは目の前の危機すら、解決できない」と肩をすくめた。

すると西嶋は心外だ、と言わんばかりに、「こんなのは危機なんかじゃないですよ」と答えた。「怒られますよ」

誰に怒られるのかは、訊ねなかった。彼も答えなんて、持っていないのだ。

14

「で、男の中の男、冷血漢の中の冷血漢である北村青年はどうするつもりなわけ?」

翌々日の日中、僕は仙台市街地の、鳩麦さんの働くブティック前で、鳩麦さんと立ち話をした。

「どうするつもりも何も」僕は言い淀みながら、彼女の背後の店内に目をやる。水色のTシャツを広げている女性がいた。「客はいいの？」と小声で訊くと、「それどころじゃないから」と彼女は胸を張る。

「どうすれば雪が降るか、僕には分からないんだ」

「雪？」

「砂漠に雪を降らせたいんだよ」

そこですぐに、何を訳の分からないことを言ってんの、と言い出さないところが鳩麦さんの長所だ。そして、自分で勝手に空想を広げ、的外れなことを考え出すのが短所だった。彼女はしばらく黙ってこちらをじっと見ると、「北村君たち、学生は」と指を立てていた。「学生は、小さな町に守られているんだよ。町の外には一面、砂漠が広がっているのに、守られた町の中で暮らしている」

「鳩麦さんの言うその、砂漠というのは、いわゆる、社会ってこと？」

「社会って言っちゃうと、恰好悪いじゃない」鳩麦さんは笑う。「町の向こう側に広がる、砂漠のほうがイメージが近いよ」

僕は素直に、想像してみる。堅牢《けんろう》な壁に囲まれた、町をだ。家々はそれぞれに気取った外装で、色とりどりではあるけれど、どれも似通っている。無菌に保たれた、無機質な町だ。その中で、住人である学生は知った顔をし、大人びて、「町の外はこんな感じだ」「しょせん砂漠なんて」と得意げに話している。砂漠に足を踏み出したこともなければ、砂漠の酷さを知りもしないくせに、だ。

「町の中にいて、一生懸命、砂漠のことを考えるのが、君たちの仕事かもよ。言っておくけどね、砂漠は酷い場所だよー」

そうか、鳩麦さんはすでに、砂漠に出ているんだよな、と思った。


その日の夕方、室内の暑さをどうにか外へ逃がそうと窓を開け、一人でテレビを眺めていると、電話が鳴り、誰かと思えば古賀氏だった。「ほら、前に警備員室で麻雀をやった男だよ」と彼は照れ臭そうに説明をはじめた。

「ああ、西嶋のバイト先の」

「実はさ」古賀氏は話しはじめた。「西ちゃんのことなんだけど、最近、何かあったわけ？　いや、例の交通事故のことなら聞いてるし、ニュースでも見たけど、それ以外にさ」

鳥井の、腕はおろか人生までも揺るがすあの出来事は、傍目《はため》には、「交通事故」に過ぎないのだな、と思いながら、「それ以外に？」と首を捻った。「どうかしたんですか？バイト休んでるんであれば、それは、冒険に行ってるからですよ。世界を救う冒険に」

「冒険って何だい、それ」古賀氏がきょとんとした声を出す。「いや、バイトには来てるんだよ、きっちり。いやね、実は昨日からこのビル中を駆け回って、妙な交渉をして、変だったんだよ」

「交渉」僕はそう呟いた後で、ネゴシエーション、と無意識に頭の中で英訳をした。受験勉強から遥《はる》かなる時間を隔てているとは言え、僕の頭にはまだ英単語の記憶が残っているようで、その点には、ほっとする。

「しかも明日、害虫駆除の消毒日でいろいろと仕事があるのに、休むと言い出してさ、西ちゃん」

「たぶん、冒険に行くんですよ」と冗談ではなく、言った。けれど、その時に電話の向こう側で、「ああ、西ちゃんが来た」と古賀氏が声を上げた。警備員室に、西嶋が現われたらしい。

いやあ、うん、ちょうど今、北村君に電話をしていたところでね、と古賀氏が喋っているのが聞こえてくる。明日、西ちゃんがどうして休むのかなあ、って思ったんだよ、と古賀氏は言っている。西嶋の返事は聞こえない。ただ、ほどなく、「北村君、ごめん、今、西ちゃんが来て、事情は聞けたよ。いやあ、分かったよ」と古賀氏が電話越しに伝えてきた。

「分かった？」僕は鸚鵡《おうむ》返しにする。分かったって何が？　クイズじゃないんだから。

「西ちゃんは本当に可笑しい」と古賀氏は、完全に僕を置き去りにし、自分だけ納得した声を出した。結局、電話が切られる前に僕は、せめて、という思いで、「あの、どうして僕の家の電話番号を知ってるんですか？」と訊いた。「西嶋から聞いたんですか」と。

するとと古賀氏はその時だけ、不敵なふてぶてしい声になり、「わたしね、そういう調べ物が得意なんだ」と言った。

「調べ物は得意なんですか？」

「昔、そういう機関で働いていたことがあってね」と笑う古賀氏が急に不気味に感じられ、僕は受話器を顔の前に移動させ、しみじみと眺めてしまう。機関、って何だか怖いですよ、と言い返したかった。

夜に西嶋からかかってきた電話は、普段通り、一方的だった。「あ、北村じゃないですかー」と言った後で、「明日の夜、麻雀やりますよ、麻雀を」とまくし立てた。

「麻雀？　いいけど、どこで？」

「鳥井のマンションに決まってるじゃないですか」当然のように彼は言う。「右手は無事で、牌はつかめるらしいですし」

「そうじゃなくて」そもそも彼が、僕たちを再び部屋に招き入れてくれるのかどうか、それすらも怪しいのに、一緒に麻雀などやるだろうか。そう伝えると西嶋は、「大丈夫、大丈夫ですよ」と請け合った。どうせ根拠も算段もあるわけがないのだ。とにかく彼は、「南と東堂にも、俺から連絡しておきますから」とだけ言って、電話を切った。

しばらく受話器をつかんだまま茫然とし、アパートの近所で誰かが打ち上げた花火の音をぼんやりと聞いていた。空に飛び上がる口笛じみた音と、破裂する短い音、それからあられが散らばるような音が、続けて、鳴った。

一時間後、僕のところに南と東堂からも電話があった。「どういうこと？」という問い合わせだ。西嶋はどういうつもりなの？　と。

東堂の電話の時には、「ついでで訊くことでもないけど、東堂はまだ、西嶋に惹かれてるの？」と思い切って、質問をしてみた。ずっと引っ掛かっていたことだ。

「前に言ったよね」と彼女はぶすっとした声で応える。

「あれはずいぶん前のことだから。気持ちというのは変わるものだし」

「変わらない」

彼女の力強い返事に僕は、「だよね」と怯むように答え、電話を切った。

翌日、大学の講義に出席した後、僕は自転車で街中をうろついた。西嶋の決めた集合時間は夜の七時であったし、午後から夕方にかけては暇だったから、ただ何となくの思いだったが、何の偶然なのか、細い裏通りの赤信号で停まっている時に、鳥井を見かけた。あ、と声を出しそうになった。

鳥井は、左手の車道に、タクシーの中に、いた。信号で足止めを食らっている。後部座席のガラスに顔を寄せ、外の景色を見ているようだった。鳥井は、自分の車を運転することもできなくなったのだな、そう考えるとやり切れなくなった。

窓越しに見える鳥井は青白い肌で、夢見心地とも諦め顔ともつかない目をしていた。窓を見つめている。僕は、彼の視線がどこに向かっているのか、咄嗟に探した。ジムがあった。阿部薫が所属する、あのキックボクシングジムが、鳥井の目の先にはあった。

以前、鳥井と西嶋と三人で練習風景を見学した時の記憶を思い返す。

夕日が射し込み、赤く輝いたジム内で、筋肉を鍛え、鏡の前で拳を振り、サンドバッグを蹴りつづける男たちの姿に見惚れた、あの時のことだ。目をやると、まだ早い時間ではあったが、ジム内には練習生が二人いた。縄跳びを回す男が一人、もう一人はジムのトレーナーの抱えるミットに蹴りを放っている。

鳥井はどんな思いであれを見ているのだろうか。腕を失った自分に格闘技なんて無縁のものだ、と苛立《いらだ》っているのか。

信号が青に変わる。タクシーが発進し、鳥井の姿も見えなくなった。それを見送り、僕は自転車のペダルに足を載せ、漕《こ》いだ。

15

驚いたことに西嶋は、鳥井のマンションで麻雀をすることを実現させた。

「最初は電話にも出てくれなかったんだけどさ、ついさっきだよ、電話に出たと思ったら、承諾したんですよ」マンションの入り口前で集合すると、西嶋はそう言った。「俺も本当に、できるとは思ってなかったんですけどね」

「最初に電話をしてきた時、大丈夫大丈夫って偉そうに言ってたじゃないか」

「結果的には大丈夫だったでしょうに」

夜の七時だ。すでに日も暮れ、首を傾けると、淡い藍色の空が広がっていた。のっぺりとし、その無機質な様子が、先日会った時の鳥井の無表情と重なる。不吉な暗示に思えた。

「本当に鳥井君が、麻雀やってもいい、って言ったの?」エントランスを入った後で、南が言う。目は真剣だった。

「言ったに決まってるじゃないですか。嘘ついてどうするんですか」

エレベーターの扉が開く。五階のボタンを押した後で、西嶋をちらっと窺った。「麻雀をやって、鳥井は元気になるのかな」

「俺には考えがあるんですよ」西嶋はにこりともせず、厳しい顔つきのままだ。

「期待しているから」東堂の静かな物言いは、決して皮肉めいてはいなかった。「西嶋の考えに、わたし、期待している」

「わたしも」と南がうなずいた。

「僕もだ」

　実のところ僕は、このまま部屋に行くと、鳥井が生まれ変わったかのような清々しい笑顔でドアを開けてくれて、「よく来たな。さっそく麻雀やろうぜ。いやあ、さすがに落ち込んだけど、ようやく気持ちの整理がついたよ」と快活に言うのではないか、「気を取り直して、また前みたいに楽しくやろうぜ」と言い出すのではないか、とそんな都合の良いことを期待してもいた。

　期待も空しく、ドアを開けた鳥井は、表情のまるでない暗い顔つきだった。当然のことだ。挨拶らしきものを口にしたが、視線は下を向いている。上がれよ、とも言わず、自分は部屋に戻っていく。僕は、閉まりそうになるドアを手で押さえ、沓脱《くつぬ》ぎに足を踏み入れる。他の三人も続く。廊下に上がると、靴下の裏に、ひんやりとした感触を覚えた。

部屋に入り、少しだけれど安堵したのは、炬燵テーブルの上に麻雀牌のケースが置かれていたからだった。鳥井にも、やる意思はあるのだ。

「さっそくはじめましょうよ」と西嶋は言い出した。僕たちは、西嶋にいったいどんなアイディアがあるのか事前に打ち合わせをしていなかったので、とりあえず言われるがままに、「そうだね、やろう」と同意する。この舟の船頭は、西嶋だ。

まずは、[東][南][西][北][□]の五枚を裏返しにして、それぞれが一枚ずつ取った。全部で五人いるので、[□]を選んだ人は抜け番となるのだ。そして、[東]を取った人が、窓に背を向ける東側の席に座り、そこから順に位置を決めていく。それが僕たちの麻雀の、鳥井のマンションでやる時の、「鳥井んちルール」だった。

思い思いに牌をつかんでいく時、僕の頭に一瞬、「もし、鳥井が[□]を取って、しょっぱなから抜け番になったらどうするつもりなんだ」という不安が過《よぎ》った。すると、何とその通りで、鳥井が[□]をつかみ、抜け番となったから、開いた口が塞《ふさ》がらない。僕はこのひどい偶然を呪いたくなったけれど、誰に怒りをぶつけたものか分からず、仕方がなくて西嶋を睨みつけた。南と東堂もほぼ同時に、険しい目を向けていた。

鳥井は何も言わなかった。ふん、と鼻から息を吐き、自分の[□]をテーブルの上に置くと、ベッドの場所まで戻り、腰を下ろした。

おい西嶋どうするんだ、と僕は囁く。どうしようもないでしょうに、と彼はどうしようもない返事をした。僕たちは自分の位置に着席し、麻雀をはじめる。こうなったら、そうするよりほかにない。

　胃の痛くなる、つらい麻雀だった。鳥井のためにやってきたにもかかわらず、僕たちは鳥井を除け者《の》にするような形で、四人で麻雀をやっている。しかも、普段通りの麻雀をすべきだ、と全員が意識しているのだから、普段通りになるわけがなく、不自然な発声や悲鳴、白々しく悔しがる声などが、続いた。鳥井がどう思っているのかな、と想像し、早くこの、不毛としか思えない半荘《ハンチャン》を終わらせないと、と焦った。

「おお、連荘《レンチャン》ですよ、連荘」何を考えているのか西嶋は一人だけ、本気で麻雀に取り組んでいた。僕たちがさっさとこの回を終わらせようと頑張っているのに、彼だけが自分の親で勝ちつづけた。

　結局、その半荘を終わらせるまでに、九十分近くかかった。沈黙する鳥井がいるそばで、罪悪感と焦燥感を背負いながら座る九十分は、長い。終わったと同時に、長く息を吐き出してしまう。横目で窺うと、南も東堂も同様だった。

「おい、鳥井、出番ですよ」西嶋がベッドへと声をかけた。この意味不明の半荘の間に、呆れた鳥井はどこか別の場所へと姿を消してしまったのではないか、と僕は一瞬、恐怖を感じたのだけれど、振り返ると彼は九十分前と同じ姿勢で座っていた。返事はなかったが、こちらへと近づいてきた。

包帯が巻かれた左腕に目が行き、反射的に目を逸らす。けれどそれもまた礼儀に反するではないか、と考え、僕はまじまじと左腕を見る。やはり見ないほうがいいだろうか、と視線を外すが、すぐに吸い付けられるかのように、目が行く。自然には振る舞えない。

鳥井のかわりに抜け番となるのは、「鳥井んちルール」によれば、成績二位の人というわけで、南だった。いつもは不動の一位である彼女も、さすがに今日の麻雀は勝負どころではないのだろう。僕たちはまた、席を移動し、牌を搔き回した。鳥井の右手がテーブルの上を動き、僕はなるべく見ないように、と意識する。

鳥井は、僕の左側、上家《カミチャ》に座っていた。右腕一本で、少しずつ牌を積んでいる。一度にたくさんを並べることはできないから、片手で持てる範囲の山をゆっくりと、順番に並べるやり方だった。僕たちはそこでも、平静に振る舞おうとした。適度に鳥井の手つきに目をやり、わざとらしく自分の牌山を整えてみたり、「誰が親だっけ?」と知っているくせに、確認を取ったりした。

鳥井は終始、むすっとしている。牌がすべて積み終わると、親の西嶋が賽《さい》を振った。

鳥井がベッドにいるのよりはマシだったとはいえ、これはこれで気まずい空気の漂う、麻雀だった。もちろん僕は、自分の手に集中しようと思ったし、実際、点数の高そうな役が出来上がってくると気持ちが高ぶり、つかんでくる牌に一喜一憂したけれど、それも、鳥井の左腕が目に入ったり、彼が手持ちの牌をうっかり倒したり、そういうきっかけで現実に引き戻された。

　黙々と、浮かない顔で麻雀をやる鳥井は、「やればいいんだろ。これでおまえたちは満足なんだろ」と責めてくるようにも見える。

　南は偉かった。鳥井の後ろにいながら、たびたび声をかけ、返事がもらえなくてもめげることなく、ことあるごとに鳥井に話しかけた。鳥井がうっかり、牌を倒してしまうと、それを誤魔化すつもりなのか、「もう、すっかり暗いね」と窓に視線を向け、鳥井が左腕をさするたびに、「そうなんだー、鳥井君、そっちで待つんだね」と鳥井の役作りに、感心した。

　南一人につらい役割を押し付けるわけにもいかず、僕と東堂も機会を見計らっては、話題に参加した。一か八かのつもりで時折、鳥井にも話しかけるが、返事はない。気詰まりな空間を、無意味な言葉で埋めればどうにかなるのではないか、と一生懸命だった。鳥井はもちろん、「ポン」であるとか、「ロン」であるとか、必要な時は声を出したが、でも、それだけだった。

　その中で、西嶋だけはマイペースだ。確かに、それが自然だし、西嶋は正しいのかもしれなかったけれど、「鳥井のために麻雀をやろう、と言い出したのに、それはないんじゃないの？」と僕は不満だった。

結局、半荘がそのまま、終了した。一位が東堂、二位が僕、三位が鳥井でビリが西嶋だった。「何だ、西嶋、いつもの調子が出てきたじゃないか」とからかうと、西嶋は、「ふん」と不愉快に鼻息を荒くするだけだ。場を盛り上げよう、という気持ちがまったく感じられない。

これ以上、麻雀を続ける必要があるのか、と疑問に感じた。西嶋に、「どうしようか?」とさりげなく訊ねたのだが、即座に返事があった。「どうする、ってまだまだやりますよ。当たり前じゃないですか。俺もね、思ったように手が来ないだけで、良い感じにはなってるんですよ。兆候はね、あるんですよ」

西嶋がそう言うからには、僕たちも従うほかない。船頭は彼だ。鳥井は何も言わなかった。

「よし、じゃあ、わたし頑張ろうっと」と南が無理に快活な声を出した。先ほど二位だった僕は、抜け番となる。炬燵テーブルから、後ろに下がって、観戦することにした。

三回目の半荘がはじまっても、それまでの二回と大きな違いはなかった。鳥井は無表情で、ロボットさながらの動作を繰り返し、西嶋は本気で手牌と向かい合い、残りの二人は気まずさと格闘し、自然体を装っている。僕は、西嶋の背後に座り、その麻雀の模様を眺めた。

比較的、早い展開で麻雀は進んでいった。最初の東一局は、南が、「タンヤオピンフドラ一」を西嶋から上がり、次の二局目は、鳥井が、「タンヤオドラ二」をツモ上がりした。彼は、「ツモ」と発声せずに、ぱたんと手牌を倒しただけだった。

「やられたー。先越されちゃった」と南が大袈裟に、悔しがった。三局目は、西嶋の捨て牌に東堂が、「ロン」と言い、終わった。


西嶋は、また「平和」を作るつもりなのではないか？ ふとそう思った。以前、アメリカの横暴な派兵を阻止し、世界の平和を願うため、「平和《ピンフ》」の役を狙いつづけたように、今回も、鳥井の平和を実現するために、ピンフ役を上がりつづけるつもりなのだと、それが今日、麻雀をやった理由なのだと、推測した。

けれど、見ている限り、西嶋にはそんなこだわりは見受けられなかった。もしくは、鳥井の名にちなんで、鳥の牌、一索《イーソー》（これ）ばかりを集めるつもりなのか、とも考えたが、そういう様子もない。

いったい、西嶋は何がやりたいのか。僕はさすがに問い質《ただ》そうとしたのだけれど、その時に彼が立ち上がった。「ちょっと休憩。トイレ借りますよ、鳥井」

鳥井の返事を待たずに、部屋を出ていく。しばらくして戻ってくると今度は、窓際へと歩み寄り、両手を上げて伸びをし、「そろそろ、俺が反撃に出ますよ」と暢気《のんき》に言った。そして、窓の外に目をやっていたのだが、不意に、「あ」と声を上げ、僕たちを驚かした。僕のそばにいた南は座ったまま、びくっとした。「どうしたの?」

「おかしいな。ちょっと、俺、外に行ってきますよ」


「おかしいな?」南が首を傾げた。


「外に行くの?」東堂が眉をひそめた。

西嶋は、「いや、まいりましたよ」と零し、僕を見ると、「北村、ちょっと代わってくださいよ。俺のかわりに、次の局をやっててくださいよ。すぐに戻りますから」と言い残し、足早に部屋を出ていこうとする。

僕は、西嶋の一方的な物言いに圧倒され、むっとした。

西嶋は玄関から飛び出した。「逃げたんじゃないの?」声には出さなかったが、僕以外の、南と東堂もそう思ったに違いない。

16

僕は、西嶋のかわりに腰を下ろし、そしてまた麻雀がはじまる。牌を掻き混ぜる音が、どこか気の抜けたものに聞こえた。「西嶋君、どこに行ったんだろうね」南は動揺しつつも、この場を沈黙から救うためなのか明るい声を出した。「バイトの関係で、用事を思い出したのかも」と僕は言いながら、古賀氏の言葉を思い返す。今日は、ビルの消毒というイベントがある日だと古賀氏は言っていたではないか。西嶋も急遽《きゅうきょ》、出勤になったのか。

東場の四局が終わり、南場がはじまる。僕たちはすでに船頭を失った舟だったから、どこかの海岸に漂着するまで、ひたすらに、麻雀を続けるほかなかった。一局目は、南が安いタンヤオをツモって終わる。

慌ただしく音が鳴って、玄関のドアが開いた。

「お待たせしましたよ、帰ってきましたよ」と西嶋が戻ってきた。

「どうしたんだい、いったい」

「手違いですよ。棒が突き出してなかったんです、棒が」

「え、棒が?」何のことを言っているのか、さっぱり分からなかった。

「突き出す?」南がさらに訊く。

「棒って何の」東堂も言う。

まあいいじゃないですか、えっと今は南場の二局目?　よし、ちょうどいいところですね、はじめようじゃないですか、と西嶋は例のごとく自分勝手に喋り散らし、僕と交代する。

それ以上、文句を言わず、それは主に僕がぐったりしていたからなのだが、とりあえずしばらく僕は麻雀の情勢を眺めていた。ただ、途中で、「おや」と思った。西嶋が妙な打ち方をしたからだ。今回の彼の手は、非常に良かった。配牌時からずいぶん形が整っていた上に、その後も順調に手が伸び、いつの間にか、🀄🀉🀉🀊🀋🀜🀝🀞🀒🀓🀔🀕🀖なんていう形にまでなっていた。さらに彼は、そこで、🀗をツモってきたから、「好調だ」と僕は思わず、西嶋の背中に声をかけてしまう。これで、🀄を捨てれば、とりあえず「🀉🀌待ち」の形はできるし、さらに、まだ三色を狙うことも可能だ。なのに、彼はどういうわけかそこで、🀉を捨てた。

「どういうこと？」これでは、待ち牌は、🀄だけになってしまうし、役もない。しかも何と彼はそこで、リーチもかけるつもりだったらしく、千点棒をつまんで、テーブルに出そうとまでした。するとそこで、東堂が、「ロン」と言った。🀉が、東堂の当たり牌だったのだ。

「くそー」と西嶋が悔しそうに唸る。「惜しかった」と。

「西嶋、今の何で、🀉を捨てたんだよ」

「いらないから捨てたんですよ、いらないから」西嶋は不愉快そうに口を尖らせ、東堂へ点棒を支払っている。

西嶋は麻雀にあまり強くない。と言うよりも基本的に、滅多に勝たない。だが、僕の認識では、西嶋は下手なわけではないはずだった。だから彼が今、🀉を捨てたことに驚いた。単純に考えれば、🀉🀌の二つを待ちにしたほうが可能性は高いし、点数も高い。常識だ。

あれこれ考えている間にも、南場の三局目がはじまった。麻雀の成り行きを眺める。するとそこで、西嶋の妙な打ち方を目の当たりにした。

🀈🀉🀊🀋🀌🀍🀎🀞🀟🀠🀑🀑🀑と西嶋はまたもや、かなり整った手を作っていた。ドラは🀑であったから、満貫級だ。リーチをかけてもいいのではないか、と僕は思った。彼にはその気配がなかった。そのうちに、🀄をツモってきた。もちろんそんな牌は即座に捨てるだろう、と僕は関心も持たなかった。ところが、だ。西嶋は悩むこともなく、🀈を捨てて、「リーチ」と宣言をした。

「え」と僕が声を洩らす。今まで、🀈🀋🀎の三面待ちであったにもかかわらず、それを崩して、どうして、🀄待ちなどにするのか、不可解だった。でも、西嶋には、失敗した、と後悔する気配は微塵《みじん》もなく、自信満々に、「さあ、俺のリーチは凄いですよ」と興奮した声を出した。まさか🀄で待つことなどないだろう、という相手の心理を逆手に取った可能性はあるけれど、でも理解しにくい。

他の三人は、西嶋の自信たっぷりの態度に警戒しながら、それぞれ安全と思われる牌を捨てた。

そして西嶋の番、彼は半袖のTシャツ姿であるのに、腕をまくる仕草をして、「さあ、ツモっちゃいますよ」と手を伸ばすが、そこで僕を振り返り、「北村、窓を開けてくださいよ」と言った。

「窓？　換気？」

いいから早く、と西嶋が有無を言わせない口調で急かすので、僕は渋々ながら腰を上げ、ぐるっとテーブルを回って、窓のところに立った。「カーテンを？　窓を？」と西嶋に指示を請《こ》う。すると彼は、全部全部、と語調を強めた。早く早く、と偉そうだ。

せっかく冷房が入っているのにな、と僕は思いながらも、言われるがままにカーテンを引き、窓を開けたのだけれど、その直後、西嶋が高らかに言った。「ロン！」

何事だ、と思って見ると、西嶋はすでに自分の牌を倒していて、「ロンですよ、ロン。リーチ一発ドラ三ですよ、満貫満貫」と騒いでいる。

僕たちは呆気に取られる。「ロン？」東堂が訝しげに言う。「誰から？」

次は、西嶋がツモる番であるから、ツモで上がることはあっても、ロンはありえないだろう。いったい何がどうしたのだ、と僕は当惑する。

「窓の外ですよ。中 ですよ、中 待ちの俺に、中 ですよ」西嶋がそこで、得意げに指を、僕のほうへ向けた。正確には、僕の後ろにある窓を指す。「窓の外ですよ」

僕は外へ顔を向け、マンションからの夜景を眺め、いったい何を見ろって言うんだよ、と言い返そうとしたところで、それに気がついた。「あれのことか」

真正面から若干、右にずれた方向に、ビルがあった。西嶋がバイトで警備を行っている、例のライジングビルだ。縦長の直方体をしているのだが、その建物の電灯が、ちょうど、「中」の字を模すような配置で、点いていたのだ。いつの間にか、僕の脇に南と東堂も来ている。二人とも、僕の指差す方角へと目をやった後で、ぽかんと口を開けた。

「どうですか、あれが俺の当たり牌ですよ」西嶋は勝ち誇るかのように言って、そしてテーブルに残っている鳥井に向かって、「な、な、おい、鳥井、見てくださいよ。ドラ三ですよ」とまくし立てている。

ビルの各フロアの、ちょうど、「中」の文字に当たる箇所にだけ、電灯が点いていた。くっきりと、「中」の模様が浮き上がっているのは確かだ。ビルの形は、牌の長細さと似ているため、麻雀牌に見えなくもない。

ようするに西嶋がやりたかったのは、これなのか。今日、あのビルは消毒作業のため、各フロアは不在となったに違いない。それで西嶋は、古賀氏に協力を求め、もしくは例の社長氏も説得したかもしれない、とにかくこの時間にだけ、特定の部屋の電灯を点けることにした。

「いやあ、まいりましたよ。準備万端かと思ってさっき見てみたら、上の階の電気が消えてるじゃないですか。『中』の上の棒がなかったんですよ。突き出してなかったんですよ。慌てて、外から古賀さんに電話してきたんですけどね」

あのさ、と僕は肩を落とす。落胆はしなかったが、疲労感がある。

「西嶋、下らなさすぎる。大掛かりだけど」と顔をゆがめた。

「だいたいこれって、誰の捨て牌になるの」南が外を指した。

「それに、いつ捨てられたのかも不明だし」東堂が息を吐く。

「うるさい、うるさい」西嶋が怒った。「下らなくなんかないですよ」と喚くが、僕は、下らないよ西嶋、ともう一度駄目を押した。

すぐ後ろに、鳥井が立っていた。はっとして、脇にどく。彼は窓の外をじっと眺めていた。慌てて南が、「ほら、鳥井君、あのビル見てよ。『中』に見えるけどさ」と説明をする。鳥井の表情をちらっと窺い、胸の痛みに耐えるため、僕は腹に力を入れた。

すると、「俺」と鳥井が口を開いた。え、と彼の顔を見る。僕には、とてもゆっくりと扉が開くような、待ち望んでいた開門が訪れるような瞬間に思えた。「俺、好きだよ、こういうの」と鳥井は小さく、けれど、確かにそう言ったのだ。

「こういうのって、どういうの？」僕は動揺しながら、目をしばたたく。

「とにかく、点棒を早くくださいよ」西嶋は一人、依然として、座ったままだった。

「馬鹿馬鹿しくて元気が出るよ」

鳥井は言ったかと思うと、そして、無理をしたのかもしれないけれど、ぎゃはは、と例の笑い方をした。

17

僕たちはそこではしゃぐのも間違っている気がして、その思いを必死に抑えて抑えて、おのおのの位置に戻った。南が目の端をこっそりと拭《ぬぐ》うのが、見えた。

何かが吹っ切れたのか、それともこれをきっかけにしよう、と彼自身も決断したのか、その後の鳥井は、堰《せき》を切ったように喋りはじめた。病院での冷たい医師の態度や手術の恐ろしさを、鳥井独特の軽快な喋り方で教えてくれ、左腕がないことの不自由さを語った。痛みは依然としてあるらしく、「痛くてたまらないんだよ」と何度も包帯に手をやっていた。今まで、その痛みも我慢して、表情を押し殺していたのだろう。

途中で、鳥井も少し涙を浮かべた。どういう理由の涙なのか理由は分かるはずもなかった。自分が泣いている、という事実を無視して、彼はひたすらに話しつづけた。しばらくして鳥井は、嚙み締める歯から息を洩らすように笑って、「実はさ、今日、タクシーに乗ってたらさ」とはじめる。

「うん」と目を潤ませた南が先を促した。

「あのジムの隣に、本当に、『ペソコン学習』って書いてあったんだよなー。あれ、本当だったんだな。すげー笑ったよ。ペソコンかー、って」鳥井が早口で言った。「すげー笑った」とまた言いながら、涙を流した。

「おお、鳥井、分かってくれましたか」と西嶋が身を乗り出した。そうなんですよ、あれ、ペソコンなんですよ、と拳を振るかのように力説しはじめる。

鳥井は笑ってはいたが、無理をしている。僕や南も無理をしていたし、いつもと同じ冷たい表情をしている東堂だって、無理をしていた。だから、砂漠に雪が降りました、なんて楽天的なことは決して言えない。でも、こうやって無理をし合っている状況も、悪くはなかった。それから僕は、僕たち五人の平和を取り戻すのでさえこんなに大変なのに、町の外側に広がる、砂漠のことなんてとてもじゃないけど面倒見切れないな、と思った。

予想もしない事件が起きて、精神的にとても重苦しい気持ちになったし、他にも鳩麦さんと小岩井農場へ行った時の愉快な話もあるのだけれど、とにかく夏の話は、こんな感じだ。

秋

1

十月になると、仙台では寒い風が吹きはじめた。大学ではすでに後期の授業がはじまり、僕は相も変わらず、真面目に出席している。

「よくもまあ、律儀に講義を受けて、嫌にならないな」と周囲の友人たちに呆れられるのにも慣れた。学費を出している父親からも言われた時は動揺したが、でも、真面目の何がいけないのだ、と思っている。アルバイトに精を出すよりは、講義に出るほうが大事だった。働くのは大学を卒業してからいくらでもできる、という気持ちもあった。

東堂が飲み屋で、南がパン屋で働きはじめ、西嶋が一人で行動する回数が増えて、僕たちは五人で集まることが減ってきたのだけれど、その日は、久しぶりに全員が顔を合わせた。

「発表があるので、来るように」鳥井から招集がかかったからだ。

その展開は、例の、「プレジデントマンの家を張り込もう」と言い出した夏の時と似ていたので、警戒してしまう。また何か厄介なことを言い出すのではないか、と心配になった。

鳥井は少しずつではあるけれど、快活さを取り戻していた。もちろん、片手を失った不便さや苦痛、憤りや憂鬱は絶対に消えないだろうし、立ち直ることも割り切ることも、容易じゃないはずだ。ただ、少なくとも僕たちの前では、平気を装っている。

そういえば、事故の後、リハビリ期間を終えた鳥井が最初に講義室にやってきた時は、それなりの注目を浴びた。僕たちが巻き込まれた事件は大学内でも話題になっていたし、鳥井が腕を切断したというのも大きな噂になっていたから、注目されたのは仕方がない。講義室では、視線が集まった。けれど、だからと言って、周囲の人間が鳥井の片腕をからかうことも、同情を表明してくることもなく、単に、鳥井のコートの左の袖が、肘の先からゆらゆらと揺れているのを見て、「やっぱり噂は本当だった」と納得して、それで終わっている節もあった。

最近の鳥井は、「トイレットペーパーをちぎるの大変なんだぜ」と愚痴ったり、「確か腕を付け替える仮面ライダーいたよな。エレキハンド、とかさ、取り付ける腕で能力が変化するやつ」と意味の分からないことを口走り、おどけることが増え、僕はそんな鳥井の、「強がる、強さ」のようなものに感心した。

「で、鳥井、何なんですか、呼び出して」西嶋は部屋の壁際に置かれた大きなCDラックを眺め、何でこんなに、魂のない音楽ばっかり聴いているのだ、と半ば本気で憤っている。

僕を含めた四人は板張りの床に、円陣を組むように座っていた。

「実はさ」鳥井は少し、柄にもなく恥ずかしがった。「実はさ、俺、少し前から南と付き合ってんだよ。な」

　隣にいる南が俯いたまま、首を揺する。

　鳥井は、ぎゃはは、と笑う。「驚いただろ？」

　僕たちはすぐには返事をしない。

「俺の腕がこんなんだから両親はさ、大学を辞めて、横浜に帰ってこいって、うるさいんだよな」退院後、鳥井はリハビリ教室のようなものにずっと通いつづけていたけれど、最近はその回数も減っていたらしい。心なしか、細身の身体にも肉が付き、逞《たくま》しくなったように見える。太ったのだろうか。

「医者は医者でさ、一人で生活するには無理があるから、しばらくは親元にいろって言うんだよ。そうでなかったら、誰かサポートできる人と一緒に暮らせって言ってさ。というわけで」とひと呼吸置き、「南とここで一緒に暮らすことになりました！」と陽気に言った。

「へえ」僕と東堂は返事をした。「へえ、良かったじゃん」

「ふうん」と西嶋も口を尖らせた。

　鳥井は、おや、という表情を見せたが、すぐに人差し指を立て、「しかも」と続けた。

「しかも、聞いて驚くな。南は昔から、俺のことが好きだったらしい」

　ふうん、と僕たちは答えた。

「何で、驚かねえんだよー」

　僕も、「知ってたから」と東堂が無表情に答えた。

「あ、そう」と鳥井は拍子抜けした様子で、南と顔を見合わせた。「知ってたんだ？　あ、そう」


　西嶋は、「へえ、そうですか」と呟いた。

「でもよ、俺、腕がこうなったからってわけでもないんだけど、大学卒業したらどうしようか、とか考えちゃうんだよな。やっぱり横浜、戻るのかなあ、とかさ」鳥井は、自分の袖に話しかけるようでもある。「どう、みんなは将来のこと、考えてるのかよ」

「鳥井、おまえはすでにそんなことを考えているんですか。卒業なんてまだ先ですよ」西嶋が眼鏡に指を当て、睨む。「まだ、真っ最中じゃないですか真っ最中。これから本番ですよ」

「あのなー、西嶋、卒業なんてすぐだって。そんな暢気なこと言ってたら、このご時世、どっこも雇ってくれないぜ」

「え、本当ですか、北村？」西嶋がいつになく弱腰だったので、僕は可笑しかった。

「北村も、まさか、卒業後のことをもう考えているんじゃないでしょうね？」

「そりゃさすがに一応、考えてはいる」

「そりゃまあね」東堂も言う。

西嶋は頭を抱える。「俺は今、四面楚歌《しめんそか》という四字熟語をまさに、実生活で体験している」と偉そうに言う。

将来の設計、と称すると大袈裟だけれど、僕は地元に戻り、岩手県庁に勤めることを考えはじめていた。少しずつ景気は良くなってきているようだったけれど、そういう堅実な道は自分に合っているようにも思えた。

「まさか、北村、もう勉強をはじめてるわけですか」

「そうだね、少し前から」

「おいおい、本当ですか。どうしてみんな、そんな学生になっちゃったんですか。あのね、ついこの間ですよ。ついこの間、大学に入ったかと思えば、もう卒業ですか。必死に勉強して入学したのに、休む間もなく、次のことを考えなくちゃいけないなんてね、どういうシステムなんですか」

「別に、システムとかではないよ」

「こんなんだからね、学生は世界のことを考えないんですよ。自分の周囲のことで精一杯でね、どうせ、会社に勤めても一緒ですよ。将来のこと、将来のこと、いつまで経っても将来を考えて、余裕なんてないわけですよ。あのね」と西嶋はそれからさらに、例のごとく、中東でのアメリカの戦争に触れた。

彼自身、ニュースや新聞からでしか情報を得ていないはずなのに、まさに自分がその現場で血を流し、苦悩と苦痛の最前線にいるかのような面持ちだ。「どこかで戦争が起きてもね、まあ、しょうがないんじゃねえの、なんて言ってね、遠くで誰かが死んでもお構いなしですよ。見えないものは痛くない、の理屈でね、俺には関係ねえよ、の大合唱で」

アメリカは相も変わらず、中東での戦争を続けている。もはや、誰と戦っているのか、何のために戦闘を行っているのか、日本にいる僕にはさっぱり分からない。今や、あの戦争については、急性胃炎が、生来の持病と化したかのような、定着感すらあった。

「でもさ西嶋」宥めるような口調で、鳥井が言う。「前から言ってるように、俺たちがどうこうしようと何も変わらないって。戦争はやまないし、年金は奪われるし、消費税は上がる。それならせいぜい、自分たちの将来のことを真剣に悩むしかないじゃんか」

「いや、方法はあるはずなんですよ」西嶋の悔しそうな顔つきを見る限り、方法があるようには思えなかった。

「署名運動とか？」南が助け舟を出すかのように言う。

「あれは駄目ですよ」西嶋は悔しげに首を振った。

2

少し前、街頭で、マイクや拡声器片手に、政治について叫んでいる者たちを見かけた時に、「西嶋もああやって、みんなに訴えてみればいいじゃないか」と唆したことがあった。

本気で言ったわけではなかったが、「砂漠に雪を降らせるんですよ」というメッセージは、「自衛隊の海外派兵は今すぐに阻止しなくてはならない」「日本の右傾化に歯止めを」と喚くことよりも、学生に分かりやすく届くのではないかと、そう思ったのも事実だ。

西嶋は、「三島由紀夫《みしまゆきお》」と呟いて、菓子パンをちぎって、地面に投げた。そうだ、あの時の僕たちは、公園のベンチに座り、群がってくる鳩《はと》にパンをやりながら、だった。

「三島？」

「三島由紀夫が死んだのは、北村だって知ってるでしょうに」

「そりゃ」と僕は答える。「自衛隊の市ヶ谷駐屯地で、演説して、腹を切って死んだ。そうだろ」

「三島由紀夫はその時ね、こう言ったんですよ。『貴様たちは武士だろう』『どうして諸君は気づかないんだ』ってね。必死に呼びかけたんですよ」

「どんな感じだったんだろうね」

「俺はその時の映像を見たことがないけど、ざわざわしていたのは確かでね、前に、その時の演説を読んだけど、静かにしろ、聞け、聞け、って言ってるのが残ってましたよ」

「それは切ないな」

「誰か、俺と一緒に立ち上がろうって奴はいないのか！　そう呼びかけてね、でも、誰も立ち上がらないんですよ」

「寂しいな」

「ああ、寂しいですよ。孤独の極致ですよ」

おそらくその場に自分がいたとしても、遠目に、「まったく奇妙なことをやるもんだなあ」と感心しながら、嘲笑していたに違いなかった。「でもさ、彼だって、反応がないのは覚悟してたんだろ。まさか、本気で、自衛隊員が立ち上がると思ってたのかな」

「事前に新聞社に遺影を配ってたから、覚悟してた、って言う人もいますけどね、俺は、たぶん最後まで信じてたと思うんですよ。自分が本気を出して行動すれば、もしかすると、世界は動くんじゃないかとね、期待していたと思うんですよ」

「でも、駄目だった」

「『やっぱ駄目かあ』とは思ったんじゃないですか。で、自決ですよ」

「西嶋には、三島由紀夫の気持ちが分かるんだ？」

「そこまでして何かを伝えようとした、という事実が衝撃なんですよ。しかも伝わらなかったんだから、衝撃の二乗ですよ。別に俺は、あの事件に詳しいわけじゃないですけどね、きっと、後で、利口ぶった学者や文化人がね、あれは、演出された自決だった、とか、ナルシシストの天才がおかしくなっただけ、とかね、言い捨てたに違いないんですよ。でもね、もっと驚かないといけないのはね、一人の人間が、本気で伝えたいことも伝わらない、っていうこの事実ですよ。三島由紀夫を、馬鹿、と一刀両断で切り捨てた奴らもね、心のどこかでは、自分が本気を出せば、言いたいことが伝わるんだ、と思ってるはずですよ。絶対に。インターネットで意見を発信している人々もね、大新聞で偉そうな記事を書いている人だって、テレビ番組を作っている人や小説家だってね、やろうと思えば、本心が届くと過信しているんですよ。今は、本気を出していないだけで、その気になれば、理解を得られるはずだってね。でもね、三島由紀夫に無理だったのに、腹を切る覚悟でも声が届かないのに、あんなところで拡声器で叫んでも、難しいんですよ」

　僕はそれから、三島由紀夫の声が誰にも伝わらなかったのは、国連が反対しようと、世界中の世論が非難しようと、大国が戦争を起こすのを阻止できないどうしようもなさと似ているな、とも思った。

「だから、ピンフを上がったりするわけだ？」

「ですよ」と西嶋はうなずく。「人に訴えても伝わらないんだからね、もう別の物に分かってもらうしかないんですよ。ピンフをね、何度も上がることで、こっちの本気度合いをしつこくしつこく、分からせるわけですよ」

「でもさ、西嶋、みんなが平和な状態になるなんて、現実的じゃないと思わないか」

「どういうことですか」

「たとえば、どこかの国が平和になるためには、別の国が我慢をしないといけない。みんなが平和になるなんて、ちょっと考えにくい」

「北村は頭がいい」と西嶋は言う。目つきは鋭い。「でも、それだけですよ」


話は逸れるけれど、例の事件、鳥井の左腕を奪った夏のあの空き巣事件についての、現在の状況に触れておこう。

結論から言えば、事件は何も解決していない。驚くほど日は経っているのに、警察からは連絡もないし、ひと月ほど前には、隣の山形県の住宅街で、空き巣事件があった。犯人は複数だった、という目撃者の証言もあり、僕たちが遭遇した空き巣犯と同一に思えた。被害者宅はまたしても、地元企業の経営者、すなわちお金持ちで、しかも家族旅行の最中だったらしい。西嶋は、「懲りずにまだあいつらが、やってるんですよ」と嘆いていた。

長谷川さんとは一度だけ会った。鳥井から長谷川さんの連絡先を聞き、僕と東堂が会いに行ったのだ。

駅前のファミリーレストランに来た長谷川さんは、とにかくずっと謝っていた。本当にごめんなさいごめんなさい、と頭を下げて、あんなことが起きるとは思わなかった、と繰り返した。警察に、ホスト礼一のことをいろいろと訊かれた、とも言った。

「礼一がどこにいるのか、わたしは知らなくて」

「じゃあ、ホスト純の居場所は？」

長谷川さんは申し訳なさそうにかぶりを振った。「連絡がつかないの。もともと、純のことは詳しく知らないし、ホストクラブにも訊いたんだけど、行方が分からないって」

「あの夜、嶽内さんちには、空き巣がやってきて、その中にホスト礼一がいた。偶然じゃないよね。どうして鳥井に、張り込むように頼んだわけ」

「あの日、あの場所に、彼が行くかもしれないと思ったから。鳥井君たちにどうにかして彼を止めてほしくて」

「海で会った時、ホストとは縁が切れたって言ってたけど」

「それは本当。でも、気になって。心配だったし。関係は切れてたけど」

「心配？」それは、切れていなくて、むしろ、繋がっているんだ。

「ホスト辞めた後、何か物騒な仲間に入ったみたいで」長谷川さんはもじもじとしながらも、はっきりと言う。

「何の仲間なの？」

「分からないけど」

長谷川さんはそれから、最近のホストは怪しい金融業者と繋がっていて、そこからさらに、物騒な仕事をやるグループが派生して、とだらだらと説明する。

「東京じゃなくて、この仙台にどうして、そんな怖いことが」僕は、勘弁してくれよ、という気持ちで思わず、言ってしまう。

「どこにだって、あるよ、そういうことは」東堂は冷静だった。

「もし空き巣を止めたければ、鳥井じゃなくて、警察に言えば良かったじゃないか、警察に事前に言えば。違う？」

「ほとんど証拠もなかったから。彼があの辺の地図を持っていて、誰かと計画を練っていたのは知ってたけど、それだけじゃ、警察は動いてくれないでしょ」

「そうだ、住宅地図」と僕は口にして、思い出した。「あの地図はコピーだった。印がついていたけど、あれは彼らが書いたわけ？」

「彼が持っていたの」彼女はそこでまた目を伏せた。「それをこっそりコピーして。あそこの家が狙われてるのかも、って気づいて。それで、鳥井君たちが現場にいたら、きっと騒いでくれるはずだと思ったの」

「そんなの、どうなるか分からないじゃないか。それに、あの家がプレジデントマンの家だって嘘をついたのは、なぜなんだ」

「前に合コンの時に、あの西嶋君がすごく興奮して喋っていたでしょ。だから、ああ持ち出せば、興味を示してくれるかと思って」

　結局、長谷川さんからはそれ以上の重要なことは聞き出せなかった。ようするに彼女は、ホスト礼一が、空き巣の計画に噛んでいるのではないかと疑い、どうにかして、その怪しげな計画を未然に防ぎたいと思い、鳥井に嘘をつき、現場に呼び出した。それだけのことだったのだ。特に、具体的な見通しがあったわけでもない。実際、僕たちは、ホスト礼一たちの空き巣を途中で止《や》めさせたものの、侵入を防ぐことはしなかった。

　どうして君は自分で止《と》めなかったのだ、自分であの現場に行かなかったのだ、と問い詰めようとしたが、やめた。理由は分かる。彼女は、ホスト礼一の邪魔をして、自分が嫌われることは避けたかったのだ。だから、別の誰かにその役割を押し付けたかった。他の誰か、たとえば、あまり縁のない、暇を持て余した世間知らずの、国立大学に通う、ヤマセミ似の誰か、とか。

「でも、それなら、最初から鳥井に言えば良かったじゃないか。彼が空き巣をやるから止めてくれ、って説明をすれば」

「確信はなかったから。もしかして、って不安だっただけで。だから、念のためというか、万が一のために、鳥井君に」

「その予感は的中して、本当に空き巣をしにやってきた」

東堂も口を開く。「そして、あなたの期待通り、鳥井や西嶋が騒ぎ、空き巣は驚いた」

「彼らは慌てて、車で僕たちを轢こうとして、泡を食った礼一君は逃げ出して、それでもって、鳥井は左腕を失った」

「左腕？」長谷川さんが聞き返した。知らなかったらしい。「何のこと？　何かあったの？」

僕と東堂はそれには答えなかった。意地悪だったが、それくらいの意地悪は許されるはずだ。もう二度と僕たちを、たとえば、ボウリングとか張り込みとか、そういうことに巻き込まないでくれ、と言い残して、別れた。

3

西嶋は水を得た魚もしくは、議論を吹っかけられた活動家のように、僕たちの前で、

「署名運動の無力」について力説する。何万人の署名を集めたところで、政治家が、「重く受け止めます」とコメントして、それで終わりなのだ、と嘆いた。

「いっそのことね、大きな石の板を用意するんですよ。その石にね、そこに何千人、何万人がね、署名をするんですよ。刻んで。で、それを首相や大統領の家に落として」

「落とすって、物理的に？　上から？」東堂が聞き返す。

「そうですよ、物理的にですよ。そうすれば少しは彼も、重く受け止めるでしょうに」

「それは署名運動じゃない」僕は指摘をした。

「馬鹿になればいいいんですよ」

「バカニナレ？」急にそんなことを言われても、困ってしまう。

「北村とか鳥井みたいに賢い奴はね、先のことを考えすぎるんですよ。馬鹿になればいいんですよ。たとえば」

「たとえば？」

「目の前で、子供が泣いてるとしますよね。銃で誰かに撃たれそうだとしますよね。その時に、正義とは何だろう、とか考えててどうするんですか？　助けちゃえばいいんですよ」

「助けちゃいますか」僕は圧倒されていた。

「たとえばね、手負いの鹿《しか》が目の前にいるとしますよね。脚折れてるんですよ。で、腹を空かせたチーターが現われますよね。襲われそうですよね。実際、この間観たテレビ番組でやってましたけどね、その時にその場にいた女性アナウンサーが、涙を浮かべてこう言ったんですよ。『これが野生の厳しさですね。助けたいけれど、それは野生のルールを破ることになっちゃいますから』なんてね」

「正しいじゃんか」と鳥井が言う。

「助けりゃいいんですよ、そんなの。何様なんですか、野生の何を知ってるんですか。言い訳ですよ言い訳。自分が襲われたら、拳銃《けんじゅう》使ってでも、チーターを殺すくせに、鹿は見殺しですよ」

「なるほど」と納得したわけでもないのに僕は応じる。

「なるほど」と他の三人もうなずいた。ここで反論しても意味がないことを、僕たちはすでに学んでいる。ただ、東堂が言った。「でも、チーターと鹿のどっちを救うべきか、っていうのは難しい問題だよね」

西嶋は少し悩んだ上で、「それはその時、可哀想に見えたほうですよ」と答える。

「主観的じゃないか」

「北村、残念ながら、俺を動かしているのは、俺の主観ですよ」

「なるほど」と納得していないにもかかわらず、さらに僕たちは言う。

「とにかくね、この国には、訳知り顔の賢者が増えちゃってね、それが馬鹿な正直者を苦しめてるわけですよ」

　無茶苦茶だなあ、と僕は顔をしかめる。

「西嶋、俺たちはおまえに比べると考えが甘かった」鳥井はそう言い、「でも、卒業後のことは考えたほうがいいぞ」と笑った。

　隣の部屋から、どん、と音がした。僕たちが顔を向けると、鳥井が、「前の静かなおじいちゃん、引っ越しちゃってさ、今度は、若い夫婦が住んでるんだけど」と壁を指差した。「これがまた、喧嘩ばっかりなんだよ」

「ずいぶん、引っ越しが頻繁だ」僕が言うと、鳥井は、「普通だろ」と素っ気なく、答えた。

4

「西嶋みたいな考え方の人間ってたぶん、結構いると思うんだけど」僕の前に座った東堂が、ビールを飲みながら言う。

　僕たちは二人で、繁華街の裏手にある、小さな居酒屋で向かい合っていた。夜の八時過ぎ、テーブルもカウンターもほとんど客で埋まっている。鳥井のマンションからの帰り道で、東堂が唐突に、「北村、飲みに行こうか」と誘ってきたので、それで、こういう状況になっているのだけれど、周囲の客たちがちらちらとこちらに視線を向けてくるのが気になった。その美人はおまえの恋人なのか、どうなのだ、と詮索《せんさく》する目だ。

「でも、西嶋は、その中でも、どこか特別な気がする」と彼女は言った。

僕は揚げ出し豆腐を嚙みながら、同意する。西嶋はどこか変で、しかも特別だ。

「たぶん西嶋は口先だけではなくて、努力して、結果を出すからだ」ボウリング場での特訓のことや、その後の、絶体絶命を救ったスペア投球のことが念頭にあった。もしくは、ピンフ役を必死に作っていたことや、鳥井の事件の後の下らない[中]での上がりも、その一環かもしれない。

「たぶん、西嶋自身が一番、自分の無力さを知ってる気がする」と東堂が言う。

それは、鋭いな、と僕は思った。「東堂って今、バイトやってるんだっけ?」

「やってる」東堂の言葉は、人形然とした顔立ちのせいか、冷たい響きに聞こえる。

「一ヶ月前から、月水金。この近くの飲み屋だけど、北村も今度来ればどう?」

「どういう飲み屋?」

「胸元の少し開いたシャツを着て、丈の短いスカートで、細く長い脚を見せたわたしが、隣に座って、水割りを作ってあげるお店」

「あ、そうなの? 何でまた。飲み屋って言うから、居酒屋とかショットバーかと思った。それは、キャバクラじゃないのか」僕は動揺して、言う。

「ショットバーみたいな雰囲気もあるけど、でも、こっちのほうがお金はいい。北村はそういうお店に偏見でもあるわけ？」

それから彼女は、キャバクラにもいろいろあって、落ち着いた品のある接客のしっかりとした老舗《しにせ》から、軽薄でノリの良い気軽なお店まで、幅広い、と説明をした。

「東堂のバイト先はどっちなんだ」

「どちらかと言えば、軽薄でノリの良い、気軽なお店」東堂はあっさりと言う。「とりあえず、中年男にも、許せるエロ親爺と、許せないエロ親爺がいることだけは分かってきた。何事も経験だね」

冗談のつもりなのだろうが、東堂は真面目な口ぶりなので、真剣な報告にも聞こえる。気のせいか、僕の背後に座るサラリーマンたちが聞き耳を立てているような気配を感じた。「ぜひ、その、許せるほうの条件を教えてください」と言いかねない雰囲気だ。

「でもさ、どうして今日、飲みに来ようと思ったわけ？」時計を見ると席に着いてからすでに一時間が経っていた。

「大したことじゃないんだけど、北村には言ってなかったから」

「何を」

「ずいぶん前に、西嶋にふられたんだよね、わたし」

「何それ」

「ずいぶん前」と東堂は、正確な日付を思い出したくないのか曖昧に言った。「西嶋、わたしと交際しない？　って訊ねたんだけど」何事もないように、箸を刺身に向けた。

「西嶋は何て答えたんだろ」

「最初は驚いた顔をして、それですぐに、やめとく、って言ってた」

「やめとく、ってのも凄い返事だな」僕は感心する。「あっさりしてるなあ。で、東堂は何と言ったんだ？」

「あ、そう。って」

あっさりの応酬だ。「でも、今日だって、気まずい感じでもなかったじゃないか」

「まあ、別にね。関係ないからね」

東堂と西嶋は二人とも、通常の若者とは若干ずれているので、そういうこともあるかもしれない。「それにしても、東堂、告白までに、ずいぶん時間がかかったね」

「そうかな」

「と言うよりもさ、この長期間、西嶋への好感の度合いが下落しなかったことが驚きだよ」

「まあ、長期間で、西嶋の奇妙なところに慣れた、というのもある」

その通りではあった。西嶋の言動やうるささや煩わしさには、僕も慣れつつある。長梅雨とか、猛暑とか、暖冬とか、ああいう異常気象に比べれば、よほど馴染みやすい。

「ラモーンズは相変わらず、聴いてる？」

「聴いてる」東堂は答え、「あれも、慣れるね」と言った。飽きた、ではないところが偉い。「『電撃バップ』とかね、可愛くて好きだよ」

「で、どうするの？」僕は深い意味はなかったけれど、訊ねた。「西嶋のことは諦めて、心機一転、別の男と付き合ったりして」

「そうしようかなあ、とも思ってる。いろんな男とね」

そのせいもあって、バイトをはじめたのかもしれないな、と勘繰ってしまう。その時、今までまったく思いつかなかったのが不思議なくらいの、陳腐な疑問が頭を過った。つまり、東堂は今までに男と付き合ったことはあるのか、とか、男とベッドでいろいろごちゃごちゃとした、一連の行為をやった経験があるのか、とかそういう下世話な疑問だ。まあせっかくだから、と思い、言葉を選び、東堂に訊ねた。すると彼女はいつも同様、能面の顔で、「北村、わたし、意外にもてるんだよ」と返事をした。後は推《お》して知るべし、ということなのだろう。

5

「良い話だなあ」電話の向こうで、鳩麦さんが笑った。東堂の話を、伝えた後だ。

鳩麦さんはすでに、鳥井や西嶋、南や東堂にも会って、ずいぶんと親しくなっていた。そういえば、はじめて東堂に会った時に鳩麦さんは、「東堂という名字だから、ものすごく記憶力が良かったりして？」と言った。僕にはその意味が分からなかったけれど、東堂にはぴんと来るものがあったらしく、「ええ。『忘れました』とは絶対に言いません」と答えていた。おそらく何らかの映画か小説に出てくる人物の話なのだな、とは想像がついたけれど、詳しいことは分からない。

「でも、東堂に交際を迫られて、断る西嶋も凄いと思わない？」

「うん、西嶋君も恰好いい」

「恰好いいかなあ」

「あ、嫉妬《しっと》してるでしょ」

「それはない」実際、それはない。

夜の十時過ぎ、毎日、この時間になると鳩麦さんから電話がかかってくる。大半が、他愛もない雑談だ。「北村君、そういえば、やりきれない話、聞きたくない？」と鳩麦さんが言い出したのは電話をはじめて、三十分くらいしてからだ。

「聞きたくない」と僕は即座に答えた。

鳩麦さんは、「実はね」と話しはじめた。聞きたくないんだって、と抗議しても聞き入れられない。彼女も誰かに喋って楽になりたいらしい。ゾンビになった者が、ほかの人間を追ってくるのと同じだ。仲間になっちゃいましょうよ、と。

「動物管理センターのホームページって知ってる?」

「保健所の一部署だと思うんだけどね、迷い犬とかを保護してる施設で」

それを聞いただけで暗い予感がある。「それで?」

「そこのホームページに、迷い犬の紹介が載ってるの。写真があって、特徴が書かれてる。飼い主が見つけられるように、って」

「それは、いいアイディアだ」

「わたしもそう思う。たぶん、あのホームページのおかげで、飼い主が見つかることも多いと思う。それでね、可愛いからずっと眺めていたんだけど、気づいちゃったの」

「何に?」

「写真がね、新しく保護された順に並んでいるわけ。だから、一番最後のほうになると、ずいぶん昔に保護された犬なんだよね」

「へえ」まだ、彼女の言いたいことのポイントが分からなかった。

「今日見たら、最後に載ってるのが、シェパードなんだよね。大きい感じの」

「で?」

「保護期間が、今日までだった」

保護期間を過ぎたら、果たしてどうなるのか、という疑問は口にしなかった。

「やりきれないよね」

「聞きたくなかった。でも、その施設が悪いわけじゃないよ」

「分かってるんだけど、何だか切ないなあ、と思って。本当だったらさ、無理でも引き取りに行って、飼うべきなのかな」

「本当だったら、ってどういう意味」

「本当に切ないと思ってるなら、ってこと」

「でも」僕は弁護するような気持ちで言う。「でも、きりがないよ。一匹飼ったたって、保護期間の切れる犬は次々現われる。全部助ける覚悟があるならいいけど。仕方がないよ」

西嶋の顔を思い出した。西嶋、僕たちは世界を変えるどころか、シェパード一匹助けられないじゃないか。

「どう、やりきれなくなった?」

6

翌日、僕が大学の講義室でノートを片付けていると、隣に座る男がいた。莞爾だろうか、と思うと案の定、莞爾だった。講義が終わったのを見計らって、やってきたのだろう。

「北村、この後、暇?」

講義室内の時計を眺めやると、午後の二時半だ。

「暇だけど」

「じゃあ、ちょっと顔を出さねえか?」少し髪の伸びてきた彼は、入学した頃の外見に戻っているようでもある。目の下に、隈《くま》なのか暗い翳《かげ》が窺えた。

「牛丼屋の彼女は元気?」

「それ、すげー前だよ。別れたっつうの、とっくに。今はさ、もう、日替わりだよ、日替わり」

「日替わり?」

「夜、街で女の子に声をかけて、で、一緒に飲みに行って、で、アパートに連れて帰るのが、最近の傾向だよ。俺のまわり、そんな友達ばっかりだからよ。大学にも来ないで、バイトとか合コンに忙しい」自慢話なのか苦労話なのか分からなかった。「そんなことよりも、これから、学祭の打ち合わせがあるんだよ」

「学祭? 来月の?」大学では十一月の文化の日を挟んで、大学祭が行われる。「莞爾って、それに携わってるんだ?」

「幹事役の莞爾としては、そういうのに嚙まずにはいられないだろ。やってみると結構面白えんだよ。だいたい、三年生が中心なんだけど、一、二年も何人かいる。今年の夏くらいから少しずつ、準備してるんだよな」

「その打ち合わせに何で、僕が？」

「第三者的意見が聞きたいんだよ」莞爾は立ち上がり、釣られて、僕も腰を上げた。

「打ち合わせって何の？」と訊ねた僕の頭には、各サークルの出す店の仕切りであるとか、バンド演奏のタイムスケジュールについてであるとか、そういうものが想定されていたので、莞爾が、「超能力だよ」と笑ったのには驚いた。


莞爾の後を追い、講義棟間の通路を移動した。階段を上り、さらに廊下を歩いていると、閲覧ルームなる部屋の前を通りかかった。新聞や雑誌、それからパソコンを使ってインターネットを閲覧できる部屋だ。僕はそこで急に、昨晩の鳩麦さんとの電話を思い出し、「ちょっと一瞬だけ、待ってくれるかな」と莞爾に断った。そして、部屋に入るとたまたま空いていたパソコンの前で、キーボードに触れた。仙台市の動物管理センターを検索し、ホームページを呼び出す。

「何だよ、いったい」横に立つ莞爾が言ってくる。

「気になって」と迷い犬のページを開いた。

「お、犬じゃんか」

「そうそう、犬だ」

写真の載った一覧を次々と見ていく。最後のページまで目をやるが、昨日の話に出たシェパードの姿はどこにもなかった。期限切れ、となったわけだ。僕は息を吐き出す。胸にどんと重石《おもし》を抱えたような、居心地の悪さを覚える。

「どうしたんだよ」

「何でもない。用は済んだ。行こうか」と閲覧ルームを出た。

「莞爾、やりきれない話、聞きたい？」

「嫌だな、俺はそんなの聞きたくない」

「凄い、どうやったんですか」僕のまわりの学生たちが感心と困惑を浮かべて、声を上げた。

莞爾に連れて行かれたのは、大学講義棟の一番北側にある、小さな会議室だった。長い机がいくつか、長方形の陣形にくっつけてある。僕と莞爾は入り口脇《わき》の角に座っていた。

たった今、向かって左手の机に座った男性が、手に持ったスプーンを、くいっと曲げたところだった。

その男性は、柔らかい、薄い茶色の髪を垂らした若々しい雰囲気で、女性的とも言える顔立ちをしていた。背が高く、鼻は細く、目はくっきりとした二重瞼《ふたえまぶた》だ。爽やかな俳優とも見えるけれど、この会議室に来るまでの莞爾からの説明によれば、彼は有名な社会文化人類学者、らしい。「麻生晃一郎《あそうこういちろう》って名前くらい聞いたことがあるだろ」

「聞いたことがない」社会文化人類学者って何者なのだ、と僕は質問した。社会とか、文化とか人類なんて、曖昧に曖昧を足したような名称だ。

「社会の文化とか政治が、どういう具合に人に影響を与えているのか、とかさ、そういう研究をやってるんだってよ。俺もよくは分かんねえけどさ。昔はどっかの大学の助教授か何かで、今は、いろんなコラムとか書いたり、テレビで喋ったりしてて。恰好いいしさ、結構面白いことを言うから人気あるんだって。四十前半なのに、二十代にも見えるし。だいたい、北村はテレビとかあんまり見ねえだろ、知らないのはそのせいだよ。普通の人には有名なんだよ」

「麻生先生、それどういうことなんですか？」麻生氏の正面に座っていた、眼鏡の女子学生が遠慮がちに訊ねた。「超能力じゃないですか」と、麻生氏の手元の、折れたスプーンを指差した。

他の学生たちも、そうだそうだ、と首を縦に振る。僕も同じで、思わず隣の莞爾に口を寄せ、「この人は、否定派のほうじゃなかったの？」と確認してしまった。

　今年の大学祭の目玉の一つは、「超能力者と麻生晃一郎の対決」という企画らしい。超能力者と言われる人を連れてきて、その能力の真偽を、麻生晃一郎に判定してもらうという趣旨だ。

「超能力者って誰？」ここに来るまでの道すがら僕は、莞爾に訊いていた。南のことではないよね、とそう思った。

「鷲尾《わしお》って聞いたことねえか？　白髪のおっさんでさ、昔から、スプーン曲げだとか、予知能力だとか、そういうので騒がれてたんだよ。最近下火だけどな」

「そんな人、いたっけ？」

「いるんだって、昔から」

「その超能力、嘘なわけ」

「超能力は嘘に決まってるだろうが」莞爾は当然のように答えた。「で、麻生はさ、そういう超能力否定派なんだよ。テレビでもそういう番組があるとさ、どんどん暴いていくわけさ」

　にもかかわらず、だ。つい数分前に会議室に現われた麻生氏は、名刺を配り、にこやかに挨拶をしたかと思うとおもむろに、「まず最初に、スプーンはないですか」と言い出し、実行委員長のドレッドヘアの学生に声をかけた。そして、用意してもらったその銀色の匙《さじ》を手に持つと、首の部分からくいっと曲げた。だから、僕たちは戸惑った。

「これはトリックですよ。手品です」麻生氏が微笑みながら、肩をすくめる。目尻《めじり》に皺が寄り、人の良さそうな顔になる。これは女性にもてそうな人だな、と僕も納得した。ユーモアがあって、軽やかで、知的そうだ。以前、西嶋が教えてくれた、「売れる、小説の条件」と奇《く》しくも一致する。ユーモアと軽快さと、知的さだ。洒落《しゃれ》ているだけで、中身はない。

状況を理解できない僕たちに麻生氏は、曲げたスプーンを向け、それから折れ曲がった部分を力ずくで元通りにし、そして、首の部分が変色しているのを順繰りに見せた。

「ここを見てください、切り込みのようなものがあるでしょう」

「おお、確かにちょっと凹《へこ》んでる凹んでる」莞爾が、スプーンの曲がった箇所を指差した。

「こういう器具があるんですよ」麻生氏が右手親指につけた地味な指輪のようなものを見せた。指の腹のほうの位置が少し凸型になり、緩やかに尖っている。「これは、加えた力の何十倍もの圧力を加えることのできる、リングなんですよ。これで、スプーンの首をぎゅっと握ると」と言い、手元のもう一つのスプーンをつかんで、手に力を込めた。

「こうやって、疵《きず》ができるんです。凹んで。で、触ると、くにゃりと」

「でも、俺たちが最初に調べた時は、こんな疵はなかった。普通のスプーンだったけどな」誰かが指摘し、全員がうなずいた。

「それは」麻生氏は優しく微笑み、自分の袖口から、別のスプーンを取り出した。

「あれ？」

「さっき、持ってきてもらったスプーンはこっちです」と袖から出したほうを揺らした。

「で、さっき曲げたのは僕がもともと用意したやつです。すり替えたんですよ」

「なるほどねえ」学祭準備委員会のみんなが感嘆する。「そんなことだったんですか」

「超能力者はみんな、それをやっているんですか？」僕は厳密に言えば部外者に近かったのだけれど、思わず訊ねた。「その、便利な器具を使って？」

「いえ、みなさん、さまざまな、技と言っていいのかな、作戦を使いますよ。僕も今回、これが上手く行きそうもなければ別の手段を考えましたし、幾通りもやり方は準備しています」

「でも、全員が全員、トリックを使っているわけでもないんですよね」南のことが念頭にあって僕は、さらに訊いた。

「いえ」その時だけ、柔和な麻生氏の表情がわずかに強張った。「今まで僕の会ってきた人たちは、みなさん、何かしらのトリックを使っていました。超能力という怪しげな言葉を使って、誤魔化そうとしてますけどね、でも特に科学的な説明も、論理的な根拠もないんですよ」

返事に困る。科学的な説明や論理的な根拠がなくても、南が奇妙な力を発揮するのは事実だったからだ。あれはいったいどう説明すべきなのか。けれど、それをこの場で話すほどの必要性も感じなかったし、それを訴えて、彼と議論するほど僕は熱意のある人間ではない。

「でも」ドレッドヘアの委員長が身を乗り出した。「今回のイベントに来てもらう鷲尾さんは、記憶透視というのをやるじゃないですか。あれもトリックあるんですか?」彼はにやけた表情だった。そのにやけは、ここにはいない鷲尾に向けられた軽蔑に見えた。

「記憶透視?」僕が口を挟む。

「相手の、昨日の生活の状況とか、そういうのを当ててるんだとよ」莞爾が答えた。

「あれなんかは論外ですよ」麻生氏は張り合いのない顔で言った。「『今、仕事に不満を抱いていますね』であるとか、『恋愛に悩んでいますね』とか、そういうね、誰もが抱えてそうなもっともらしいことを言ってみせる占い師と同じですよ。拡大解釈できる内容しか話さないわけです。記憶がイメージとして浮き上がる、と言って、曖昧なことしか口にしないんですから。いくらでも言い換えができます。後は、事前に仕入れた相手の情報をそれらしく、仄《ほの》めかすんです。子供がいますね、だとか、胃腸が悪い、だとか、そういうことは周辺を調査すればすぐに分かりますから。そうそう、ためしにこうしたらどうだろう」麻生氏が指を立てた。「鷲尾さんに今度、僕の予定をさりげなく話しておくんですよ。学祭の前日に僕は、昼前に仙台に到着し、駅構内の牛タンの料理店で食事をし、青葉城を見てくる予定だ、と。おそらくその情報に引っ張られて、それらしいことを言うと思いますよ。『馬に乗った、隻眼《せきがん》の像が浮かびます。青葉城の政宗《まさむね》ですね』とかね」

「なるほどー」と何人かがまた言ったが、僕はどこか釈然としなかった。

打ち合わせは継続され、当日の席の配置や段取りについて確認が行われた。ビデオカメラで撮影をする方法も検討され、鷲尾氏には内緒で、スプーン曲げの手元を隠しカメラで撮影する段取りもあった。これは超能力者と学者の対決、と言うよりは、超能力者の糾弾大会に近い。

最後に麻生氏はこうも言った。「超能力というのは世の中に存在しない。いえ、仮に百歩譲って存在していたとして、それを必要以上に崇《あが》めることは危険だよね。スプーンを曲げられるからと言って、だからどうなんだろう？　スプーンを曲げて人生が豊かになるなら、ペンチを使えばいい」

正面の窓から陽が射し込み、麻生氏の言葉に太鼓判を押すかのように、白々と光った。

その言葉に納得し、強くうなずく顔をしている学生たちを見ながら、僕は胸の内にもやもやとしたものを抱え込んだ。だから、莞爾と別れた後で、西嶋の家に電話をかけた。

「西嶋、今から会わないか」

「ああ、いいですよ。俺も相談があるんですよ」

7

彼の相談とはてっきり、東堂に交際を求められた件ではないか、と思ったが見事に、外れた。

西嶋の要望で、市街地から少し離れた広瀬川近くの公園で待ち合わせることになった。やってきた西嶋を見て、僕は唖然としてしまった。

「遅くなって悪いですね」西嶋は仏頂面で遅刻を詫《わ》びた。それはいつもと変わらなかった。何が違うかと言えば、何に驚いたのかと言えば、彼が犬を連れて現われたことだった。新品の、鮮やかな赤色の綱を握り、その先に、舌をだらんと垂らしたシェパードが繋がっている。焦《こ》げた芝生めいた毛並みが野性的で、腰を下ろして座っているだけなのに、恐怖で、身構えてしまう。

「いやあ、困ってるんですよ」と西嶋は語った。「俺のところ、アパートじゃないですか。ペット禁止なんですよ。どうしようか悩んでてね、それで北村と相談しようかと思ったんですよ」

「そういうことではなくて、それ、どこの犬なんだい」

「俺の犬ですよ。今日から」

「もしかして」高年齢のその、シェパードにぴんと来た。いや、ぴんと来たものの、まさかな、とも思った。「それって動物管理センターのやつではないよね」

「何だ北村も知ってるんですか」西嶋は平然と答える。「たまたまですよ、たまたまあのホームページを知ってね、学校のパソコンで見ていたんですよ。そうしたら、このシェパードがやばいじゃないですか」

「保護期間は昨日までだった」

「そうそう。だからね、朝一番で引き取りに行ったんですよ。結構、場所が遠くて大変だったんだけど、間に合って何より」

「引き取るも何も、それは西嶋の犬じゃないんだろ？」

「人聞きが悪いなあ。今は俺のですよ」

「そうじゃなくてさ」

「北村は知らないかもしれないですけど、ああいう施設も大変だからさ、保護期間が過ぎた犬は、処分するほかないんですよ」

「知ってるって」僕は心なしか、語調を強めていた。「西嶋は、処分されそうなそのシェパードを助けるために、引き取ったのか？」

「呆気ないことに、飼い主だって言い張ったら、特に文句は言われませんでしたよ」

「あのさ」と僕はなぜか教え諭《さと》すような口調になる。「西嶋はさ、そういう突発的なことをやって、どうやって納得してるんだい」

「納得？　突発的？　だって、誰も引き取りに行かなかったら、こいつはピンチだったんですよ、大ピンチですよ」と淡々と言う。「ピンチは救うためにあるんでしょうに」

「これからも保護期間の切れる犬が出てくるたびに、西嶋は犬を引き取りに行くわけ？」

「まさか」西嶋は当然のように肩をすくめた。「どうして俺が全部の犬を助けなくちゃいけないんですか」

「はあ」

「たまたまですよ、今回は見ちゃったからね、気になったんですよ。次からはもうあのホームページは覗かないことにしたし」

西嶋の考え方は、理解できなかった。ただ、「目の前で困っている人がいればばんばん助けりゃいいんですよ」という主張を、彼自身が実践していることに感服した。

「でもさ、西嶋、その一匹だけ救って、後は見て見ぬフリというのも矛盾しないかな？」

「矛盾しちゃいけないって法律があるんですか？」

「ないけど」と僕は答えた。確かに、そういう法律はない。「でも、じゃあ、いったいどこで飼うつもりなんだ」

「それを相談したいんですよ、北村」


東堂の自宅に行くのは、入学以来、はじめてのことだった。仙台市の東方に位置する、古い町並みの地域で、少し外れると水田が広がる場所だ。

「結構、静かだなあ」と西嶋は周囲に視線をやってから暢気な声を出した。僕たちは、「東堂」と書かれた表札の下にあるインターフォンのボタンを押し、東堂が出てくるのを待っている。

「ここなら、シェパード・ラモーンも住みやすいじゃないですか」西嶋が満足げにうなずいた。

僕はすぐに二つの点を指摘する。一つ、いくら東堂が実家の一軒家で暮らしているとはいえ、飼ってくれるとは限らないし、むしろ怒られる可能性のほうが高いこと。一つ、そのシェパード・ラモーンという名前はどういう意味なのだ。本来ならばもう一点、「東堂の交際申し込みを断ったくせに、よくこんな迷惑なお願いができるものだ」と言ってやりたかったのだけれど、彼を見ていると、気後れやためらいの欠片もなく、だからあれは東堂が、僕をからかったでまかせだったのかもしれない、と疑いたくもなった。

「ラモーンズのメンバーの名前にはみんな、ラモーンがついていたじゃないですか」西嶋はとうとうと話す。「ジョーイ・ラモーンに、ジョニー・ラモーン、ディーディー・ラモーン」

「でも、そのシェパードはラモーンズのメンバーじゃない」

正面に立つ東堂宅は、豪邸という門構えではなかったが、広々とした庭が丁寧に手入れされた、清潔感のある家だった。窓のいずれにもレースのカーテンがかかり、壁にはタイルがアクセントとして、貼られている。車庫はあるが、車はなかった。「ほら、あそこに犬小屋を置けますよ」西嶋は勝手なことを口にする。

しばらくして、東堂が玄関から出てきた。僕は中途半端に手を挙げ、西嶋は、「おーい、東堂」と能天気な挨拶をする。「せっかく俺が来たのに、待たせすぎですよ」

「何この犬?」東堂は言った。

「どうも、こんにちは」東堂の後ろから人の声がした。「ああ、お母さん」と東堂が振り返る。そう説明がなければ、そこにもう一人東堂がいる、と言いたくなるくらいに、現われた東堂の母親は、東堂とよく似ていた。東堂よりも少し背が低く、口のまわりの皺が目立ち、髪にも白髪が混ざっているけれど、ずいぶん似ている。しかも、東堂よりは遥かに愛想が良く、微笑みながら、「うちの子の友達が来るなんて珍しい」と言った。

どうもはじめまして、と僕と西嶋は挨拶をしたが、すぐに東堂の母親が、「で、どっちがうちの子との交際を断ったわけ?」と言ったので二の句が継げなくなる。

「あ、それは、西嶋」と鉄仮面的な表情を変えず、東堂が、西嶋を指差した。

さすがの西嶋も動揺した。「な、何ですか急に」と後ずさりをする。

「ああ、あなたなのね」と東堂の母親は嬉しそうに目を細める。「うちの子ね、こう見えてももてるのよー。若い頃のわたしと一緒で」

「でしょうね」当惑しつつも僕は答える。

「交際を断るなんて、いい度胸してるわねえ」

「うん。でしょ」東堂が相槌を打つ。二人で並んでいると、そっくりな姉妹のようでもあった。

西嶋は珍しくおたおたし、東堂と東堂の母親を交互に見ていた。それから、どうにか体勢を立て直さなくてはならない、と持ち前の「前進前進また前進」の精神を発揮し、「実はですね」と用件を切り出した。半ば捨て鉢な印象すらあったが、動物管理センターのホームページの件から、成り行きを説明し、「東堂の家で飼わないか、と思ったんですよ」と言った。

一瞬、東堂と東堂の母親はきょとんとした。予想もしない申し出だったに違いない。けれどすぐに東堂の母親が、大きな笑い声を立て、しばらくその声を響かせた。東堂はじっと黙ったまま、西嶋とシェパードを眺めていた。そして、彼女たち親子は、親子ならではとも思える呼吸の合わせ方で、「いいよ」と同時に言った。

「いいんですか？」僕は耳を疑った。

8

僕たちは、東堂の家から百メートルほど離れた場所、川原沿いの土手に腰を下ろしていた。芝の広がるだだっ広い場所だ。右方向、少し離れたところで、段ボールを橇《そり》がわりにした子供たちが土手を滑っている。シェパードは、東堂の脇で伏せていた。

「本当に飼うわけ？」僕は再確認してしまう。「俺もそれ、気になった」と言わんばかりに、目を閉じているシェパードが耳を傾ける。

「うちはお母さんがいいと言えば、たいがい、いいんだよね」と東堂は答えた。「西嶋にふられた腹いせに、このシェパードをいたぶるのもいいかもしれない」と目を光らせる。

「おいおい、東堂」と西嶋が強く声を発した。シェパードも、まじで？　という具合にちらっと目を開ける。

「嘘だってば」

「ならいいんですけどね、頼みますよ」

「そのかわりにさ」

「何ですか」

「西嶋の、昔の話を聞かせてよ」

「昔の話？」これには僕も声を上げる。

「そう。西嶋が大学に来るまで、どんな風だったのか知りたかったんだ」

「ふん」西嶋は返事に困ったせいか無愛想に鼻を鳴らし、口を尖らせ、思案する顔になった。そして、そのまま無視するつもりなのかなと思いもしたところに、やがて、「話すようなことは何もないですよ」と口を開いた。「まあ、つらい日々でしたね」

「つらかったんだ？」

「俺の今までは全部つらいですよ」と彼にしては珍しく、自嘲《じちょう》する言い方をした。「特に、中学から高校ではね、ずいぶんいじめられましたしね」

はじめて聞く話だったから、果たして何と相槌を打ったものか僕は戸惑った。

「へえ」東堂は関心もなさそうに答えた。

「愚鈍だと言われて、理屈っぽいと非難されて、酷いもんでしたよ」

「でも、その通りだ」僕が合いの手を入れる。東堂も、「その通りだ」と言う。

「身体的に暴力を振るわれることは少なかったんですけどね、しょっちゅう疎《うと》まれてましたよ」

「なるほど」想像できる、と僕は思った。

「なるほど」東堂も想像できたのだろう。

「精神的にまいって、親も教師も頼りにはならないですから、散々でしたよ。学校には行きたくないし、街をふらついて、ＣＤとか万引きしてね」

「そんなことを？」突飛な言動は、西嶋にしては珍しくないけれど、いじめられた鬱憤を、万引きというありがちな捌《は》け口に向けたというのが意外だった。一流の野球選手が、高校時代は二塁打すら打てなかった、と告白するのを耳にする新鮮さと似ている。

　話をはじめた途端、当時の記憶が堤防を決壊させ、溢れ出てきたのか、西嶋はだんだんに声に熱を込めた。「ラモーンズのＣＤも、クラッシュもね、それで集めたんですよ。つまり、虐《しいた》げられた俺を救ってくれたのはジョーイ・ラモーンとジョー・ストラマーでね」

「万引きを偉そうに語ってはいけないと思う」

「そんなのは知ってますよ。だから俺もね、ちゃんと捕まったんですから」西嶋は苦々しそうに吐き捨てた。どうやら彼は高校時代に、万引きで警察に捕まり、家庭裁判所に送られた経験もあるらしかった。「でもまあ、大した罰則も与えられなくてね、拍子抜けしましたけどね」

「反省はしなかったわけ？」東堂が訊ねる。

「反省というかね、その時にいろいろ考えが変わったのは確かですよ」西嶋は答える。

「家裁の調査官が変な調査官でしたけどね、教えてくれたんですよ」

「何を?」と僕は訊き返す。「何を?」と東堂も言葉を重ねた。

「才能のある人間ほど虐げられる」

「うまいことを言う」僕はその、家裁調査官に感心する。「たとえば?」

「たとえば、義経とガリレオもそうだった」

「なるほど」と東堂はまた言った。「他には?」

「義経とガリレオ」ようするに、家庭裁判所の人間もその二例しか口にしなかったのかもしれない。「あとはこうも教わりましたよ。逃げるための理屈をこねてはいけない」

「なるほど」

「それからね、本をもらったんですよ、本を。家裁の調査官から、サン=テグジュペリのね、文庫本をもらったわけでね」と言い、その本の名前を言うが、僕も東堂も読んだことがなかった。「それが?」と訊ねてしまう。

「それが、ってね、知らない人は暢気でいいですよ。俺はね、あれを読んでまた気がついたんですよ。『僕が泣いているのは、自分のことでなんかじゃない!』っていうね、あの言葉にはっとさせられましたよ」

「どういうこと?」僕が言うと、彼は舌打ちをした。

説明なんかするものか、という意志の表れに聞こえた。「とにかく、俺は何だか吹っ切れたわけですよ。まあ俺のつらい過去の話はそんな感じでね、もっと聞きますか？」

「いや、いい。でも、前半はまだしも、後半は自慢話になったように思えたのは、わたしの気のせいかな」東堂の声が、右から吹く秋風に絡まるようにして、座っている僕たちを撫でるようだった。


「そういえば」西嶋が思い出したかのように僕を見たのは、段ボール橇《そり》に興じる子供たちが消えた後だ。「北村は何の用事だったんですか」

「そうだった！」そもそもは僕が、西嶋に電話をかけたのだ。「実は、学祭のことなんだけれど」

「ガクサイ」西嶋と東堂は二人とも、そう言えばそんな行事があったね、という反応だった。

「今日、莞爾に付き合って、準備委員会の打ち合わせを覗いてみたんだけれど、今年の学祭では、超能力のことを扱うらしいんだ」

「超能力を？」西嶋が目を細めた。

「南のこと？」東堂が首を傾げる。

「僕も最初は、南のことかと思ったんだけれど、どうやら違うらしい。鷲尾っていうおじさん、知ってる？　スプーン曲げとか記憶の透視とかそういうのをやるんだって」

西嶋が手を叩いた。シェパードが呼ばれたとでも思ったのか、上半身をむくっと起こした。東堂が宥めるように、背を撫でる。

「知ってますよ、鷲尾何とかって、気の弱そうな中年の男ですよ。昔、テレビに出て、スプーンを曲げてましたよ。額に汗して。超能力というよりは、超労働といったほうがいいくらいの汗でしたけどね。あんなに疲れるなら、曲げないほうがよっぽどいいですよ」

「わたしは知らない」

「その鷲尾が来るんだって、学祭に。で、もう一人、麻生晃一郎という男がいて」

「そっちは知ってる」今度は東堂が手を叩き、シェパードがまた、瞼を開けた。「本とか書いてる、学者でしょ。テレビでも観たかも」

「俺はそっちは、知らない。そいつも超能力を使うんですか」

「麻生さんは、超能力を信じない側の人間らしい」

「信じない側」東堂が味わうように、呟いた。

「学祭では、鷲尾氏が見せた超能力を、麻生氏が見破る、そういうイベントが企画されていて」

「それがどうかしたんですか」

「さっき、その麻生さんが打ち合わせに来ていて、こう言ったんだ。超能力なんてないし、あっても意味がない。スプーンが曲げられたからといって、何が変わるのかって」

「一理あるじゃないですか」西嶋がうなずく。

「でも」東堂が言う。「そういう決め付けもまた、嫌な感じがする」

そうなんだよ、と僕は語調を強めた。「麻生さんは丁寧で、悪い人には見えなかったんだけれど、でも、頭ごなしに、意味がない、と否定するのには抵抗があって。何か、不愉快だったんだ」

「北村を不愉快にさせるとは、大したもんですね」

「超能力を否定する人たちっていうのは、超能力以外の別のものも否定してるような気がする」

「以外のものってたとえば、何ですか、北村」

「たとえば、そのスプーン曲げをしている人の人生とか」

「人生、と来たか」と東堂が言い返してくる。

「でも、あれですよ、インチキな超能力なんて持て囃《はや》していたら、騙されちゃいますよ」

そこで僕は、そういえばはじめて南のスプーン曲げを目の当たりにした時の西嶋が、「スプーンが曲がったからどうしたって話じゃないですか」と言っていたことを思い出した。案外、麻生氏と似た意見の持ち主なのかもしれない。

「でも、たとえば、どこかの農村から、穏やかで腰の低いお婆《ばあ》さんがやってきて」と僕は説明をした。ああ、これはずっと前に盛岡の実家で観たテレビ番組のことだ、と気がつく。「そのお婆さんがスプーンを曲げるのを、テレビ番組でトリックを探して、責め立てる、なんていうのは、どこか違和感があるんだよ。そこまでして、ぺちゃんこにする必要があるのかな、って」

「へえ」東堂が少し驚いたような声を出した。「意外」

「意外？」

「北村ってもっと論理的なのかと思ってた。論理的で、人の心とかに興味はないんだと」

うーん、と僕も唸る。「確かに意外だ」

9

麻生氏への西嶋の態度が一変するのに、それほど時間はかからなかった。きっかけは、翌日、大学の図書館の飲食コーナーで僕と西嶋がソファに座っていると、麻生氏が現われたことだ。

僕や西嶋にとって図書館は、本を閲覧し勉強をする場所というよりも、安いコーヒーを飲んで雑談をしたり、突然降り出した雨をやりすごしたり、誰かと待ち合わせをするところだった。その日も、雨宿りのため、そこにいた。眼鏡についた雨の滴《しずく》をハンカチで拭きながら、「十月というのに、寒すぎる」と西嶋は不服そうな声を出していた。

そこに、ふらっと寄ってきたスマートな男性がいて、「ここ座ってもいいかな？」と礼儀正しく言った。他のソファはどこも埋まっていて、だから脇のソファに座りたかったのだろう。どうぞ、と言いながら相手の顔を見ると、それが麻生氏だった。「あ」と思わず、声を上げてしまう。

座りながら麻生氏は、僕の顔を眺め、けれど急に声をかけられることには慣れているのか、「どうも麻生です」と落ち着いて答えた。「昨日の打ち合わせにいた学生かな」

「あ、そうです」

すると麻生氏は穏やかに微笑んで、昨日の夜は学祭の準備委員の学生数人と飲みに出かけたよ、と言った。今日は今日で、別の教授との対談が仙台で行われる予定らしい。

「この北村から聞いたんですけどね」西嶋が身体をすっと近づけた。「俺も同感ですよ」

「同感？」

「超能力なんて、下らないですよね」

急なことで驚いた様子を一瞬見せたものの、麻生氏はすぐに、「うん、そうだね。あ
あいうのは良くない」と合わせてきた。白髪もないし、若々しい。

「この北村はね、そういうイカサマ超能力が大事だ、って言うんですよ」西嶋が、僕に指を向けた。

「そうなのか、君は、超能力を信じるのかい？　何かきっかけでもあったのかな」

僕は返事も面倒だったので、無言で眉を上げたが、「見たんですよ」と西嶋が嘴《くちばし》を入れてきた。「スプーン曲げとかね、そういうのを見て、感化されちゃったんですよ」

麻生氏が口元を緩めた。「仙台にもいるんだね、そういう人たちは。技術と演出さえ習得すれば、手先の器用な人はできるけれど」

「いや、でも、あれは本当としか思えないんですよ」僕にとって、図書館は雨宿りや休憩や待ち合わせの場所であって、議論する場所ではない。だから、反論じみたことは口にしたくなかったのだけれど、「居酒屋で、ひょいひょい物を動かしたりもするんですよ。その彼女は」と一応、説明した。

「刺身の乗った舟も動かしますね」西嶋が腕を組みながら言った。

麻生氏がそこで西嶋に視線を向けた。「あれ、君は超能力を信じない人間ではなかったんだっけ」

「俺も、超能力を疑ってるわけではないんですよ」西嶋はむすっと告げる。

「え？」

「そりゃ、俺も見ましたからね。信じざるをえないですよ。誰も触ってないのに、舟がテーブルを進んでいくんですよ。そう言えば、そういう映画がありましたよね。ジャングルの林の中を移動する船のが」

「ヘルツォークのだ」僕が指摘をする。

「それですよ、それ」西嶋は指を立てた。「あんな感じで、刺身を乗せた舟が移動するんですからね、大移動ですよ。だから、そういう能力があるのは認めざるをえないですけどね、ただ、俺が言いたいのは、それが何なんだってことですよ。超能力ごときで、偉そうにするなって話ですよ」

「南はまったく偉そうじゃない」

「君たちが何を言っているのかよく分からないけれど」そこで麻生氏の顔が引き攣った。

「超能力なんてないよ」

「いや、それはあるんですよ」西嶋はあっさりと言う。「俺が主張しているのは、有意義かどうかっていう問題で」

麻生氏は手を振った。困惑してはいるが、でもそれは、出来の悪い生徒の扱い方に困惑するのと似ていた。面倒だな、厄介だな、分かってないな、という具合だ。「ちょっと待って。君たちは本気で超能力があると言いたいわけかい」

「言いたいというか」と僕は考えながら、「ただ、超能力と言うか、スプーン曲げとか、そういうのは実在するから」と言う。

「どこに」

「どこにって、僕の同級生がやるんですよ」

「その同級生はどこにいるんだい」

僕はそこで言い淀む。南の名前を出すのは簡単だった。ただ、その後で麻生氏の発する台詞は想像がつく。会わせてくれ、だ。「連れてきてくれ」かもしれないけれど、とにかく、南に迷惑がかかる可能性はあったから、悩みながら腕を組んだ。

「やっぱりな」麻生氏は急に、綺麗な歯を見せ、笑った。「みんな、そうなんだよ。追及すると、言葉に詰まる。証拠を求めると、今はない、見せられない、と来る。実験が失敗すると、環境が悪いし、条件が揃っていないと言い出すんだよ。学生は特に、そういう非現実的なものに流されやすく、騙されやすい。だから君たちも注意したほうがいい」

「騙されやすいってどういうことですか」西嶋は紙コップの中身を一気に飲み干した。

「学生はね、時間を持て余しているし、頭もいい。しかもこう思っている。自分だけは他の人間と違うはずだ、と。自分は何者かである、と信じてる。根拠なくね。だから、学生はたいがい、二通りに分かれる」

「二通りですか」

「その場凌ぎの快楽や楽しみに興じて、楽しければそれでいい、と考える学生と」

言われて僕の頭には、莞爾の顔が浮かんだ。

「もう一方の学生は、自分が何者かであることを必死に求めるタイプだ。真剣に考えて、様々な知識や情報を得て、それで自分だけは他人と違うと安心する者だ」麻牛氏は続けた。「僕が考えるには、前者の、『楽しければいいじゃないか』タイプの学生は、さほど心配することはないんだ。彼らは社会に興味を示さないけれど、最終的には社会に溶け込んでいく。言ってしまえば、要領がいい。逆に、もう一方の学生は危険だ。情報を手に入れることで人より利口になったつもりになって、社会の矛盾や異常を気にかける。自分だけが利口で、まわりは愚かだだから、自分がどうにかみんなの意識を変えなくてはいけない、と使命感を帯びてくる。環境問題を訴える人間と近い。環境破壊に気づいているのは自分だけで、だからどうにかしないと、と慌てるんだ。こう言っては何だけれど、傲慢で、幼稚な善意としか言えない」

表面的にはうなずいてみせたものの、その意見には同意できなかった。環境問題に熱心な人が全員、傲慢とは限らないだろうし、それを言うなら、知った口を利く小説家とか大学教授のほうがよっぽど、傲慢ではないか。「学生が問題意識を持つことが悪いってことですか?」

「悪いとは言い切れないけれど、ただ、若者が使命感を帯びて、行動を起こすのは下らないよ」

そういう余裕に満ちた、見下すような物言いは、西嶋のエンジンに火を点けることになるのではないか？　そう心配し、はっと視線をやると、やはり西嶋には火が点いていた。「じゃあですよ」とはじまった。「じゃあですよ、無自覚で、社会のことなんて何も考えずに、しょうがねえなあ、なんて言ってるほうがいいってわけですか。中東の戦争とかね、アメリカの横暴をね、腰の引けた自国をね、見て見ぬフリしてたほうが偉いってわけですか」

麻生氏もさすがにその勢いに驚きはしたが、でも学生との議論には慣れているせいか、「そういう考えが危険なんだよ、うん」ともう一度、穏やかに答えた。手元の紙コップを口に近づけ、ふうふうと息を吹きかけ、「熱いね」と笑みを見せた。

西嶋の熱気をあしらう言い方にも聞こえた。

僕も危うく、ええ彼は熱いんですよ、と応じそうになる。

「個人の力には限界があると思う。学生なら特に、だ。得られる情報も、経験も乏しい。語弊《ごへい》があるかもしれないけれど、そんな若者が何かを訴えても、世界は変わらないし、何様のつもりだ、と言いたくもなる」麻生氏が静かに言う。「僕はね、本当に大事なことは、政治とか環境とかそういうものではなくて、もっと地味で単純なものだ、と考えているんだ。イカサマを使った超能力はその正反対の気がしてならない。派手で、分かりやすくて、安直だ。真面目に働く人たちを蔑《ないがし》ろにするように見える。世界は変わる必要がない」

「分かりませんね」西嶋は言った。

「分かります」と僕は答えた。「でも、麻生さん、もし自分の目の前で、超能力と信じざるをえない現象が起きたら、どうしますか？」

「仮定の話はしたくないけれど、もちろん、まずは疑うよ。でも、万が一、それが正体不明の能力だと認めざるをえなかったとしても、別に感動もしなければ、驚きもないよ。スプーンを曲げたところで、社会は変わらない」

「でも」僕は話の流れ上、「それって矛盾しませんか」と指摘した。「麻生さんは今さっき、世界は変わる必要がない、って言ったじゃないですか。つまり、社会は変わらなくていい、ってことですよね。それなのに、スプーン曲げは、社会を変えないから意味がない、って批判するのは変ですよ。スプーン曲げを目撃して、凄いね、楽しいね、って喜んでるのは、さっき麻生さんが言った、『自分の身のまわりの地味で単純なこと』とは違うんですか？　スプーンを曲げている人たちに、大きな目的なんてないと思いますよ」

「北村が熱弁を振るうとは、新鮮じゃないですか」西嶋が少しだけ目を丸くする。

僕は、盛岡で観た例のテレビ番組を思い出していた。あのテレビに映った、あの農村の老女はきっと、世界に影響を与えたくてスプーンをいじったんじゃない。傲慢だったわけでもない。きっと、まわりの人に喜んでもらいたかっただけではないだろうか。それを糾弾する動機はいったい、何なのか？　単に、みんなが楽しそうにしているのを妬《ねた》んでいるのか、それとも、目立つ人間への嫌悪なのか。真実を明らかにすることが正義だ、というのは建前としか思えない。単なる、口実だ。

麻生氏は、僕の言葉にもむっとはしなかった。余裕のある大人だからだろう。「そうじゃないよ」と小さく、呆れるように首を振るだけだった。言外に、話しても無駄だね、という雰囲気がある。「ありがとう。なかなか楽しかったよ」と颯爽《さっそう》と立ち去った。

残された僕と西嶋は顔を見合わせた。

「不完全燃焼の会話ではあったけれど、まあ、これも貴重な会話だったかも」

「完璧に不完全燃焼ですよ。北村、あの男にひと泡吹かせてやりましょうよ」

というわけで西嶋は急に張り切り出した。

10

「ひと泡吹かせる、ってどうするの」鳩麦さんが楽しげに言った。今度はどんな変なことをやるわけ、と興味津々の様子でもある。

夜の九時、〈賢犬軒〉で定食を食べていた。彼女の仕事が終わってから、街中の映画館に行って、その帰りだったので、遅い夕食だ。彼女はレバニラ定食を、僕はワンタンメン定食を頼んでいた。しょうが焼き定食は、いったいどういう経緯があったのか分からないが、いつの間にかメニューから消えていた。

「西嶋は思いつきを口にしただけだから、特別なアイディアがあるわけじゃないよ、どうせ。でも、麻生さんが、自分は何でも知っているって顔をしているのは、ちょっと嫌だった」

「おー」と鳩麦さんが持った箸を、指揮棒のように振った。「北村君も変わったよね」

「カワッタ」それは先日、東堂にも言われた。

「会った頃よりも変わった。そうだな、何と言うのか」鳩麦さんは目をあっちへこっちへと移動させる。壁に並ぶ手書きメニューの中に答えが隠れている、とでもいうような仕草だ。「前よりも、冷たくなくなった」

「冷たくない?」僕は苦笑した。「でも、自分でも思うよ。少し、地上に近づいてきたって」と言ってから僕は餃子《ぎょうざ》を食べる。刻まれたニラの香りと挽肉《ひきにく》の感触が口に広がって、美味《おい》しかった。ただ、ワンタンメンのワンタンと餃子はどこか類似していることに気づいて、ああ、重複した、と損した気分になる。

「地上に?」

「僕はさ、上空でみんなを見下ろしているタイプなんだ。入学した時に鳥井に言われた。

だけど、今は少し、目線が地面に寄ってきた」

「鳥から、人間になりつつあるわけだ」

「単に、地上にいる西嶋に、大きな竹竿《たけざお》か何かで引き摺《ず》り下ろされているような気もするけど。というよりさ、最初から、空なんて飛んでなかったんだ。鳥瞰型の人間っていうのは、自分だけは特別で、上からみんなを観察しているって信じているだけでさ」

「うんうん」鳩麦さんは、はじめから知っていたかのように微笑んでいる。「そうだね、上から見下ろしてる風なのは偉そうだし、滑稽《こっけい》だよね」

「鳩麦さんは、どう思う？　超能力を否定する人と肯定する人とどっちが正しいんだろう」

「たぶんね」鳩麦さんはそこで優しい声を出した。「たぶんね、頭の良い人が陥りやすい罠、ってあると思うんだけど」

「罠？」

「賢くて、偉そうな人に限って、物事を要約したがるんだよ」

「と言うと」

「超能力はこうだ、とか、信じる人はどうだ、とかね。たとえば、映画を観ても、この映画のテーマは煮干しである、とかね、何でも要約しちゃうの。みんな一緒くたにして、本質を見抜こうとしちゃうわけ。実際は本質なんてさ、みんなばらばらで、ケースバイケースだと思うのに、要約して、分類したがる。そうすると自分の賢いことをアピールできるから、かも」

言えてるかも、と思いつつ餃子を、醤油ダレの小皿に浸けつつ、うなずいた。それから、煮干しがテーマの映画とは何だ、と思う。

「いっそのこと、学祭当日に、南ちゃんが会場に乗り込んで、マイクでも灰皿でも移動させればいいんじゃないの」

「それは考えたんだけど」西嶋と話した時にも、そういう案は出た。鷲尾さんが本物の超能力かどうかはおくとして、とにかく、南に登場してもらい、麻生氏にトリックなしの超能力を見せ付けようか、と。「でも、それじゃあ芸がない、と西嶋は言うんだ」

「芸？　超能力なんだから、芸はあるでしょ？　芸以上だよ」

「南に来てもらって、それでスプーンを曲げてもらう、というのはどうにも」

「南ちゃんに申し訳ないってこと？」

「いや、西嶋がつまらないんだろう」

「なるほどー」鳩麦さんが噴き出す。

「かと言って、西嶋がかわりに超能力を使うわけにもいかない」

「その、鷲尾っていう超能力者は何ができるんだっけ」

呼び捨てしちゃうのか、と苦笑しつつ僕は、学祭の準備委員の打ち合わせでの会話を思い出した。「スプーン曲げと、後は、そうだ、記憶を見通すというのもあるんだってさ。昨日、何をやったか、とか、どこに行ったか、とか、そういう記憶を当てるって」

「それは何とも、インチキ臭い」

「だよね」

「あ、こういうのはどう?」

「どういうの」

「麻生氏の行動を尾行するの。ある一定時間の行動をこっそり、調べ上げるわけ。それで、それを、さも透視したかのようにして、後で当ててみせるのよ。うまく行けば、驚くんじゃない?」

「すぐに、ばれるだろうけど」

「でも、ひと泡は吹くかもよ」

「うん確かに、悪くないかも」

店を出ようとしたところで、「サン＝テグジュペリの本、読んだことがある?」と、西嶋が先日言った本のことを訊ねてみた。うろ覚えのタイトルを口にすると鳩麦さんは、読んだことあるよ、と言って、「西嶋君のルーツはそこかあ」と笑った。

「ルーツっぽいんだ?」

「細かいことは覚えていないんだけど、ただね、わたしも覚えてる文があって」

「どんな？」

「『どこか遠くの彼方には難破している人たちがいるんだ、こんなに多くの難破を前に腕をこまねいてはいられない、我慢しろ、今、ぼくらのほうから駆けつけてやるから！』」

「へえ」

「うろ覚えだけどね。でも、これって西嶋君っぽくない？」

それを聞いて、遠くの中東で、大国の理屈で延々と繰り返されている意味不明の戦争やら紛争に、何かしなくてはいけない、と焦り、必死に麻雀でピンフを上がる、西嶋の真剣さを思い出した。待ってろ！　今、俺が駆けつけてやる！　と威勢の良い声を上げたにもかかわらず、駆けつけることができない無念さも感じる。「似てる」

「でしょ。それから、『人間であるということは、自分には関係がないと思われるような不幸な出来事に忸怩《じくじ》たることだ』っていう文もあった」

「それに似たのを聞いたことがあるな」僕は記憶を辿《たど》る。確か、初めて、「賢犬軒」に来た時に西嶋はそれに似た台詞を口走っていたはずだ。「僕も読んでみようかな」

「小説としては面白いのかなあ、どうだろう」鳩麦さんは気勢を削《そ》ぐようなことを言った。

　それから二日が過ぎた平日の午後、朝から大学には行ったのだけれど、午後からの講義は休講だった。仕方がなく、書籍部で文庫本を立ち読みしていると、南と会った。

「あ、鳥井は？」

「ううん、来てない。今日はわたしだけ講義に来たから」

「同棲《どうせい》はどう？」

「まああかな」南は、こちらが赤面しそうになるくらい、顔を赤らめた後で、「試行錯誤してる」と言った。いったい何の作業を試行錯誤しているのかは判然としない。

「ねえ、そういえば、西嶋君の犬の話、知ってる？」

「東堂の犬のこと？」

「そうそう、ああ、北村君も一緒だったんだよね。東堂さんの家に行ったんでしょ？　昨日ね、電話で聞いたの。東堂さんのお母さんも綺麗だったでしょ」

「そっくりで、びっくりしたよ。東堂は犬のこと、どういうふうに説明していた？」

「可愛い、って。何犬なの？　チワワとかミニチュアダックスフント？」

「シェパード」

「警察犬の？」

　その時に、南の携帯電話が鳴った。彼女は耳に当てると、「あ、どうしたの」と明るい声を出したので、その表情と声の雰囲気から、相手は鳥井だろうな、と察しがついた。

今から？　であるとか、どこの？　であるとか、間に合うかな、であるとか応対をしている。僕はもちろんそれを他人事として聞いていたけれど、電話を切る直前、南が、「分かった、じゃあ北村君に頼んでみる」と言ったので、ぎょっとした。どうして僕の名前が登場してくるのだ。

「今、鳥井君、雀荘にいるんだって。西嶋君と。で、かわってほしいって」

「じゃあ、早く行ったほうがいい」

「北村君にも来てほしいんだって」

「俺も一緒に？　どうしてまた？」

「そのほうが楽しいだろ、だって」


雀荘は市街地の古い商店街にあった。歴史がある伝統的な、と言うか、ようするに古い店だ。店の入り口には、ここの初代マネージャーが昔、有名な大会で優勝したという写真が飾られているが、その白黒写真を見る限り、「この時の麻雀って、今とルール一緒なんですか？」と確認したくなるような年月を感じた。大学入学後に麻雀を教わって以降、僕もこの雀荘には、西嶋に強引に何度か連れてこられた。「中国語と確率の勉強をやろうぜ」と。

「北村君、久しぶり」

か」

雀荘の入り口近くの卓に行くと、古賀氏が手を挙げた。「あ、古賀さんもいたんですか」

雀荘は煙草のせいで空気が淀んでいる。誰もが自分の手元を不機嫌そうに見つめている。和気藹々《あいあい》の雰囲気とはとても言いがたく、どんよりとした気配があったけれど、古賀氏の風貌は見事にそこに溶け込んでいた。この人は何の仕事をやっていたんだろう、プロの麻雀士やそれに準ずる賭博師ではないか、と思いもした。

「間に合った。俺、そろそろ帰るからさ、交代してくれよ」正面にいる鳥井が言った。

そこで、西嶋と鳥井の間に座っていた男が、「僕も帰る」と立ち上がった。髪が茶色で、薄っすらと色のついた眼鏡をした、軽佻《けいちょう》浮薄《ふはく》を絵に描いたような、小柄な若者だった。古賀氏の知り合いなのかな、と漠然と思っていると、その男に、「北村君、僕と交代して」と名前で呼ばれ、なぜ僕の名を知っているのだ、と動揺した。

鳥井がくっくと笑いを嚙み殺す。西嶋も、「やっぱり分からないですよね」とうなずく。

さて、誰なんだろう、とその若者と向かい合うと、眼鏡の奥に生真面目そうな目が見えて、しばらくして僕は、「嘘、本当に？」と目をしばたたいた。「もしかして、山田？」

「そうなんだよ、あの、山田だって」鳥井がはしゃいだ。「この間、〈賢犬軒〉で声をかけられて誰かと思ってさ」

例の、入学当初にやった長谷川さんたちとの合コンに参加した、あの山田だった。あれ以来、大学構内ですれ違ったり、立ち話をした程度の邂逅《かいこう》はあったけれど、それにしても、こんな変身を遂げていたことは知らなかった。

「何だか、前とは違って」僕は口に出した後で、言葉を選び、「新鮮な感じだ」と表現してみた。内心では、悪い意味で新鮮だ、と言っていた。

「山田、彼女ができたんだってさ。それで、変わったんだよ」

「それが原因で変わったわけじゃない」

「それが原因に決まってるじゃないか」

「あれですよあれ、あの時の合コンにいた女ですよ。何とか選手とかいたじゃないですか」と西嶋が言う。

「長谷川さん？」

「その友達で、一緒に来ていた女らしいですよ」

そこで山田は不機嫌を丸出しにして、けれどどこか自慢げに鼻の穴を膨らませ、提げた鞄から写真を出した。頼んでもいないのに、だ。「これ見てもいいよ」と言う。

「山田さ、さっきから、みんなに見せてるんだ、自慢なんだよ。不気味だ、まじで」鳥井のからかう言葉を聞きながら、僕はその写真を見る。

パレードの写真だった。大きなリムジンの後部座席に男女が乗っていて、そのうちの男性は山田だった。「これ、何?」

「それ、大統領のパレードのシーンだね」山田の鼻はさらに広がる。「僕と彼女の顔を取り込んだってわけ」と胸を張った。

そう言われて僕はずっと前、例の合コンの時に、パソコンを使って写真をいじくるのが趣味だと山田が言っていたのを思い出した。

「よくある合成写真だ。でも、これって元は、この後で暗殺されちゃう大統領の写真だろ。縁起が悪いっていうか、どういう趣味してんだよ」

「この隣に座っている女の子が、山田の彼女?」見覚えがあるような、ないような、そんな感じだった。「でもさ、あの合コンの後、どうやって彼女と親しくなったんだ」

「しばらく後で、ばったり図書館で会っただけだよ」山田は照れ臭さを隠すためなのか、とてつもなく苦々しい表情を見せた。

「その図書館でいったいどんなやり取りがあって、どういう経緯で交際がはじまって、でもってどうしてこんな外見になっちゃったのかは教えてくれないんだよなー」鳥井は笑いながら、財布を取り出し、清算の準備をはじめる。

「こんな外見って言うなよ、こんな、って」と山田はむっとし、けれどすぐに、「今日はこれからデートなんだ」と目を細めた。

「デートってどこ行くわけですか」との西嶋の問いに、「ボウリングだよ、あれはいいね、面白いよ」と答える。

「そういえば、鳥井君も最近、ボウリング上手くなったよね」南が席に座りながら言う。

「少しずつ片手で投げるコツをつかんできたんだよなー」鳥井が右手で頭を掻いた。

「足を踏ん張ってバランスを取るんだけどさ、結構、いいスコア出せるようになった。西嶋、今度、勝負しようか」

「いや、俺はいいですよ、もう」

「それにしても、麻雀はいいよな。片腕でも、来る牌は平等だからさ。不利もないし」鳥井はごく自然な口ぶりだった。そして、少し深刻な表情を見せると僕の耳に口を寄せ、「片腕で、南といちゃいちゃするってのは、もどかしいんだよな。エッチも奥深いよな。俺は片腕ならではの手法を究めようと思う」と言った。

　急にそんなことを発表されても、と僕はたじろぎ、「何の話？」と南が訊いてくるので、何でもないよ、と目を逸らすしかなかった。

　鳥井は軽快に笑い、外に出て行こうとするが、去り際、僕に寄ってくると、「北村も、いい加減、携帯電話を持ってくれよ。急用がある時、不便なんだよ」と言った。

「急用なんてないよ」

「携帯電話があったほうが便利だって」

残された僕たちは、新たな四人組で麻雀をはじめることにした。西嶋がボタンを押すと、積み重なった牌の山が下から、すっと現われる。自動卓は便利だ、とつくづく思う。

「鳥井君は偉いよなあ」古賀氏が言った。「いろいろ大変だろうに、泣き言も言わず」

「うん、偉いんです」南はまるで自分の息子を誇るかのように誇る。「最初は泣き言ばっかりだったけど、でも、何とか努力して。最近、ようやく片手であの髪型も作れるようになって、喜んでいたんだけど」

「そういえば、やませみだった」

「鳥井君、事故に遭ってから、いろいろ気づいたんだって」南はそう続けた。

「いろいろ?」

「ごく普通のことだけど、たとえば、片腕でシャンプーを使うのは難しい、とか、片腕で唐揚げを作るのは難しい、とか、世の中、困難ばっかりだ、って気づいたんだって」

聞きながら僕は、右腕一本で髪を洗うところや、油の入ったフライパンを使うところを想像して、相当に大変そうだな、と感じた。「鳥井は偉いなあ」

「何だか、痣《あざ》のようなものも肩に見えたけれど」少し遠慮がちに、古賀氏が言った。

「それは」と答えづらそうに南が言い淀む。

サイコロが転がり、西嶋が親となり、僕たちは順繰りに牌をつかんで、並べ、麻雀をはじめる。

「それにね、自分は好き好んで、遊び半分で他人の家の前で張り込みをやって、で、事故に遭ったんだから、自業自得だよなあ、とも言ってた。それに比べれば、何にも悪いことしてないのに、もっと大変な人もたくさんいるだろうなあ、って」

「鳥井は偉いな」ともう一度唸らずにはいられない。

「で、北村、どうですか、いいアイディアは浮かびましたか？」十巡目に入ったあたりで、上家《カミチャ》に座る西嶋が言った。

「ひと泡吹かせるアイディア？」

「お、それは何のことなんだい」古賀氏が興味津々で身を乗り出した。

「実はですね」

そこで西嶋は、とうとうと、麻生氏の存在と、「麻生晃一郎の実態」を話しはじめた。実態といっても、西嶋の主観によって作られた実態だ。曰《いわ》く、あの男は理路整然と人を見下した喋り方をするくせに、何も分かっていないのだ、とか、曰く、「本当のことが分かれば幸せになると思っている典型的な馬鹿だ」とか。

「本当のことが分かれば幸せじゃないの？」南がまず、疑問を口にした。牌を持ってきて、手の中に入れる。六萬を捨てる。

「あのね、本当のことなんてね別にどうでもいいんですよ」西嶋が唾を飛ばした。綺麗な弧を描いて、南が序盤に捨てたにぽちょんと落ちた。このは触りたくない、と南が言い、僕と古賀氏ももちろん、同意する。そんなことに関係なく、西嶋の話は続く。「科学のおかげで便利になったのは確かですけどね。ただ、真実だからって偉そうに話していいかっていうと、それはまた別物ですよ。逆にね、みんなを興醒《きょうざ》めさせちゃうんですから、もっと申し訳なさそうにすべきなんですよ」

「ああ、なるほどねえ」南は、うんうん分かる分かる、とうなずいた後で、「じゃあ、リーチ」と牌を横にしてきた。

「じゃあ、ってどういう意味ですか。接続詞の使い方がおかしいですよ」西嶋が怒る。


それにしても南は麻雀が強い。大学生活で、一番何を学んだかと言えば、「強い人は本当に強い。理屈抜きで強い」という、その事実かもしれない。

どうしてそんなに麻雀が強いのだ、と以前訊ねた時、南の答えは不明瞭《ふめいりょう》だった。「うちって、お父さんが麻雀大好きで、小学校の頃から無理やり覚えさせられたの」

「ああ、その経験が？」

「でも、実はね、セオリーとか、捨て牌の読み方とか、どの牌を切るか、とかそういうのは全然、分からないんだよね、わたし」

「それなのに、あんなに強いわけ?」

「いつからか、欲しいな、と思う牌が来るようになって」

「なって?」

「牌を捨てる時も、相手に当たらなくなったの」彼女は目を細めて、縁側で眠る猫さながらの穏やかな表情になる。

「それって、曲がれ、って思うとスプーンが曲がるのと似てる」

「そう言われると似てるね。うん、同じかも」と南は顎を引いた。それを聞いた時、僕は正直、落胆すると同時に気が楽になった。そんな相手に勝とうと思うのが間違いなのだ。

　さて、と南の捨て牌を読む。けれど、どうにも安全牌《あんぜんパイ》が見当たらず、うーん、と唸っていると、古賀氏が、「かなら大丈夫かもしれない」と言った。本来であればこんな風に、堂々と推理や忠告を口にするのはルール違反に思えるが、あまりに強大な敵に立ち向かう場合には、知恵を出し合う必要もある。「大丈夫ですかね?」僕は自分の手牌にある、を見る。

「セオリーだよ、セオリー。南ちゃんの捨て牌の最初の三つが、じゃないか。を早い巡目、たとえば、今回みたいに三巡目で捨ててる場合は、それより端の牌、は問題ない。常識だよ」

「根拠は何ですか?」

「もしが当たるとしたら、南ちゃんはと持っているわけだ。もしくは、単《タン》騎《キ》待ちとしたら、を持っている。ということはだよ、その三巡目でを捨てた時点では、という形か、という形だったわけだろう。そこから、を捨てた」

「普通に考えるとそうですね」

「ただ、そんな早い時期に、からを捨てるとは思いにくい」

「どういうことですか」

「そんな巡目で、をの形に決めちゃうなんて、普通はできない」

「思い切れない、ってことですか?」

「そうそう。だって、がもう一つ来る可能性だってあるんだから。ってことは、三巡目でを捨てたのは、ではなかったから、と推理できる」古賀氏は普段、定年後の余生を楽しむのんびりとしたおじさんの雰囲気が強いが、時折、こうやって、眼を妖《あや》しく光らせ、説得力のある口調で話しはじめることがあるから、得体が知れない。

「それは単に、もう手が出来上がっていて、ほかに捨てる物がない状況で、だから、の形に決めたのかもしれないですよ」

「そういう可能性はある。だから、早いリーチの場合は、このセオリーは通用しないんだが、今回は、そんなにリーチも早くないからね」

「なるほど」僕はうなずいて、手元の一萬をぽんと卓の上に置いた。そうかそうか、そうやって可能性について検討していけば、意外に、南相手でも闘えるのかもしれない、古賀氏の言う通りだ、分析さえしっかりやれば麻雀は恐ろしくない、と僕は感心した。

なんてことは、まるでない。

僕が牌を捨てたのとほぼ同時に、「ロン」と南が声を上げ、牌をぱたっと倒した。「ごめんなさい、それ当たり。リーチ一発三暗刻《サンアンコウ》」

「古賀さん、勘弁してくださいよ」

「あれえ、おかしいなあ」古賀氏が苦笑する。

「一索三索三索ってあったから、とりあえず、三萬はいらないな、と思って、捨てちゃったの」南が言う。あんまり深いことを考えなくてごめんなさい、と下を向いた。

「セオリーなんてね、そんなもんですよ。セオリーは当てにならない、っていうセオリーだってありますよ」被害も利益も被《こうむ》っていない西嶋は気楽そうだった。

僕は溜め息をつきながら、けれど潔く点棒を支払って、気分を改めるために、「で、麻生氏をあっと言わせる方法だけれど」と前日に、鳩麦さんが話していた盗聴のアイディアを発表した。

「面白いじゃないですか」「面白い」

　西嶋と古賀氏が同時に声を上げた。僕の目からすると二人とも、どこか現実から外れた印象があるので、その二人が、面白い、と身を乗り出してくると、味覚の狂った人に、「美味い」と褒められたかのような、複雑な気持ちになった。

「尾行というのは充分可能ですよ」西嶋は言う。

「それって超能力じゃないよね」南が笑う。

「いいんですよ、そんなことは。俺はね、あの男が青褪めるところが見たいだけなんですよ。記憶を透視します、とか言って、行動を当ててみせたら、さぞかし驚くでしょうね」

「驚くかなあ、それくらいで」南は半信半疑だった。「すぐに、ばれちゃうんじゃない。前日の行動を言い当てても、たまたま目撃したんじゃないか、と思うかもしれないし」

「それなら」そこで古賀氏が目を輝かせる。「仙台に来る前、一週間程度、その麻生ちゃんの行動をみっちり調べたらどうだろ」と著名な学者をちゃん付けで呼んだ。「興信所に頼むんだ」

「それはちょっとやりすぎ、と言うか、費用がかかりすぎだと思うけれど」僕はさすがに同意しかねた。反対に西嶋はすでにやる気に満ち溢れていた。「いや、それくらいやるべきですよ。びっくりしますよ、あの男」

「興信所って凄く高いはずだよ」

「バイト代を注《つ》ぎ込みますよ、俺のバイト代を。一万ですか？　二万ですか？　三万ですか？　あの男にひと泡吹かせるためには、それくらいは出しますよ」西嶋は言い、なぜか、「それとも三万五千くらいですか」と急に細かい数字を刻み出した。

「桁が違うよ、たぶん」南は同情するように指摘する。

「うそ、そんなに？」

「本当」

「私がやってあげてもいいよ」古賀氏が口を開いたのはその時だ。

「え」

「私、そういうの得意なんだ」と古賀氏が言う。「格安で、調べてみようか」

「はあ」僕は首を捻りつつ、喉元まで出かかった、「あなたは何者なんですか」という質問をどうにか飲み込む。

「よし決まりじゃないですか」西嶋が力強く、手を叩いた。「古賀さん、任せましたよ」

するとそれとほぼ同時に、ツモと言って南が牌を倒した。「メンピンタンヤオ三色ドラ一、ハネ満かな？」

いっそのこと麻生氏を麻雀に誘い、この南の強さに恐れ入らせれば、そのほうがよほど効果的ではないか、とも感じた。

11

午後の三時過ぎ、唐突に訪問した僕たちのことを、東堂は歓迎してくれた。もちろん彼女が、「ようこそ」と満面に笑みを浮かべるわけがなく、陶器然とした色白の無表情で、「どうぞ」と答えただけなのだけれど、それでも歓迎しているのだ、とは判断できた。玄関に出てきた東堂の母親が、「ようこそ、ようこそ」とはしゃぐように言ってくるのが対照的だった。

「どうしたの、突然」と東堂は、居間に上がった僕たちに質問する。

「さっきまで雀荘にいたんだけど」僕がいきさつを話した。「帰ってくる途中で、急に南が、シェパードを見たい、って言い出して」

「ごめんなさい」南が首をすぼめるようにして、言う。すると、まさか話が聞こえていたわけでもないだろうに、庭から犬のひと鳴きが響いた。カーテンの向こう側に、大人しく座る黒っぽい影が見える。南がカーテンを開けると、シェパードがこちらを眺めていた。

「利口よねえ、この犬」東堂の母が微笑んだ。「お父さんには反対されなかった?」僕は質問する。

「全然」と即座に東堂から返事があった。「犬を飼うことにした、ってお母さんが言ったら、『それはいい。そうしたらいいと思ってたところだ』と答えて、終わり」

「あの人はいつもそれしか言わないからねえ」東堂の母は愉快げに話し、シェパードの首を撫でる。

ガラス戸を閉じ、居間のソファに座り直す。広々とした居間だ。L字型のソファは大きく、全員が座っても余裕があった。僕たちはそこで、先ほど雀荘で会った山田の変わった趣味の話であるとか、南と鳥井が同じ中学校の出身であるとか、当たり障りのない雑談をした。

しばらくして、「雀荘での麻雀は、誰が勝ったの」と東堂の母親は訊ねてきた。どうしてそんなことに興味があるのかと思えば、どうやら彼女は大の麻雀好きらしく、「わたしも昔は強かったのよー」と自慢までした。

「たぶん、お母さんの想像しているよりも南は強いですよ」

「じゃあ、せっかくだから、やりましょうよ」

さっきまで雀荘にいたのに、またやるのか、と僕は呆れた。が、反対する理由もなく、気がつくと、和室の炬燵テーブルで、年季の入った麻雀牌をがちゃがちゃと掻き回していた。

東堂の母親と僕と西嶋、それから南、の四人で半荘《ハンチャン》を遊ぶことになった。雀荘の自動卓は便利だし、とても心地良いのだけれど、こうやって手で牌を混ぜる昔ながらのやり方のほうが、参加している感覚が強く持て、僕は好きだ。

　東堂の母親も同じことを感じたのか、「今は自動なんでしょ。わたしの時代はいつもこうやって、手でやってたんだけど」と話しはじめる。「麻雀って、本当に得体の知れない物だと思わない？」

「得体が知れない？」

「ツキというか、流れというか、そういうのがあるでしょ。弱腰になるとツキがすうっと退《ひ》いて、乗ってくるとどんどんツイてくるし。わたしもよく経験したけど、勝ちすぎちゃって悪いな、と思って、誰かの振り込みを見逃したりすると、次から手牌がみるみる酷くなって。流れが変わっちゃうし」

「ですよね。ツキはあるんですよ」西嶋が大いに賛同した。「お母さん、俺もそう思うんですよ。麻雀はね、毒虫みたいにね、不気味さを漲らせた生き物なんですよ」どうせ次は僕の批判をするのだろうな、と覚悟していると果たして、「この北村なんてね」と来た。「ツキなんてあるわけがない、って言うんですよ。全部が確率なんだから、ツイてるとかツイてないとかはね、その人の解釈次第とか言うんですよ。そんなわけがね、あるはずがないですよ」

「でもさ、実際、麻雀は選択と可能性の問題だからさ、流れとかツキとか、そういうのはどうにも信じられないよ」僕は言う。

「でも、わたしはあると思う」東堂の母親の言葉には、弾むような力強さがあった。「そして、この牌に、不気味な力があると思ってるのよ」

「牌？　この物質にということですか？」

「みんなの期待とか希望とか、祈りとか、そうじゃなければ罵りとか悔しさがね、指を伝わって、この麻雀牌に入り込むんじゃないかなあ、って思うの。だから、掻き混ぜたりしているとその怪しい力のせいで、偏りができるんじゃないかなって」

「イカサマとは違う意味でですか？」南が訊ねる。

「もちろん。自然とできる、偏り。だからね、最近流行ってるコンピューターの麻雀はね、また違うと思うのよね。もちろん、使う枚数は同じだし、ルールも同じで、確率だって変わらないけれど、ただ、麻雀独特のツキとか不気味さは、牌を使わないと消えちゃう」

「ほら、どうだ」と西嶋が鬼の首を取ったように声を荒らげた。「北村が言うような、無味無臭の、味気ない確率論じゃあ解き明かせないものが、麻雀にはあるんですよ」

　分かったよ、と僕は素直に認める。もちろん、西嶋がうるさかったせいでもあるけれど、それ以上に、南の圧倒的な強さや西嶋の理不尽な負けっぷりを見ていると、不思議な力を認めざるをえなかった。

豪語しただけあって、東堂の母親は上手かった。強い、と言うよりは巧みで、配牌からの決め打ちに優れているのか、聴牌《テンパイ》へと持っていくのがとても早い。東場の二局と三局では連続して、満貫《マンガン》を上がった。

ただし、残念ながらと言うべきか、トップはやはり南だった。例のごとく、みんなの隙を突くかのように、ぽつりぽつりとツモ上がりをしただけだったが、それがやはり高得点で（ツモピンフ一気通貫《イッキツウカン》ドラドラとか、トイトイ東白ドラドラドラ）、南は一位を保持していた。

うーん、と東堂の母親は困惑まじりの笑みを見せ、不思議な強さねえ、と名人は名人を知るの趣で、感心した。

「でしょ」と東堂が言う。彼女は、母親の後ろでじっと、観戦していた。

西嶋が意味不明なことを口走ったのは、最後の局も終盤に入った頃だった。定位置の最下位のままだった彼は、じっと手を進めていたが、真剣な表情で牌を横に捨て、「リーチ」と宣言し、鼻の穴を膨らませた。

興奮してるし高い手なのかな、と警戒した。その時に彼が、祈りを捧げるように両手を擦りはじめ、「俺に力を貸してほしいんですよ」と念じたからびっくりした。「トム、テツ、デリー、アカ、風連、紋別、ペス、クロ」と何だか動物の名前のようなものを呟くと、「俺に力を貸してくださいよ」と真剣な表情で訴えた。その後もまだ、ベックだとか、ジャックだとか、言っている。みんなの力を貸してくれ、と。

僕たちは、また変なこと言ってるなあ、と苦笑し、東堂の母親だけが、珍しい念仏を聞いた、と言う具合に目をしばたたき、笑った。「いったい、何なの?」

「何でもないですよ」と西嶋は言いつつも、真剣な目つきでみんなの捨て牌に目を凝らす。「とにかくね、これを上がって、俺も大逆転するんですよ」

「怖いなあ」と南が怯えた声を出す。

「僕はそんなに怖くないな」

「北村、そんなことを言ってると痛い目に遭いますよ」

「それってさ」背中を壁につけ、傍観していた東堂がぽつりと言ったのはその時だ。

「今言った名前ってさ、南極に取り残された犬の名前でしょ」

「え」僕は、彼女に目を向ける。「それって、南極物語の?」

「そうそう。タロとかジロとか。さっき、西嶋が言ったのって、その犬の名前でしょ」

ふん、と言いながらも西嶋には動揺が浮かんでいた。

「つまりさ、南待ちなんじゃないの?」東堂があっさりと指摘した。

なるほどねー、と僕と南が強くうなずく。

「言うなよー」西嶋が泣きそうな顔をした。僕は自分の牌の中で、不要だった南を絶対に捨てまい、と決意する。

12

「俺が帰っても寂しがるんじゃないですよ」

西嶋は、東堂宅を後にする際、シェパードにそう声をかけたけれど、シェパードは、「何で俺が寂しがらないといけないのだ」とでも言うような、関心のない顔をするだけだった。バスで駅前に辿り着くと西嶋は、バイトの時間だ、と去っていった。

「北村君、これからどうするの」と南が訊ねてくる。腕時計に目をやった。七時だ。

「鳩麦さんが仕事を上がるかもしれないから、どこかで食事でもしていくかも」

「あ、そうなんだ」

「南は?」

「どうしようかな、と思って」彼女はどうにも歯切れが悪かった。

「鳥井と喧嘩したとか?」鎌《かま》をかけてみると、南は、手を大きく振って、「そういうんじゃなくて」とぎこちなく答えた。

「良かったら、一緒に来る?　鳩麦さんも来るけど、話があるなら」

「え」

「いや、南が何か話したがっているのか、と思って」

「この間、駅前で強盗に遭遇しちゃって」

鳩麦さんと連絡をつけ、三人で〈賢犬軒〉に行くと、店は閉まっていた。「店主入院のため」という貼り紙は心配だったが、とにかく僕たちはさらに東へ歩いた場所のピザ屋に入ることにした。奥のテーブル席で注文を終えると、南が話しはじめた。

「強盗！」鳩麦さんは目を丸くした。「大丈夫なの？」

「ええ、何とか大丈夫でした。先週の夕方、たまたま人通りがなくて」南がその現場の位置を説明してくれる。コップの水を絵の具がわりにして、テーブルに指を当て、「ここが駅だとすると、ここに、格闘技のジムがあってね」と水滴で建物や道を描いた。

「結構、街中だね。強盗は一人？」

「そうなんです。横道から急に現われて、小さいナイフを出して、お金を出せって。わたし、走って逃げたんだけど」

「警察には？」

「何か怖くて」と南は肩をすぼめ、やっぱり警察に届けなくちゃまずかったよね、と自らが罪を犯したかのような心苦しさを滲ませた。

「鳥井には言った？」

「ううん」南は顔を赤くして、かぶりを振る。

「そっかあ」と僕と鳩麦さんは同時に返事をする。鳥井を物騒な事件と関わらせたくない、という気持ちは分からないでもない。

「でもね、本当に大したことじゃなかったし、ちょっと乱暴な中学生のかつあげだと思えば、珍しいことでもないし」

「いや、珍しいよ」僕が言う。

「ただ、今日、北村君に話したかったのは、そういうんじゃなくて、あの辺に近づきたくないってことなの」

「近づきたくない？」

「駅前のあそこら辺に近寄るのが怖くて。強盗の記憶があって。だから、みんなで歩いている時もなるべくあそこは通りたくなくて」

僕はうなずき、これからはあの一帯は通らないようにするよ、と請け合った。「わざわざ、そんなことを僕に？」

強盗に襲われたのであればもっと取り乱しているのではないか、と僕は違和感を覚えていた。ただ、スプーン曲げのできる南はやはり、僕たちとは感覚が違うのだろうか、と納得してしまう部分もあった。

「北村君たちもなるべくあの辺を通らないほうがいいと思うから。危ないし。さっき、言おうかと思ったんだけど、西嶋君にそういうことを話すと、よけいに興味を持っちゃうでしょ。犯人を捕まえよう、とか言って、逆に、現場に行きそうだし」

「ありえる」僕は同意する。「プレジデントマンだ、って喚くかもしれない。あ、その強盗、プレジデントマンではなかったのかな」

「違うんじゃないかな」南は弱々しく笑う。「大統領か、って訊かれなかったし、それに、プレジデントマンは、男の人しか狙わないんでしょ。とにかく、まず、北村君に言って、それでさりげなく西嶋君に伝えてもらえればいいなあ、と思って」

「あの辺に近寄るな、って？」分かった、と答えたものの、どんな言い方をしても西嶋は好奇心を剝《む》き出しにするはずだ。


運ばれてきたピザはかなり大きく、チーズが大量に垂れているのが贅沢で、しばらくそれを齧《かじ》るのに夢中になった。指でチーズを拭い、ケチャップを嘗め、食べていく。生地が薄く、ぱりぱりとしているのがまた、楽しい。それから話題は、例の大学祭の件になり、麻生氏にひと泡吹かせることが可能かどうか、という話になった。

「でも、どうして、その麻生さんって、超能力が嫌なんだろう」南が首を傾げる。

これがごく普通の友人や見ず知らずの相手であれば、「超能力なんて非現実的だし、胡散臭いからだよ」と解説するところだけれど、今、目の前にいるのは、実際に超能力としか思えない力を持つ南で、彼女は現実に存在しているし、胡散臭くもないから困った。

「きっと、そういう怪しげな力で、民衆をたぶらかすのを嫌悪しているのかも」そう言ったのは鳩麦さんだ。彼女はまだ、南のスプーン曲げを目撃したことがない。それでも南の能力については理解をしてくれている。「偽者ほどそういうことやるでしょ」

「怪しい新興宗教だと思われるのかな」南が半ば残念そうに、けれどもう半ばは納得するように言い、練馬ではそんなことはなかったんだけど、と続けそうな気配もあった。

「怪しい宗教かあ」と僕はピザを皿から取り、口に入れる。「僕は、真面目な大人たちが、不気味な新興宗教にのめり込んでいくのが、理解できないよ」

「そうかな、わたしはできるよ」と鳩麦さんはすぐに言った。

「え、どういう風に？」僕はまさか、鳩麦さんが自信たっぷりに答えてくるとは思いもしなかったので、少し驚いた。

「毎日毎日、わたしたちって必死に生きてるけどさ、どうしたら正しいかなんて分からないでしょ」

「え、どういうこと？」

「何をやったら、幸せになれるかなんて、誰も分からない。そうでしょ」

「うん、そうですね」南がうなずいた。

「変な話、砂漠にぽんっと放り出されて、『あとは自由に！』って言われたようなものじゃない」

「自由に？」

「そう。どうやって生きればいいか、なんて誰も教えてくれない。お好きなように、と指示されるのって、逆につらいと思うんだよね」

「どういうこと」

「みんな、正解を知りたいんだよ。正解じゃなくても、せめて、ヒントを欲しがってる。だから、たとえば、一戸建てを買う時のチェックポイント、とか、失敗しない子育ての何か条、とか、これだけやれば問題ないですよ、っていう指標に頼りたくなる」

「確かにそういう部分はあるよね」

「でも、人生全般にはそういうものってないでしょ。チェックポイントとか、何か条とかはない。自由演技でしょ。だから、誰かに、『この修行をすれば幸せになれますよ』とか、『これを我慢すれば、幸福になりますよ』とか言われると、すごく楽な気分になると思うんだよね。どんなに苦しくて、忍耐が必要でも、これをすれば幸福になれる、っていう道しるべがあれば、やっぱり、楽だし。だってさ、わたしたちって子供の頃から、やることを決められてるわけじゃない。生後何ヶ月健診とか、六歳で小学校へ、とか、受験とか、考えなくても指示を出されるわけでしょ。例年通りの段取り、とかさ。不良少年が卒業式を迎える段取りだって、あると思う。それがある時、急に、自由にどうぞ、って言われて愕然《がくぜん》としちゃう」

「それが宗教ってこと？」

「そういう宗教もあるってこと」鳩麦さんがコップの水に口をつける。「よく、怪しい宗教には、階級みたいのがあるでしょ。修行によって、どんどん偉くなる感じの。ああいうのは本当によくできていると思う。これをやったら一つ階級が上がって、上がっていくほど幸せになる、って言われたら、やっぱり気分的には楽でしょう？」

「楽かな」

「つらいけど、楽だよ。何をすれば良いか分かっていて、しかも、結果も見えるんだから。でも、結局さ、そういうのに頼らず、『自由演技って言われたけど、どうすればいいんだろう』って頭を掻き毟《むし》って、悩みながら生きていくしかないんだと、わたしは思う」

「鳩麦さん、鋭い」南が感じ入った声を出す。

僕はそこで、ずっと前に西嶋が、「終わった後で身悶えするのが麻雀じゃないか。確率だなんだと分析するのは、麻雀ではなくて、ただの計算じゃないか」と主張していたのを思い出した。確かに、生きていくのは、計算やチェックポイントの確認じゃなくて、悶えて、「分かんねえよ、どうなってんだよ」と髪の毛をくしゃくしゃやりながら、進んでいくことなのかもしれない。

13

十月の第三月曜日、打ち合わせのために鷲尾氏が仙台を訪れるというので、僕たちは、彼と会うことにした。大学祭の実行委員よりも先に会う必要があったため、新幹線の出口で待ち構え、近くの喫茶店へ連れて行くという強硬手段を取った。

「あれ？　大学の講義室に行くように言われてたけれど」鷲尾氏は最初、怪訝《けげん》そうだった。名字に鷲が付くから、というわけではないだろうが、鷲鼻が目立つ。けれど、鷲の風格のようなものはまるでなくて、小柄なせいか、小心で、弱々しい印象が強い。

白髪まじりの髪は少し薄く、頬も痩《こ》けていた。アイロンのきっちり当てられたワイシャツは清潔感があるが、何よりも僕は、夜中に一人アイロン台を押入れから引っ張り出す鷲尾氏の侘《わび》しい姿を想像してしまい、切なくなった。

「それに、約束は二時だったはずだけど」

「事前に、僕たちの話を聞いてほしかったんです」僕は早口ながら、丁寧に伝える。莞爾から、鷲尾氏の到着時間や実行委員との合流については聞いていたので、それを先回りした形だった。

「君たちは大学の実行委員ではないのかい」太い眉が警戒するように、歪む。

莞爾から教わったところによれば鷲尾氏は、住宅販売メーカーの営業職をやっているらしかった。きっと、と僕は想像した。きっとこの鷲尾氏は、数々のマンションや一戸建てを扱い、何度も何度も、「日当たりが悪い」だとか、「この下がり天井は話と違う」だとか、文句をぶつけられ、そのたび、弁解と譲歩を繰り返してきたのかもしれない。つまり、実直で、損をしてきた人に違いない。どこか怯えがあった。

「実はですね」西嶋は世間話も前口上もなく、「一緒にあのイカサマ野郎に恥をかかせてやろうじゃないですか」とはじめた。

鷲尾氏はオレンジジュースをストローで吸っていたけれど、西嶋の言葉に息を止め、僕たちを見た。「イカサマ野郎？」

「麻生ですよ、麻生」西嶋がまくし立て、「麻生晃一郎の実態」を話しはじめる。例のごとく、実態とはいえ、彼の主観によって出来上がった実態で、しかも、前回、南たちの前で話した時よりも、脚色が進んでいた。

「麻生は結局、真実を追究したいんじゃなくて、誰かを貶《おとし》めて、自らの偉さを誇示したいだけなんですよ」とか、「そのうち、逆に、超能力者と呼ばれる者たちとグルになって、やらせをやってでも、目立とうとしますよ」とか、ただの憶測を、伝聞や断定のように話した。

「イカサマ野郎というのは、私がよく言われる名称だが」鷲尾氏は苦笑した。笑うと、目尻に皺ができ、頬が痙攣《けいれん》を見せた。

「鷲尾さんはスプーン曲げ、できるんですよね」僕が質問をすると、鷲尾氏の黒目が忙《せわ》しく、上下左右に移動した。「できますよ」

「何だか、自信がなさそうじゃないですか」

「まあ、いつもできるわけじゃないからね」

「最初にできたのは、いつだったんですか」

「小学校二年」何度も質問されていることなのだろう、鷲尾氏は即答した。「学校の給食の時にね、前日のテレビでスプーン曲げをやっていたものだから、みんなで試したんだ。何と私だけが曲げられてね」

「みんな、驚きました？」

「そうだねえ。驚いたねえ」鷲尾氏は遠くを見る。

「練馬区じゃなかったんですね」僕は思わず言ったが、鷲尾氏は特に気にしなかった。

「同級生がみんな、スプーンを持ってきて、これも曲げて、これも曲げてって言ってきたよ。触って念じると曲がってね。どれも曲がっていった。ぞっとするよりも、あれは快感だったたな」

「それで？」

「担任の教師がその騒ぎにびっくりして、で、私たちが事情を説明したんだ。その教師はね、自分のスプーンを私に持たせて、で、やってみろと言って、それをつかんで念じてみると、やっぱりそれも曲がった」

「先生は何と言ったんですか?」

「隠したほうがいい。そう言ったよ」

「隠したほうが?」

「あの教師はなかなか鋭かったんだな。そんな妙なことができると、周囲から白い目で見られ、攻撃を受ける、と判断したんだろう。そういう力は隠すように、と言った」

「分かってない教師ですね」僕は深く考えずに発言する。

「いや、よく分かってたんだよ」と鷲尾氏は力なく、また愛想笑いをした。「君たちも経験があると思うけれど、子供の頃には、他の友人と異なる点はたいがい、負の要素になるじゃないか。目立てば、指を差され、出る杭《くい》は嫌悪される」

「その通りですよ」西嶋は力のこもった声を出し、ぐぐっと、鷲尾氏に顔を近づけた。「優れた能力は、いつも妬まれて、追いやられるんですよ。その通り」おそらくは、彼自身が迫害されていた高校時代を思い出しているに違いなかった。「義経とガリレオですよ」とまた言った。

「そこでやめておけば良かったんだな」と鷲尾氏は肩をすぼめ、ストローに口をつける。

「テレビになんて出なければ」

幸か不幸か、鷲尾氏と同じ学校に、テレビ局のディレクターを父に持つ少女がいた、らしい。学年は一つ上だったが、鷲尾氏のスプーン曲げは学校中の話題となったから、少女もそのことを知っていたし、父親に喜ばれたいと常日頃思っていたその少女は、すぐに、鷲尾氏のことを伝えた。

「私は乗り気だった。やることはスプーンを曲げるだけだし、それまで地味で存在感のなかった少年にとっては、脚光を浴びるまたとない機会だったからね」

「ご両親は、鷲尾さんの、その能力をどう思っていたんですか」

「気味が悪いと思ってたんだろう」と鷲尾氏は苦笑した。「でも、テレビ出演のことは最終的に同意してね。なぜなら、うちは自慢ではないけど、貧しかったから。最初のうち、超能力者と呼ばれて、英雄みたいなもんだったよ、私は。今から思えば、あれが私の黄金時代だったな」

「それが、そのうちイカサマ野郎時代に突入するんですか?」僕は遠慮なく、言った。その遠慮のなさに慣れているのか、それともむしろその無遠慮が心地良かったのか、鷲尾氏は怯まず、「おだてて、屋根に上らせて、飽きたら梯子《はしご》を外すのが、みんな趣味なんだな」と達観した声で言った。「マスコミや野次馬の趣味だ。困惑して、屋根からそいつが落ちるのを、にやにや見て、楽しむんだ」

彼は、黄金時代以降について話しはじめた。鷲尾氏は最初のテレビ放映の後、たびたび、テレビに登場するようになった。雑誌にも取り上げられたが、そのうちに、話題が飽和状態になると、次には、疑いの目が向けられはじめた。つまり、あの少年は本当に超能力者なのか、なぜスプーンだけでフォークは無理なのか、実演の時にやたら汗をかくのはどういうわけか、鷲尾少年の両親はともに定職についておらず少年の収入に頼っているではないか、等々の疑念ややっかみが、はじめはぽつぽつと、次第に雨後《うご》の筍《たけのこ》のように現われた。

「フォークだって私は曲げられたのに、テレビ局がスプーン曲げにこだわっただけなんだ。それに、汗をかくのは当然で、テレビの撮影の照明は、かなり暑いんだよ。両親が無職だから、と言われても、私にはどうしようもないしね」

「あ、そうだ、記憶を覗くのもできるんですよね？」西嶋が訊ねる。「聞きましたよ、凄いじゃないですか」

最初に、鷲尾氏の話をした時には、「超能力よりも超労働と言ったほうがいい」と馬鹿にしていたはずなのに、今や、全幅の信頼を置いた仲間に話すようだった。義経とガリレオと俺と鷲尾さん、とそんな気持ちだったのかもしれない。

「ああ、そうだね。一応、できることになっている」

「一応って」僕は聞き返す。「嘘なんですか？」

「違う違う」彼の否定する素振りは焦っているようでもない。やはり、慣れているのだ。

「嘘じゃない。ただ、スプーン曲げもそうなんだが、できる時はできるし、できない時はできない。どういう場合にできるのか、私にはルールも理屈も分からないんだよ。昔は必死に、条件を探していたけれど、もう諦めた。だから、できる、と言い切って、やってみろ、と言われるのが本当につらくてね」そして、高校生の頃にテレビの特集番組に出演した時の思い出を話した。「生放送でね」

　鷲尾氏は生放送はともかく、避けたかった、と言う。時間の制約がプレッシャーになるからだ。案の定、その時は、スプーンも曲げられず、ゲストの記憶を透視することなどできなかった。

「どうしたんですか？」

「そのゲストの近況をね、たまたま、雑誌で読んでいたんだよ。だから、それをいかにも透視したような素振りで喋ってみせて。はじめはうまく騙せたんだが、そのうちに、ぼろが出た」鷲尾氏は、自分に同情しつつも、嘲笑するようでもあった。「それでも、こうやってイベントがあると引き受けるのは、やっぱり、収入が欲しいからだね。不動産の営業でも、超能力者というのは、それなりにうけるんだよ」

「でも、今回のイベントは平穏には終わらないですよ」西嶋が厳しい顔を寄せる。「麻生がね、いろいろ仕掛けてきますよ。超能力を暴こうとしてね」

「麻生君は学者肌というか、現実的だから。私みたいなのは気に入らないだろうなあ。

ただ、小学生の頃から、私はそういう人種にいたぶられてきたからね、平気だよ」

「悔しいじゃないですか」西嶋のその訴えは、地響きに近かった。この悔しさを黙っていていいのですか、と。「だから、俺たちがですね、準備しますから、それを使って、麻生の目を白黒させてやりましょうよ」

「準備?」

「俺たちが、麻生の当日までの行動を調べておくんですよ。探偵を雇ってね。探偵はすでに確保してるから、心配は不要ですよ。代金も不要です」恰好良く、西嶋はすっぱりと言う。「後はもう、記憶を透視するようなフリで、ずばずば当ててやればいいんですよ」

「麻生君に悪いよ、そんなずるいことは」依然として、鷲尾氏は乗り気にならない。仕方がなく、「麻生さんは、ずるをしてでも鷲尾さんを陥れようとしてますよ」と教えることにした。「たぶん、実行委員が、麻生さんの仙台に来てからの予定を、さりげなく鷲尾さんに伝えるはずです。青葉城に行くらしいですよ、とか。それは全部、鷲尾さんがその情報に引き摺られるのを期待した、嘘です。イカサマするように誘導してるんです。騙されないでください」

鷲尾氏が、こちらをじっと見た。麻生氏がそこまで手を回しているのか、とさすがに驚いたのか、そんなことは今にはじまったことではない、と言いたかったのか、とにかくしばらく思案顔になった。少し経ってから、「それが本当なら、嫌だな」と口を開く。

14

鷲尾氏と別れた僕たちは、やることもなく、立ち寄る場所も思いつかず、ふらふらと並んで歩いた。仙台駅前のバスプールを避け、細い一方通行の道に入り込む。南北に延びる薄暗い道で、シャッターの閉まったカラオケ店や居酒屋がちらほらあった。

「あのさ」と先に僕は質問を口にした。「西嶋は、東堂のことをどう思ってるわけ?」

「ど」西嶋は驚いた。「どういう意味ですか」

「意味も何も、そのままだけど」

「北村はあれだ、俺が相当、もったいないことをした、と思っているんですね」

「うん」

「即答じゃないですか」

「西嶋だって、彼女が欲しくないわけじゃないだろ」だから、ずいぶん前のことではあるけれど、合コンにだって参加したし、あの時も、好感を持たれるように服を買いに行ったくらいだ。細い道には車の通行がほとんどなかったけれど、信号がついていて、しかもそれが赤色だったものだから、僕たちは律儀に立ち止まる。

「そのへんはひねくれてるんですよ、俺は」西嶋が苦々しげに認めた。「東堂はね、美人ですよ。俺もそれは分かりますよ。いい奴だってのも知ってますよ。それなりに長い付き合いですからね。ただ、だからこそね、俺とは対極にあってね、正反対なわけですよ。何もしないでも、まわりから注目されて、いつも肯定されてたわけで、それに比べて俺は、否定ばかり突きつけられてきたわけですよ。今になって、東堂みたいなプラスの電気ばっかり持った人間が、俺に近づいてくるのはね、どこか間違ってるとしか思えない」

「いくつか、言っていいかな」

「少しならいいですよ」

「まずさ、美人は、肯定されながら生きてきた、というのは一理あると思うけど、苦労も多いような気がする」

「俺よりはマシですよ」

「仮にそうだったとしても、プラスとマイナスならちょうどいいじゃないか」

「北村、気休めですよ、それは」

「マイナスとマイナスをかけるとプラス、みたいな理屈を言わないだけいいじゃないか」

「でもね」西嶋の頬が少し震えた。「東堂はどこまで本気で言ってるんでしょうね」

そりゃかなり本気だろ、と僕は説教じみた声を出しかけたけれど、それはやめ、「西嶋、こういう言葉がある」と言うことにした。

「何ですか」

「蓼食《たで》う虫も好き好き」

「昔からそれ、知りたかったんですけど」

「何が？」

「蓼って何ですか」

「さあ」本当に知らなかった。

いつの間にか、キックボクシングジムのある通りに出ていた。このままま っすぐ行くと、南が言っていた、ナイフ強盗の出現した場所に近づくことになるぞ、まずいな、と思っていると西嶋が、「ああ、あの男じゃないですか」と指を前に向けていた。

黒いTシャツを着てジャージを穿いた、肩幅の広い男が前方にいたのだ。秋だというのに、ずいぶんな薄着で、ただ、男の引き締まった身体には寒々しさは微塵もない。阿部薫だ。この先にジムがあるから、そこから歩いてきたのだろう。

通り過ぎた際、相変わらず迫力があるなあ、と思ったが、すると、「おい」と呼ばれ、僕と西嶋はびくっと足を止めた。阿部薫が、僕たちを交互に見た。

「何でしょう」と直立不動で答えるほかなかった。

「おまえたち」

「はい」

「うちのジムで、キックやるか？」

一瞬何事が起きたのか分からず、すぐには返事ができない。

「前に、うちのジムの前で、練習見学してただろ」阿部薫はにっと唇を横に広げた。

いつの話をしているのだ、と僕は驚く一方で、よく僕たちの顔を覚えていたな、と感心もした。

「来いよ。おまえたちなら、強くなれるぞ」その阿部薫の言葉は力強かった。その道を究めた者だからこそ発散できる説得力を持ち合わせていた。だから僕たちは、少なくとも僕は、格闘技に関してはまったくの未経験者であるにもかかわらず、自らがサンドバッグを蹴り、練習を積み、リングに上がり、格闘家として成長していく姿を想像することができ、「よし、いっちょう、試してみるか」とキックボクサーの道への一歩を踏み出そうと決心した。

なんてことは、まるでない。

「無理ですよ」と僕と西嶋は声を合わせて、慌て気味に答えた。もちろん謙遜《けんそん》や遠慮ではない。正真正銘、絶対に無理なことだ。「冗談でしょ」

「俺が冗談を言うと思うか」阿部薫の険しい目が鋭く、僕たちを射抜く。射抜かれた僕たちは両手を挙げ、「思いません」と返事をした。

「今度、会ったら、絶対に、ジムに入れるからな」彼は胸を張った。勧誘なのか脅迫なのか。

阿部薫が横道に入っていくのを見送った後で、「この辺には近寄らないことにしよう」と西嶋が言った。

「そうしよう」

南が強盗を恐れていることもあるし、一石二鳥ではあった。

15

大学祭の三日前、僕たちは、古賀氏から調査結果を教えてもらうため、居酒屋で落ち合った。掘り炬燵型のテーブルがある個室で、一番奥の席に古賀氏、そして、向かいに僕と西嶋がいる。「調査できたんですか？」

テーブルの裏を覗き、座布団を引っくり返していた古賀氏はひょこっと顔を上げ、「ばっちりだよ」と人の良さそうな表情を見せる。「これが、麻生の約一週間の行動だよ」と封筒を開け、Ａ４サイズの紙を取り出した。

見合い写真を取り合うように、僕と西嶋はそれを覗き込む。横書きの文章が並んでいる。タイムスケジュールのように、左側に日付と時間帯があった。この一週間の麻生氏の行動を書き留めたものだ。一枚の用紙が一日分で、それが六枚重なっている。「こっちが写真とか、テープを起こしたものとかでさ」と封筒のさらに奥から、現像された写真の束と、別の紙を引っ張り出す。

西嶋がそれをひったくるようにして、目を通す。僕も手元の報告書をしばらく、読んだ。学生の僕からすると憶測でしかないけれど、記入されている麻生氏の毎日は、一般の人よりは変化に富んでいて、多忙なものだった。大学の講義に出かけ、雑誌の対談に行き、夜は友人と食事をし、土曜日ともなれば家族と子供向けの映画を観に行っている。

「その情報で、驚かすことはできるだろうね」古賀氏が報告書を指差した。

確かにそうだろう。これをもとに鷲尾氏が、本番で、「麻生さん、あなたは先週、映画を観ませんでしたか?」であるとか、「雑誌の対談をしましたね」であるとか、そういった指摘をすれば、びっくりするに違いない。

「それじゃあ駄目だよ」

「駄目、ですか」

「そこまで具体的に当ててみせると、怪しがられる。対談の仕事なんかも、調べようと思えば調べられるから、どうせ出版社に問い合わせたんだろう、と勘ぐられる。だから、たとえば、そこに書いてある、停留所で老女に時間を訊ねられた、とか、乗ったタクシーでタオルの落とし物を見つけた、とか、そういうのを曖昧に指摘するくらいがちょうどいいだろうね。本人もうっかり忘れていたようなことを思い出させれば、なぜ知ってるのか、と不思議に思うだろ。特にタクシーの中は自分しかいなかったのだから、尾行されているとも思えない」

「それはどうやって、調べたんですか?」

「こっちに書いてありますよ。盗聴で拾ったみたいですよ」西嶋は別の報告書をめくっている。

「プライバシーを侵害している罪悪感を感じますね」と僕がこめかみを掻くと、「そうだねえ」と古賀氏が言い、「ですね」と西嶋も応えた。二人ともまるで罪悪感を覚えていない声だった。

「古賀さんが調べてくれたんですか」

「東京にいる知り合いに頼んだんだ」

いったいあなたは何者ですか、と僕はまた問い質したい気持ちに駆られる。「でも、これ、凄く高くつきませんか?」前に南も言っていたけれど、興信所の調査は、本当に目が飛び出るほど高い、と聞いた記憶がある。

「大丈夫、大丈夫。知らない奴じゃないから、分かってくれるよ」

「でも、意外ですねえ」と西嶋がしみじみと言った。

「意外って何が?」

「麻生には絶対、女がいると思ったんですよ、俺は。外れましたよ、何にもないですよ」

「だね」古賀氏も言う。「わたしもね、それは思っていたんだよ。ああいう男は人気もありそうだし、これは絶対、不倫の芽はあるなあ、と睨んでいたんだけど。まあ、一週間の調査だから、もっと長く追えば、結果は違うのかもしれないけどね」

「浮気の事実を、鷲尾ちゃんがずばっと突きつけたら、楽しかったんですけどね」いつの間にか、ちゃん付けになっている。

16

鷲尾氏が再び、仙台にやってきたのは、翌日、つまりは大学祭の前々日だった。超能力イベントは大学祭の最終日、三日目だったから、それにはずいぶん余裕を持った登場だった。「例の件、やるんだとしたら、準備がいるかと思って」

僕たちは前回と同じ喫茶店で向かい合っている。

「どうして、乗り気になったんですか」

「この間の実行委員さんたちとの打ち合わせの時に、言われたんだよ」鷲尾氏は寂しげな顔で唇を動かした。

「何をです？」

「本番当日、麻生氏は駅の牛タン屋で昼食を食べ、その足で、青葉城の見学に行くそうですよ、ってね。それはあれだろ、この間、君たちが言っていたやつだ」

「引っ掛けですね」僕は言う。

古賀氏から得た、例の、「麻生氏調査結果」一式の、封筒の中身を見せると鷲尾氏は目を丸くした。「手間もお金もずいぶん、かかってるんじゃないかい」ここまでして麻生氏を驚かせたいのか、と呆れ果てた。「で、私はどうやればいいのかな」

「当日のイベントの流れはどうなってるんですか」

鷲尾氏の説明によれば以下の通りだった。記念講堂の開場は十四時からで、イベント自体は十四時半から始まる。ステージ上に椅子が並び、向かって右側に鷲尾氏が、左側に麻生氏が座る。「まずは私の生い立ち、と言うか、この間話したようなね、スプーン曲げの経緯を話すらしい。その後で、実際に私がスプーンを曲げてみせ、麻生氏がそれを見る」

「見て、暴くわけですか」西嶋がむっとする。

「司会者役の学生がね、小さなビデオカメラで、私の手元を撮影して、それがステージ上の大きめの画面に映るようだね。観客にも見えるように」

「その後で、記憶の透視をやるんですか?」

「そうだね。麻生氏の腕時計か、日頃身につけているアクセサリーを渡してもらって、それに手を当て、透視するんだ」鷲尾氏は透視の際の仕草なのか、手元のコーヒーカップを両手で覆うような恰好をした。

「そうすると、人の記憶が見えるわけですね」西嶋は人差し指を突き出す。

「できる時には」

その後で僕たちは当日の段取りについて話を続けた。先日、古賀氏に教わった通りに、「映画に行きましたね」であるとか、「対談をしましたね」であるとか、具体的な当て方は避け、漠然としながらも特徴のある事柄、「お婆さんに時間を訊かれましたね」であったり、「タクシーで忘れ物を見つけましたね」であるような指摘をすべきです、と進言した。

「なるほどねえ」

「ちなみに、最近、成功したのはいつでしたか」喫茶店を出る時に、僕は訊ねた。「透視ができたのはいつですか?」

鷲尾氏は立ち止まり、僕を見たまま、黙り、ほどなく、「ずっと昔」と言った。「ずっと昔だよ」

ホテルにチェックインする鷲尾氏を見送り、僕と西嶋は並んで、アーケード通りを歩いた。二人とも無言だった。西嶋が何を考えているのかは分からなかったが僕は、鷲尾氏のことを考えていた。ファストフードの広告を配る女の子から、ビラを受け取った後で、「西嶋、僕は思うんだけど、鷲尾さんは超能力者じゃないかもな」と言った。「昔はそうだったかもしれないけど、今は違うのかもしれない」

根拠があったわけではなかったけれど、どことなく僕はそう感づいていた。鷲尾氏には自信もなければ、真実味もない。

「そうかもしれないですね」西嶋は怒った口振りでもなかった。「ただ、詐欺師ではないですよ。あれはあれで、必死なんですよ」

「そうだね」

砂漠に足を踏み出してもいない僕たちには想像もつかないような、苦難が、社会には広がっているのではないか、そんな想像をした。超能力者のフリをせずにはやっていられない、「生きづらさ」と要約することもできそうな苦しみが、たくさんあるのかもしれない。

でも大丈夫ですよ、と西嶋は言う。「超能力が使えなくても、あの情報があれば麻生氏にひと泡は吹かせられるんですから」

ああ、その通りだ、と僕は応えた。けれど、その日の晩、鷲尾氏は超能力者でないどころか、内通者だった、と分かることになる。

「麻生と鷲尾は知り合いなわけ?」東堂は電話でそう訊ねてきた。深夜零時を回った頃、アパートの床に腰を下ろし、壁に背をつけ、文庫本を読んでいるところだった。「実は今日、アルバイトだったんだけど」

「例のミニスカートの?」僕はそこで、薄暗い店内を、長い脚をちらつかせて、颯爽と歩く東堂を思い浮かべる。

「そう。麻生と鷲尾が来てたんだよ」

「え?」

「お客で。麻生ってほうはわたし、テレビで観たことがあるからさ、最初はあれ? って思ってたんだけど。わたしがテーブルについて、話をしていたら」

「そういえば東堂は、お店では、愛想を振り撒《ま》くわけ?」不意に気になり質問を挟んだが、彼女は、「そりゃそう」と愛想なく答え、「いつも通り」と付け足した。

いつも通りか。複雑な思いになる。「で、もう一人が鷲尾氏だったわけ?」

「そう呼び合ってたから。結構、前からの知り合いみたい。さりげなく訊ねたんだけど」と言い、東堂は口頭で、鷲尾氏の容貌を説明してくれた。まさに、冴えない営業社員の、自信の足りない、鷲尾氏そのものだった。

「学祭前の前哨戦《ぜんしょうせん》というか、エールの交換みたいなやつだったのかな」

「と言うよりも、馴れ合い万歳《ばんざい》、って感じだった」東堂が白けた声を出す。

「馴れ合い万歳？」

「あの二人、全部、情報を交換してるよ。鷲尾っていうほうが、麻生に流しているだけかもしれないけど、とにかく、麻生は、北村たちの作戦を全部知ってる」

僕はそこで正座の体勢になり、背筋を伸ばした。「どういうこと？」

「興信所を使って、麻生のことを調査したんでしょ？　それ、鷲尾が全部、話してたよ。学生がこういう情報を手に入れてるってさ。最近の学生も手が込んでる、とか笑ってた。北村たちのことでしょ？」

「たぶん」間違いない。笑われていたのは僕だ。「鷲尾さんが何でそんなことを」

「わたしも、とりあえず、どういうことか訊いてみたんだけど」すると、麻生氏と鷲尾氏は、東堂がまさか国立大学に在籍中の学生とは思っていなかったのか、自分たちのことをとうとうと喋ったらしい。超能力のイベントがあるのだが、実のところそれは、鷲尾氏が手品まがいの実演をし、麻生氏がそれを暴く、というからくりだ、と。「学生たちがそれを見て、楽しんでくれればいいんだ。ショーだよ、ショー。今や、政治も格闘技もショーなんだ」

「そんなこと、東堂に喋っていいと思ったのかな」鷲尾氏はまだしも、麻生氏が、そういうところで軽率な発言をするとは思えなかった。さあね、と東堂が言う。お酒で気分良くなったのかもしれないし、わたしみたいな若い女に喋っても大きな問題はない、と甘く見たのかもしれないし、もしくは、「わたし、かなり色っぽく迫ってみたから、それが功を奏したのかも」と。「たぶん、男はね、色気を強張する女を侮る傾向がある」

「きっと、それだ」安易だけど、そうとしか思えなかった。

「で、どうするの」

「どうするも何も」僕はすでに、呆気ないほどに、この件への情熱や関心を失っていた。どうでもいいよ、と答えたかったけれどかわりに、「西嶋には伝えた?」と訊ねた。

「まさか」東堂が言う。「北村から伝えてよ。どうせ、西嶋は怒るんだから」

17

西嶋はやはり怒った。「鷲尾ちゃんが、麻生とどうして繋がってるんですか」

翌日の昼、つまり学祭の前日、学生食堂のテーブルで定食を食べながら、彼はその怒りを吐き出し、ついでに、米粒もいくつか飛ばした。

「ありえないことではなかったんだ」昨晩、電話で事情を聞いた鳩麦さんもそう言っていた。「あってもおかしくないね。きっとさ、鷲尾って人も、不安なんだよ。この先、どうやって生きていこうかって」と。

「生き方に正解はないから？」

「たぶん、営業の仕事も芳しくないいんじゃないのかな。そこで、麻生さんから甘い囁きがあったんだよ」

「『俺とグルにならないか』って？」

「そうそう。お金になるからって」鳩麦さんは当然のように言った。

「で、西嶋、どうする？　代案を考えようか」

「代案？」西嶋は自棄《やけ》を起こしたかのように、焼き魚を口に頬張り、くっちゃくっちゃと咀嚼《そしゃく》を繰り返す。僕は、彼の返事を待つため、その咀嚼の様子をじっと眺めているほかなかった。「いいですよ、もう。やめましょうよ。そんな出来レースなんてね、参加するほうが馬鹿を見ますよ。超能力を見たい観客への裏切りですよ」

「でも、僕たちも、盗聴でインチキ超能力をやろうとしていた。あれも観客への裏切りだったんじゃないのか」

「北村、そういうのを詭弁《きべん》と言うんですよ」

「西嶋、そういうのこそ詭弁と言うんだよ」

どちらにせよ、僕と西嶋は一気にやる気を失った。幸いなことに、次の語学の講義は休講だったので、講義棟脇のベンチに座ってぼんやりすることにした。

「鱗雲《うろこぐも》って、ネーミングがいいですよねえ」西嶋は頭上の空に指を向け、まるで、勤勉な会社員が定年後に腑抜《ふぬ》けて、急に牧歌的になったかのような、そんな不自然さを見せた。けれど確かに言われてみれば、水色の空に、筆で白色を散らばしたかのような雲は、鱗そっくりで、美しかった。

「あ、東堂だ」視線を右に移動させたところで気づいた。前方のベンチに、東堂が腰を下ろしていたのだ。

「ああ、そうですね」西嶋が答える。

東堂のそばに、男が寄っていくのが見えた。見たことはないから、ほかの学部の生徒かもしれない。長身で、赤の映えたジャケットを着ていた。赤をあんなに着こなせるのはそうそういないですよ、と西嶋が隣でぶつぶつ唱えていた。男は、東堂に話しかけているが、その口が開くたび、白い歯が目立った。「あんなに健康的な歯もそうそうないよ」と思わず呟いてしまう。

東堂は無表情ながら、片耳だけイヤフォンを外し、立ったままの男の話を聞き、言葉を交わしている。少しすると男の表情がぱっと明るくなり、同時に歯もいっそう輝いた。軽やかな足取りでそこを去って行った。東堂が再び、イヤフォンを耳に詰めた。

近づき、声をかけると彼女はその整った顔立ちで、「ああ」と口を動かし、イヤフォンを外した。先ほどと違い、両耳から取り外してくれたのが、親密さの表れにも感じられ、ほっとする。

「何してるんだい」

　彼女は手にしていたビラを開いた。「ミスコン？」その文字を読みながら、首を捻る。

「学祭でやるんだ？」

「そうみたい」

「そういう美人コンテストみたいなのは、差別的だとか批判されそうだけど」

「出ようかと思って」

「東堂、出るんですか」西嶋が驚いた。

「かと思って」

「さっき、誰か声をかけていたけど」

「文学部の四年生みたいよ」

「知り合い？」

「全然」東堂はむすっとした表情で首を横に振る。「今度、美術館でも行きませんか、だって」

「美術館」聞き慣れない単語に驚いた。「美の術の館の美術館？」と確認をし、そう言えば大学の敷地のすぐ北側に、県立の美術館があることを思い出した。東堂は平然と、「その美術館。常設展が面白いんだって」と言う。

「行くわけ?」

「悪い?」

「悪くない」即座に答えた。「全然、悪くない」

西嶋は、ふん、と鼻を鳴らした。そして話題を変えたかったのか、純粋に興味があったのか、「何を聴いていたんですか」とイヤフォンを指差した。

東堂はそこで少しだけ微笑み、珍しく照れ臭さすら浮かべ、「ラモーンズ」と答えた。「トゥー・タフ、トゥー・ダイ」とアルバム名と思しき英語も続けた。

「ああ」と西嶋が眼鏡の縁に触れながら言う。「俺もそれ、好きですよ。ラモーンズの中でも好きですよ」

「いぼいのしし、を聴いてたんだけど。あれいいね」東堂が口を開く。

「ディー・ディー・ラモーンのあの曲は本当に素晴らしいですよ」と西嶋がそこで勢い良く、返事をした。僕はその二人のやり取りを横から眺めながら、「美術館の話題と、いぼいのししの話題では、美術館のほうに軍配が上がりそうだ」とこっそり思った。

しばらくして東堂が、「どうするの? 北村と西嶋は」と訊ねた。太陽が彼女の身体を照らし、その背後に長い影を作っている。僕たちの影よりも数倍は大人びていた彼女は一歩も二歩も人生を先へ進んでいるのかもしれないな、なぜかそう思えた。

「どうするの、って俺たちは美術館になんか行かないですよ」

「違うよ。学祭のこと。麻生って男にひと泡吹かせるんでしょ」

「それはもう、どうでもいいですよ」西嶋の言葉に、僕もうなずいた。

18

翌日から学祭ははじまったが、僕も西嶋も大学に近づこうとしなかった。大人たちにこけにされて、いじけた若者みたいだった、と言うか、そのものだった。一度だけ、鷲尾氏から留守番電話に、「麻生君に見破られるかもしれないが、君たちの情報をたよりに、やってみるよ」という旨のメッセージが入っていた。「よく言うね」それを聞いた鳩麦さんは、僕の隣で、塩辛いものでも食べたような顔をした。

鳥井から電話があったのは、その翌日、学祭の二日目だ。「最終日、一緒に行こうぜ」

僕は、行く気が全然起きないんだと零したが、鳥井は事の成り行きも知っているらしく、「でもよ、大の大人が、超能力の議論とか猿芝居をするんだろ。楽しそうじゃないか」と言った。「それにさ、あれだよ、東堂がミスコンに出るって聞いたか?」

「ああ、聞いた」

「観に行きたいじゃんか。他校からも来るらしいし。水着とかはないらしいけど、こういう機会はあんまりないぜ」

「どういう機会」

「女の子をじろじろ見ても、嫌がられない機会」と鳥井は言って、ぎゃはは、と笑ったが、すぐ隣に南がいるのか、うんそうかそうか嫌がられるか、と小声で応じている声も聞こえてきた。「でも、東堂なら一位に選ばれるかもしれないだろ」

「南と二人で仲良く行けばいいじゃないか」

電話口の向こうでがさごそと音がした。あれ鳥井どうしたんだ、と思っていると、

「北村君、いいから、みんなで行こうよ。こういうのだって学生生活のイベントなんだから」と南の声が飛び込んできた。はしゃぐような、可愛らしい喇叭《らっぱ》の音色を思わせる声だ。

「ほら、南も言ってるんだから来いよ。午後一時に、学食で」

鳥井の電話が切れると、後ろを振り返り、雑誌を読んでいた鳩麦さんに通話の内容を話した。すると鳩麦さんは、「行こう行こう」と強く、賛同した。


翌日、大学を訪れると入り口にはアーチが飾られ、いつもは閑散とした敷地にテントや看板が立っていた。

「賑やかだなあ」と鳥井が言う。

「思ってたほどではないですよ」と西嶋がむっとして、答える。

講義棟の並ぶ西側に、ステージが設けられていた。今はバンド演奏が行われているが、鳥井によれば、もう十分もするとミスコンがはじまるらしい。「あ、ミスコンって男のもあるんだね。ミスターコンテスト、北村君、出たら？」鳩麦さんがパンフレットを見ながら、言ってくる。まさか、と僕は苦笑し、「西嶋が出たら？」となすりつけた。

「そうですか、俺が出ましょうか」と西嶋が悩む素振りを見せたので、僕たちは声を合わせて、笑った。何で笑うんですか、と西嶋は不貞腐《ふてくさ》れる。

「でも、よく東堂が参加するよね」僕は素朴な疑問を口にした。

「莞爾に誘われたんじゃねえの？」鳥井がそんなことを言った。

「莞爾に？」

「莞爾って実行委員みたいのをやってるんだろ？　この間、東堂が莞爾と街中を歩いているのを見てさ。というか、あの二人、付き合ってるの？」

鳥井は、東堂の西嶋への片想いについては知らなかったし、想像もしていなかったはずだから、何の気なしに言ったに違いなかった。「な、南も見たよな。仲良さそうだったよな」

「立ち話をしてただけにも見えたけど」南は言葉を濁した。その濁し方からすると、南はすでに、東堂と西嶋の経緯を承知しているようでもあった。

僕と鳩麦さんはどう反応して良いか分からず、若干、身体を強張らせ、西嶋に顔を向けた。彼はいつも通りの不機嫌そうな顔で、「へえ」とだけ言った。

だんだんと人だかりができ、鳥井が、「やっぱり、みんなさ、女の子をじろじろ見たいんだよ」と笑う。

ステージ上に派手な衣装を着た司会者が現われた。エルヴィス・プレスリーの物真似の物真似、それをさらに安っぽくした恰好だった。ふさふさした飾りのついた、白い上下の服に、踵《かかと》の高いブーツだ。「はい、みなさん、おまたせしました」

莞爾じゃん、と鳥井が真っ先に気づいた。毛糸で作ったもみあげと大きな眼鏡で隠れてはいるものの、確かに莞爾だった。彼は、倒れる女性を支えるかのように、マイクを抱えると、「幹事役の莞爾です」と言って、一人嬉しそうにした。

あいつ、あれを卒業まで言いつづけるのかな、と鳥井が笑う。

ふと見ると、鳥井の背後にいる中年夫婦が、鳥井の左腕を、腕がなく袖だけがひらひらとしているそのシャツを指差し、二人で何事か囁き合っていた。僕の視線に気づいたのか、鳥井と南もちらっと後ろを見た。中年夫婦は気まずそうに、口を閉ざす。鳥井たちは何も言わず、「いいんだよ」という目で僕を見返す。

ステージの前に、十人ほどの審査員がパイプ椅子に座っていた。教授であったり、助教授であったり、購買部のおばさんであったり、アメフト部の学生であったりした。まずはその審査員の紹介があり、それから一人ずつ、候補者が紹介され、ステージに上がった。

ミスコンとはいえ、学生たちが企画したものだからさほど大掛かりではなく、むしろ、貧相だった。ただ、そこは実行委員たちの準備の成果なのか、登場時の音楽や出てくる候補者たちの衣装が凝っていて、白けることもなく、それなりに見どころがあった。

中でも、莞爾がマイクに向かって読み上げる、候補者の紹介は、ハリウッド映画の予告やプロレスの大袈裟な選手紹介に似て、愉快だった。たとえば、「次の候補者は、眼鏡の似合う国からやってきた、眼鏡の似合う美女。二十歳《はたち》になったばかり、弓道一筋の」何某《なにがし》さん、であるとか、「次なる候補者は、当大学の書籍部で店員を務める、みなさんご存知の、レジ前の淑女。好きな小説家は、と訊ねられ、わたしはそう簡単に人を好きになったりしません、と答えたので有名な」誰それさん、であるとか、そういう具合だった。

派手な音楽が鳴り、照れ臭そうに候補者が現われ、そして、観客が拍手をする。莞爾がマイクを候補者に近づけ、質問をぶつけ、審査員との質疑応答が行われる。

のんびりした雰囲気ながらも、莞爾の司会回しが上手で、アピールをどうぞ、と言われた候補者たちが緊張のため、意表を突く行動に出るのも微笑ましく、予想以上に楽しかった。

「次の候補者は、無表情の女神」と莞爾は、東堂のことを紹介した。「愛想がないこと風の如し、美しきこと林の如し」と下らない言葉を並べ、「彼女の入学以来、大学の内外を問わず、ありとあらゆる男たちが、彼女に交際を申し込み、次々と撃沈しました。キャンパスには死屍累々《ししるいるい》。山の上にさらに山。さあ、あの山を目指せ、そして俺の仇《かたき》を討ってくれ。もはや、男子学生は一丸となって、彼女を目指すんだ」とそれまでより五割増しほどの熱を込めて、前口上を述べた。

神秘的とも言える不思議なサクソフォンの音楽とともに、東堂がゆっくりとステージに上がった。黒い細身のワンピースで、派手さはなかったけれど、観客たちが一瞬、息を飲むのが、僕には分かった。

「やっぱり、ひときわ美人だね」と鳩麦さんが嬉しそうに、僕の耳元に口を近づけた。

東堂は愛想を振り撒くような素振りはまったくなく、普段の東堂を知っている僕たちには違和感はなかった。でも、他の人には、誰かに出場を強制されてそれで怒っているのだ、と見えたに違いない。莞爾の質問に対しても、必要最低限にしか唇を動かさなかった。

「もう少し、愛想良くしても良さそうなものだけど」と鳥井が愉快げに言う。「なあ、西嶋、そう思わねえか」

「まあ、ですね」西嶋は大きく息を吐き出した。「俺はちょっと、ここを去りますよ。もうだいたい分かりましたからね」と言った。

「何だよ、これからだろ。見てようぜ」

「いいんですよ。そういえば、さっき看板で、大学構内一周ウルトラクイズとか書いてあったから、それに参加しますよ」西嶋は言うが早いか、人だかりを掻き分け、後方へ消えていってしまった。

「おい、じゃあ、講堂の超能力ショーには来いよなー」鳥井がその背中に声をかけた。

僕と鳩麦さんはお互いに顔を見合わせ、無言のまま片眉を上げた。また、ステージに向き直る。

「おい、北村、西嶋はちょっと変だな」

「そうかな」と僕は答える。「それよりも鳥井、背、伸びた？」

「どういう話の逸らし方なんだよ」と鳥井が目を丸くした。自分の脚に目をやり、でも、最近は脚に筋肉がついてきたし、体格は良くなったから、とぼそぼそ答えた。

その後も僕たちは、莞爾の活躍ぶりを、コンテストの行方を見守った。全員の紹介が終わると、次に、再び候補者たちがステージ上に上がった。全員横並びになる。そして、審査員の言う、「十歩ほど歩いてください」「後ろを向いて、振り返ってください」「何か好きな言葉を叫んでください」という思いつきとしか言いようのないリクエストに応えた。無愛想ながら東堂も従っていたのが、可笑しかった。しかも誰一人、「もっと笑ってください」とは要求しなかったことも興味深かった。あまりに愛想がないから、それを頼むこと自体がタブーに感じられたのだろうか。

有意義とは言いがたい一連のやり取りが終わり、もったいつけたファンファーレと莞爾の台詞の後、優勝者が発表された。予想に反し、それは、東堂ではなかったけれど、やっぱりな、という気持ちもあった。

「あれー、どうしてー」と南が不平を洩らした。

鳩麦さんも、「八百長だ」と抗議した。「いったい何がいけなかったわけ」

僕と鳥井は、二人を宥めた。「ぴくりとも笑わない、あの無愛想さが敗因だ」

「モナリザが爆笑してどうするのよ」と鳩麦さんは依然として怒っていたけれど、とにもかくにも、コンテストは終了した。それから、男性部門がはじまる、というので、僕たちは慌ててその場を後にした。

19

講義棟から南方へ数分、歩くと、記念講堂があった。立て看板が置かれ、「麻生晃一郎が超能力者と戦う！」と書かれていた。

「もうはじまってる」僕は腕時計を見て、慌てた。開始は十四時半からだったから、三十分近く過ぎていた。

受付でチケットを買っていると、西嶋が後ろから走ってきた。ひいひい言いながら階段を上ってくる。「間に合いましたよ」と呼吸を整えつつ、チケットを買う。

「クイズ大会、どうだった?」

「購買部の○×クイズまでは進んだんですけどね、そこで脱落ですよ。でもね、スター・ウォーズのダース・ベイダーが、伊達政宗《だてまさむね》の鎧《よろい》を参考にしている、とかそんな話、聞いたことありますか?」西嶋は下唇を出す。その問題で、敗退したらしい。


五百人くらいが入れる小ホールは、ほぼ満席だった。暗い中、目を凝らすが空いている席はなかなか見当たらない。前を見やると、ステージのところだけが、切り抜かれた長方形のようにぽっかりと明るくなっていた。裁判の被告人の席と検事の席さながらに、テーブルが置かれている。右側から立ち上がった鷲尾氏が、中央の席に座った。

ステージの背景には、正方形のスクリーンがかかっていた。鷲尾氏の横顔が、映し出されている。よく見れば、壇上で学生が一人、小さなビデオカメラを構えていて、その捉《とら》えた映像が、スクリーンに映し出されている。

鳥井が最後列の右端に空席を見つけ、こっちだこっちだ、と呼んでくる。僕たちはこそこそと中腰で移動し、その端の席に座った。鳥井と南、西嶋の三人が前に、その後ろに僕と鳩麦さん、と座る。

「鷲尾さん、ちょっと待ってください」と麻生氏の声が場内に響いた。声は大きかったが、麻生氏に興奮は見られない。左手のテーブル席を立ち、中央の鷲尾氏に寄っていく。

「大変、申し訳ありませんが、私の用意したスプーンでやっていただけませんか」

ちょうど、鷲尾氏がスプーン曲げを披露するところだったらしい。

「これは、ごく普通の、そこの学食から借りてきたスプーンです」と断り、「疑うわけではないのですが、今回は一応、私が超能力を検証するイベントですから、最善を尽くさせてください。もちろん、これは説明の上、借りてきたもので、食堂には後で返却いたします」と微笑んだ。すると司会役の学生が、それは例の、ドレッドヘアの実行委員長だったが、間髪容れず、「でも、鷲尾さんの超能力で、曲がっちゃったら、スプーン返せないですよね」と合いの手を入れた。会場から笑いが起きる。鷲尾氏は悲しげに眉を下げ、麻生氏からスプーンを受け取り、それを両手で持って触りはじめる。

「どう、南の目から見て」と鳥井が、南に声をかけていた。「本物っぽい?」

「わたしに訊かれても」と南は小さく笑う。「専門家じゃないし」

「専門家というか、本物じゃないか」と鳥井が小声で言った。

結論から言えば、鷲尾氏は、スプーンを曲げることができなかった。映し出された顔が汗で光っていたのは、照明のせいばかりではないだろう。下を向き、「今日は、できません」と答える鷲尾氏は弱々しく、これが麻生氏と共謀した演技だと知らなかったら、いかに鳥瞰型の僕といえども、鷲尾氏に同情を覚えたかもしれない。ただ、その、「大人の裏合議」を知った今となっては、よくやるなあ、と二人の役者ぶりに感心するくらいだった。こういうやり取りはすべて、決まっているのだ。これはショーだ。むしろそこで、二人の馴れ合いについては知らない司会者が、「鷲尾さん、どうしたんですか。どうしてできないんですか？」と嫌らしく訊ねているのが、哀れなくらいだ。

「鷲尾さん、今日はできない、とかそういうのはやはり、科学的じゃないですよ」麻生氏は壇上を歩く。そして、スプーン曲げをはじめ、超能力と呼ばれる行為についての批判を述べはじめた。

「何か、嫌な感じだな、あいつ」鳥井が、僕を振り返る。

事前に僕から話を聞いていた鳩麦さんも、いざ、麻生氏の自信満々な演説を耳にすると不快感を持ったらしく、「ねえ、南ちゃん、あいつのスプーン、くにゃっと曲げちゃってよ」と耳打ちをした。

「そうだ、南、やろうぜ」鳥井も言った。

「え」南が戸惑っている。

そのうちに、鷲尾氏の記憶透視がはじまった。さて、どうなるのか、と僕は座り直す。

鷲尾氏は、麻生氏の腕時計を借り、それを両手で包むと目を閉じ、瞑想《めいそう》する面持ちになった。その表情が、スクリーンに大きく映る。いい年をした大人の、少年が邪念なく祈るような姿は見ようによっては滑稽で、そのバランスの悪さに、会場全体が笑いを噛み殺している。

鷲尾氏が目を開いた。そして、「あなたの先週の行動が、ぼんやりとですが分かりました」と口を開いた。

「それは楽しみです」と麻生氏が言う。

「あの、余裕しゃくしゃくなのが憎らしいな」鳥井が口元を歪める。

「あの余裕をくしゃくしゃにしちゃいたいね」鳩麦さんが顎を引く。

「水曜日、あなたはどなたかと仕事で話をしませんでしたか？　たとえば、対談のような」鷲尾氏はそうはじめた。

「お」西嶋が驚いて、小声を上げた。「一応、使ってるんだ、あの資料」

さらに鷲尾氏は、「家族で、映画館に行きませんでしたか？」とも続けた。

なるほど、と僕は思った。場内の空気はどことなく、引き締まった。鷲尾氏の指摘に、

「超能力者が反撃に出たぞ」と観客たちも身構えたようだ。委員長兼司会者のドレッドヘアの彼も、舞台の上で、不安げに麻生氏を見ている。先生、大丈夫ですか、超能力に負けちゃわないでくださいね、という様子だ。

しばらくして、「鷲尾さん、そんなことは」と麻生氏の落ち着き払った声が、マイク

を通じ、空気にじんわり染み渡るように聞こえた。笑みさえ湛《たた》えた、余裕の声だ。「雑誌の対談は、私の事務所や出版社に問い合わせればすぐに分かりますし、映画に行った件もおそらく、私の隣人にでも聞いたのかもしれません。外出時に、隣人に宅配便の受け取りを頼みましたから。あまりに具体的過ぎますよ。それは超能力とは言わず、調査です」

場内に笑いが起きる。ほっとした気配もある。良かった良かった単なる調査なのか、と安堵している。

そこで少しだけ疑問が過《よぎ》った。みんな超能力が世の中に存在するのがよほど怖いのだろうか？　よほど許せないのだろうか？

麻生氏は再び、古今東西の、予言や透視能力に関するイカサマ術について、話をはじめる。

「あの鷲尾って人が餌になって、麻生って人の講演会を盛り上げてる、という感じだね」と鳩麦さんが言う。

「二人で協力して、この世から、超能力を消し去りたいのかもしれない」

「でも、鷲尾ってのは超能力者なんだろ？」鳥井が首を捻って、囁く。

「昔はね」僕は答える。以前は確かにその能力を持っていたが、今はまったくの無力で、手品紛《まが》いのことしかできないのではないだろうか。少年期から彼の人生を歪めたのは、まさに超能力で、あれさえなかったら、といつも後悔をしているとしても不思議はない。だからなのか？　その恨みを晴らすために、麻生氏のためのピエロとなってまで、超能力自体に復讐しているのだろうか。

それはあまりにも寂しいですよ、鷲尾さん、そう言いたくなる。

「一方的で、嫌な感じだな」と鳥井は相変わらず、不愉快そうだ。「南、何か見せてやれよ」

「何かって」

「いっそ、麻生って奴を宙に投げちゃえよ。車が可能なら、人だってできるだろ」

「無理だよ、たぶん」南が言う。心なしか、その断り方は、以前までの遠慮がちなものから、一緒に生活をはじめた細君《さいくん》が夫をあしらうような、強さを含んでいた。「車も、ずっとできてないんだし。あんまり大きいのは、できないと思う」

「じゃあ、小さいのは？　あの机とか」鳥井はさらに訊ねた。往生際が悪い。

「あれでも大きすぎるかも」と南が答える。超能力を否定するこのイベントの会場に、こうやって、ごく自然に超能力の話をする女子大生が座っているというのも妙ではあった。

「はい、ここで、飛び入りを！」と新たな声が響いたのは、その時だ。

20

ステージ上に現われたのは、莞爾だった。エルヴィス・プレスリーの物真似の物真似をさらに劣化させた、先ほどと同じ姿の莞爾が、舞台の裏手から出てきた。手を大きく振り、先ほどまでの屋外でのイベントならまだしも、物静かな討論会の趣もあるこの講堂では、かなり違和感のある賑やかさで、登場する。これが、シナリオにはない、予期せぬ出来事なのは、麻生氏と司会者が呆気に取られていることからも分かった。

「突然の飛び入りで申し訳ありません。幹事役の莞爾と言いますが」彼はまた例の挨拶をやり、「とりあえず、今ここでみなさんにぜひ、見ていただきたいものが」とマイクで喋った。

「何ですか、あれは」さすがの西嶋もびっくりしている。

「では、これを観てください」莞爾が手を振り、舞台前のスタッフに合図を出した。するとすぐに、前面のスクリーンに写真が大きく映し出された。最初は何か分からなかったが、そのうちに全体が把握できた。

「何だか、写真みたいだね」南が目を細める。

「右にいるのが麻生じゃん」と鳥井が気づく。

「左側にいるのは、鷲尾ね」鳩麦さんが言う。

「真ん中は東堂じゃないか」僕は声を発した。

「そう、あれはわたしだよ」

後ろからそう言われて、はっとした。慌てて、後ろを見た。すぐ後ろの通路に、東堂が立っていた。背後の手すりに寄りかかるようにしている。

「どういうこと?」僕はみんなの気持ちを代表し、訊ねた。場内はざわついていて、少しくらいの会話はそのざわつきに埋もれた。

もう一度、スクリーンを見る。スナップ写真のようだった。短いスカートを穿いた東堂がソファの真ん中に座り、その両脇に、麻生と鷲尾が座っている。

「俺は、この写真をあるところから入手したんだけど」莞爾は楽しそうだった。「この超能力者と、それを糾弾する二枚目学者は、実は仲が良くて、飲み仲間らしい。美人ホステスを前に、このだらしのなさだ」と高らかに言う。「超能力を信じるな、の前に、この二人を信じるな!」

「これ、東堂のバイト先での写真なの?」僕は、東堂に訊ねる。

「そんな写真、間違いだ。細工をして、作ったものだ」ステージ上の麻生氏の声が遠くに聞こえた。咄嗟のことに若干、動揺はしていたものの、冷静さを保とうとはしていた。

「合成だ!」

「往生際が悪い」と言ったのは鳩麦さんだ。

「あれは合成なんだけどね」打ち明けたのは東堂だ。

え、と僕たちはまた驚く。

「二人がバイト先に来たのは本当だけど、写真なんか撮らなかったし」

「でも、あれは？」

「だから、偽物。別のお客と撮った写真に合成してもらったんだけど、本物っぽい」

「誰がそんなことを」と僕は口にしたが、すぐに鳥井が、「山田か」と言った。

「山田？」僕が聞き返す。

「あいつ、ああいう写真とかの加工が得意だって言ってたじゃないか」

「いつの間に」と僕は啞然とする。

「莞爾君が学祭の実行委員をやってるって聞いたから、ちょっと頼んで」東堂は淡々としたものだった。

「莞爾もよくやるなー」鳥井は歯を見せ、ぴんぴんと逆立つ髪を触る。

「ミスコンに出るのと交換条件で、手伝ってもらったんだけど」東堂が言う。

なるほど、莞爾と二人で街を歩いていた、というのはその段取りを打ち合わせていたのかもしれない。

場内はかなり騒然としはじめていた。莞爾がそれを上手に煽ってもいる。あれも一つの才能だ。参加者を盛り上げる、莞爾力だ。

ステージ上にまた視線を戻す。麻生氏は顔を引き攣らせ、スクリーンの写真を消そうと機械をいじくっていた。鷲尾氏は当惑しながらも、あまりに突飛な展開を前に開き直ったのか、どこか清々しい表情で笑っていた。

「鷲尾さん、何を笑っているんですか」と麻生氏が声を荒らげる。

「麻生君、これは私たちの負けですよ」鷲尾氏は笑いながら言う。

「勝ちも負けもないじゃないか」

「予期しない現象という意味では、これが超能力でいいじゃないですか」そう言ってなおも笑いつづける鷲尾氏の表情が見えた。客席の最後部の僕からは、距離がずいぶんあったけれど、その皺だらけで目を細める顔は、はじめてスプーンを曲げて、クラス内で即席の英雄となり、尊敬と憧憬《しょうけい》の目に囲まれ、幸福に満ち溢れ、誇らしげに胸を張る少年の頃の彼を想像させた。

司会の進行もイベントの継続もすでにうやむやになり、ドレッドヘアの司会者と莞爾がマイクなしで言い合いをはじめている。

「なあ、南」鳥井が言う。「小さな物なら動かせるか？　あの麻生の前に置いてあるマジックとか」

「マジック？」南が首を伸ばし、ステージに目を凝らした。僕と鳩麦さんも、そして西嶋も同じようにする。麻生氏の手元に、マジックペンが置かれていた。「あれくらい小さいのなら」と南がぼそっと言った。「少しだけならできるかも」

「麻生ちゃんに見せてやれよ。本当の超能力を」

南はそこで椅子に座り直し、姿勢を正し、ステージに向き直った。鳥井が抑えた声で、「マジックペンだ」と物の名前を言葉に出す。

観客たちは誰も気づかなかったかもしれない。三十秒も経たないうちに、麻生氏が椅子に座ったまま、のけぞるのが分かった。マジックペンが机から浮き上がり、目の高さまで飛んだのだ。ふわっと、「引力って何だっけ?」と急に我に返ったかのような自然さで、浮かんだ。ぽかんと口を開ける麻生氏が見える。音もなく、ペンは落ちた。と思うと、もう一度、跳ねた。大きくまばたきをする麻生氏を確認しながら、僕たちは笑った。

「あれくらいが限界かも」南が息を吐き出す。

「西嶋、何か感想はある?」後ろで立ったままの東堂がそう訊ねた。

西嶋は一瞬、唇を真一文字に結んだが、すぐに開いて、「そう言えば」と言った。「そう言えば、東堂、優勝したんですか?」

「西嶋君、気になる?」と鳩麦さんがからかうように訊ねた。

時間を費やして、準備をした割に、大した結果が出なかった学園祭だったし、他にも広瀬川の河川敷で、西嶋と鳩麦さんと一緒に豚汁を作った時に、蛇を見つけて大騒ぎになった話や、西嶋がレンタルビデオ店で借りようとしたアダルトビデオの題名を、悪気のない店員に読み上げられて激怒した話もあるのだけれど、とにかく秋の話はこれくらいにしておく。

冬

1

十二月に入ると、仙台市街地は赤と白、緑の三色に覆われはじめた。クリスマスの飾りつけだ。仙台市内では、十二月の上旬に、由緒正しい、商店街挙げてのお祭りもあり、アーケード通りには赤い大きな山車《だし》が置かれるので、和洋折衷《せっちゅう》、節操なしの印象もある。

「もう冬ですよ」と西嶋は、僕の前でがっかりした表情を見せる。「こうやってね、大学生活もあっという間に終わっていくんですよ」

僕たちは市街地のアーケード通りにある、オープンカフェの中にいた。平日だが、それなりに混んでいた。

「大学の一年間なんてあっという間だ」僕は今さらと感じつつも言った。「西嶋、少し痩《や》せた?」

「どうだろう。自覚はないですけどね。俺の肉はどこに消えたんですか」と自分の頬をぺたぺたと触る。

「例のバイトはまだ続けているんだろ?」

「まだやってますよ。いっそ、あのビルの警備員室に就職しようかなんて思うくらいでね」

「冗談に聞こえないよ。古賀さんも元気？」

「あの人は死ぬまであそこで働くつもりなんですよ」

「あの人はいったい何者なのかな」長い間、ずっと疑問に感じていたことを訊ねた。

「分からないんですが、怪しいですね」と西嶋は目を光らせたがそこで、そう言えば、と自分の財布から、カードのようなものを取り出した。名刺のようだ。古賀氏の名前とともに、様々な協会や組合の名称が肩書きの欄に書かれている。「昔の古賀さんの名刺らしいですよ」

「整体友の会とか、雀荘の標準化及び規定設立委員とか、これって実在するのかな」

「さあ」

「実在しないとまずいんじゃないのか」

「気味が悪いから、北村にあげますよ」西嶋は、由来不明のお守りを遠ざけるように、僕に名刺を寄越してきた。

「人にあげる物は自分がもらって嬉しい物にしなさい、って習わなかったのかよ」

「北村、俺はね、寂しいですよ」彼は、僕の話など聞いてはいない。あっさりと違う話をはじめる。ストローで、甘い飲み物を啜《すす》りながらだった。「みんなが俺をつかまえてね、将来のことを考えろ、って詰め寄ってくるんですよ。俺の学生生活はまだ残っているっていうのにね、何をそんなに急き立てているのか、俺にはさっぱりですよ」

「西嶋も将来のことは考えたほうがいい。気を抜くと、大学生活はすぐに終わる」

「俺にとっては黄金時代は今ですからね。この今しかないんですよ。過去のこととか先のことはどうでも良くてね、今、できることをやるんですよ。だいたい、みんなは何ですか。卒業して、一流企業に勤める、だとか、公務員になる、だとか、司法試験を目指す、だとかね、そんなの何のためですか。そのくせ、最近、誰も彼も暇そうにして」

「みんな、論文を書き終えたから」

「うちの大学はどうして、論文ばっかりなんですか。入学論文、卒業論文、そのうち、週末論文もできますよ。三時の論文も。俺なんかはね、未来は全部、未確定ですよ。自由なんですよ。来年もまた大学に通っている以外、決まってないですよ」

僕は長く息を吐き出し、「最近、東堂とは会った？」と言ってみる。

「東堂」と西嶋は英会話教室で、単語の発音を習うかのように、言葉を繰り返した。「まあ、何度か、ですね。でも、あれですよ、シェパードに会うためですよ、シェパードに」

「東堂、恋人ができたって聞いたよ」

「何か意地悪な言い方ですね、北村」

「そんなことないよ」と言いながら、意味ありげに目を向ける。

「目も意地悪ですよ」

「そもそも、西嶋が、東堂を袖にしたんだから、しょうがない」

「そうですよ、俺が、東堂を袖の下にした、西嶋ですよ」

「袖の下は意味が違う。でも、南から聞いたんだけど、東堂、いろんな人と付き合ってるらしいね」さらに意地悪な気持ちを込めて、繰り返した。

例の大学祭のミスコン以降、東堂は何人かの男と交際をしている。居酒屋で僕に、西嶋にふられたのだ、と打ち明けた後の、「いろんな男と付き合うかも」と宣言した通りではあったけれど、やはりそれは驚きであって、大学内でも話題になった。封印された扉の鍵が見つかったようなもので、開門だ、光明だ、俺にもチャンスはあるぞ、とそういう雰囲気が溢れてはいた。

「みたいですね」西嶋が苦々しげにうなずく。

「知ってたんだ？」

「南がね、逐一、俺に連絡してくるんですよ、逐一」西嶋はのんびりとした声音を作り、「東堂さん、バイト先の男性店員と付き合うんだって」「バイト先の男性店員と別れて、今度は、お店に来る税理士と付き合うみたい」「若くて恰好いい税理士で、彼のほうが東堂さんに接近したらしいの」「東堂さん、税理士と別れて、今度はうちの大学のアメフト部の部長と付き合うんだって、西嶋君」と南の口ぶりを真似た。

「それは凄い」

「凄いですよ。やっぱりね、俺とは世界が違いますよ。膀胱炎だ、寝違えた、なんて言ってね、もう全盛期を過ぎたと評された阿部薫が、その気になれば日本王者に返り咲いちゃうのと一緒でね、東堂もその気になればすぐに彼氏の一人や二人できちゃうわけですよ」

僕が凄いと感じたのは、西嶋がいちいち、南から言われたことを覚えていることに対して、だったのだけれど、面倒なので説明はしなかった。「阿部薫、また、日本チャンピオンなんだっけ?」

「鳥井がこの間、そんなこと言ってましたよ。あの、筋肉不良男もやる時はやるんですね」

あの、飄々《ひょうひょう》としながらも、禁欲的な修行僧の面影も見せる阿部薫の外見を頭に浮かべた。入学間もない頃に鳥井と西嶋と一緒に見た、夕日の射し込むジムで、半裸の男たちが汗を散らし、身体を揺すり、筋肉を震わせていた場面を思い出す。記憶が美化されているのか、あの光景はとても美しく、そしてそれに見惚れる僕たちも、とても若かったように思えた。

「前に、ジムに勧誘された時はびっくりしましたけどね」西嶋が言う。

「あれは驚いた」

西嶋はコップの中のジュースを飲み切ると、それにしても、とまたもや時事問題を口にしはじめる。「アメリカはまた、手を伸ばしはじめましたよ。あの大統領がまた選挙で選ばれてね、何を考えてるんでしょうね」

再選を果たした大統領は、気を良くしたのか、それとも他にすべきことが思いつかないのか、またもや、中東の国に攻め込んでいくことを決定した。先日まで攻めていた国の治安も確保できていないにもかかわらず、さらにその隣の、細長い形の産油国に、出しゃばろうとしている。「核兵器を隠していますよね？」「今すぐに放棄してください。さもなければ、力ずくです」「石油は関係ないですよ。たまたま、中東に問題が起きてるから、来てるんですよ」「私たちアメリカって、地球の平和を考えるのに余念がないですからね」という例によって例の、小心者で貪欲《どんよく》な、ガキ大将体質を丸出しにした、宣言だった。

「勝手なもんですよ」

「でも、核兵器を隠し持っているのだとしたら、危険は危険だ」

「北村、騙されちゃ駄目ですよ。当のアメリカは、核兵器を、隠し持ってるどころか、堂々と持ってるんですから」

「確かにそうだけど」と僕は笑う。「西嶋はいつも怒ってる」

「俺はね、準備してるんですよ。いざという時に、周章狼狽《しゅうしょうろうばい》しないために、すでに怒っておくんですよ。憤っておくんですよ。後で、文句を言っても意味がないですからね。北村みたいな奴はね、日頃から社会に無関心だから、本当に世の中が混乱すると、途端にパニックですよ。どうしよう、どうしよう、って身体中を探ったところで、ポケットから出てくるのは周章狼狽だけですよ」

周章狼狽という四字熟語の発音をよほど気に入ったのか、西嶋は何度も言った。

「そんなことよりもさ」本題を切り出す。「今日、これから、僕のために買い物に付き合わないか」と窓から見える店舗を指差した。「クリスマスプレゼントを買いたいんだ」

「そんなのに俺を付き合わせてどうするつもりですか。一人で買えばいいんですよ」

「きっとクリスマスプレゼントを買うのも、思い出になるはずだ」

西嶋は露骨に嫌な顔をする。「気が早すぎですよ。学生生活の終わりなんて、まだまだじゃないですか」

文句を口にしてはいるものの、こういう時の西嶋はそれほど嫌がってはいないのだ。

2

襲われたのは、ブランドショップを何軒か訪れ、バッグの値段の高さと店員の高飛車な態度に愕然とし、バッグ購入を諦め、定食屋で夕食を食べ、バイトに行く西嶋と別れた後だった。ＣＤショップに立ち寄り、その帰り道だ。時間からすれば、夜の八時半過ぎで、店を出て、裏通りを歩いていた。線路の下をくぐる地下道に通じる道で、外灯も疎らな、暗い場所だった。

最初、迫ってきた足音を耳にした時には、ＣＤショップの店員が、「あれだけうろついたくせに、何も買っていかないとはどういうことだ」と因縁《いんねん》をつけにきたのだと思い、だから、右肩をぐいっとつかまれても、申し訳ないな、という気持ちになった。ただ、その時、耳元に聞こえた声の響きに、はっとした。

「大統領だろ？」

強い力で肩をつかまれ、直後、羽交い締めにされた。声を上げようとしたら、口を左手で塞がれる。後ろへ引き摺られた。咄嗟のことに何が起きたのか、分からなかった。足を踏ん張ろうとするが、靴が地面を上滑りする。目の端に、男の腕が見えた。冬にもかかわらず、腕まくりをしているのか肘から先が丸見えで、そこに生えた体毛が、仰向けの状態で引き摺られる僕の目に、外灯の光でちりちりと輝いて、見えた。

「大統領だろ」とまた訊ねられる。口臭なのか、少々、生臭い臭《にお》いが鼻を突く。僕は体を左右に振ってみたが、引っ張られた。プレジデントマン、と頭にその言葉が躍った。この男がプレジデントマン？　その一方で、本当に馬鹿馬鹿しいが、「僕は、大統領に似ているのか」と気になった。西嶋、この男がプレジデントマンなのか？

路地の裏側へと引き摺られ、ほどなく、古いマンションの敷地の、裏手に出たのが分かった。住人のいない、廃ビルのようだった。もともとは駐輪場だったと思しき、その場所は薄汚れ、暗いだけだ。

「大統領か、大統領か」決して大きな声ではないが、耳のそばで喚かれ、僕は焦る。

背丈は僕よりも頭一つは高い。二の腕の膨らみ具合からすると、体格は良さそうで、胸板も厚い。口を塞がれているため、息が苦しかった。顔を振る。ブロック塀に近づくと、男はくるっと反転し、僕の後頭部をつかんだまま、ブロック塀に顔を押し当てた。僕の横顔が、塀に接する。いつの間にか右腕は、背中に捻り上げられていた。ぐいぐいと後ろから押され、頬が塀で潰れる。痛い、と感じるよりも、混乱のほうが強い。

背後からもう一度、「大統領か」と訊かれた。捻られた右腕の関節に痛みが走る。見れば分かるだろうに、と答えたくなる。僕は大統領ではない。ひんやりと頬に感じるブロック塀の冷たさと薄暗さ、それと、先日降った雨の名残りのような黴《かび》臭さで、不安が大きくなる。「大統領か？　大統領か？」

塀に擦られた顔面が痛い。どうすべきだろうか、と頭を回転させたが、気づいた時には僕は口を開き、「そうだ、僕が大統領だ」と言っていた。自分自身で、自分の返事に驚き、「え？」と思わず、口に出してしまう。

相手にとってもそれは予想外の返答のようだった。「そうなのか」と上擦った声を出すと、僕の身体を反転させ、背中をブロック塀に押しつけた。身体を寄せてくる。相手の折り曲げた左腕が、僕の胸と首の間あたりに食い込んだ。

鼻先に、男の顔がある。呼吸を整えようと、息を必死に吐く。吐いて、吸う。胸が震えた。

「ついに見つけたぞ、大統領」と男は言った。当然、見たことのない男だった。鼻が大きく、目は垂れ気味で、唇が厚い。体格が良く、年齢は四十前後というところか。僕を睨み、「諸悪の根源め」と薄っすらと髭を生やした口を動かした。

僕は答えに窮するが、すぐに、「そうだ」とうなずいた。「大統領に何の用だ」

「おまえのせいなんだよ」男は言う。真ん丸い目は充血し、その真剣さはやはり常軌を逸していた。「現場にいない奴が、偉そうに物事を決めやがって。やるなら、自分でやれ。世界を見ろ、おまえの目は節穴か。おまえが世界を、黒く潰してるんだよ」

上司を罵倒《ばとう》するかのように、アメリカ大統領を罵る目の前の彼に、僕は驚き、唾を飲む。

「戦争したいなら、おまえが行け」

僕は相手に悟られないように気をつけながら、右腕を腰に移動させた。明確な意志や作戦があったわけではない。ただ、数時間前に西嶋が口にした、「ポケットから出てくるのは周章狼狽だけですよ」という台詞を思い出し、「狼狽」と「ポケット」という言葉が頭の中で、脈絡なく、連結したのかもしれない。無意識にポケットに手を伸ばしていた。指先が、小さな紙に触れた。これは何だ、と考える余裕もなかった。むしろ、これこそが自分を救う武器に違いない、と根拠もなく確信し、だからすぐにその紙を引っ張り出して、目の前の男に向かって、振った。振って、切りつけた。すぱっと音がした。ように感じた。僕がでたらめに振ったそのカードが、プレジデントマンの左腕を引っ掻いたのだ。

「あ」僕もプレジデントマンも一瞬、ぽかんとする。

自分が持っていたカードを見やった。名刺だ。古賀氏の名刺をポケットに入れたままだったらしい。しっかりとした素材のためか、プレジデントマンの左腕に傷を作っていた。傷を見下ろしたプレジデントマンは、怒りをさらに漲らせ、僕を睨んだ。まずいな、と危機感を覚える。けれど予想外だったのは、プレジデントマンもたじろいだことだ。まさか、名刺で切りつけられたくらいで、大統領の手強《てごわ》さを感じたわけでもないだろうに、舌打ちを響かせると、背中を向け、走り去った。

3

「災難だったなあ、北村」鳥井が同情するように、眉をしかめた。

「災難と言うほどではないよ、頬が塀で擦られただけだったし」

「でも、怖いね」と鳥井の隣の南が言う。

　ボールの転がる静けさの後、ピンの弾ける音がした。顔を上げ、レーンを見ると、綺麗さっぱりピンが倒れている。右腕をさすりながらこちらに戻ってくる西嶋に、「西嶋、やるなー」と鳥井が声をかけた。僕たちは遅ればせながら、手を叩き、彼のストライクを賞賛する。

　ボウリング場に来ていた。僕がみんなを呼び出したのだ。国道沿いにオープンしたばかりの、ボウリング場だ。平日の夕方だからなのか、場内は空いていて、僕たちは五人で二レーンを占拠している。鳥井と南、僕と西嶋と東堂、という具合に分かれ、思い思いにボールを投げた。はじめのうち僕たちは、論文の内容や出来上がり具合について、話した。一段落ついたところで僕は、自分に起きた事件のことを打ち明けた。

「俺がどうしても納得できないのはね、北村はアメリカ大統領に似てないんですよ」椅子に座った西嶋が口を尖らせる。

「でも、そもそも」東堂が口を開いた。「その暴漢の狙っているのが、大統領似の男だというのは西嶋の推理に過ぎない」

「北村を襲ったそいつは、北村に、大統領か？　大統領か？　って訊ねたんだろ」と言ったのは、鳥井だ。

「うん、言ってた」

「今までは中年男性だったのに、どうしちゃったんだろう」

「たぶん、最近、あの大統領が皺取りの手術をした、とか噂があるじゃないですか。あれで少し基準が変わったんですよ」西嶋はまことしやかにそんなことを言う。

「北村君は知らない男だったんだよね？」南が訊ねてくる。

「知人に今さら、大統領ですか、って訊ねられたらさすがに落ち込むよ」

鳥井が立ち上がり、レーン手前の機械、ボールリターンのところで、ボールをつかんだ。十二ポンドの青い球だ。身体を傾け、バランスを取るようにボールを持ち上げる鳥井は、片手での投球にとても慣れていた。まだ一ゲーム目の序盤だったけれど、鳥井が片腕だけでボールを投げることに熟達しているのは明らかだった。「訓練の成果だよ、北村。もはや、左腕があった時よりも、アベレージは高い」彼は誇らしげに言う。「異性の前ならさらに高い」

右腕一本で振りかぶり、左足を踏み込むと、レーンにボールを置く。床と衝突する気配もなく、ボールは滑らかにレーンを転がり、そして、ピンに到着する直前で、首をもたげるように左に少しだけ曲がると、一番ピンと二番ピンの中間にぶつかった。ピンが散り散りに飛ぶ。二本残り、「あー」と鳥井が悔しそうに、右手を後頭部に当てた。

「上手いね」東堂も感嘆の声を洩らす。

「体格も良くなった気がする」と僕が、鳥井の右腕に指を向けると鳥井はほんの少しだけ、顔を赤らめ、「まあな」とくすぐったそうに言い、力瘤を作る恰好をした。「どうだ、西嶋、俺もなかなか、やるだろう?」

「鳥井は鳥井なりに、頑張ってますよ」

「とにかく、北村君が無事で何よりだったね」南が言ってくる。「プレジデントマンって、相手に暴力を振るうんでしょ?」

「西嶋が言うには」と鳥井が笑う。「世界のために」

「実際、あの犯人は、アメリカ大統領に怒ってる感じだったよ」

「ほら、俺の予想通りですよ。プレジデントマンはね、世界のために大統領に立ち向かってるわけですよ」

「これだけ長期間、大統領に怒りつづけているのが、何より偉い」東堂がぼそっと言う。

実際、その通りだった。僕たちがはじめて顔を合わせた頃からずっと、プレジデントマンは活躍、と言うか暗躍、と言うか犯行を続けていたのだから、本当に、粘り強い。

「でもさ、『そうとも俺が大統領だ』って言っちゃう北村も凄いね」東堂が感心してくる。

「北村、大事なことを教えてやるけど」西嶋が眼鏡越しに僕を睨んだ。「北村は、大統領じゃないですよ」

「知ってるって」

「それでどうなったんだよ」鳥井が身を乗り出す。

「警察に通報したら、すぐにパトカーが来てね、で、いろいろ訊かれたんだ。中年の警察官だったけどさ、無愛想で。それで警察は、やっぱり、プレジデントマンの犯行だと思ってたみたいだった。もちろん、警察は、プレジデントマンと呼んでいなかったけど」連続強盗犯、と言っていた。

「で、話はまだ続くんですよね？」西嶋が腕を組んで、じっと僕を見る。これで話が終わりのはずがない、という顔だ。その通りで、これで話は終わらない。むしろ、ここからが本題だった。「翌日の朝、警察から呼び出されたんだ」

「あいつらはすぐに、呼び出すんですよ」

西嶋も僕も、嶽内邸の事件の時のことを根に持っていた。鳥井が轢かれたあの時のことだ。犯人たちに襲われた被害者だというのに、はじめは疑われて、疑いが晴れた後も、扱いやすい目撃者として何度か呼び出され、辟易《へきえき》させられた。これも仕事ですから、と言う刑事たちは、定型の台詞を吐いているだけだから、まるで申し訳なさそうではなかった。

「どうせ、犯人を捕まえられないくせに」

「でも、今回は、犯人らしき男を捕まえたから、確かめてくれっていう連絡だったんだ」

そこで全員が僕を一斉に見た。「捕まった?」鳥井が目を丸くし、「プレジデントマンが?」と南が口を開けた。「俺のプレジデントマン」と西嶋が言う。

「面通《めんとお》しと言うのかな、あれは。取り調べの部屋を、マジックミラーで確認したんだ」

「映画で観たことがある」東堂がぼそっと言う。

「ありますよ、ありますよ」と西嶋も興奮の声を発した。「ずらっと、人相の悪い男たちがたくさん並ぶやつですよね。端ですよ、端の奴が犯人ですよ」

「いや、違うんだ」僕は手を振って、否定する。「複数の中から一人を選ぶような面通しじゃなくて、部屋にいたのは一人だけだったんだ。部屋に入れられて、壁にガラスがあって。で、『隣の部屋にいるあいつが、おまえを襲った奴か?』って訊ねられた」

テレビドラマで観たことのある場面、そっくりだった。ぱっと見た瞬間、椅子に座る若者の姿が目に入り、どこかに隠れたくなった。大丈夫だ向こうからは見えないから、と応対した刑事が無愛想に教えてくれても、気にはなる。

「で、取調室には、若い男がいた。前日の夜に、そのあたりをふらついていた奴だったらしいんだけど」

「ふらついていただけで、怪しまれたのか」

「職務質問に対して、反抗的な態度を取って、警察に怪しまれたらしい」

「警察は、その男が、プレジデントマンだと疑ったわけ？」東堂はやはり、淡々としている。遠くで派手にピンの飛ぶ音が反響し、わっと歓声が沸いた。

「うん、それで僕が呼ばれた」

「結果は？」

「別人だった。僕を襲った男は、もっと年が上だったし、肩ががっちりとしていた。明らかに、別の人だった」

「何だー」と南が落胆しつつも、怪談話が嘘だと分かったかのような安堵も浮かべた。

「プレジデントマンが簡単に捕まるわけがないですからね」西嶋は誇らしげだ。

「で、僕は、刑事に、『別人ですよ』と告げたんだ」もともと刑事のほうも、その若者が連続強盗犯だと思っていた様子でもなく、あまりに若者の態度が悪いために、「いっそ、この生意気な奴が、強盗犯だったら、ざまあ見ろなのにな」と期待を込めていただけのようでもあった。

「それで」鳥井が首を捻る。「さらに続きがあるわけだ。北村が、俺たちを呼び出したんだから、そりゃ、続きがあるんだよな」

「続きは、ある」僕はうなずく。「僕がマジックミラー越しで見たのは、僕を襲ったプレジデントマンではなかった」

「ただ？」東堂が鋭く、先を読んだ。

「ただ、僕の知っている顔ではあった」

「へえ」と西嶋が鼻の上の眼鏡の位置を正す。「誰ですか。俺の知っている人ですか」

「うん」と僕はうなずき、もったいつけるのも申し訳ないのですぐに続ける。「ホスト純だよ」四人の顔を見る。「懐かしい」

4

「偶然なのか？」鳥井の顔は強張っていた。それはそうだろう。嶽内邸での空き巣事件に直接は関係がなかったものの、ホスト純は、ホスト礼一の仲間であるのだから、忌わしいあの出来事と縁続きではある。鳥井は自分の左肩に視線をやった。

「偶然だと思う」僕は答える。「たまたま、近くをうろついていて、態度が悪くて、反抗的だったから、警察に難癖を付けられただけだと思う」

腕を組んだ西嶋が、厳しい目を向けた。「で、それがどうしたんですか。ホスト純を取っ掛かりに、ホスト礼一を見つけ出そうとでも言うんですか」

僕は立ち上がり、ボールリターンのところまで歩くと、送風口で右手を乾かし、十三ポンドの球を持ち上げた。「その通りだよ、西嶋」

「どうやって?」と鳥井が言ってくるのを背中で聞きながら、僕は投球に入る。左手で宙を掻くようにし、右手を振りかぶり、左足を踏み込み、ボールを前に押し出す。ボールがすうっと離れ、レーンを震わせ、ピンを目指していく。悪くないカーブを描き、ピンと衝突する。ぶつかりあって、倒れていくピンをじっと見つめる。一番左端のピンが残った。椅子に戻る。

「どうするの?」東堂が言う。

「大丈夫、あそこのピンを取るのは得意なんだよ」

「そうじゃなくて、そのホスト。西嶋が言ったみたいに、そこからもう一人のホストを見つけるつもり?」

「実はね、警察署の前には、ちょうど、喫茶店があるんだよ。広々としたオープンカフェ。そこで僕はしばらく、時間を潰したんだ。確信していたわけでもないんだけど、もしかするとホスト純が、警察から解放されて、出てくるんじゃないかな、と思って」

「まあ、犯人じゃないし、悪いこともしてないんだからな。解放はされる」

「そう。予想通り、ホスト純が姿を見せた」

正面玄関から、細身のスーツを着たホスト純が、苛立った顔つきで、警察署を出てきた。僕はすぐに席を立ち、前もって用意してあった小銭をレジの店員に渡し、店から飛び出した。交差点を走って横切り、ホスト純との距離を測って、付かず離れず、ついていった。「そうしたら、ホスト純が携帯電話を使って、誰かに連絡を取ったんだ」

「あいつか?」烏井が言うのは、もちろん、ホスト礼一のことだろう。

「たぶん、違う。十分ほどしたら、セダンに乗った若い女性がやってきたから、その彼女を呼び出したんだと思う」

「もちろん、追ったんでしょうね」西嶋の炯々《けいけい》と光る目が、僕を射る。

「もちろん」ちょうど、大通り近くだったので、助かった。客待ちのタクシーが掃いて捨てるほど、並んでいたからだ。「タクシーの運転手は結構、ノリのいいおじさんで、前の車を追ってくれって言ったら、『いつかこういう日が来ると思ってた』と目を輝かせて、張り切ってくれて」

ホスト純の乗った車は当然ながら、こちらを警戒していなかったから、後を追うことは容易だった。強いて言えば、僕の財布に入っているお金には当然、限りがあるので、あまりに長距離だと支払いができない可能性があった。まさか、お金が足りないと言った僕に、運転手が、「この時が来るのを待っていたんだ」と喜んでくれるとも思えず、だから、それだけが気がかりだった。

「車は十五分くらい進んだところで、停まった」市外、と言っても仙台市の北に隣接する、住宅街で、洒落たマンションの前だった。少し離れた場所でタクシーを降りた僕は、マンションの入り口近くまで、歩いて近づいた。ホスト純と女は、敷地内に車を停めて、マンションに入るところだった。

「オートロックですか」と西嶋が訊ねてくる。

「オートロック」僕はうなずく。ホスト純はインターフォンを押し、誰かに話しかけ、ドアを開けてもらっていた。

「そこが、ホスト純のマンションってわけですね」

「分からないんだ。部屋に誰かがいて、その人間に開けてもらっていたから、単に訪れただけかもしれないし、もしくは、ホスト純も含めて、何人かで、一緒に住んでいるのかもしれない」

僕は椅子から立ち、二投目に向かった。ボールを手に取り、レーンに向かい合い、左端のピンを狙う。レーンの対角線を走らせるように、投げた。集中力が欠けていたのか、中盤あたりで左側のガーターゾーンにあっさりと球は落ちた。

「で、北村はどうするつもりなの」僕が戻ると、東堂が口を開く。そして、返事を待ちもしないで、自分は投球に向かった。黒いワンピース姿の彼女は、背筋が伸び、颯爽とした身のこなしだった。狭い歩幅ながら、流れるようなフォームで、赤いボールを投げる。あまり大きな振りかぶり方をしない、女の子らしい投げ方で、ボールはまっすぐに進んで、ピンを八本倒した。

「やるか」東堂が二投目を投げ、スペアを取り損なって、戻ってくると、鳥井が言った。

「やるしかないよな」

「ちょっと待って、何をやるわけ」南は見るからに、不安そうだ。

「そこのマンションに、あいつらがいるかもしれないだろ」

「あいつらって」

「あの犯人だよ」鳥井は答える。興奮も高揚もなく、彼らしくおどけた言い方で、「俺の左腕を轢いた奴らだよ」と笑った。

南が悲しげな顔になり、それから、僕に厳しい視線を向けた。北村君がよけいなことを言い出すからだよ、と非難しているのだろう。その視線が痛かったから、というわけでもないが、僕は、「いや、そのマンションに、犯人がいると決まったわけではないけど」と言い訳を口にした。「ホスト純が入っていっただけだし」

「じゃあ、何で、北村は俺たちを呼び出したんだよ」

それを言われるとつらかった。確かに僕は、「やる気」だったのだろう。

「調べましょうよ」西嶋が眼鏡を外し、それを布で拭きはじめる。「張り込んで、確かめるんですよ」

「確かめてどうするわけ?」南の声は半分怒っている。

「警察に通報するんだよ、南」鳥井は、当然だろ、と微笑む。「他にどうするんだよ。大丈夫だ。深入りはしない」

そうとは思えない、と南は不安げに呟いた。

5

「意外に似合うね」鳩麦さんが、僕のかけた伊達眼鏡を指差した。ボウリング場での話し合いの二日後、午後の二時、マンション前の小さな公園にいた。公園と言うよりは、遊具の置かれた小さな休憩空間、と言うほうが相応しい。ホスト純が入っていくのを目撃した、例のマンションの敷地内だった。

鳩麦さんの運転する車で、東堂とそれから東堂の連れたシェパードと一緒にやってきていた。鳩麦さんは最近になり、車高の高い、大きな車に買い替えをしていたので、シェパードもすんなりと乗せられた。車内でのシェパードのあまりにも大人しい様子に、僕と鳩麦さんは心底、感心する。「頭いいんだよ、この犬」と東堂はぼそっと言った。

「どうして俺が行っちゃいけないんですか」二日前、西嶋はかなり、不満げだった。

「だって、あの礼一とかいう人がもし現われたら、西嶋君のこと、気づかれちゃうかもしれないでしょ。会ったことあるんだし」と南が説明する。はじめは張り込みに消極的だった彼女は、やるからにはできるだけ安全な方法で、とこだわり、逆に段取りを仕切りたがった。

「じゃあ、何で北村は行くんですか。東堂だって、ボウリング場であのホストと会ってるんだから、見つかったらまずいですよ」

「そのマンションの場所を知ってるのは、北村君なんだから、仕方がないよ」南はやんわりと言った。「それにさ、一人でマンションの近くにいると怪しまれるから、犬とか連れていたほうが安心されそうでしょ」と暗に、シェパードを連れていくことを提案した。「何より、西嶋君の印象は強いから、記憶に残っちゃってるよ、きっと」

「どうして俺の印象が強いんですか」

「あれ、北村君、どうしたの?」僕がじっと、南の顔を眺めていたからか、彼女は言った。

「いや、単に、南も変わったなあ、と思って。てきぱきしてる。はじめて会った頃は、もっと、何と言うか」

新入生の懇親会の時、あの居酒屋で、隣にいる関西弁の女の子に、「この子、無口やから」と言われていた南とは、今はずいぶん違っている。そういえばあの関西弁の彼女は最近、見かけない。

「もっと、もじもじしてた?」南が顔を赤らめながら、遠慮がちに言う。「わたしも少し、成長したのかな」

そうだと思う、と僕は首肯した。

「南は偉そうになったんだ」鳥井が混ぜっ返す。「俺はその張り込み、協力できないから、北村、頼むよ」

「協力?」

「一緒に張り込みには行けない」

「もちろんだよ」鳥井をあの犯人たちと対面させる気など、毛頭なかった。

「どうして俺は参加できないんですか。北村だって、すぐに正体がばれちゃいますよ」

「眼鏡でもかけて、ばれないように努力してみるから」と宥めても、彼は納得せず、仕方がないので、「分かった。じゃあ、今回は、僕と東堂で張り込みに行くけど、次回は西嶋にも参加してもらうよ」と説得した。そうでもしなければ彼の不満は収まらなかったし、根拠はないけれど僕は、「次回」はないものだと思っていた。


「平日の昼間に、こうやって無駄なことに時間を費やせるんだから、学生はいいね」遊具脇のベンチに座る鳩麦さんが言った。「嫌味で言ってるんじゃないよ、本当に羨ましいんだよ」

「鳩麦さんだって、平日のこの時間から、僕たちの張り込みに付き合ってるくせに」

「だって、わたしの場合は、今日は休日なんだよ。貴重な休日を、北村君たちのこの探偵作業に捧げてるんだってば」

「自分からついてきたんじゃないか」

東堂は少し離れた場所で、シェパードの身体を撫でている。昼間の公園には、子供たちが何人かいて、砂場で遊んでいた。そのうちの一人は、シェパードに恐る恐る近づき、笑う準備と泣く準備の二段構え、と言わんばかりに顔をひくひくさせていた。

「あのさ」しばらくして、東堂がこちらに歩み寄ってきた。子供に腹を撫でられているシェパードはその場に座ったままだ。「もし、あの犯人の居場所が分かったら、どうするつもり」

「警察に通報するに決まってるよ」ボウリング場で、鳥井が言っていたのと同じ回答だ。

「それだけ？」

それだけ？　と僕の頭の中にも同じ質問が響く。「それ以外に何が」

「仇討ちというか、復讐とかするのかと思って」東堂は無表情のまま、物騒な言葉を発する。

「まさか」即座に、答えた。「僕たちは単に、ここにホスト礼一がいないかどうか確かめに来ただけだし、もし、それが分かったら、すぐに警察に連絡する。この間も鳥井が言っていたけど、警察に通報しないなんて、自業自得だ」

結局、その日は夕方の五時までそこにいたのだけれど、進展はなかった。ホスト礼一や犯人たちと思しき姿も見当たらなかったし、ホスト純も現われなかった。実物のシェパードを乳幼児たちが知る機会にはなったかもしれないが、それだけだった。マンションを見上げ、どうにかエントランス内に入れないかな、と中を覗いたが諦めた。車で、〈賢犬軒〉に立ち寄り、三人で定食を食べ、東堂とは別れた。

「空振りだったね」鳩麦さんが言った。

「こんなこと、意味がないような気がしてきた」

「もう少し、調べてみたらいいじゃない」

「つまり、次回、があるわけだ」

西嶋の出番だ。そろそろ伊達眼鏡を外したら、と鳩麦さんに指摘されるまで眼鏡のことを忘れていた。


次の張り込みは、二日後だった。受けるべき大学の講義もなく、午後から空いていて、「行きましょうよ、北村。やっぱり、俺が行かないと話にならないでしょうに」と学食に姿を現わした西嶋に肩を揺すられた。

「分かったよ、分かったよ」と承諾しつつも、東堂も呼んだほうがいいだろう、と判断する。やはり犬が一緒のほうが怪しまれないし、シェパードもあのあたりの住人たちに受け入れられていたようだったし、と。家に電話をすると彼女はいて、「じゃあ、うちの車で北村たちを拾っていくよ」と言った。

「あれ、東堂、車持ってるんだっけ？」免許を取った、という話は前に聞いたけれど、車は持っていなかったはずだ。

「買ってもらった」

「誰に？」

「お店の客」

へえ、とも、ふうん、ともつかない声を僕は出すほかなくて、「そうかあ」と間の抜けた言葉を続けた。「そうかあ、凄いな。そんな客が本当にいるとは」

「お金の使い道に困っている男は意外に多いらしい」東堂は他人事のように言った。

「本当なの？」本当に客にもらったの？

「わたしは滅多に嘘を言わないんだけど」

「いったい何をしたら、車をくれるんだ」

「何も。隣の席に座って、話を聞いたり」

「愛想良く？」

「わたしなりに」

「僕も今度、その人の隣に座って、話を聞いてあげたいな」

マンション前に到着したのは、午後の三時だ。先日、停車したのと同じ場所に東堂は車を停め、シェパード付きの僕たち三人は、小さな公園のベンチに腰を下ろした。

「ここですか」西嶋は、悪の総本山を眺めるがごとく、マンションの外観を見上げる。東堂は、ブランコ脇の柵に寄りかかり、その足元にシェパードが寄り添っていた。冷淡な顔つきの美女に、悪魔がかしずく構図にも見える。

「今日は、子供たち、いないみたいだ」東堂がまわりを見渡して、肩をすくめる。

「あそこを歩いてはいますけどね」と西嶋がマンション前の道を指差した。ベンチに座ったまま目を凝らすと、幼稚園児たちが列を作り、左から右へと歩いていくところだった。小さな身体をふらふらと揺すりながら、それでも列からはみ出さないようにと気を配り、歩いていく子供たちは可愛らしかった。

「凄いことに気づきましたよ、俺は」西嶋が口を開いた。

「凄いこと?」彼の閃きの大半が下らないので、僕はあまり相手をするつもりもなかったが、礼儀として訊ねた。

「今ね、考えたんですけど、計算が合わないですよ」

「何の計算?」僕と東堂は思わず、声を合わせる。

「さっきの子供を見て、ふと思いついたんですけどね、不思議なことが分かったんですよ。いいですか。たとえば、俺には両親がいるわけですよね。北村にも」

「だね」

「誰にだって、生物学的には父親と母親の二人、いるわけじゃないですか。それで、その父親にも当然、父親と母親がいますよね」

「そりゃそうだろうね」

「そう考えると、図で描くとですよ、時代を遡《さかのぼ》るにつれて、親が増えて、枝分かれしていく感じになるじゃないですか」

「うん、なる」僕も頭の中に、父親の両親、その両親、そのまた両親、と扇形に拡散していく図を思い描いた。

「それなのに、ですよ」西嶋は、すぐ隣の僕に顔を近づけ、その後で、「昔のほうが人口は少なかったんですよね」と言った。「不思議じゃないですか、東堂、どうですか、江戸時代なんてきっと今よりもかなり人口が少なかったはずですよ」

「そりゃ、少なかっただろうね」

「ですよね。おかしくないですか」

「おかしいかな」と東堂が、僕を見た。

「おかしいに決まってますよ。親の親の親って、過去に行けば行くほど、広がっていくはずが、どうして人口が減るんですか」

　確かに、単純に計算すると妙な印象を受けた。北村、これは変ですよ、俺たちは騙されているんですよ、と隣から西嶋が突いてくる。

「騙されてるって、誰に？」東堂が言う。

「それはたぶん」僕は憶測を話してみる。「昔は、子だくさんだったことが関係しているんじゃないかな」

「どういうことですか」

「たとえば」僕は足元に落ちている枝を拾い、地面に図を描こうとした。ここに一人いるとするだろ、と。ただしそこで前方から、「これ、あなたたちの犬かしら」と婦人の声が聞こえたので、その話は立ち消えになる。

東堂が振り返り、そうです、と答える。シェパードの脇に、いつの間にか、婦人がしゃがんでいた。刈り込んだ芝生さながらの、その毛を撫でている。目を細めるシェパードも、心地良さそうだった。「最近、珍しいわよねえ、こういう犬」と言うその婦人は、小柄の中年女性で、冬だというのに真っ赤な半袖Tシャツ一枚で、黒の綿のパンツを穿いている。丸顔だ。お洒落の一環で染めたと思しき茶色の髪は、似合っているとも思えなかった。そんな薄着で寒くないですか、と僕は言いそうになるが、初対面の第一声としては相応しくないため、やめた。

「シェパード・ラモーンですよ、それは。俺が救った犬ですよ」と西嶋がベンチを立って、婦人の側に歩みを進めた。シェパードが、ちらっと西嶋を見た。その目は、昔のことを恩着せがましく話すなよ、と言うようでもある。

「ラモーン？」と婦人が不審げな目つきを向けてくる。

　僕は手を振った。「この犬の呼び名です」

　するとそこで婦人が、「ラモーンってラモーンズのラモーン？」と答えたから、驚いた。

「おばさん、ラモーンズ知ってるんですか」

「大好きよー」と陽気な物言いで、彼女が笑う。「わたしの青春時代、青春時代。十代の時、アメリカ行った時に、聴いたんだから。ガバガバヘイ、ガバガバヘイ！」

「ガバガバ？」

「北村、知らないんですか？　ピンヘッドって曲に出てくる掛け声ですよ。ラモーンズの代名詞じゃないですか。ガバガバヘイ、ガバガバヘイ！」と真剣な面持ちで、言い返す。

「ガバガバヘイ」と東堂も言うのは予想外だった。

「何だかんだ言ってね、わたしは、二枚目のアルバムが一番好きなのよ」と婦人は話しはじめ、西嶋と好きな曲について語っている。「ジョーイ・ラモーンもジョー・ストラマーも死んだなんて、信じられない」と二人は意気投合した。エディ・アンド何とか、であるとか、リチャード何とか、であるとか、固有名詞を並べ、喜び合っていた。そのうち婦人は、あなたもラモーンズなのねえ、と話しかけながら、シェパードを撫でる。

「あなたたち、このマンションに住んでるわけじゃないわよね？」

「ええ、違います」僕は答える。「この公園ってやっぱり、住人以外は使っちゃいけないんですか？」明らかに敷地なのに、白々しく訊ねた。

「原則としては住人専用ね。だいたいそれを言ったら、犬を入れるのも駄目なのよ」

「そうなんですか？」東堂はむすっとしているので、どんな質問をしても抗議に聞こえる。

「でもまあ、あんまり細かいことにうるさい人たちいないから」

その時、マンション前の一方通行の車道に、車が乱暴に停車した。ブレーキ音が鳴り響く。ドアが開くと同時に、車内に充満していた大音量の音楽が溢れ出した。その黒塗りのセダンから男が二人、降りてくる。ドアが閉まり、洩れていた音楽が聞こえなくなり、車は急発進した。降りた男たちはマンションのエントランスに向かって、気怠《けだる》そうに歩いた。

僕は、東堂に目をやり、その後で、西嶋を見た。二人とも、鋭い視線を僕に返した。

「困ってるのよね」婦人が零した。

「困ってる？」

「あの、若い子たち、うちのマンションの部屋に大勢、出入りしているのよ」

「何か、迷惑とか、かけてるんですか？」

「そういう感じでもないんだけどね。部屋にたくさんの若者が集まるから、みんなが不安がっていてね」彼女は神妙に言ったが、すぐに、「でもまあ」と表情を緩めた。「でもまあ、わたしも若い頃は友達の家に入り浸って、ラモーンズとかね、クラッシュとかを鳴らして、周囲の年配の人から不審がられたのよね。そういう意味では、あの若者のことをつべこべ言えないんだけど、でも、やっぱり不安で」

「若者は思慮が浅くて、無軌道だから？」東堂が訊ねる。

そうそう、と婦人は目尻の笑い皺を深くした。「自分もそうだったくせに」

僕は、エントランスのドアに男たちが消えていくのを目で追った。間違いない。ホスト純だった。

「ボウリング対決の時と、全然、変わってないじゃないですか」エントランスに目をやっていた西嶋がぼそりと言った。「成長なしじゃないですか」

「確かに、あれはあの時の男だね」東堂も、ホスト純だと分かったようだ。

「あなたたち、知り合いなの？」

「俺たちは、あんな無軌道な奴らと仲間じゃないですよ」西嶋が不本意そうに説明をする。「むしろ、逆ですよ。俺たちは、軌道のしっかりした学生ですから」

来年以降の軌道すら明確じゃない西嶋がよくもまあ偉そうに、と僕は思う。

「あの人たち、何号室に住んでるんですか？」

「あの若者たちと喧嘩でもするの？」婦人の口から物騒な台詞が飛び出したので、一瞬、言葉に詰まった。

「とんでもない」少しして、ようやく言う。

「実は」東堂が喋る。「わたしたちの探している人たちが、今の男の知り合いなんです」

うん、と僕は思う。うん、それは嘘ではない。ホスト礼一は、ホスト純の知り合いで、僕たちはホスト礼一を探している。

「あらー」婦人が同情なのか、感嘆なのか、語尾を伸ばした。「どうして探してるの？」

空き巣事件の犯人だ、と言えば婦人は心配するだろうし、まさか、友人の左腕を轢いたのだ、と話すわけにもいかない。かといって、単なる知り合いなのだとしたら、なぜ、直接、訪ねていかないのか、と追及される可能性もある。いっそのこと、家出をしている友人をこっそり探しているのだ、とでも言おうとした。けれど、その前に婦人が、「六〇三号室よ」と言った。

「え？」

「もともとは気の弱そうなおじいちゃんの所有している部屋だったんだけど、今は、賃貸として貸しているみたいね。で、たくさん、若者が出入りしているのよ」婦人はマンションを見上げ、ほらあの端から三番目の部屋、と指で示してもくれた。

「六〇三号室ですか」西嶋も建物を見上げる。

「あなたたち、まさか、部屋に飛び込んで、乱闘騒ぎとか起こすわけじゃないでしょ？　そういうタイプには見えないけど」

「まあ、そうですね」僕は手を振る。「そういうタイプじゃないです」

「六〇三号室に行ってみますか」西嶋は意気揚々と、使命感を漲らせ、そんなことを言った。

「おい、西嶋」

「あいつらがいるかどうか、確かめるだけですよ」あいつら、とはあの夏の夜、嶽内邸に空き巣に入った犯人たちのことだろう。

「行ってみたら？」婦人が言った。「オートロックだけど、わたしと一緒にマンションに入れば、大丈夫よ。それで、六〇三号室まで行ってみれば」

「いいんですか？」

「ラモーンズが好きだ、って言う若い子は、信用してあげたいでしょ」婦人は嬉しそうに、歯を見せた。僕たちにしてみれば、その考え方は非常にありがたかったが、一般的に考えると、その方針は危険すぎますよ、とは思った。さらに彼女はにっと笑い、「ラモーンズの歌詞にもあるじゃない。We accept you we accept you 受け入れるぜ、受け入れるぜ、って」と言う。おばさん、もし、ラモーンズが、「お金を捨てろ」と歌ってたら捨てるんですか、と思わず質問したくなる。

6

婦人はエレベーターを四階で降り、わたしの家は四〇一号室だから、用があったら寄ってね、と言い残した。そこから六階に到着するまでの短い間で、僕はとりあえず、「六〇三号室に行って、どうすればいいんだろう」と今さらながら言った。シェパードはマンション入り口の柵に縛りつけてきたけれど、事前にやったことはそれくらいで、準備万端とは決して言えない。

「前進ですよ、とにかく、前進ですよ」

「でも、もし、ホスト純たちとばったり対面したら、まずくないかな?」

「まずいかもね」東堂が淡泊な口調で答えたのと、エレベーターが音を鳴らし、扉を開《ひら》いたのはほぼ同時だった。僕は咄嗟に、扉を閉めるためのボタンに手を伸ばした。けれど、西嶋がそれを遮る。

「どうして閉めるんですか」

「準備ができていないじゃないか」

「部屋に行けば、どうにかなりますって」

「部屋に行って、どうするつもりなんだ」

「たとえば、ピザ屋のフリをしてチャイムを押せばいいじゃないですか」エレベーターは開きっ放しだったので、西嶋もさすがに声を落とす。

「ピザを持ってないじゃないか」僕はやはり小声で、しかし、叱責する口調で指摘する。どういうわけか珍しく、東堂が小さく笑った。「確かに、ピザを持っていない」

「勢いで来てしまったけど、一度、下に行かないか。話し合おう」

「部屋に飛び込んで、あのホストに、もう一人のホストがどこにいるか吐かせればいいんですよ。シェパードに嚙み付かせてもいいじゃないですか」

「シェパードも連れてきていない」東堂が肩をすくめる。

通路の右手、エレベーター内の僕たちからは見えない奥のほうから、ドアの開閉する音がした。僕たちは口を噤《つぐ》んだ。唾を飲み、息を詰め、耳を澄ます。すると、「一郎、ちょっと待ってくれよ、今、外に出るから。ああ、うん、部屋の中、すげえうるせえんだよ、みんないて、騒いでるから」と声が聞こえた。

一郎、という言葉に、僕たちは三人で目を合わせる。佐藤一郎、イコール、ホスト礼一、という式が頭に浮かぶ。声の主はまず間違いなく、ホスト純だろう。携帯電話に向かって、喋っているのだ。部屋が騒がしいため、外に出てきたらしいが、まさか、エレベーターに乗ってはこないだろうな、と怖くなる。幸いなことに足音は遠ざかった。

通路の端の重い扉が開き、その後で、ばたんと激しく閉じた。僕は息を吐き出す。

「非常階段のところに出たんだ」気づくのは東堂が一番早かった。

「よし、俺たちも行くんですよ」

「真正面から行くのはまずい。一つ下の階から、非常階段に出よう」と僕は提案する。

「下の階からこっそり外に出れば、電話の内容を聞けるかもしれない」

「それですよ」西嶋がようやくボタンから指を離し、僕は五階のボタンを押す。

エレベーターの扉が開き、通路を右手に小走りで進んだ。「非常口」の表示がある扉に突き当たった。僕は人差し指を口に当て、静かにするように、という仕草を主に西嶋に見せてから、ノブをそっとつかむと音が立たないよう気を配り、回転させた。そこにもしホスト純がいたらまずいぞ、とその時に至って思ったが、すでに扉を開けていた。頭上から、靴の音とともに、電話に応えるホスト純の声が聞こえた。

7

次の週末、僕と東堂の前に座った長谷川さんは、話を聞いた後で、いえ知りませんでした、と言った。「初耳」

以前、僕と東堂が、長谷川さんと会った時と同じファミリーレストランだ。いつの間にか、店の名前が変わっていて、店内の装飾はその時よりも垢抜《あかぬ》けていた。

「本当に、それ、礼一君だったの？」と彼女は訊ねてきた。

「実際に面と向かって会ったわけではないけど、ホスト純が電話をしている声は聞いたんだ。証拠はないけど、相手はたぶん、礼一のはず」

「仙台にいるの？」

「たぶん、いる」僕の隣の東堂が答えた。

長谷川さんの反応をじっと観察した。二度と会うものか、と思っていた彼女を、わざわざ呼び出したのは、彼女がホスト礼一の居場所を知っているのではないか、と期待したからだ。

「どこにいるのか、僕たちのほうが知りたい」

非常階段で息をひそめ、盗み聞いたホスト純の電話の内容を思い出す。ホスト純は電話に向かって、「どうだよ、久しぶりの仙台は」と声をかけていた。「ほとぼりが冷めるまで、戻ってこないんじゃなかったのかよ」と茶化すように言った。つまり、電話の相手、おそらく礼一は、仙台にいるのだ。

「わたしが、礼一君と連絡を取っているんじゃないかと思って、呼んだわけ？」長谷川さんはさすがに不快感を示した。

「そうだね」僕は正直に答える。「もし、ホスト礼一が仙台にいるなら、君が知っているかと」

「万が一、そうだったら、どうするつもりなの」

「居場所を教えてもらう。そして、僕たちは警察に通報するんだ。例の犯人が仙台にいますよ、って」

「わたしが本当のことを言うかどうか分からないのに」

「前例があるしね」東堂の声は冷たく、遠慮会釈もない言い方だ。あの嶽内邸の事件のことを引っ張り出した。「あの時、あのホストとは縁が切れたって言っていたのに、繋がっていたし」

「そのおかげで僕たちは、空き巣犯人とかち合って大変なことになって」鳥井は身体の一部を切断する羽目になった。

店員がホットコーヒーの入った容器を持って、おかわりはいかがですか、と首を傾げた。お願いします、と頼む。

「でも、わたしは実際、礼一君の居場所なんて知らない」長谷川さんは、最後に会った時に比べると、少し肉付きが良くなったようにも見えた。前が細すぎたのだろうが、頰が心なしかふっくらとしている。

「純にも会っていなかったし、正直なところ、彼らのことなんて気にもしていなかったから」彼女はそう言って、少し下を向くと、「信じてもらえないだろうけど」と付け足した。卑屈さはなく、諦めが零れ出したようだった。

「信じることにする」と僕は答えた。

「信じることにする」と東堂も言う。

「え」と長谷川さんは虚を衝《つ》かれた様子だった。警戒と当惑の混じった顔だ。「何で」

「時間も経ったし」僕は面倒臭くて説明なんてしたくない。というフリをした。

「あなたはそんなに悪党でもなさそうだし」東堂は言う。「いつまでも根に持ってるなんて、悪い気がするし」

　本音を言えば、僕はいまだに根に持っていた。法律で言うところの因果関係には乏しいけれど、長谷川さんのせいで、鳥井は腕を失ってしまったのだと思っていた。ただ、当の鳥井自身が、気にしない、と言うのだから仕方がない。

「北村たちにはずっと言ってなかったけどさ、実は、長谷川ちゃんから定期的に、花が送られてくるんだよな」先日、ボウリング場で張り込みの打ち合わせをした後、帰りの車の中で鳥井は、僕に言った。車内には、運転手の南の他には、鳥井と僕しかいなかった。

「花？」

「鳥井君たちを騙して、それで、鳥井君の大怪我を知って、反省してるんだって」ハンドルを握る南の声は棘々《とげとげ》しい。

いくら反省しても鳥井の腕は戻ってこないのに、と僕は言った。

「まあ、彼女なりに罪悪感を覚えてるんだろうなー」鳥井の声だけが軽やかだった。「前にも言ったけど、あれは俺の責任なんだよ。彼女に、プレジデントマンの家を見つけた、とか偽情報を吹き込まれて、北村たちを誘ったのがいけないんだ。あの時、俺が何て言ったか覚えてる？」

「忘れた」

「楽しそうじゃんか、ってそう言ったんだよ」ぎゃはは、と鳥井は笑う。「深く物事を考えなくて、暇潰しになるかもしれない、なんて甘く考えてた。その結果、腕を失った。自業自得だ」

「鳥井は偉い」僕は純粋に感心した。

「まーな」彼はまた、高い声で笑った。「ただ、まあ、そうは思いつつも割り切れてるわけじゃないんだぜ。夕焼け見て、泣いちゃうことなんて、しょっちゅうだ」

「どうして、夕焼け？」

「分かんないけどさ、綺麗な夕焼けとか見ると、俺の腕、もうないんだよなー、ってしみじみ感じちゃうんだよな」

「夕焼けとその感慨の繋がりはよく分からないけど。やっぱり、鳥井は偉い」

「じゃあ、その偉い俺から言わせてもらえば」鳥井は話を戻した。「長谷川ちゃんもかなり悩んでるんだと思うぜ。ほぼ毎月、花を送ってきてさ。かなりの回数だ」

「花を送るくらいで、許されると思ってるなんて」南にしては攻撃的な言い方だった。

「南は警戒してるんだよな」鳥井が助手席から、からかう声を出す。「俺が人気者だから、長谷川ちゃんが言い寄ってくるんじゃないかってさ」それから例のごとく笑い、例のごとく飛び散った髪の毛先を右手で撫でながら、「安心してくれ。俺には、南しか見えないからさ」とのろけた。

　後部座席からちらっと窺うと、南は顔中を赤くして、無言で照れていた。照れられると、こちらも照れてしまうからやめてほしかった。

「とにかく、長谷川ちゃんに会うなら、あんまり責めないでやってよ」

「責めるつもりはないよ」僕は答える。本心だった。「警戒はするし、許すつもりもないけど」

「俺も同じ気持ちだけど、ただ、毎月、花を送って、手紙を書くのは大変なことだし、もともと彼女に責任があるとも思ってない」

「甘いよ、鳥井君は」

「安心してくれよ、俺は、南が大好きだ」

「そういうんじゃなくて、わたしは真面目に心配してるんだって」

鳥井は、照れる南を愉快そうに眺め、最後に、それにしても、長谷川選手って来年はもう現役を引退するんじゃないのかな、とプロ野球選手の心配まで口にしたのだから、やはり偉い。


僕たちから、「信じる」という言葉が発せられたのがよっぽど予想外だったのか、長谷川さんはびくっと身体を震わせて、腕を引っ込めた。その際、テーブルの上のコップが倒れ、水がこぼれた。「あ」と彼女が慌てて、コップを直す。こぼれた水は、行き場を失った大きめの水滴となって、揺れ、僕と長谷川さんの前にある紙シートに染みた。

「水に流そう」と僕は思うより先に呟いた。

「とにかく」東堂が話を進める。「あなたは、あの男がどこにいるのかは分からないんだね」

「純は、礼一と電話で喋っていたんだ」僕は詳細を説明する。「電話の内容を聞いていると、二十八日に何かありそうなんだけど」

「二十八日?」

「十二月二十八日、東海林《しょうじ》さん宅で」

「東海林さん?」

「とうかいりんさん」と東堂が言い、グラスの水を飲み干した。

僕たちが非常階段で息を殺し、耳を澄ましていると、上にいるホスト純は、「とうかいりん」と発声した。「あれだろ？　とうかいりん、って書いて東海林って読むんだろ？　常識だよ、常識。そいつ、何なの、やっぱり金持ちなのかよ」と言った。「二十八日から、海外に行くんだな。分かった、調べておくよ、藤間《ふじま》町のどこだよ」そして、しばらく聞き役に回った後で、「正直、俺は関係したくないんだよ。一郎も早く、抜けたほうがいいって。あいつら、やばいって。とりあえず、調べるだけ調べてやるけど」と応えた。

「それって」長谷川さんの顔から若干ではあるけれど、血の気が引いていた。「礼一君がまた、空き巣をやるってこと？」

「気になる？」東堂はまっすぐに、長谷川さんを見据えた。

「気に」と言って長谷川さんは数秒間、言葉を探した。二者択一の道のどちらに足を踏み出そうかと逡巡《しゅんじゅん》するのがありありと見えた。「ならないけど」

「僕は気になるんだ」

「わたしも気になる」

僕と東堂の言葉を聞いて、長谷川さんは先ほど水のこぼれた部分を、無意識にだろう、指で撫でた。おもむろに顔を上げ、「わたしもやっぱり、気になる」と申し訳なさそうに訂正した。

「これは僕たちの勘と言うか、推測なんだけれど。彼らは計画的に空き巣をするグループなんだ、きっと。前の、嶽内邸を襲った時も、当の嶽内さんは海外に旅行中だった。今回の東海林さんも、二十八日から海外に。きっと、そういう情報を調べて、豪邸ばかりを狙う。だから、今回も彼らは空き巣をするつもりなんだ。東海林さんの家に、二十八日に」

「仙台に戻ってくる危険を冒して？　そんな危険なことするかな」

「するよ、たぶん」東堂は冷たく言い放つ。「どこかで身を隠しているにしても、お金は必要だし、大金を稼ぐなら、また、空き巣をやると思う。みんな、困った時には手っ取り早い方法に逃げる」

そこで僕は、長谷川さんに言った。「でも、君が、ホスト礼一の居場所を知らないんなら仕方がない」

「どうするつもり？」

「その東海林さんの家が、藤間町にあるかどうか調べて、本当に家があるようだったら、警察に伝える。当日、張り込んでもらう。それでいいと思うんだ」

彼女は驚いたけれど、「もし、わたしも何か分かったら、連絡する」とだけ言った。

「信じてもらえないかもしれないけど」

信じるよ、ともう一度言って、自分の携帯電話の番号を伝えた。実は僕も遅ればせながら、最近になって、携帯電話を手に入れていた。

別れ際、長谷川さんに、「それにしても、ホスト礼一の本名が、佐藤一郎というのは衝撃的な事実だった」と話すと、そこではじめて彼女が顔を綻ばし、くすっと微笑んだ。

8

「絶対、ここだ」「ここですよ、絶対」

僕と西嶋は、その家を前にして言い合う。長谷川さんに会った数日後、僕たちは電話帳で、東海林、ではじまる名前を片端から調べた。藤間町在住が一軒だけだと判明すると、すぐにその住所へ向かった。世の中には電話帳に番号を記載していない家も多いだろうし、空き巣が標的にしているかどうかはすぐに判別できないだろうな、と悲観的だったが、家を前にした瞬間、「ここだ」と確信した。

市街地から歩いて二十分ほどの、古い住宅街だ。大通りから舗装された道を進み、突き当たった丁《てい》字路沿いにある。

嶽内邸に匹敵する、もしかするとそれを上回る豪邸で、はじめは何らかの診療所か会社があるのかと思った。とてもじゃないが個人住宅とは思えなかった。高い塀がずっと続いている。ガレージ用と思われる幅広のシャッターや、出入り口用の扉があるものの、中を窺うことはできない。きっと、充実した庭があり、その奥には、しっかりとした骨格の家屋が建っているのだろう。見えなくても、目に浮かぶ。

「凄い貫禄だ」と僕が言うと、西嶋は門にかかった、「東海林」の表札を指差して、「貫禄からすると、東海林じゃなくて、風林火山って書いてあっても、おかしくないですよ」とまた、下らないことを言う。

前をうろついていると、塀の向こう側から物騒な者たちが即座に現われ、何者だ何しに来た、と詰め寄ってくるような威圧感があるため、僕たちは家の前では立ち止まらず、不自然に周囲を見渡しながら、通り過ぎるほかなかった。

「監視カメラが付いてましたよ」道を一本曲がったところで西嶋が言った。

「うん、あった」僕もそれは目に入った。「門にもあったし、シャッターにも」

「あいつら、また、車を踏み台にして、塀を飛び越えるつもりなんですかね」

言われた途端、僕の脳裏には、嶽内邸で目撃した情景が思い浮かんだ。ホスト礼一の運転するRV車がゆっくりと塀に近づき、停車し、中から出てきた三人がそのタイヤに足を載せ、飛ぶようにして、敷地内に消えた一幕《ひとまく》だ。

「今のあの家に、十二月二十八日、あいつらが現われるんですか」

「言っておくけど、僕たちは、警察にその情報を教えてあげるだけだ」

「警察は信じてくれますかね」

あの空き巣犯たちが今頃になって、また、同じことをやろうとしています。場所は藤間町の東海林宅で、日時は、十二月二十八日、時間は分かりませんが、きっと夜でしょうね、などと話して、「それは良い情報をありがとうございます」と感謝されるとは思えなかった。どうせ、「何で知ってるんだ」「どこで知ったんだ」と追及され、最終的には、「おまえも仲間なんだろ」と、一度は捨てたはずの、「共犯疑惑」を引っ張り出してくるに違いない。

「でもまあ、警察に言わないで、僕たちだけで解決できるわけがないし」

「北村、警察を過信したら駄目ですよ。やっぱり当日は、俺たちも見張るべきですよ」

それを言うなら、西嶋こそ、自分の力を過信してはいけないよ、と思った。今でも僕はふっと気を抜くと、あの夏の夜、嶽内邸の前で犯人たちにぶつかられ、路上に倒れこんだあの恐怖と焦り、地面の硬さ、それから突いた手のひらにめり込んだ小石の痛さを、克明に思い出す。思い出して、背筋の毛が立つのを感じ、そのたび肝が冷える。西嶋はそんなことはないのだろうか。

善は急げ、というわけでもなかったが、僕と西嶋はその足で、警察署に出向いた。門をくぐって玄関に入る時に、何だか自首する心境にもなった。

「そういえば、北村、あの刑事の名前、覚えてますか？」

「七三刑事？」

「俺たちを調べた、嫌味な奴ですよ」

「生真面目な仲村さん。捜査三課の」

「そうだそうだ、あの刑事、まだ、ここにいるんですかね」西嶋は手を叩き、生真面目生真面目、と口ずさんだ。警察署に入ったすぐ脇の、総合案内の窓口らしき場所で、目の合った女性警官に、仲村さんを呼び出してもらう。


「それで、どんな感じだったわけ？」車を運転しながら鳩麦さんが言った。すっかり夕方になっていて、陽は沈みかけ、助手席の僕も、後部座席の西嶋もぐったりと疲れ果てていた。「刑事は、話、信じてくれたの？」

「何とか」仲村さんは予想通り、僕たちの話をなかなか信じなかった。久々ではあったけれど、僕たちの顔を覚えていたらしく、「どうしましたか。何がありましたか」と例の、堅苦しい口ぶりで訊ねてきたものの、僕たちが説明をはじめると、「藤間町」「東海林」「十二月二十八日」と手帳に書き留め、それから、「どうしてそんな情報を得たのだ」と追及してきた。

　マンションに入って、盗み聞きをした、とはさすがに告白しづらかったので、「たまたま入ったファストフード店で、ホスト純を見つけ、そこで電話を盗み聞いた」と西嶋とは口裏を合わせた。仲村刑事は最後の最後まで、釈然としない表情だった。信じたくないなら信じなくていいですよ、と西嶋は言い捨てた。

「とにかく、信じてはもらえたわけ？」

「分からない。ただ、参考にはする、って。そう言うほかないんだろうけど、生真面目な仲村刑事だから、当日、見回りくらいはしてくれるんじゃないかな」

「でも、無防備にパトカーなんかで出向いたら、犯人は逃げちゃいますよ。前回、俺たちが対決した時と同じ結末ですよ」西嶋が不満そうに言う。

「それで北村君たちは、二十八日、どうするつもりなの？」信号待ちの渋滞に入り、ブレーキを踏んだ鳩麦さんは助手席の僕を見た。彼女の肌は白いため、そのぶん、黒い瞳が目立つ。何を期待しているのか、興味深そうに大きくまばたきをした。

「どうもしない。家でのんびりしてる」

「もちろん、現場で、張り込みますよ」

僕と西嶋が同時に、相反する返事をしたので、鳩麦さんは楽しそうに笑った。前方車両がまだ進まないことを確認して、僕を見る。首を捻って、西嶋も見た。「意見を一致させてください」

「普通に考えると、僕たちが現場に行く意味はないよ。警察がどう動くのかは知らないけれど、後は任せるべきだ」

　後ろに座っていた西嶋が、助手席の背もたれにつかまって、身を乗り出してきた。

「北村、これでもし、また逃げられたらどうするんですか」

　その言葉を聞いて、頭に映し出されるのは、路上に倒れる鳥井の姿だ。その腕を踏んでいったRV車も思い出す。僕は拳を強く握った。「逃がしたくはないなあ」

「な、そうでしょう？」西嶋が語調を強くする。「あいつらを捕まえる機会が来たっていうのに、警察に任せて、逃げられたら最悪ですよ。怒りは頂点に達しますよ」と言う。そして、「頂点」という言葉を英訳すると、「サミット」になるからなのか、「怒りサミットですよ、怒りサミット」と喚いた。

「怒りサミットかあ」鳩麦さんが笑う。

「でも、犯罪者を懲らしめるなんてことは、僕たちにはできない」

　信号が青になったのか、前の車が動きはじめた。鳩麦さんもハンドブレーキを下げ、車を前進させる。しばらくして西嶋は、「実はですね、俺は昨日、たまたまテレビで放映していた映画を観たんですよ」と自慢げに話しはじめた。「スティーブン・セガールが活躍する映画だったんですけどね」

「誰それ？」と鳩麦さんが言う。

「俳優だよ。アクション映画によく出てくる。強くて、絶対負けないんだ」僕は教える。

「そのセガールがね、教会の懺悔《ざんげ》室で言ってたんですよ」

「何て」

「『自分で戦ったほうが、裁判よりも、手っ取り早いと思ったんです』って反省してたんですよ」

　鳩麦さんはそこで噴き出した。「それ、どういう理屈なの」

「手っ取り早い、とかそういう問題じゃないのに」と僕も呆れた。「セガールらしいけど」

「凄いじゃないですか。俺は感動しましたよ。その通りでね、自分たちで戦うほうが、手っ取り早いんですよ」

「そういうのはさ、手っ取り早いとかそういう問題じゃないんだ」と僕は控えめにもう一度、指摘したが、西嶋は聞いてはいない。

とにかく、僕と西嶋には考え方に違いがあって、その溝はなかなか埋まりそうもなかったので、「よし分かった、十二月二十八日の件は、また後日、話し合おうじゃないか」と僕は提案した。

　ふん、と西嶋は不満げに鼻息を荒くする。

「じゃあ、今日はこれからどうしようか」鳩麦さんが言った。「もう夕方だけど、夕食、三人で食べようか?」

「西嶋は今日、バイトじゃないのかい」

「今日は違いますよ」と西嶋は答えた。いつになく、奥歯に物が挟まった雰囲気だった。

「何かある？　やりたいことがあったら、言えばいいのに。西嶋らしからぬ反応だ」

「そうだ、俺らしくない」

「どうしたの？」鳩麦さんも運転しながら、声をかけた。

するとと西嶋は意を決したかのように、「実は、大人っぽい服が欲しいんですよ」と言う。

何のことだ、と僕も鳩麦さんも咄嗟には理解できなかった。「それって、例の空き巣と関係があるわけ？」

「あるわけないですよ」

「じゃあ」そこで鳩麦さんは一体、何を根拠にしたのか分からないけれど、「東堂さんに関係してるとか？」と言った。

西嶋が、「なぜ分かるんですか」と動揺を見せた。

9

衣料品店で服を選ぶのは、鳩麦さんの専門だ。慣れていたし、生き生きしていた。

駐車場に車を停めた後で、アーケード通りの地下にある、男物ブランドショップを訪れた。広くはないが、白い壁で囲まれ、ハンガーに架けられたスーツがずらっと並ぶ様子はずいぶんと洒落ていた。洒落ている上に、どの服も高級そうだ。

「予算はどれくらいを考えておりますか？」車内で、店員口調になった鳩麦さんが訊ねた時、西嶋は黙ったまま、自分の両手をじっと見つめた後で、「十万でどうですか」とぼそっと言った。

「凄い」と僕は驚く。

「よし」と鳩麦さんは士気を高めた。

「その十万って、先月のバイト代？」

「いや、古賀さんとの麻雀の負け分」

「負け分？　勝ち分じゃなくて？」

「古賀さんに払うくらいだったら、自分で使ったほうがいいじゃないですか」だから、服を買うのだ、と言う。それは理屈としてはおかしい。

「デートはどこに行くわけ」試着室に入って、ごそごそと着替えをはじめた西嶋に、僕はカーテンのこちらから声をかけた。わざわざスーツを着て、出かける場所とはどこなのか、興味があった。オペラでも観に行くのか、と訊ねたのも半ば本気だった。「西嶋、何と言って東堂を誘ったんだ？」

すると僕の前に立っていた鳩麦さんが、大事なことに気がついた、という表情で、つまり、目を見開いて、僕に向かい、口だけで、「東堂さん」「彼氏」「いるんだよね？」と訊ねてきた。

あ、そうだ、と僕も遅ればせながら、気づく。近頃の東堂は、次々と恋人を代えているとはいえ、常に男の影があるし、いや、もちろん影だけじゃなくて実体もあるんだろうけど、おまけに、車をぽんとただでくれる上客までついているのだ。カーテンがすっと開いた。「デートに誘ってなんかいないですよ」と西嶋が現われる。

おお、と僕と鳩麦さんが思わず息を飲んだ。「似合うじゃない」

背広姿が様になっていた。肉付きの良い西嶋だったけれど、濃いグレーの三つボタンの背広が、全体を細く見せていた。「いいよいいよ」鳩麦さんが嬉しそうに言った。

「うん、悪くない」

「おっさんくさくないですか」西嶋は身体を右へ左へ振りつつ、試着室の中に設置された姿見を何度も見やった。

「そんなことないって」と鳩麦さんが言い、「驚いたことに」とこっそりと付け足した。

「いや、驚くくらいに」と僕も正直に言う。「似合ってるよ」と強くうなずいてみせた。

「そうですか、これ、いいですかね。ネクタイがまた、渋くて」

「渋くて、いいと思う」と鳩麦さんが太鼓判を押す。いっそのこと、ワイシャツもネクタイもグレーに揃えちゃうのも恰好良いかもしれないよ、と彼女が提案した色なのだ。

「地味じゃないですかね」

「行動と考えてることが奇抜なんだから、外見は地味なくらいのほうがいいよ」僕は言った。

靴を選んでも、西嶋の予算内に収まった。しかも、女性店員が、鳩麦さんの知り合いの知り合いに当たるらしく、少し安くもしてくれた。知り合いの知り合い、という関係にしては、張り切ってくれた割引額だった。

「懐かしい。はじめて、鳩麦さんと会った時のことを思い出す」レジで会計をする西嶋を待ちながら、僕は、隣の鳩麦さんに言った。

「そうだね」彼女も、僕の言わんとすることが分かったようだった。「あの時は、西嶋君、マネキンが着ているのを丸々、買ったんだ」

「印象深かった？」

「あの時も言ったけど、マネキンの服を全部、買っていくことはそんなに変なことじゃないし、珍しくないんだよね。ただ、『マネキンのを買っていったら恥ずかしいですかね』って店員に訊ねる人は、わたしははじめてだったから、新鮮だった。あんな風に、臆さずに、胸を張って」

「西嶋は臆さない」それこそが西嶋の根幹だ、と僕は思う。自らを恥じず、臆さず、行動する。

「結局、あの時の服って着たの？」

「合コンで着たけど、それ以降は着てないかも」僕は言ってから、あの時の、ホスト礼一や長谷川さんのこと、ボウリングで対決したこと、東堂に発破をかけられて、西嶋がスペアを出したこと、それらを一気に思い出し、つくづく懐かしいな、と思い、それから、いまだに僕たちはあのホスト礼一にかかずらっているのか、と呆れた。

お待ちどおさま、となぜか偉そうに西嶋がやってきて、僕たちは店を出た。アーケード通りを三人で歩き、途中で細い路地へ進む。しばらくして僕は、「そう言えば、デートじゃないなら、その背広は何のために？」と質問した。まさか、就職活動じゃあるまいし。

「行こうと思うんですよ」

「どこに」

西嶋は一瞬、ためらった後で、すうっと息を吸い、「東堂の店ですよ」と言った。「クラブって言うんですか？　キャバクラでしたっけ？　キャバレークラブ？　そこにね、行こうと思うんですよ」

僕はその場で足を止めた。西嶋も立ち止まる。「東堂のバイト先に？」

「ずっと前、北村からお店の場所を聞きましたけど、変わってないですよね」

「たぶん」僕はぎこちなく、うなずく。「ずっと同じお店で働いているはずだけど。でも、何をしに？」

「取り戻しに決まってるじゃない」鳩麦さんがそこで、何をピンと来たのか、したり顔で言った。

取り戻しに？　と僕は首を傾げ、西嶋に顔を戻す。彼は、「あのですね」と柄にもなく、言葉を濁した後で、「東堂が気になるんですよ、俺は」と言った。

僕ははじめ、その発言の意味が分からず、きょとんとしたが、そのうちに自分の目や頬の皮が弛《ゆる》み、胸のあたりに温かい空気が充満するのを感じた。「おお」と歓声とも雄《お》叫《たけ》びともつかない声を発し、鳩麦さんと向き合った。彼女も顔を綻ばせている。

「それは、あれだ、今さらになって、東堂をふったことを後悔したってわけだ」

「後悔は前からしてたんですよ。後で悔いるんじゃなくて、前から悔いてましたよ。前悔ですよ、前悔」照れ臭さからなのか、彼は訳の分からないことを口にする。

「でもさ、僕が言うのも何だけれど、あまりに遅すぎるよ」

「今さらですか」

「今さらすぎる」

どれだけ時間が経ってると思うのだ、と僕と鳩麦さんはひとしきり、西嶋を責めた。

「時すでに遅しですか」

「確認したいんだけど。東堂さんがいろんな男の人と付き合うのを見て、惜しくなったってこと？」

「そうじゃないんですよ。笑ってる東堂の隣にいるのは、俺じゃないと嫌だって思ったんですよ」

僕と鳩麦さんはその、宣言とも我儘とも取れる言葉を聞き、少なくとも僕は感動し、鳩麦さんも横から見ている限りでは目を潤ませた。

「ただ」と僕はとりあえず、指摘すべきことを指摘する。「東堂は滅多に笑わないよ」

「でも、どうしてスーツを買ったわけ？」鳩麦さんが訊ねる。

「そういうキャバクラみたいな店に行ったことはないですけどね、でも、普通は大人が行く店に決まってるじゃないですか」

「いい意味でも悪い意味でも、大人だろうね」

「学生の俺が行ってね、馬鹿にされたくないんですよ。ああ、世間知らずの大学生が来ましたよ、なんて思われたくないんですよ。せいぜい恰好だけでもね、びしっとしたいじゃないですか」

僕は、西嶋が一人でキャバクラに乗り込み、むすっとした表情で席につく状況を想像してみる。「東堂を指名するのかい？」詳しくはないけれど、そういうお店ではどの女性に接客してもらうか、指名ができるのではなかったか。

「指名料という謎《なぞ》の名目でお金が取られるんですよ」西嶋は事前に調べたらしい。「でも、そんなお店にわざわざ行かないでも、普段、いつでも会えるのに」鳩麦さんの言うのももっともだった。

「クリスマスのイブなんですよ」西嶋は不本意さを丸出しにして、僕たちから視線を逸らした。本来の彼であれば、クリスマスイブを軽蔑し、嘲笑するはずだろう。

「東堂、イブの日もバイトなのか」

「この間、話をした時に言ってたんですよ」

「今の彼氏と会ったりしないのかな」せっかくのクリスマスなのに、と僕は言いながら、そもそも今の彼氏は誰なのだ、と思う。

「だからこそ、ですよ」西嶋は強調する。「俺だってね、東堂と恋人の間に割って入るつもりはないですよ。身勝手すぎますからね。正直、東堂もうんざりでしょうし、迷惑に決まってるんですよ。ただね、客としてなら、いいじゃないですか。問題ないですよね」

ようするに西嶋は、東堂を口説くであるとか、交際を持ちかけるであるとか、そういうつもりはないらしく、ただ単に、クリスマスに客として東堂に会いに行きたいだけのようだった。

「何だ、奪還しに行くわけじゃないのか」

「そうかあ、ただのお客として行くんだね」

「思い出作りですよ」と西嶋が投げやりに吐き捨てる。

「思い出は作るものじゃなくて、勝手に、なるものなんだよ。いつの間にか気づいたら思い出になってる、そういうものだよ」鳩麦さんが言った。

「西嶋、でもさ、やっぱりここは攻勢を仕掛けるべきじゃないかな」

「攻勢って何ですか」

「悔い改めました。あなたのことが頭を離れません。今の彼氏と別れ、俺と付き合ってくれませんかって、訴えるんだ」

「そうだね、そのほうが手っ取り早いかも」と鳩麦さんも微笑んだ。「例の、何とかセガールさんもきっとそうする」

「セガールはキャバクラになんて行かないんですよ」西嶋は苦々しく、答えた。

10

誰にも言うなよ、と西嶋は、僕たちに念を押した。背広を買って、クリスマスイブに東堂のバイト先に足を運ぶなんて、恥ずかしいから他言無用ですよ、と。分かった分かった、と返事はしたものの、結局、僕は、鳥井たちに教えた。

「西嶋君、怒るだろうね」南は言って、僕に笑いかける。

「北村もお喋りだな」鳥井がその隣で、指を向けた。

「僕は基本的に約束を守るほうなんだけど」言い訳ではなく、実際、口は堅いつもりだ。

「ただ、これは、みんなで共有したほうがいいと思ったんだ」

　隣に座る鳩麦さんが、その通り、という顔をしてくれる。

「これはわたしたち全員にとって、大事なことだからね」南が小さい拳を出す。

「西嶋と東堂のことは俺たちの問題だからな」鳥井が力強くうなずき、カップに手を伸ばした。コーヒーを啜った後で、「でもよ、東堂が、西嶋に気があったたってのは本当なのか？　俺、この間、南から聞いてすげー驚いたんだけど」と言う。「なあ、北村も知ってたのかよ」

「僕はずいぶん初期に」入学したすぐ後だ、と説明をする。

「そんなに昔からかよー」鳥井は愕然とした表情になった。自分の生まれる前から存在していたロックスターに思いを馳《は》せるようでもある。それから調子に乗ったわけでもないだろうが、俺だって東堂を狙っていたんだぜ、と言い、南に背中を叩かれた。

「鳥井君は、南ちゃんと会えて良かった」鳩麦さんの口調は、催眠術師が念じるのと似ている。

「そう、俺は、南と会えて、良かった」鳥井も呪文を唱えるようにした。

「でも、鳥井たち、今日はせっかくのクリスマスイブなのに、いいわけ?」

　僕たちがいるのは仙台の繁華街にある、喫茶店だった。南北に走る通りの一画で、風俗店とショットバーが入った、小さな建物の二階だ。あまり知られていない店なのか、それともクリスマスイブの夜を過ごすのには、そぐわないからなのか、店内に客はほとんどおらず、僕たちは窓際の四人掛け席に陣取っている。窓からは細い車道を見下ろせ、それを挟んだ正面には、煌《きら》びやかな看板が飾られた建物がある。東堂のバイト先、キャバクラが入ったビルだ。

「いいんだ」鳥井は答える。「俺と南はそういう慣習やイベントなんて、重視していないからさ。それより、北村たちこそ、いいのかよ? こんなことでクリスマスを費やして」

「僕たちは、こういうことで費やすのが嬉しいんだよ」

「そう。これがわたしたちの望んでいたイベントなの」

「お互い、物好きだな」鳥井が、ぎゃはは、と笑う。「しかも、ここから、キャバクラの店内が見えるわけでもないのに」

「でも、あのビルの中で戦っている西嶋を見守っている」僕は言ってから、そうだ、西嶋は戦っているはずだ、と強く思った。

腕時計を見ると、十時を回っていた。夕方六時に集まって、近くのファミリーレストランで夕食を簡単に済ませ、そして、一時間半も前から準備万端、僕たちはこの喫茶店に座っていた。せめて、西嶋がビルに入っていくところは目撃しよう、と思っていた。ただ、あまりに人の行き来が激しいため、それすら見逃している可能性はある。

「西嶋君、これから来るのかな。それとも、もう店に来てるのかな」鳩麦さんが言う。

「もう、来てる気がする」と言った僕も、別段、根拠があったわけでもなかった。けれど、西嶋は思いついたら即座に行動する性格だから、遅く来店する可能性は低いのではないか。

「店の中では、どんな感じになってるんだろう」南が、想像してみようよ、と頬を緩めた。

「西嶋はさほど緊張していないだろうな。店に入って、東堂に会いに来た、とか言ったのかな」

「ああいうお店は、本名じゃないんでしょ？」鳩麦さんが外のビルを指差す。

「ちゃんと、そっちの名前、事前に調べていったのかな」

「でも、東堂さんってお店でも人気があると思わない？　美人だし、神秘的で」鳩麦さんの言葉に、僕と鳥井は、ううむ、と悩んだ。「ああいう店の客に、あの無愛想がどの程度、好意的に受け入れられるか疑問だけど」

「東堂さん、驚いたかな」鳩麦さんが愉快げに囁いたのは、また二十分ほどしてからだ。

「西嶋君が客でやってきて」

「予想もしていないだろうから、いい意味でも悪い意味でも驚いたんじゃないかな」と僕はビルに目をやりながら、言う。

「悪い意味でもってどういうこと」南が訊ねてきた。

「『わたしをふったくせに、今頃どういうこと？ 逃がした魚が惜しくなったわけ』とか思うってことだよ」鳥井が答えた。

「でも、東堂さんのことだからきっと、表情は変わらないね。無表情で、隣に座って、水割りを作って」

「そして西嶋はたぶん、会いに来ましたよ、とか例の口調で言うんだろうなあ」僕は言った。

「ドラマチックな瞬間だなあ」鳥井がにやにやとした。

僕たちは手持ち無沙汰で、それぞれストローを動かしたり、底の見えたコーヒーカップの滴を舐めたりする。外に見える電飾は、クリスマスの雰囲気を醸し出す以上に、華やかで、目に痛いほどだ。

「東堂は実際、どうなんだろう」僕は疑問を口にした。

「どうなんだろう、とは」

「いろんな男の人と付き合ってさ、幸せなのかな。楽しいんだろうか」

「わたしにはそういう話、あんまりしなかったから分からないんだけど。誰と付き合うことになった、とか時々、教えてくれただけで」南が言う。

「もし、今、東堂が幸福な状況だったら」僕は気になった。「今日、西嶋が来店したのはかなり迷惑に違いない」

「そうだろうね」鳩麦さんが言う。

「いや、たぶん、問題ないって」鳥井がそこで自信を漲らせて、指を立てた。「東堂が今、誰と付き合っているのか知らないけど、満足しているはずがない」

「どうして言い切れるの」と南が見る。

「だって、東堂は、西嶋に惹かれてたんだろ。すげーびっくりしたけど、そうだったんだろ」

「かなり最初から」僕はうなずく。

「だろ。そんな東堂の好みを叶《かな》えられる男はそうそういるはずがないだろうが。西嶋以上のインパクトがある男なんて、簡単にいねえよ」

なるほどー、と僕たち三人はその意見に深くうなずいた。確かにその通りだ。

「じゃあ、今頃、どうなってると思う？」南がまた目を輝かせて、ビルを眺めやる。ビルの下では、肌を露出した女性や黒ずくめの男たちが通行人に声をかけている。

「西嶋は不器用な上に、直線的だからさ、かなり浮いているんじゃないかな」僕は心配した。

「笑い物になっているか人気者になっているか、どちらかだ。でもさ、もしかして、西嶋とは別の席に、東堂目当ての客がいたら、面白いな」鳥井は無責任だった。と言うよりも僕たち全員が無責任に、キャバクラ店内の出来事を想像し、語っているのだから、同類だ。

「東堂目当ての客？」

「たぶん、そいつはきっと、偉そうな社会人だよ。腹の出た若い実業家で」鳩麦さんは、西嶋のライバル客の経歴まで考えはじめる。

「東堂が、西嶋と喋っているのを横目に、その実業家が苛々するんだ」僕も調子に乗って、話を進めてみる。「それで、むきになって、西嶋の席に来て、文句を言い出すかもしれない。若者を小馬鹿にして、見下す発言をして」

「面白くなってきたぞ」鳥井は架空の店内の、架空の出来事に俄然、乗り気になった。

「たぶん、そうしたら西嶋は怒るだろうな。得意の意味不明な理屈をこねて、相手に言い返すんだ。『社会人の何が偉いんですか。あなたは世の中のために何をやっているんですか』とか言ってさ」

「お店はしーんとしちゃう」南が続けた。

「もういいですよ、帰りますよ、とか言って、西嶋は席を立つんだ。お金を払って、じゃあ東堂さようなら、と挨拶をして、店を後にする」

「寂しい終わり方だね」鳩麦さんが眉を下げる。

「そこで、東堂が怒れば面白いけどな」鳥井はまた想像を膨らませる。「実業家に向かって、西嶋を馬鹿にするんじゃない、とか一喝して、出て行った西嶋を追ったりして」

「そうなったら、東堂はクビだ」僕は冷静に答える。

「それも、劇的な感じはするね」南は笑った。


西嶋が姿を現わしたのは、五分ほど後だ。「あ」と鳩麦さんが最初に気づき、窓をこつこつと叩いた。僕たちは窓に顔を寄せる。ビルのエレベーターから歩いてきたのか、彼は建物の一階奥から歩道に出てきた。

「あの背広」僕は咄嗟に指し示す。先日、僕たちと買いに行った、細身のグレーの三つボタンだ。

「似合ってるね」と南が言う。

するとその後ろから、黒いミニスカートの、色香漂う女性がやってきた。東堂だった。僕をはじめ、全員が口を開けたまま、ものを言えなくなった。東堂は長い脚を動かし、西嶋の後を追ってきた。西嶋の名前を呼んだのかもしれない。歩道を右手へ進みかけていた西嶋が立ち止まり、振り返った。歩道を行き来する通行人は多いが、僕の目には、東堂と西嶋の姿だけがはっきりと浮かび上がっている。

「もう一人」鳥井が声を洩らした。

東堂のさらに後ろから、ダブルの背広を着た恰幅の良い男が、血相を変え、小走りで近づいてきていた。ウェーブのかかった髪と少し前に出た腹が目立つ。今度はその男が、東堂を呼んだように見えた。東堂は素早く後ろを向き、そして、その小太りの男を確認すると、表情を若干、強張らせた。

「あ、東堂さん、怒ってるね」南が囁く。

「本当だ」いつも無表情の東堂は感情の起伏がほとんど表に出ない。でも、僕たちには分かる。

「何がどうなってるんだ?」鳥井は怪訝そうだったが、明らかに楽しんでもいた。

東堂は身体を反転させ、小太りのダブルのスーツ男に、近寄っていく。大股《おおまた》で高い足音を鳴らすようだ。そして、おもむろに、歩道の脇、別のクラブの看板にかけられているトナカイの縫《ぬ》いぐるみをつかんだかと思うと、迷う素振りも見せず、それを背負い投げでもするように振り、男を叩いた。

喫茶店から見下ろす僕たちが全員、ひっとすくみ上がる。

男は縫いぐるみで顔を殴られ、よろけた。

東堂はそうしている間にも、再び、右手へ引き返した。立ち尽くしている西嶋のところに駆け寄ると、その手をつかんで、走っていく。

二人は僕たちの視界から消えた。

「おい、南、あれ」鳥井がそこで目ざとく、下を指した。見れば、ダブルのスーツの男が血相を変え、鼻の穴を膨らませていた。肩に被さっている縫いぐるみを放り捨て、そして、今、東堂たちが去った方向へ、駆け出さんとしている。まだ、追うつもりなのだ。

「おい、南、あの縫いぐるみ」鳥井がガラスの向こうを指差した。

「うん」南がうなずいたその時だ。地面に落ちていたはずの、トナカイの縫いぐるみが、ぴょんと跳ね上がり、再び男の顔にぶつかった。男は、ぎょっとして、足を滑らせ、その場に尻餅《しりもち》をついた。

「今の、南さんが飛ばしたの？」鳩麦さんが驚いている。

「あれくらいなら」

「いったい、東堂と西嶋に何があったんだろう」僕は肩をすくめつつ、もう一度、歩道を見下ろす。もしかすると、先ほど僕たちが喋っていた空想と似たようなことが、店内で行われていたのではないか、そんな考えが頭に浮かぶ。まさか、とも思った。

しばらくして、示し合わせたわけでもないのだけれど、僕たちは静かに、手を叩いた。

祝福とも、景気付けともつかない、静かな拍手だったけれど、心地良い響きだった。

「いいクリスマスじゃんか、北村」鳥井が言う。

「ずいぶんかかったね」南が感慨深そうに、西嶋たちの走り去った方角に目をやった。

「あの二人が仲良くなるのに」

僕も心底、同感だった。「本当に時間がかかった」

11

クリスマスの後、十二月二十七日に僕たちは、東堂の家の近くの川原に集まった。以前、西嶋が高校時代の万引きの罪を告白した、あの土手だ。翌日の、東海林邸のことについて打ち合わせをするためだった。僕と西嶋、それから東堂と南、という四人で、鳥井は不在だ。

「警察に伝えたんだから、もう関係ないでしょ」南が強い口調で言った。

「そうだ。警察には情報をあげた。たぶん、少しは真面目に受け止めてくれたと思う」

僕たちの話を聞いた時の、仲村刑事の生真面目な顔を思い出した。少なくともパトロールはやってくれるのではないか、と期待している。

「だから俺たちは、念のために行くだけですよ」と西嶋が主張する。「もし万が一、警察が俺たちの言うことを信じていなくて、それでもって、あの犯人たちがやってきたらまずいじゃないですか」

「犯人を見つけたらどうするつもり？」

「すぐに警察に電話をする」

「北村君も乗り気なわけ？」

「見届けたい気がするんだよ」僕は説明する。「前の事件のことはやっぱりショックだったし、後悔も大きいんだけど、でもあの犯人たちがずっと逮捕されずにどこかにいる、っていうのはずっと引っ掛かっていて。このまま、もしかして、あの事件はそのままなのかなって思うと、本当に悔しかった。それがこの間、たまたま、僕が警察でホスト純を見つけてこうなった。やっぱり、あの事件の決着が、僕たちには、僕には必要なんだ」

「やっぱり、北村は論理的じゃなくなった」

「そうなんだ」僕は肩をすくめる。「だけどもちろん、危ないことはやらない。そこで見ているだけだよ」

「犯人に間違えられるんじゃないの？」南はさらに心配する。その可能性はある、と僕も思った。

右手の離れたところに、土手をはしゃいで転がる男の子たちが三人、いた。寝そべり、横回転しながら落ちていく。服の汚れや、草で傷を作ることも考えず、大胆に転がっていく。怖えー、怖えー、と言いつつ土手を再び上がってくる彼らの顔は明るかった。

「東堂さんも行くの？」

「うん」東堂はすぐに言った。「北村が危なっかしいことをしないか、わたしが見張ってる」

「危ないことをやるとしたら、僕じゃなくて西嶋だ」

「まあ、そうですね」西嶋自身が言うのだから、世話がない。

「鳥井はやっぱり、反対してた？」僕は訊ねるべきかどうか悩んでいたのだけれど、結局、訊いた。

「残念がってた」

「そうかあ」僕は申し訳ない気持ちになる。

「そうじゃなくて、自分も参加したかったんだって。信じられない。あんな目に遭ったのに」

　回転しながら土手を滑降する三人組は、まだ、その遊びを続けていた。目が回る感覚を楽しんでいるのか、土手の上をふらふらと歩いていた。「じゃあ、誰が一番、綺麗に回転できるか点数つけようぜ」と一人が言った。「規定演技と自由演技に分けよう」と子供のくせにそんなことを言う子もいる。年齢は十歳程度なのだろうが、どこか喋り方が大人びていて、生意気だった。

「そういえば、わたし、バイト辞めたって言ったっけ」しばらくして、東堂が唐突に囁くように言った。

「例のクリスマスの一件で？」僕は思わず、そう返事をした。

「クリスマスの一件？」東堂が鸚鵡《おうむ》返しにし、隣の西嶋とまじまじと顔を見合わせている。どうして知っているのだ、という顔だ。

「いや、何でもない」僕はあやふやに言葉を濁した。「でもいったい、何があったんだい」

　そこで西嶋は顔を赤くし、照れ臭そうにしながらもどこか自慢げに胸を張り、「俺と東堂はね、付き合うことになったんですよ。おかげさまでね、幸福感に包まれているんですよ」と笑い、「眼下に見える川の流れも、そこに跳ね返る太陽の陽射しもね、今の俺には見えないですね。なぜかと言えば、東堂しか見えないからですよ」と告白をし、東堂もそれにこくりとうなずき、「やっと、この時が来たの」と頬を赤らめた。

　なんてことは、まるでない。

　二人ともとぼけていた。西嶋は、「まあ、いろいろあって」と面倒臭そうに呟き、東堂に一瞥《いちべつ》をくれ、東堂も顔色一つ変えず、「その後もいろいろあった」と後を継いで、それだけだった。

僕たちは翌日の待機について、時間や場所を確認した後で立ち上がった。ジーンズの尻についた芝を払う。

土手を歩きはじめた時、ごろごろと土手を転がっていく子供たちに目をやった西嶋が、「転がる石に苔《こけ》は生《む》さないけれど、転がる子供には草がつきまくりですよ」と下らないことを高らかに言った。当然のように二人で並んで歩く西嶋と東堂の背中を、後ろから眺めながら、僕と南は小さく笑った。

12

十二月二十八日の夜はすぐにやってきた。僕たちは結局、車を路上駐車して、東海林邸を観察することにした。時計を確認すると夜の九時を過ぎている。数十メートル離れたところ、左の塀沿いに東海林邸はあった。

「あの時と同じですね」と西嶋が言った。

「あの時？」運転席の東堂が訊ねる。

「嶽内邸の時と」と僕が返事をした。「あの時もこうやって、車から家を見張っていた」

「違うのはあの時は、夏だったから暑くて、死にそうだったことですよ」

「西嶋がクーラーを消したからだ」僕は後部座席に座っていた。横には、三人分の脱いだコートを畳んで、積んであるため、それなりに狭い。

　前に座る二人を時折、観察した。東堂も西嶋もお互いに関心がなさそうに、フロントガラスをただ、見ているだけだ。視線を合わせて頬を緩めたり、もっと分かりやすく、ハンドブレーキの上で手を絡め合ったりしてくれれば、交際しているのだと判定できるのだけれど、そういう素振りはまるでなかった。むしろ、仲の悪いバンドマン同士のような素っ気なさだ。

　西嶋の手にはビデオカメラがあった。軽量で小型の物だ。犯人が出てきたら、これで全部撮影するのだと張り切っている。

「そんなカメラ、どこで手に入れたんだい」

「古賀さんですよ、古賀さんに話したらすぐに貸してくれて。これ、改良が加えられていて、夜でも見えるそうですよ。暗視装置とか言って、自慢げでしたね」

「古賀さんはいったいそれを何に使ってるんだ」

「怖いね」東堂が冷たい眼差しで、そのカメラを見る。

「いい人なんですけどね」西嶋は言いながら、カメラをいじくった。

　窓を叩かれたのはその時だ。右側の、運転席の側に人が立っていて、窓をノックしたのだ。後ろから近づいてきたのだろうが、まったく気づかなかった。東堂はしれっとした表情で、スイッチを押し、窓を下げた。

「やっぱり、おまえたちか」窓から顔を覗かせてきたのは、きっちりと分けた七三の髪の男だった。皺を作った眉間が隆起しているのが目立つ。

仲村刑事だ。薄手の、丈の長いコートを着た彼は車内を素早く見渡してくる。面倒臭いな、と思いつつ僕は自分の右側の窓を下げた。まどろっこしい間延びしたモーター音とともに、外の、静まり返った寒々とした空気が入ってくる。

「おまえたち、何やってる」仲村刑事は、僕の窓から顔を見せた。

「念のため、見張ってるんです」僕は正直に答えた。「仲村さんに言ったように、今晩、あの家に例の犯人たちが来るかもしれないんです。だから」

「だから、何だ？　それは警察の仕事だ」

「だって、警察の仕事といっても、今は仲村さんしかいないじゃないですか」周辺をぐるっと指差した。

「別の場所に仲間が待機している」仲村刑事は不愉快そうに、眉をくねくねさせながら言う。どうも信じ難い。仲村刑事は一歩下がると少し視線を上にやった。駐車禁止の標識でもないか探し、「駐車違反だ」と脅してくるつもりだったのだろうが、僕たちだってそのくらいは検討済みだった。小さな整骨院の横だったが、標識はないし、邪魔になる場所でもない。

「他の車の邪魔になるから、どくんだ」

「邪魔になりそうだったら、そうする」東堂が冷たく言う。

「とにかく、ここでそんな風に立ってると、怪しまれますよ」西嶋は運転席側に顔を伸ばし、仲村刑事を追い払うようにした。

「おまえらな」と仲村刑事は七三の髪を気にしながらも、周囲に目をやった。「邪魔をするなよ」と言い残し、結局、立ち去る。

「一応、警察も動いてはいるんだ？」東堂が意外そうに言った。

「僕としては、まったく相手にしないか、もしくはきちんと大掛かりに張り込むか、どちらかだと思ってたんだけど」

「相手にはしてくれたけれど、あの七三刑事が見回りに来ただけ、というのは中途半端ですね」

「他に大きな事件でもあって、人員を割《さ》かれてるのか、もしくは、七三の仲村さんが、他の人を説得できなかったか」

　三十分も経つと、車内には、「無駄足だったかもしれない」という雰囲気が漂いはじめた。夜が明けるまでには相当な時間があったし、疲労を感じていたわけでもないのだけれど、目の前の景色がまるで変わらず、車の通行もなく、静まり返っているのを眺めていると、こんなところに空き巣犯がやってくるはずがない、と諦めたくなった。

「よし」西嶋がしばらくして、シートベルトを外した。「あそこの門で、チャイムを押してきますよ。東海林さんが本当に留守かどうか確かめに行きますよ」

「東海林さんが出てきたらどうするんだ」

「適当に誤魔化して、戻ってきますよ。もともと、あの家は今晩、留守だっていうのが前提ですからね。もし、誰かいたら、それはそもそもが間違っていたってわけですから、ご破算ですよ。退散退散」

前回、嶽内邸の時も同じ展開だったな、と僕は思い出した。西嶋が、チャイムを鳴らして喚いたら、空き巣が逃げ出してきたのだ。そして、鳥井を悲劇が襲った。

「俺はね、言ったからには行動するんですよ」西嶋はビデオカメラを座席に置き、ドアを開けた。

「おい」

「大丈夫ですよ。チャイムを鳴らして、不在を確かめてくるだけですから」西嶋は外に出て、ドアを閉め、道をどんどんと進んでいった。

僕は息を吐き出し、後部座席に背をつけた。東堂がミラーでこちらを窺う。

「西嶋は後先を考えない」

「まあ、ずっと先の、とんでもない未来のこととかは考えてるんだけどね」

「あのさ」僕はせっかくの機会だ、と訊ねた。「クリスマスイブのことなんだけど」

「ああ、うん」東堂は気乗りしないような声を出した。

「西嶋、東堂の店に行っただろ？」

「ああ、うん」とまた、言う。東堂の目がミラーに映って、僕を見た。「あれは、凄く驚いた」

「西嶋はお店でどんな感じだったんだ」

「浮いてたよ」と言う彼女の口調は相変わらず、感情が込もっていない。「わたしを指名して」

「緊張してた？」

「西嶋は緊張しないよ」

そうだ、と僕もうなずく。西嶋は臆さない。

「それで、いろいろ喋った」

「いろいろ？」

「大学生活で楽しかったこととか、後悔したこととか」

「西嶋でも後悔したことがあるんだ？」

東堂はそれについては答えなかった。だから僕はそれが、おそらくは東堂に関することなのだな、と察した。

「酔ってくると、西嶋が何度も言ってたよ」

「何て」

「このスーツ、恰好いいですか？　似合ってますか？　って」

可笑しくて僕は声を立てて、笑う。「僕たちと一緒に買いに行ったんだ」

「うん、西嶋も言ってた。北村と北村の彼女が選んでくれたんですよって、ずっと言ってた。友達に選んでもらったんですから、って。誇らしげだった」

僕は咄嗟にうまく返事ができなかった。

「俺は恵まれないことには慣れてますけどね、大学に入って、友達に恵まれましたよって、西嶋はずっと言ってた」

西嶋がどういう思いでそんな台詞を繰り返したのか僕には見当がつかなかったし、酔った人間が発する言葉には大層な意味はないと分かっている。それでも僕は、小さくではあったが、感激した。「そうか」と遅れて、言った。

そして、その珍しく感激したのを良いきっかけに、「東堂と西嶋は交際することになったのかい」と質問をぶつけようとした。露骨な意味合いではなくて、運命的なニュアンスを込めて、「結ばれたのかい？」と訊ねようとも思った。けれどその前に東堂が、「北村」と歯切れ良く言った。「刑事が来た」

13

身体を起こし、助手席と運転席の間から、首を突き出し、フロントガラスの向こうを見つめる。外灯がちょうど前方を照らしていた。三十メートルほど先、東海林邸の門があるあたりに西嶋が立っていた。インターフォンを押している。その後ろに、仲村刑事が近づいていくのが見えた。

振り返った西嶋に、仲村刑事は指を向け、口を動かした。人の家のインターフォンを押しただけで罪になるわけでもないだろうが、仲村刑事としては、西嶋の行動が癇《かん》に障ったのかもしれない。真剣な表情で言い返している。

「あんなところで言い合いをしていたら、空き巣が来たとしても、途中で帰ってしまうだろうね」東堂が言った。

ほどなく西嶋がこちらへ引き返してきた。仲村刑事が犬をあしらうかのように、手のひらを振っている。大人しく帰れ、というわけだ。戻ってくる西嶋の表情には、不完全燃焼の闘いを終えた徒労感と不満が滲んでいた。外灯が作る西嶋の影が、アスファルトの上で揺れるが、それすら不機嫌そうだ。

「あ、もう一人だ」東堂がそこで口を開く。

「別の刑事かな?」僕も気づいて口にする。

東海林邸の前で、西嶋の背中を睨んでいる仲村刑事の脇に、別の人影が近づいていた。背が高く肩幅と胸板があり、ぱっと見は運動選手のようだった。

そしてそのすぐ後、男の表情が、東海林邸脇の外灯で露わになり、その尖った顎と高い鼻梁《びりょう》が微《かす》かに把握できると、僕は思わず、「あ」と声を発していた。反射的に右側のドアのロックを外し、車から出た。「プレジデントマンだ」

車のすぐそばまで戻ってきていた西嶋に、僕は、「あれだ」と上擦った声で言う。

「あれだ?」

「プレジデントマン!」僕は駆けていた。何のことですか、と西嶋が言うのを背中で聞きながら、とにかく走る。すでに十数メートル先で、プレジデントマンが、仲村刑事を羽交い絞めにしているところだった。走っているからか、それとも恐怖と興奮が喉から迫《せ》り出て舌を押さえつけているからか、声を出せない。喘ぐような息が洩れるだけだ。

後ろから西嶋が追ってくるのが分かった。「本当ですか」と高い声を上げながら、ついてくる。仲村刑事は身体を反転させ、プレジデントマンと揉みくちゃになっていた。さすが刑事、と言うべきか、されるがままに引き摺られた僕とはやはり大違いで、立派に戦っている。

ただ、プレジデントマンも強い。仲村刑事を圧倒していた。仲村刑事が両手でつかみかかろうとしたのを思い切り払いのけ、すぐさま右腕を振って、仲村刑事の頬を殴った。鈍く、地味な音が、夜の暗い空気をぎゅっと引き締める。プレジデントマンの目は爛々《らんらん》とし、視界には仲村刑事しか入っていないようだ。近づく僕たちには目もくれない。

「大統領か」そこで男が言った。怒鳴り声ではなく、堪え性のない大人が、子供を難詰《なんきつ》するのに似た声音だ。

僕と西嶋はすでに、揉み合う彼らの五メートル手前というところに到着し、足を止めていた。西嶋が、「この男が」と呟いた。「この男がそうなんですか」

「動くな」声が響いた。はっと顔を向けると、仲村刑事が腰を落とし、拳銃を構えていた。銃口が、プレジデントマンにまっすぐ向いている。蟹股《がにまた》で、不恰好な体勢ではあったけれど、それなりの威圧感はあった。七三の髪が乱れ、殴られた頬を早くも腫《は》らしはじめた仲村刑事が、「動くな。警察だ」ともう一度言う。

プレジデントマンは、仲村刑事から数歩離れた場所で動きを止めた。目は妖しく光ったままだ。警察？　と怪訝そうな表情も浮かべた。警察は不要だ、大統領はどこだ、と。

仲村刑事は銃を構えたまま、腰のトランシーバーのようなものにゆっくりと手を伸ばし、スイッチを入れると、仲間に状況の説明をした。応援を呼んでいるのだろう。

僕は左右を見渡した。丁字路の車道、三方のどこからか、誰かがやってこないか、と気になる。僕たちが今晩、わざわざやってきたのは、プレジデントマンではなく、空き巣犯を捕まえるためだ。おそらく、プレジデントマンが今ここで、仲村刑事を襲ったのは偶然なのだ。関連があるとは思えない。だから、もし、空き巣犯たちが今ここに来たら、と心配になった。東海林邸の前にいるこの騒動を見たら、まず間違いなく立ち去るはずだ。

「おい、おまえたち、これはどういうことだ」視線はプレジデントマンに据えたまま、仲村刑事が声を上げた。「こいつが、おまえたちの言う、空き巣なのか？」

突然出現した男に羽交い絞めにされ、殴られたのにもかかわらず、仲村刑事は取り乱していなかった。混乱はしているのだろうが、落ち着きを保とうと努力し、左手を髪に当て、はねた髪を直すことまででした。

「たぶん、違います」僕は答えた。「この人は、空き巣じゃないです」

「じゃあ、何だ。おまえたちの仲間か」

「プレジデントマンですよ」西嶋が苛立つように言った。

「プレジ？」

「ずっと前から、市内に現われていた通り魔です」僕は早口で説明する。「連続強盗犯で、ほら、『大統領か』って訊いて回る」自分では冷静なつもりでも、舌が回らない。

仲村刑事は、僕の言葉に返事はしなかったが、顔つきを厳しくし、「手を挙げろ」と先ほどよりも実感のこもった声で、プレジデントマンに言った。

連続強盗犯のことは当然、仲村刑事も知っている。決意を張らせた面持ちになった。

「おまえたち、離れてろ」

そこで、サイレンが鳴った。しんとした住宅街の空気を掻き回す、甲高い音だ。回転する赤色灯が建物や夜空を不気味に照らしている。ほどなく、右手からパトカーが姿を見せた。

プレジデントマンは舌打ちをし、唇を嚙み、明らかに苦悩の顔つきとなった。垂れた目が物悲しく見える。そして、足を踏ん張るかのようにし、拳を前に突き出したかと思うと、銃を構えた仲村刑事に向かって、「戦争反対！」と低い声で言った。

は？　仲村刑事は間の抜けた声を出した。何を言うかと思えば、戦争反対、などという台詞が飛び出してきたので、動揺してしまったのだろう。

「戦争反対！」プレジデントマンはもう一度、繰り返した。

僕は身体をぶるっと震わせずにはいられなかった。やっぱり、と西嶋に目をやる。やっぱり、プレジデントマンは、西嶋の推測していた通りに、大義なき戦争を憂《うれ》えていたのだ。戦争を阻止するために大統領を捜していた。戦争反対、と絶望まじりに声を上げたプレジデントマンを見ながら、そう認めざるをえなかった。

「やっぱりそうですか」西嶋が握り締めた拳を突き出し、嚙み締めるように言った。

けたたましいサイレンとともに近寄ってきたパトカーが、我に返ったかのように音を止め、停車する。赤色灯が、逮捕劇を盛り上げる照明装置に見えた。

「俺は理解していますよ」と西嶋が力強く言ったのは、プレジデントマンが、パトカーから降りた別の刑事に取り押さえられた後だ。地面に捻じ伏せられ、後ろ手に手錠をかけられている。そのプレジデントマンに、西嶋ははっきりと言った。「感心してますし、気持ちは分かるんですよ」

あまり下手なことを言うと、共犯だと疑われかねない、と僕は不安も感じたが、ただ、止めることはしなかった。

「人間とは」と西嶋はさらに言った。夜の住宅街に響く、「人間とは」の台詞はどこか不釣り合いで、違和感があった。仲村刑事はその違和感に引き寄せられるように、眉をひそめ、こちらを見る。「人間とは、自分とは関係のない不幸な出来事に、くよくよすることですよ」

地面に倒れていたプレジデントマンがそこで、顔だけを上げ、西嶋を見た。自分に対して訴えかけるこの男は誰なのだ、と彼自身も気になったのかもしれない。

「いいですか」西嶋はまだ続けた。「彼方で人々が難破している時に、手をこまねいてはいられない！　今、俺が助けに行くぞ！　その精神ですよ。俺も、その考え方には同感なんですよ。大統領をね、どうにか説得したいという思いはね、痛いほど分かりますよ」

うつ伏せになったままのプレジデントマンは、目を丸くし、ぽかんと口を開けていたが、少しして、こくっと顎を引いた。

「ただ、残念なことに」西嶋はそこで子供にものを教えるかのように、言った。「日本に、この仙台に、大統領はいないんですよ」

プレジデントマンはそれを聞くと、悲しげに眉を下げ、また下を向いた。

停まっているパトカーと回転しつづける赤色灯、上を見れば黒とも灰色ともつかない空がべたっと広がっている。地面には手錠をかけられた奇妙な男と、無線を使う刑事たちが目に入った。奇妙な光景だ、と僕は言葉を失ってしまう。

「仲村さん、この若者たちはいったい」プレジデントマンを引っ張り上げた刑事が、僕たちに目を向けた。

「ただの通りがかりだ」と仲村刑事は両手で髪の毛をいじりながら、億劫《おっくう》そうに言った。僕たちを面倒なことに巻き込ませまい、という配慮なのか、それとも、自分の手柄を際立たせるための嘘なのか分からないが、とにかく、仲村刑事は、僕たちの素性を明らかにしなかった。

「なあ、西嶋、これじゃあ、どっちにしろ空き巣は来ないよな。派手にパトカーが停まってるし」

「今日はさすがに来ないでしょうね」

するとその時、視線の端に、車が去って行くのが映った。小さく急発進の音を鳴らし、角を折れて行く大きめの車体が、百メートル先に見えたのだ。

もしやあれが空き巣犯だったのではないか、と一瞬思ったが、どうにもならない。西嶋も同じことを考えたのか、僕を見てから、長く息を吐き出した。

面倒なことにならないうちにその場を立ち去ろう、と少しずつ遠ざかりはじめたが、一瞬だけ、立ち上がったプレジデントマンと目が合った。

「あ」と彼は言った。仲村刑事たちがこちらを眺めてくるので、僕はどぎまぎする。いったい何を口にするのだ、と身構えているとプレジデントマンが、「大統領だ」とぼそっと言った。覚えていてくれて光栄です、と答えそうになるのを堪え、「何のことでしょうか?」ととぼけた。

14

車内に戻り、東堂に車を発進させてもらう。「もういいの?」「とりあえず」「どこに行けばいい?」「今日はたぶん、もう駄目だ。予定変更だよ」「予定変更? わたしたちの？」

「たぶん、空き巣たちも予定を変更せざるをえないから、僕たちも帰るほかない」と言ってから、先ほど、東海林邸前で起きた一連の出来事を手早く説明した。

東堂は軽快に車を走らせ、助手席を見やり、ミラー越しに僕を眺めた。交差点の赤信号が、先ほどまで僕たちを照らしていたパトカーの灯りを彷彿《ほうふつ》させる。

「でも、北村はこの間、プレジデントマンに襲われたよね」東堂は言った。

「それがどうかした？」

「目撃者とか証人として、警察に行かなくて良かったわけ？」

「ああ、そう言えば」と僕は気づいた。「仲村刑事は、僕がプレジデントマンの被害者だとは知らないからなあ」あの時に話を聞いてくれた刑事は、部署が違った。

「後で、そのことが分かったら、いろいろ言われるんじゃないの？　どうして、そのことを話さなかった、とか無駄に疑われるんじゃないの」

ありえる。けれど今さらどうすることもできない。「動揺してた、とか適当に話すことにするよ」

あ、そう。東堂は素っ気なく返事をして、しばらく黙った。後部座席の窓に顔を近づけながら、過ぎて行く住宅やビルをぼんやりと眺める。

「西嶋、大丈夫？」少し経ってから東堂が、助手席に顔を向けた。

「え、西嶋、どうかしたのか」僕の座る位置からは西嶋の様子が見えなかったため、慌てて、身体を起こした。

「どうもしませんよ」どこか力ない返事だった。

「プレジデントマンが捕まって、落ち込んでるわけ?」東堂の質問はなかなか、いい線を突いていた。西嶋にとっては英雄もしくは同志そのものであったプレジデントマンを目撃し、そしてその逮捕を目の当たりにし、もしかすると幻滅を感じたのかもしれない。落胆を覚えた可能性もある。「落ち込んではいないですよ」

「大丈夫。プレジデントマンが捕まっても、西嶋の精神が死んだわけじゃない」東堂はむすっと言った。そして、カーステレオのスイッチを入れ、再生のボタンを押す。曲は軽やかなメロディーではじまったが、すぐにラモーンズだと分かる。

「ああ、ハウリング・アット・ザ・ムーンじゃないですか」と西嶋が呟く。ラモーンズにしては洒落た感じだ、と僕が指摘すると、精一杯、日和《ひよ》ってもこの程度ですよ、と西嶋が笑う。

「月が出てるし」東堂が言うので、前を見やれば、確かに僕たちの進む一本道のずっと先、真っ暗な夜空に、丸い月がいつの間にか現われていた。

「西嶋、大丈夫か」

「別にどうもしないですよ」西嶋は返事をし、曲名に合わせたわけでもないだろうに、犬の遠吠《とおぼ》えを真似た。

自分のアパートに帰るため、仙台駅の北西、パチンコ屋の並ぶ細い道路で、車を降りた。ドアを閉める際、「お疲れ」と声をかけると、東堂と西嶋は、「また明日」と声を揃える。二人はこれからどこに行くんだろう、と野次馬が頭をもたげたけれど、訊ねるのも失礼な気がした。

腕時計を見ると十時半を回っていた。何だかんだと時間が過ぎていたらしい。細い歩道を北へ歩きながら、携帯電話を操作し、鳩麦さんに電話をかけた。

「どうだった？　空き巣、捕まった？」

「予想もしていない展開になったんだ」

「空き巣犯、来なかったの？」

「来なかった。違うのが来た」

「違うの？　誰が？」

「プレジデントマン」

東堂に説明をした後だったから、何が起きたのかを話すのは比較的、手際よくできた。話を聞き終えた鳩麦さんは、「それは本当に予想外だ」と唸った。もっと詳細な、臨場感溢れる報告は今から鳩麦さんのマンションに行ってからするよ、と電話を切ろうとしたが、そこで彼女が、「そういえば、鳥井君がさっき、電話をくれたよ」と教えてくれる。

「どうして鳩麦さんに電話を？」

「北村君、携帯電話の番号、まだ、鳥井君たちに教えてないでしょ」

そう言われればそうだ。買ったはいいものの、そのことを知り合いに触れ回っていなかった。電話はあるが、電話番号は誰も知らない、そんな状態だ。「何の用だろう」

「重大発表があるような雰囲気だったけど」

「結婚します、とか？」

電話を切って、さて鳥井たちと連絡を取ろうか、としたところ、電話が鳴った。鳩麦さんからの電話かと思ったが違った。この携帯電話の番号を知っている数少ない相手の一人からだ。

「今、どこにいるの？」長谷川さんの声は切実そうではあった。

「どこも何も、街中を歩いてるところだけれど。家に帰ろうかと思って」

「今晩、あの、礼一君たちは？」

「そうか、それが気になったのか」僕は息を吐き出す。何だ、やっぱりそうか、と。呆れるわけでもなく、むしろ同情に似たものを感じた。「いろいろ予期せぬ出来事が起きたんだよ。それで、たぶん、空き巣は取りやめになったんだと思う。君が心配しているのはホスト礼一のことだろう？　安心していい。彼は今晩、罪を犯さなかったし、捕まりもしなかったから」

　長谷川さんは、僕の嫌味にしゅんとなったに違いない。声こそなかったけれど、彼女の切なげな悲鳴めいたものが、電話越しにも伝わった。「ううん、そうじゃなくて」と彼女は踏ん張るように言った。「わたし、さっきまで純のところにいたの」

「純？」

「今日の話を聞いて、わたしもいても立ってもいられなくて、この間、純が住んでいるマンションのことを教えてもらったでしょ。だから、そこを訪ねてみたんだけど」

「何のために」

「情報が得られないかな、と思って。みんなの役に立つような」

　彼女がそこで口に出した、「みんな」は、おそらく僕や東堂、鳥井や西嶋、南のことなのだな、と僕は察した。察したけれど、それを額面通りに受け止めることができなかった。「会いに行って、大丈夫だったわけ？」

「『家を追い出された』って嘘をついて、時々、立ち寄らせてよ、って頼んだんだけど、全然、怪しまれなかった。純もノリは軽いから、久しぶりじゃん、って言ってくれて」

「危ない橋だよ、それは」

「大丈夫。だって、わたしもみんなの役に立ちたくて」

また、みんな、だ。僕にとっての、みんな、に長谷川さんは含まれていない。

「今日の空き巣のことは何にも分からなかったの。たぶん、純はそんなに深く関係していないのかも。ただ、さっき、純が電話で喋ってるのを聞いたの」

「ホスト礼一と?」

「きっとそうだと思う。純の言葉だけしか聞き取れなかったけど、でも、今日、狙っていた場所が急遽、無理になった、というのは伝わってきたから」

「さっきも言った通りだよ。急に、取りやめになったんだ」プレジデントマンがやってきたからだ。「だから、僕もおうちに帰るところだ」と茶化すように言い、面倒だから電話を切ってしまおうかと思案した。

「でも、礼一君たちがどこに今、いるのかは分かったの」

僕は足を止めた。「居場所を?」

「最初は、礼一君とそのグループの人たちは、純のところに来るつもりだったらしいの。仙台で泊まる場所がないみたいだから。ただ、純がそれを嫌がって。何だかんだ言って、彼も、空き巣グループの仲間にはなりたくないみたい。それで、別の場所を提案してた」

「どこ?」

「市内の、診療所。個人病院だったんだけど、ずいぶん前に閉鎖されたらしくて。そこなら、誰もいないし、駐車場もあるし、ベッドもあるから、そこで休んだらどうだ、って」

　僕は返事もできず、ただひたすらに、自分自身に問いかけていた。彼女の言葉を信じるのか、と。あの合コンのボウリングの時も、嶽内邸の時も、彼女の言うことを真に受けた結果、厄介なことになった。轢かれる鳥井の影がまた、脳裏に浮かび、携帯電話を握る手に力が入る。仏の顔も三度まで、と言うけれど、三度騙されたら仏になれる、というわけではない。

「信じてもらえないかもしれないけど、もしかしたら、そこにいるかもしれない。それだけ伝えたくて」

「いたとして、どうすればいいんだ」

「警察に通報するしかないと思う」

「君が通報すればいい」

　僕の言い方が冷たかったせいか、彼女の声は裏返り、「うん、わたしも今、向かってるの、そこに。確かめたら、警察に電話しようと思って」と言った。「ただ、タクシーが捕まらなくて、時間がかかりそうだから」

　その言葉の信憑性が分からなかった。ただ、とりあえずは、その診療所の名前と場所は聞いた。

「分かった」と電話を切る。幸いなことに、と言うべきなのか、不幸にも、と言うべきその場所は僕のアパートに帰る途中に位置していた。「今から行って、様子を窺ってくる」と答えていた。怪しげなRV車が停車していないか、した形跡がないか、それを確認するだけなら、さほど危険はあるまい、と判断した。

15

葛切《くずきり》医院、という看板の建物は、比較的すぐに見つかった。いつもアパートに帰る際に通るバス路線を、北に二本外れた、住宅街だ。思えば、嶽内邸があった高級住宅街の近くでもあって、犯行現場に近いこんな場所にホスト礼一たちがいるのだろうか、と疑問も過る。灯台下暗しを狙ったのか、単に思慮浅いだけなのか。

古い一戸建てや分譲マンションに挟まれるような形で、葛切医院はあった。広い敷地で、ゆったりとした駐車場もある。開業していた頃は賑わっていたのかもしれないが、それも僕が仙台に住む前の話に違いない。取り壊すつもりがないのか、それとも跡継ぎの出現を待っているのか、外灯で浮かび上がる建物は廃墟《はいきょ》のようだった。

その前をいったん通り過ぎた。横目で駐車場を、その奥の建物を、見やる。森のようにひっそりとした敷地に、黒い大型の車が停車していた。そして、医院の入り口ドアの先に薄っすらと明かりが灯《とも》っているのも目に入った。誰かがいる。いったん通り過ぎた後、不自然なのは承知の上で僕は踵を返し、もう一度、医院の前を横切る。

　今度は先ほどよりもゆったりと歩み、様子を窺った。車はＲＶ車だったが、鳥井を轢いたあの時の車とは異なる車種に見えた。院内には、明かりが照っていた。閉院後も電気が通っているのだろうか、とにかくその明かりが一層の不穏さと不可解さを発散させている。

　鼓動が早鐘《はやがね》を打ちはじめた。鼻息が荒くなる。興奮なのか、恐怖なのか分からず、一方通行の道を元に戻ることにした。夜の黒々とした空気に押し潰されるのではないか、とそんな圧迫感が嫌で、とにかく大通りに出たかった。電柱の脇に、白色の大きな車が停車してあった。ワイパーが折れ、サイドミラーも欠損し、その不完全さがさらに、僕の不安を煽る。

　電話をかけるのだ、と僕は自分自身へと指示を出す。院内に誰かがいるのは確かだ。警察に連絡をするべきだ。空き巣の罪はすぐには証明できなくても、夜の医院に勝手に侵入している罪は問えるはずだ。一度、捕まれば、そこから芋蔓《いもづる》式に彼らの悪事が露わになるかもしれない。


　鳥井たちに遭遇するとは思わなかった。

「あれ、北村じゃんか」と声をかけられる。細道は、十メートルほど前方で大通りにぶつかるのだが、その角に、鳥井と南が立っていた。すぐに歩み寄ってくる。

「今から、北村の家に行こうと思ってたんだよ」革製のハーフコートを着ている鳥井は、左腕の袖を、優雅にゆらゆらと揺らした。可愛らしいピンクのコートを着た南が、「ちょうど会えた」と言う。

「さっき、鳩麦さんに電話したんだけど、北村、携帯電話買ったんだってな。番号教えてくれなきゃ、どうにもなんねえって」と言った。ぎゃはは、と笑う彼の声が、暗い町内に響く。

「今日、どうだったの」南が丸い目を忙しなく、上下させた。

「空き巣は来なかったんだけど」僕は言って、そのかわりにプレジデントマンがやってきたと、また状況説明をしようとした。ただ、そこで、鳥井たちの背後、大通りから曲がってくる人影が見え、僕は咄嗟に、背中を向けた。そして鳥井たちに、「こっちに」と言って、隣に建つ古いマンションの敷地に足を踏み入れた。

「どうしたんだよ」と鳥井たちが後ろからついてくる。道路から数メートル内側に入った、郵便ポストが並ぶ、埃《ほこり》だらけのエントランスに隠れる。

「おい、どうしたんだよ、急に」

「今、こっちに来るんだ」

「来るって誰が」僕が囁き声になったのに気づいたのか、鳥井も声を落とした。

「何がどうしたの」と小声で言う南はすでに、嫌な予感を覚えていたのだろう。

「空き巣犯たちが」と言いかけたが、それと重なるように、路上から声が聞こえてきた。口を噤《つぐ》み、耳を傾ける。

「おまえさ」と柄の悪い声が言った。「もっとちゃんとした情報、寄越せよ。使えねえなあ」

「あれは俺も分からないですよ」もう一人、別の男が答えるが、その声には聞き覚えがあった。「何で、パトカーいたのかも分かんないし。でも、あそこは留守のはずなんですよ。やってくれって言われたんですから」

僕は、鳥井に目をやり、その後で南の顔を見た。二人とも、まさか、と表情を強張らせている。

あいつか？

鳥井が唇の動きで、そう訊ねてきた。南が眉をこれきりというくらいにしかめた。すぐ脇を、男三人の足音が通り過ぎていく。ビニール袋のこすれる音も聞こえた。葛切医院で夜を明かすための食料を買ってきたのだろう。

あいつらだな。通り過ぎた男たちを指差し、鳥井はまた、口だけで、今度は断定した。

「仙台は鬼門《きもん》だよなあ。全然、うまくいかねえし。おまえがいけねえんじゃねえの、一郎」と男の声が耳に入る。一郎、とはまず間違いなく、ホスト礼一のことだろう。

「こういうのは、そんなに、うまくいかないですよ」ホスト礼一が弱々しく答える。

「おまえさ、借金あって、ホストでも返せねえくせに、他に何して稼ぐつもり？　悪いけど、もう年も取ったし、ホストでも三流だぜ」

「もっと簡単に、ばーんと金、手に入れられねえのかよ」さらに別の男の声がする。

「空き巣って思ったより、安いよな」

前に立つ鳥井が険しい目になる。南がその隣で、鳥井の左の二の腕あたりをつかみ、「落ち着いてよ、鳥井君」と何度も繰り返した。

鳥井は大きな呼吸を二度、三度とし、「どういうことだよ、これ。北村」と刺すように言った。

「あいつら、空き巣は実行しなかったんだ。それであいつら、この近くの診療所に隠れてるみたいなんだ。さっき長谷川さんから報《しら》せを受けて、僕も見に来たんだけど」そういえば彼女はまだ、到着しないのだろうか。

「もう嫌、あの人」南が声を押し殺しながらも、悲鳴まじりに、長谷川さんを罵る。

「とにかく、警察に電話をしよう」僕は、鳥井の前に手のひらを出して制した。そうしなければ鳥井がマンションから飛び出して、彼らに襲いかかるのではないか、と不安だった。「だから、ここで待っていよう」

けれど、鳥井の動きは力強く、俊敏で、まさにこの瞬間を待っていたのだ、と言わんばかりに躊躇がなかった。身体を揺すると、僕の脇を走りぬけ、道路に出た。そして、去って行ったはずの男たちに向かって、「おまえら、ちょっと待てよ」と声を上げた。

16

僕が道路に出ると、すでに男たちが三人、振り返っていた。一番右にいるのが、ホスト礼一だった。髪は以前よりも短かったが、大きい鼻や眉の細さは変わらない。ただ、どこか疲れた様子で、以前の、自信に満ち溢れていたホストの貫禄からはほど遠かった。その隣、向かって左側に、長身の男がいて、さらに左に、坊主頭の男がいる。二人は三十代の半ばほどに見えた。

「何、こいつ」と真ん中の長身が唇を綻ばせた。

「おまえら、あれだろ、泥棒じゃねえのかよ」鳥井は指を突き出し、しっかりと言った。興奮が声を震わせている。

おい、鳥井、と僕は彼のコートの裾《すそ》を引いた。

「鳥井君、まずいって」南も、鳥井の後ろに立ち、やはりコートを引っ張る。

「北村、ちょうど良かったんだよ、決着をつけるべきなんだ」鳥井が、僕にだけ聞こえるような声で言った。

「決着」と僕はそう呟いてみる。それは先日、僕が口にして、東堂に論理的じゃない、と指摘されたのと同じ言葉だったけれど、ただ、鳥井が発声した、決着、の響きのほうが何倍も重みがあって、なぜかその瞬間、僕の頭には、赤く広がる砂漠の光景がぱっと浮かんだ。鳥井には、眼前に広がる砂漠に足を踏み出す覚悟を決めた力強さがあったのだ。「理屈や講釈は不要だ。砂漠に出るために、まずは決着をつけるのだ」とそんな響きに聞こえた。決着をつけなくては、前進するにもできない、というような。

「何なの、こいつら」坊主頭が、長身に一瞥《いちべつ》をくれ、ホスト礼一にも目をやる。細い目に、僕は少しだけ見覚えがあった。あの嶽内邸で揉み合った時に、西嶋を殴った男ではないだろうか。

ホスト礼一は、僕たちをぼんやりと眺めているが、けれど、ずっと前にボウリングをやり合った記憶もすでにないのか、「知りません」と首を横に振った。「こいつらなんて」

「知りませんじゃねえって」鳥井は無理やり笑おうとした。「おまえら、泥棒とかやって、楽して暮らせると思うなよ」

親の仕送りで生活している僕たち学生が批判できるとも思えなかったけれど、言った者勝ちではある。

頭上の外灯が突然、ばちっと音を立て、切れかかり、それがますます穏やかさを失わせる。空に目をやれば、月も雲で霞《かす》んでいた。何もかもが凶兆に見える。

「一郎、おまえ、これ持ってろよ」長身が手に持っていた、ビニール袋をホスト礼一に手渡した。そして、大股で近づいてきた。「何なんだよ一体、おまえらは。生意気だと、痛い目に遭うぞ」

反射的に前に出た。南はもとより、片腕の鳥井を矢面《やおもて》に立たせるわけにもいかない。まず、敵とぶつかるべきは自分だ、と咄嗟に判断したのだ。良かった、とも思う。ここで、退いていたら、おそらく僕は自己嫌悪でしばらく落ち込み、鬱々とした日々を過ごすことになっただろう。

「ふざけんなよ、馬鹿」長身はすぐさま、僕の襟首を捻り上げた。息ができない。引っ張られたために踵が地面から離れる。無様だけれど、手をばたばたと揺する。

鳥井の前には、坊主頭の蜥蜴《とかげ》目が立ち塞がっていた。僕の視界の隅に映るその坊主頭の男は、肉のぎっしり詰まった重い身体に見えた。

まずい、と僕は後戻りできないこの状況に混乱する。心臓は痛いくらいに高鳴っているし、まばたきは止まらず、脚は震えていた。

「け、警察に電話したから」後ろで南が言うのが聞こえた。「すぐに来るから」

それよりも先に、この騒動を聞きつけて、周辺の家から誰か助けに来てくれるのではないか、と僕は思った。もしくは、長谷川さんが現われないか、と。

「うるせえな。警察なんて知らねーよ」僕の首を捻じ上げていた長身はそう言うと、右腕を素早く振った。同時に僕の目の前が暗くなる。殴られた、と気づき、視界が戻る。顔の痛みよりも、目がちかちかとしたことに驚いた。

「何すんだよ、おまえ」と鳥井が怒りの声を出した。坊主頭が、鳥井のコートをつかんでいる。そして、急に甲高い声で奇声を発したかと思うと、「おい、こいつ、片腕ねえぞ」とはしゃいだ。鳥井の左腕の、肘から先のない袖を握り潰し、「すげーうける」と笑った。

　頭に血が昇る。昇った血液が泡を立てながら沸騰する。怒りが浮かび、それと同時に西嶋がよく口にした、クラッシュの歌詞がなぜか耳に蘇《よみがえ》る。『おまえたちは支配されてるのか？　それとも命令してんのか？　おまえたちは、前進してんのか、それとも後退してんのか？』という、あれだ。

　その言葉に後押しされ、僕は思い切り右腕を振る。許さねえぞ、と僕は内心で怒鳴り、自分がそこまで感情的になっていることに驚く。身体を揺すった。揺するけれど、打開できない。死に物狂いで動けばどうにかなるのでは、と長身の脇腹を狙い、拳を動かした。けれど、軽く腕で弾かれてしまう。

　かわりに、左の顔面を殴られた。長身の男が襟首から手を離したのか、僕は地面に倒れ込んだ。早く起き上がらないと、と地面に手を突き、顔を上げたが、そこで、ぐっと呻く声がした。

鳥井がやられたのだ、と僕は思った。目をぎゅっと瞑《つぶ》った後で、恐々と前を見た。呻いているのは坊主頭だった。あれ、何があったんだ？　坊主頭がよろけながら、鳥井から一歩退いた。

鳥井に目をやる。鳥井は左足を前にし、身体を少し斜めに傾け、坊主頭と向かい合っていた。鳥井の姿勢はどこか落ち着き払っていて、重心が安定している。自然体ではあるが、それは、様になったファイティングポーズだった。僕は膝を立て、どうにか起き上がる。

鳥井が身体を振るのが、見えた。右脚が素早く宙を切り、まっすぐに前に伸びた。

「え」と僕は今度こそ、声を発してしまう。

鳥井の足先は、坊主頭の左太腿に当たった。鈍く、音が鳴った。衝突を食らった坊主頭の太腿がしなるように凹む。

事態が飲み込めない。

ただ、坊主頭が苦痛に顔を歪めているのは確かだ。太腿を両手で押さえ、前かがみになっている。

直後、鳥井の右足がさらに動いた。考えられないくらいに高い位置に、足が飛ぶ。軌道も把握できない速さで、坊主頭の顔面を蹴りつけていた。坊主頭が膝からその場に座り込むのを、僕はただ、茫然と見ている。

「てめえ」と僕の前にいた長身が、鳥井につかみかかろうとした。

鳥井の反応は鋭かった。いつ構えたのか、身体を捻り、右脚をまた、振っている。長身の左の脛《すね》に、鳥井の靴がぶつかるのが見えた。斧《おの》を斜め上から叩き込むような、そんな蹴りだ。すぐに鳥井は脚を引き、そしてまた、半身になって構える。長身は怒りで顔を赤くして、一歩踏み出るが、すぐに痛みに眉をひそめ、脛を抱える。

痛みに脛をさする長身男を、鳥井は冷静な面持ちで睨み、構えを取っている。右腕を曲げ、顔の前を防御する恰好で、肩を、身体全体を揺らしている。地面や夜の外気と呼吸を合わせるような、軽やかな動きだ。

「北村、驚いたかー?」長身の男に対峙《たいじ》し、前を見たまま、鳥井は言った。ぎゃはは、と笑う。

「何が何だか分からない」

「一年半だよ」

「え」

「ジムに通って、一年半だ」

「ジム?」僕は首を傾げるほかない。

「阿部さんの、阿部薫の、ジムがあるだろ。キックの」

僕はまだ事情が飲み込めず、ただ、阿部薫の名を聞いて、あの四月に僕たちが見惚れるようにして眺めた、キックボクシングジムの光景を思い出した。

「腕をなくして、半年くらいリハビリしてさ、で、ジムに行ったんだ。阿部さんは三年もやれば、強くなるって言ってたけど、一年半でもいけた」鳥井は早口で言う。かと思うと、ふん、と息を鼻から吐き、まっすぐに伸びる美しい蹴りを、長身の首めがけて、放った。首を曲げていた長身の男が、それを食らい、跪《ひざまず》く。

「鳥井君、凄く真面目に練習したから」僕の後ろにいた南が言う。はっと彼女を振り返る。

これはいったい何なのだ、と僕は途方に暮れたが、不意に、南が、「強盗に襲われた」と告白してきた時の記憶が蘇った。

あれはもしかすると、嘘だったのか？

途端に、頭の中で推測が広がる。南は単純に、あのジムに僕たちを近づけさせたくなかったのではないか。鳥井がジムでトレーニングを積んでいるところを、それは鳥井の希望なのかもしれないが、とにかく、僕たちに見られたくなかったのかもしれない。そのための予防線の一つだったのではないか。

地面に二人の男が倒れ、よがっていた。鳥井のキックにどれほどの威力があるか僕には判然としないけれど、脛の骨に罅《ひび》、という可能性はあった。それくらい、鳥井の蹴りは激しかった。

「北村、あいつ、どこに逃げたんだろ。あのホスト」鳥井が、僕に向き直る。

確かに、昔に比べれば体格が良くなっているように見えることはあった。が、この鳥井が二人の男をキックで倒したとは、文字通り蹴散らしたとは、信じがたかった。

「嘘」と僕は思わず言ってしまう。

「嘘じゃないって。あいつ、どこ行ったんだよ」

「ああ」僕は我に返って、かぶりを振り、道の先を指差す。たぶん、その先の診療所に逃げたんだ、と伝える。よし、と鳥井が先に進むので、僕も引っ張られるようにして、後についていく。南もやってきた。

「鳥井、どういうことなんだ」

「片腕になって悩んだんだよ。やっぱり、片腕って不利だろ？　身を守るにはどうしたらいいんだってさ」それから南に一瞥をくれた。「大事な彼女を守らないといけないし」

「でも、どうして、キックボクシングなんだよ。というよりも、どうして僕たちに教えてくれなかったんだ」

「今日、実は打ち明けるつもりだったんだけどな」と鳥井は言った。

少し進むと、右手に診療所の看板と駐車場が見えた。「あの建物に隠れているかもしれない。でも、さっきのあいつら、あのまま倒れたままにしておいていいのかな」と後方に残してきた、二人を指差した。今は痛みで倒れているが、そのうち立ち上がれるようになるはずだ。

「そうだな」鳥井は軽快にうなずき、南を見た。「警察に電話しようか。喧嘩で倒れてる人がいるとか言えば、来てくれるだろ」

うん、そうだね、と南が携帯電話を取り出して、道の真ん中で立ち止まる。

車のフロントライトが正面で光った。

診療所の駐車場から、ＲＶ車が飛び出してきたのだ。ホスト礼一や他の仲間が乗っている、とすぐに分かった。

逃げるつもりなのだろう。吹かされたエンジンの音が撒き散らされている。僕と鳥井はすぐに顔を見合わせる。咄嗟に頭を過《よぎ》るのは、あの、忌々しい夏の夜の衝突事故の光景だ。鳥井もおそらくそうだったはずで、僕を見る彼の瞳がぐらっと揺れ、熱を発するように妖しく光った。車が駐車場から顔を出し、僕たちのいるこの道に飛び出した。

轢かれる、と思い、僕たちは道の両端に避ける。後ろを見て、「南、危ない、避けろ」と鳥井が叫んだ。南の顔が凍りつく。携帯電話を耳に当てようとしていた彼女は、あ、という表情のまま、固まったようになる。「避けろ」と僕も必死に手を振った。

RV車が僕たちの間を走って、通り過ぎた。南が立っているのを知ってか知らないでか、速度を緩めるどころか加速していく。タイヤが高い音を鳴らした。南がよろけながらも、道の端に飛びのいた。塀にぶつかり、どうにか車を避けた。

RV車が走り去っていくのを目で追う。

逃げられてしまうのか、と僕は呆然としながら、思った。そしてその時、理由は判然としないが、頭の中に、大学に入学してからの記憶が、一気に噴き出した。焦ったがために、誤って記憶の箱を引っくり返したのかもしれない。様々なシーンが立て続けに、勢い良く飛び出す。

たとえば、ホスト礼一と純がボウリング場に現われた時の記憶だ。彼らが、鳥井を挑発し、「プッシュ」と東堂が主張し、西嶋がスペアを取った、あの一年生の春のことだ。それからさらに、嶽内邸前での記憶だ。鳥井が轢かれ、片腕を失い、そして、意気消沈した鳥井を元気づけようと、ビルの窓で、「中」の字を西嶋が作り出した、二年生の夏だ。

さらに、大学祭の記憶もあった。不愉快で、偉そうな麻生氏を驚かせてやろうと躍起になり、計画を練ったものの思う通りに運ばなかった、三年生の秋。それ以外にも、僕が大学の四年間で経験してきた、下らない出来事や些細《ささい》な場面があっという間に、まるで、敷かれた布の下から水分が一斉に滲み出るように、湧いた。

気づくと僕は指を折っている。鳥井に目をやり、後方で塀にもたれかかる南を見た。それから走り去ろうとするRV車の尻を見る。

逃がしたくない、と強く思った。逃がしてなるものか、と。

細い道の丁字路にぶつかり、RV車は乱暴に右手へ折れて行こうとする。僕は目を凝らし、じっとその周辺を見つめ、そして、塀沿いに停まっている白い車に気がついた。

鳥井をもう一度見る。彼は目を丸くし、鼻の穴を膨らませ、やはり、僕を見た。おそらく考えたことは一緒だ。「南！」と叫んだ。南がこちらを見る。鳥井も僕も示し合わせたかのように同時に、前方に停まる白い車を指差した。ずっと前、入学直後のあの春、知り合ったばかりの〈賢犬軒〉で、「四年に一度だったりしてね」と東堂が言った台詞が、僕の頭で鳴る。南の超能力について話をした時だ。車が飛ばせるだの、飛ばせないだの、そういう話題だった。

僕は折っていた指を見る。四年だ。四年経ってるんじゃないか、と気づき、あれは、と頭を回転させる。あれは何の車だ、車種は何だっけ、と。時間にすれば一瞬だった。人差し指を突き出した僕と鳥井の張り上げる声が重なった。

「セドリック！」

白のセドリックが飛んだ。夜の暗闇《くらやみ》に、音もなく白い車体が浮かぶのを、僕は間違いなく見た。

17

　年が明けて、一月も半分が過ぎた頃、僕たちは西嶋のバイト先の、警備員室に集まって、麻雀大会を開催した。

　大会、とは言うものの別段、いつもと違う趣向があるわけではなく、ただ単純に参加人数が多く、しかも雀卓は一台きりなものだから、麻雀をしている周囲が普段より賑やかだ、というそれだけのことだった。東堂の連れてきたシェパードが、すぐ外に繋がれている。

「そろそろ教えてくださいよ、あれは何だったんですか」西嶋が自分の手牌を見つめながら、言った。

「あれって何だよ」と鳥井は言って、を捨てる。

「あれですよ、あれ。あの空き巣の奴らが捕まったじゃないですか、事故で。新聞にも載ってましたよね」

　結局、ホスト礼一たちのＲＶ車は、白のセドリックと衝突し、運転を誤り、塀に激突した。駆けつけた警察が、車内の男たちとすぐ近くの路上に倒れていた二人を調べたところ、言動が不審だったらしく、念入りに突いてみたら、襤褸《ぼろ》が出て、空き巣犯だということが判明した。

「プレジデントマンのこと?」僕は違うと知りながらも、わざとそう言った。

あの同じ日、東海林邸前で仲村刑事に襲い掛かったプレジデントマンのことは、ずいぶん大きく報道された。地元の新聞やテレビ番組は、「連続強盗犯ついに逮捕」と報じた。しかも、捕まったプレジデントマンが取り調べに対し、「戦争反対」であるとか、「大統領が前線へ行くべきだ」であるとか、もしくは、「アメリカの言いなりになっているだけなら、日本はいらないだろ」であるとか、奇妙な発言を繰り返していることが明らかになると、全国紙や週刊誌も興味を示すようになった。中には、「大統領男」と名づける雑誌もあって、西嶋は、「俺の命名したのが、真似された」と不満げに言っていた。

「プレジデントマンのことではなくて、空き巣のほうですよ」と言った西嶋は、ポン、と発声し、一萬を鳴いた。手牌から一枚、字牌を捨て、右側に、一萬を三枚移動させた。後ろに座っていた東堂が、無表情のまま西嶋の手を眺めている。

「でもね、俺は不愉快で仕方がないですよ。プレジデントマンが使命感を持って、アメリカ大統領に訴えかけようとした行為がね、何も行動しない一般大衆に責められて、嘲笑されるのが納得できないんですよ」

「だって、通り魔なんだから、しょうがねえよ」鳥井が笑う。「それに、戦争反対なんて幼稚な言葉、真面目な大人が言っちゃ駄目だろう」

「戦争賛成だったらいいんですか」

「まあ、そっちのほうがいろいろ、分かってる気はするよな」

「分かってるような大人なんて、最低じゃないですか」

「日本は法治国家なんだし、どんなことがあっても、あんな犯罪をやったらおしまいだ」と僕は言った。

「法律が人とか世界を救うとは限らないんですよ」西嶋が怒る。

「でも、一応、わたしたちも、三月までは法学部だし」南が口を挟む。

「ちなみに西嶋だけは、来年も法学部だけど」と東堂が言った。

僕たちは笑う。

「俺はね、わざと留年するんですよ」西嶋が急に声を強めた。確かにそれはずっと以前から、四年生になった時から彼自身が主張していた。やりたいことがあるから留年するのだ、と。

四月になれば、僕は盛岡市に戻り公務員となる。南はこの仙台で、やはり市役所職員になる予定だったし、東堂に至っては、東京本社の有名企業の内定をもらっていたにもかかわらず、急遽、ケーキ職人の修業をはじめることになっていた。親は反対しなかったのか、と訊ねると、「うちのお母さんは、面白そうね、って」と言った。

「で、お父さんは、『そうしたらいいと思ってたところだ』と言ったわけだ」僕は先回りをした。

「その通り」


「話を戻しますけど、とにかく、あの空き巣たちが捕まったのはどういうことですか」

西嶋は釈然としない表情だった。

「どういうことって」

「俺、ニュースで見ましたけどね、喧嘩か何かで、怪我をしている奴らがいたって言うじゃないですか。車が別の車に衝突したって言ってましたけど」

「セドリックだ」僕は言う。

あの時、仄《ほの》かに明るい外灯の下、ステップを踏むかのようにふわりと浮かび上がった、白のセドリックのことは、一生忘れないだろう。二メートルほどだったかもしれないが、確かに浮かび、はっきり飛んだ。

「週刊誌、見ましたけど、あの犯人たちは突然、車が飛び掛かってきた、って言ってるらしいですよね。これ、どういうことなんですか。誰かが何かをやったとしか思えないんですけど」西嶋は眼鏡をいじり、検《あらた》めるように、南を見た。

南は顔を赤らめ、鳥井の背に隠れる。

「車が飛ぶわけないだろー、西嶋」と鳥井はのんびりした声を出す。

「そうそう、飛ぶわけがない」僕も言う。

「で、そのセドリックはもちろん新型なんでしょうね」

「新型じゃないとまずいのかよ、西嶋」

「まずいですよ」西嶋はこだわったが、追及はしなかった。おおかた、彼の好きな音楽であるとか小説に関係するたぐいのことだろう。

そしてさらに、「あのね、いったい何をどうしたのか分からないですけど、この国は法治国家なんですよ。自分たちで、やり返してどうするんですか」と責めてもきた。

「逮捕したのは警察だ」僕はすぐに答える。

「法律が人とか世界を救うとは限らないんだよ、西嶋」と鳥井が言う。

「法学部のくせに」西嶋は深く、溜め息をついた。

新年早々、僕は警察に呼び出された。様々なことが一度に起きた気がしていたので、いったいどの用件なのだろう、と思ったが、ようするに、「プレジデントマンの被害者」としての事情聴取だった。あの男に間違いないか、と言われ、うなずき、いくつか署名をさせられ、それだけだった。仲村刑事とも一度、会った。彼は、僕たちを問い詰めることも賞賛することもしなかった。もちろん、「おかげで、プレジデントマンと空き巣を逮捕できた」とお礼を述べてくれることもなかった。

「それにしても、西ちゃんたちは不思議な学生だよな」僕の上家に座る古賀氏がしみじみと言った。

僕は、ふとまじまじと古賀氏を眺め、はじめて会った頃に比べると、白髪の量が増えたようにも見えるなあ、と思ったりもした。

「得体の知れないグループだ」と古賀氏が続ける。

「言われたくないですよ」と僕と南、西嶋の声がたまたま、一緒になった。その声に驚くような面持ちで古賀氏がを捨てた。

「あ、西嶋」東堂がすぐに言う。

「おお、当たりですよ、当たり！　ロンですよロン！」西嶋が、自分の手を倒した。

「清老頭《チンロウトウ》ですよ、俺、はじめてこれ上がりましたよ」と後ろの東堂に自慢げに言った。

「やるなあ」東堂が短く、応じている。

何だよそれ西ちゃん、と古賀氏ががっくりとうな垂れた。

「西嶋、平和《ピンフ》を上がらなくていいのかよー」鳥井が茶化すように指摘した。世界のために平和を作るんじゃなかったのか、と。

「平和って何ですか？」西嶋がわざとらしく、白を切る。

「そこからかよー」

春

講堂で行われた卒業式はあっという間に終わった。はじめのうちは、退屈な学長の話を長々と聞かされるのではないか、と警戒していたのだけれど、案外にすぐ終わった。

卒業証書を受け取るのは、各学部から選ばれた代表者で、彼らは思い思いの仮装をし、後ろ向きで壇上に上がったり、パントマイムを披露したり、と張り切った。その甘えとも幼さともつかない僕たち学生の態度を、学長は冷たい目で見ていた。

「学長、反応悪いよな。せっかく学生が趣向を凝らしているんだから、少しは笑ってやってもいいだろうに」右隣にいた、鳥井が囁く。

「いや、正しい反応だ」僕はうなずきながら、答えた。「ああいう悪ふざけが通用するのは、砂漠に出るまでだから」

「砂漠？」

僕はその鳥井の質問には返事をせず、まっすぐに壇上を見た。そして、岩手からやってきてからの四年間を思い返す。つくづくあっという間だったな、と感じた。鳥井の横の席に座る南はどういうわけかすでに泣いていて、まわりの失笑を買っていた。確かに、泣くほどのものでもないように思えた。

「西嶋は？」左に座る東堂に、僕は訊ねる。

「外で待ってるよ」相変わらず、感情のこもっていない声が返ってきた。

「いいよなあ、西嶋は来年も学生かあ」

鳥井は四月から、仙台市内の小さな広告代理店に勤めることになっていた。「たまたま求人があってさ、片腕がなくてもいいか、って面接の時に訊ねたら、そこの社長が言ったんだよ。『将来、俺の片腕になってくれ』ってさ。意味分かんねえだろ、駄洒落《だじゃれ》だよ駄洒落」と半年ほど前に鳥井は言っていたが、言葉の割には、喜んでいるようだった。

「スーパーサラリーマンへの道？」

「どうだろうな。スーパー専業主夫を目標にするよ」

「大学一年の時、鳥井は、スーパーサラリーマンになると、大勢の女性と交際とか麻雀とか、でたらめな読書はできなくなる、って言ってたけど」

「スーパー専業主夫にも無理だな」


僕と西嶋が、あのキックボクシングジムへ、見学に行ったのは先月のことだ。そこには、真剣な目でサンドバッグと向かい合い、鋭い声を上げ、蹴りの練習をする鳥井がいて、僕たちは目を丸くした。片腕で防御の姿勢を取り、小刻みに身体を揺する。ばちん、ばちん、と放たれる蹴りはとても美しくて、息を飲むほどだった。

「おまえら、やる気になったか」とジムから阿部薫が登場してきた時には、どぎまぎした。硬直した状態で、首をぶんぶん横に振った。すでに何度目かのチャンピオンに返り咲いていた阿部薫は、はじめて見た頃よりもさらに身体が引き締まって見えた。大口を開けて、笑い、「鳥井は真面目にやってるよ」とジム内を指差した。

「鳥井は一年半もやってるんですか」と僕はおっかなびっくりではあったけれど、阿部薫に訊ねた。

「一年半しかやってないけど、一年半以上の練習をやってるよ、あいつは」

「すごい」

「まあ、俺ほどではねえけど」

「強いですか」

阿部薫は野蛮とも取れる笑みを見せ、「試合はともかく、街のチンピラみたいな奴には負けねえよ」と言った。

「街のチンピラみたいなのと喧嘩してもいいんですか」

「うちの練習生は厳禁だよ、厳禁。当たり前だろ」

「ですよね」僕はそれ以上の話は遠慮することにした。

その後で、阿部薫は、「鳥井には、おまえたちに練習を見られたくない、って頼まれたんだよな」と打ち明けてくれた。「真面目に練習しているところなんて、恥ずかしくて嫌なんだと」

「一昨年の秋、僕たちを勧誘するようなことを言ってきましたよね」

「たまたま見かけたからな。ああやって脅せば、びびって近づかねえかと思ったんだよ」目を細め、にんまりと笑う阿部薫は、笑っているにもかかわらず、凶暴さが漲っている。

卒業式自体は、本当に淡々としていて、相変わらず僕は、さめた思いで式の進行を眺めていた。ただ、式の最後、学長の言った台詞は印象に残った。くどくどと話をしない主義なのか、学長は、卒業おめでとう、という趣旨のことを簡単に言った後で、「学生時代を思い出して、懐かしがるのは構わないが、あの時は良かったな、オアシスだったな、と逃げるようなことは絶対に考えるな。そういう人生を送るなよ」と強く言い切った。そして最後にこう言った。

「人間にとって最大の贅沢とは、人間関係における贅沢のことである」

式が終わり、講堂を出ると、大勢の参加者で構内は埋め尽くされた。あちこちで立ち止まり、語り合う集団がいて、僕たち四人はその間を縫って、歩いた。西嶋と鳩麦さんはすぐに見つかった。彼らがシェパードを連れていたからだ。

「どうだった」と鳩麦さんが、僕に身体を寄せてくる。スーツ姿、恰好いいじゃない、と言ってくれたので少し照れる。

「最後の学長の言葉、良かったな」鳥井が言い、南も東堂もうなずいた。

「何と言ってたんですか」西嶋はその場に自分がいなかったことが寂しいのか、むっとした。

僕がその、最後の言葉を伝えると、鳩麦さんと西嶋が同時に、「ああ」と笑った。

「え、知ってるの？」

「それはあれですよ、俺の好きな、サン＝テグジュペリの本に出てきますよ」

何だよ、真似かよー、と鳥井は言って、ぎゃはは、と笑い、「真似じゃない、引用だ」と僕は、学長を弁護する。

「でも、良い言葉だったね」と南が相変わらず、朗らかな言い方をした。

「感動した」東堂はまるで感動してない口ぶりで言った。

少し離れた視線の先、芝生の敷かれた場所に、男たちが数人、集まっていた。うちの学生とは明らかに装いの違う、派手な服装と化粧の女性たちもいる。中心にいるのは莞爾で、騒ぎながら、手を挙げている。「謝恩会の幹事は、もちろん幹事役の莞爾」とでも言っているのかもしれない。

莞爾ともお別れだな、とぼんやりとそちらを眺めていたら、目が合った。莞爾が、「よお」という表情で顔を明るくし、こちらへ走ってきた。いったい何の用だろうか、と思ったら、僕や鳥井たちの脇に立って、「あっという間の学生生活だったなあ」と言った。

「莞爾は、どこで働くんだっけ？」鳥井が訊ねると彼は、名の知れた商社の名を口にし、「コネだ」と苦笑した。

「また機会があれば、会おう」と僕は機会があると信じてもいないくせに言った。会えればいいな、と思ったのは事実だ。

莞爾は小さく笑い、「俺さ」と口ごもった。照れ臭そうに下を向く彼はどうにも彼らしくなかったが、しばらくして顔を上げ、「本当はおまえたちみたいなのと、仲間でいたかったんだよな」と口元を歪めた。

僕と鳥井は顔を見合わせ、何と答えたものかと困惑し、「へえ」と言うことしかできなかった。

「まあ、そういうことで」莞爾は言うと踵を返し、自分たちの仲間のもとへ戻って行く。

鳩麦さんが隣に並び、僕は歩道を進みはじめた。彼女は依然として今も、仙台市内のブティックで働いている。四月になって僕は盛岡に帰ることになるが、仕事に慣れたら、すぐに鳩麦さんに結婚を申し込むのだ、とこっそり決めていた。

鳩麦さんの横顔をこっそり見つめると、彼女がそれに気づいた。「どうかした？」照れ臭さを誤魔化すために、後ろからついてくる友人たちを振り返ったが、その直後、ある予感に襲われた。卒業してからの僕たちのことだ。

四月、働きはじめた僕たちは、「社会」と呼ばれる砂漠の厳しい環境に、予想以上の苦労を強いられる。砂漠はからからに乾いていて、愚痴や嫌味、諦観や嘆息でまみれ、僕たちはそこで毎日必死にもがき、乗り切り、そして、そのうちその場所にも馴染んでいくに違いない。

鳥井たちとは最初のうちこそ、定期的に連絡を取るけれど、だんだんと自分たちの抱える仕事や生活に手一杯で、次第に音信不通になるだろう。

僕は、遠距離で交際を継続することに疲労を覚え、鳩麦さんと半年もしないうちに別れるかもしれない。そして、さらに数年もすれば、鳥井や西嶋たちと過ごした学生時代を、「懐かしいなあ」「そんなこともあったなあ」と昔に観た映画と同じ程度の感覚で思い返すくらいになり、結局、僕たちはばらばらになる。

なんてことはまるでない、はずだ。

〈参考・引用文献〉

『人間の土地』 サン＝テグジュペリ著 堀口大學訳 新潮社
『瞬間力 「20年間無敗」の雀鬼に訊く93の質問』 文・構成 南波捲 竹書房
『科学する麻雀』 とつげき東北著 講談社
『ツァラトゥストラはこう言った（下）』 ニーチェ著 氷上英廣訳 岩波文庫

それとは別に、キックボクシングジムの治政館の取材をさせていただきました。館長の長江国政氏、武田幸三氏をはじめ、当日、取材に応えてくださった方々に感謝いたします。また、治政館を紹介してくださり、一緒に同行してくださった、写真家の藤里一郎氏にも深く感謝しております。

本作品は、小社より二〇〇五年十二月に単行本、
二〇〇八年八月にJノベル・コレクション、
二〇一〇年七月に新潮文庫として刊行されました。

本作品はフィクションであり、実在の個人・団体・事件とは一切関係ありません。（編集部）

実業之日本社文庫版あとがき

伊坂幸太郎

実業之日本社の創立一二〇周年記念の一環で、実業之日本社文庫に『砂漠』が入ることになりました。単行本版として『砂漠』が出てから十二年が経ち、考えたことや起きたことなど、思いつくがままに書いてみます。

■読者のこと

読者に会うと、「『砂漠』が一番、好きです」と言われることがあります。というよりも、「作品の中で○○が一番好きです」と伝えてくれる場合に、『砂漠』が挙げられるケースがとても多く、そのたびに意外な気持ちになります。たとえば評論家が僕のことを取り上げる時に、代表作として『砂漠』を挙げることは少なく、映像化のような派手な話題があったわけでもありません。それなのに、「『砂漠』が好きなんですよ」と言ってくれる読者は想像以上に多く、しかも言葉にはたいがい熱がこもっています。自分の針路、進路といったものが、『砂漠』に影響された、と話してくれる人もいて、そういった感想はほかの僕の小説ではあまりないことです。

いったいどうしてなんだろう、と考えても答えは分かりません。ただきっと、ほかの作品とは違うものが、『砂漠』にはあるのかもしれません。

■学生時代のこと

自分の体験を書いたんですか？　と訊かれることがあります。きっと楽しい大学時代だったんでしょうね、と言われたことも。

確かに大学時代、友人たちと過ごした日々はとても楽しくて、麻雀やボウリングばかりをしていたのはこの作品と似ていますし、社会のことなど何も分からないのに（今もよく分かりませんが）政治について友人たちと議論したこともあれば、欠席続きの友人の部屋に行ったら、ドラクエをずっとやっていた、というのも実話です。けれど、『砂漠』に漂うような、きらきらした雰囲気は皆無で、だらだらとだらしなく暮らしていただけで、『砂漠』で描かれたような学生生活を送っていたと思われるのは非常に心苦しいものがあります。

とはいえ、だらだらとのんびりとした、モラトリアムの贅沢《ぜいたく》さと滑稽さは小説に書きたいとデビュー直後から思っていましたから、『砂漠』を書けたことはまさに念願かなった気分でした。四十半ばを過ぎた今は、二十歳前後の若者たちの生活を描くだけの小説には手が出せなくなっていますので、あの時に書いておいて良かった、とつくづく思います。

■超能力のこと

作中で、超能力を使う女の子や、超能力を糾弾《きゅうだん》する人物が出てくるのは、森達也さんの作品『スプーン』（『職業欄はエスパー』として改題されて、角川文庫にも収録されています）を読んだ影響だと思います。僕自身は、超能力を強く信じているわけではありませんが、かといって、「あるわけない！」と強く非難するような人たちにも抵抗があり、森さんの本を読みながら寂しいような悔しいような気持ちになりました。だからせめて、フィクションの中でだけでも、超能力を日常に溶け込ませたかったのでしょう。

■構成のこと

この小説を書くにあたっては、「モラトリアムの贅沢さと滑稽さを書く」という動機とは別に、構成上の仕掛けを施したい、という思いがありました。何年も温めていた仕掛けで、個人的には物語の内容そのものよりも、そちらに主眼があったと言っても過言ではなく、たとえば、鳥井《とりい》の隣人や莞爾《かんじ》の恋人のことなどを細かく記し、構成を示唆《しさ》する要素を盛り込んだつもりだったのですが、蓋を開けてみれば、その構成の仕掛けに感心してくれる人は僕の周りではあまりおらず、登場人物やストーリーに注目してくれる人がほとんどでした。当初は少し落胆しましたが、今では、この小説の重要な部分は登場人物たちの生み出す雰囲気やストーリーで、だからこそ、前述のように、ほかの作品以上に、『砂漠』を大事にしてくれる読者が多いのだろう、と思うようになりました。

■学長の言葉のこと

終盤に学長が、「学生時代を思い出して懐かしがるのはいいけれど、あの頃に戻りたいと思ってはいけない」といったことを口にします。その台詞は、僕が小学校の卒業の日に、実際に先生から言われた言葉がもとになっています。卒業式が終わり、教室に戻った後、担任の磯崎先生は僕たちを見渡すと、「思い出すのはいいけれど、小学校の時は良かったな、と思っちゃいけない。あの頃に戻りたいな、という気持ちになったら駄目だよ」と言いました。どうしてそんなことをわざわざ言うのだろう、と不思議でならず、だから、その言葉のことがずっと頭に残っていました。今から思えば、あの言葉がこびりついていたがために、「前を向いて生きていかなくちゃいけないんだな」といった気持ちになれたのかもしれません。

数年前、機会があり、磯崎先生と再会できましたが、あの卒業式の言葉の意味を訊ねても、どうやらよく覚えていない様子でした。（再会時に知りましたが）先生にとって僕たちは、教師になって初めての生徒だったらしく、そういう意味では、僕たちの卒業に対して、感傷的にならないように、と自分にも言い聞かせるために、あのセリフを口にしたのかもしれません。（余談になりますが、『ラッシュライフ』の中に書いた、「優しさとは、親切にすることではなくて、人の憂《うれ》いを分かってあげることだ」ということも、やはり磯崎先生から教わった言葉でした。）

■西嶋の台詞のこと

「砂漠に雪を降らす」というフレーズが作中に何度か出てきますが、申し訳ないことに、この言葉に特に思い入れはありませんでした。タイトルに絡めた「無茶なこと」を西嶋に言わせたかっただけで、はじめは、「砂漠に雨を降らせましょう」と書いていたのですが、「雨くらいは降るだろうな」と思い直し、「じゃあ、雪にしておこうか」と書き換えた、という程度の発想でした。もう少し、面白味のある言葉にすれば良かった、とずっと引っかかっていたのですが、ただちょうど今年、「砂漠に雪が降った」というニュースを見て、はっとしました。二〇一六年十二月にサハラ砂漠に雪が降ったそうです。一九七九年にも一度、降ったことがあるらしいのですが、その時はすぐに溶けたらしく、積もったのは今回が初めてということでした。

『砂漠』が最初に発売されたのが、二〇〇五年の十二月ですから、十一年経って本当に起きたことになります。そのタイミングで、この文庫本が出るのも何か縁を感じます。やはり、あのフレーズにしておいて正解だったのかもしれません。

作中の登場人物はあくまでも架空の存在ですが、それでも、「砂漠に雪が」のニュースを知った時には、「ほら、降ったじゃないですか」と自慢げに言う西嶋を思い浮かべたくもなりました。

実業之日本社文庫　好評既刊

伊坂幸太郎／瀬尾まいこ／豊島ミホ／中島京子／平山瑞穂／福田栄一／宮下奈都
Re-born はじまりの一歩
行き止まりに見えたその場所は、自分次第で新たな出発点になる——時代を鮮やかに切りとりつづける人気作家7人が描く、出会いと〝再生〟の物語。
い11

大崎 梢／平山瑞穂／青井夏海／小路幸也／碧野 圭／近藤史恵
エール！ 1
働く女性に元気を届ける、旬の作家競演のお仕事小説アンソロジー第1弾。漫画家、通信講座講師など、気になる職業の裏側もわかる。書評家・大矢博子責任編集。
ん11

坂木 司／水生大海／拓未 司／垣谷美雨／光原百合／初野 晴
エール！ 2
プールで、ピザ店で、ラジオ局で……事件は今日も発生中‼ すべて書き下ろし、文庫オリジナル企画のお仕事小説アンソロジー第2弾。大矢博子責任編集。
ん12

原田マハ／日明恩／森谷明子／山本幸久／吉永南央／伊坂幸太郎
エール！ 3
新幹線の清掃スタッフ、ベビーシッター、運送会社の美術輸送班……人気作家競演のお仕事小説集第3弾。書評家・大矢博子責任編集。
ん13

芥川龍之介、谷崎潤一郎ほか／末國善己編
文豪エロティカル
文豪の独創的な表現が、想像力をかきたてる。川端康成、太宰治、坂口安吾など、近代文学の流れを作った十人の文豪によるエロティカル小説集。五感を刺激！
ん42

あさのあつこ、須賀しのぶ　ほか
マウンドの神様
聖地・甲子園を目指して切磋琢磨する球児たちの汗、涙、そして笑顔——。野球を愛する人気作家が個性あふれる筆致で紡ぎ出す、高校野球をめぐる八つの情景。
ん61

実業之日本社文庫 い121

砂漠《さばく》

2017年10月15日　初版第1刷発行
2025年8月1日　初版第23刷発行

著　者　伊坂幸太郎《いさかこうたろう》

発行者　岩野裕一
発行所　株式会社実業之日本社
〒107-0062　東京都港区南青山6-6-22 emergence 2
電話［編集］03(6809)0473［販売］03(6809)0495
ホームページ https://www.j-n.co.jp/
印刷所　株式会社DNP出版プロダクツ
製本所　株式会社DNP出版プロダクツ

フォーマットデザイン　鈴木正道（Suzuki Design）

ISBN978-4-408-55382-5（第二文芸）